南开大学中外文明交叉科学中心研究项目

宁稼雨 主编

中国叙事文化学研究报告

II

2005—2011

梁晓萍 赵 红
李春燕 孙国江

副主编

天津出版传媒集团

天津人民出版社

图书在版编目（CIP）数据

中国叙事文化学研究报告.Ⅱ,2005—2011/宁稼
雨主编;梁晓萍等副主编.--天津:天津人民出版社,
2024.6

ISBN 978-7-201-20326-3

Ⅰ.①中… Ⅱ.①宁… ②梁… Ⅲ.①中国文学—叙
事文学—古典文学研究—文集 Ⅳ.①I206.2-53

中国国家版本馆CIP数据核字(2024)第063742号

中国叙事文化学研究报告Ⅱ（2005—2011）

ZHONGGUO XUSHI WENHUA XUE YANJIU BAOGAO Ⅱ(2005—2011)

出　　版	天津人民出版社
出 版 人	刘锦泉
地　　址	天津市和平区西康路35号康岳大厦
邮政编码	300051
邮购电话	(022)23332469
电子信箱	reader@tjrmcbs.com

策　　划	沈海涛　金晓芸
责任编辑	康嘉瑄
装帧设计	明轩文化·王　烨

印　　刷	天津海顺印业包装有限公司
经　　销	新华书店
开　　本	710毫米×1000毫米　1/16
印　　张	28.5
字　　数	430千字
版次印次	2024年6月第1版　2024年6月第1次印刷
定　　价	96.00元

总论

巩固成绩，继续探索

——中国叙事文化学第二时段（2005—2011）

宁稼雨

经过第一时段十一年的摸索和实践，中国叙事文化学已经初步形成比较成型的理论体系和实践方法。在此基础上进入第二发展时段的中国叙事文化学，无论是理论建设还是方法实践，较之第一时段都有了更进一步的提升和完善。这些成绩和进步为中国叙事文化学进一步发展奠定了更加稳固的基础，在扩大影响的同时，也进一步增强了挖掘探索的信心和动力。

一、影响和左右第二时段发展提升的有利客观条件

在继续保持此前各种教学条件、教学实践和科研团队实践机会的基础上，又增加了一些新的有利条件。

从教学条件和实践的角度看，这一时段的提升主要表现在博士生的课堂教学和学位论文指导训练上。中国叙事文化学研究第一时段理论探索和方法实践的重要试验田就是以硕士培养的课堂教学和学位论文指导为主体，从教材建设、课堂教学、论文指导到成果发表的"一条龙"教学模式和科学研究方法探索机制，而这个机制在博士培养的过程中显然对其深度和广度都提出了更高的要求。因而在客观上为中国叙事文化学的理论探索和方法实践提出了强化、深化的必然要求。

从团队培养和人员建设的角度看，由于中国叙事文化学研究是一种全新的叙事文学研究理念和方法，已经被既有研究方法和理念模式形成窠臼

和路径依赖的人很难很快接受和适应。所以我们的教学实践过程和学位论文指导过程，实际上是以中国叙事文化学研究为主体研究方法的研究团队的培养过程。在第一时段的教学实践中已经培养了以硕士为主体，基本掌握中国叙事文化学研究方法的研究团队。而培养博士生的机遇，实际上为这种专业团队培养增加了新鲜活力，提高了研究水平。

从学界影响的角度看，第一时段的中国叙事文化学主要把自身的理论体系建设和方法摸索作为核心工作和任务来完成，没有急于发表和宣传成果。经过十一年摸索实践之后，中国叙事文化学有了基本的理论框架和方法体系，并陆续出现一些以学位论文为基础的学术论文。尽管这些学位论文在答辩过程中已经得到同行专家和答辩委员会的肯定性评价，但这个评价范围仍然比较有限。为进一步扩大影响，并能得到更多学界同行批评和指正，第二时段的一个重要新举措就是向学界推广宣传中国叙事文化学研究的各类成果。这一举措也得到学界的大力支持和推动，先后有《中州学刊》《九江学院学报》《厦门教育学院学报》刊发中国叙事文化学研究专题文章，其中既有单篇文章，也有以"叙事文化学研究"为主题的专门栏目和数篇文章。这些文章第一次向学界展示了中国叙事文化学研究的最新成果。

从科研立项的角度看，在第一时段完成国家社科基金项目并出版《先唐叙事文学故事主题类型索引》的基础上，第二时段又再次申请以中国叙事文化学研究方法为特色的国家社科基金项目"中国神话的文学移位研究"。这个项目的重要意义是为中国叙事文化学个案故事类型研究提供具体的理念模式和操作范本，同时也是中国学界将叙事文化学研究方法与西方以原型批评为方法的神话学研究相结合的首次尝试。

二、课程建设的提升

对于中国叙事文化学来说，课程建设具有不可替代的重要作用，它是叙事文化学研究的探路先锋和试验田。从中国叙事文化学的历史来看，其草创和起步，都离不开研究生课堂教学，即从讲稿编写到课堂讲授，再到学生使用、实践的过程。因此，叙事文化学的提升，主要战场仍然还是课堂教学。

第一时段的草创工作已经为中国叙事文化学打下坚实基础，其中课堂教学又是主体部分。但因为筚路蓝缕，包括课堂教学在内的叙事文化学研究尽管取得初步成功，所以也还存在不少有待提升拓展的空间。第二时段叙事文化学研究工作的进展，率先在课程建设方面获得充实和提高。

授课对象的变化不仅是第一时段与第二时段时间划分的重要客观依据，同时也是第二时段课程建设提升的重要动力。在第一时段摸索和实践的十一年间，叙事文化学的授课对象主要以硕士研究生为主，而从2004年开始，又增加了博士研究生。由硕士课程升格为博士课程，对课程本身提出了更高、更多的要求。这样，课程性质要求与叙事文化学本身的提升需求一致，使得叙事文化学的进步和提升有了更为直接的动力和客观基础，从而有力推动了课程建设的提升，具体体现在以下方面。

（一）因材施教，有的放矢

作为叙事文学的一种研究方法创新，尽管不同于普通基础知识的研究生课程，但既然将研究生课程作为传授这种方法的重要途径，那么也就不得不充分考虑研究生课程的相关条件和施教可能性。从生源来看，第二时段有两个重要变化，一是笔者被增列博导后增加了博士研究生课程任务，二是笔者所在学校一度将硕士研究生的学制由三年改为两年。这两方面的变化给中国叙事文化学这门课程提出了新的要求，需要其能够适应这些变化。

在第一时段没有明确强调励志教育问题，与教学对象的就业方向有关。第一时段教学对象主要是硕士研究生，其就业去向不够明确，加之该学说还在草创起步中，所以第一时段尚未将励志教育问题提到议程上来。进入第二时段后，博士研究生成为该课程授课主体。相比之下，博士研究生就业去向比较稳定，基本在高校从教或在科研单位从事研究工作。而叙事文化学研究作为一种力图综合传统文献考据和理论思辨两种研究方法的创新研究方法，对于操习者的知识视野与意志品格都有比较高的要求和期待。因此，通过叙事文化学课程教学，强化培育学生对学术的敬畏暨献身精神，是本课程乃至整个硕博研究生课堂教学的重要职责之一。同时，随着硕士研究生改为两年制，课程需要更加紧凑和凝练，以便在相对有限的课时中充分展示该课程的精华内容。这也对学生的读书效率和志向提出了更高的要求。励志教育的核心内容是对学术的敬畏精神和献身精神，笔者在实际教学过程中又逐渐认识到，敬畏精神和献身精神不但适用于学术，也同样适用于其他工作领域。因此，培养这种励志精神的同时，也在为未来无论从事何种职业的学生培养人格素质奠定基础。

（二）增补内容，完善结构

为适应教学对象，深化课程建设，大致采取以下措施：

遴选确定课程名称。第一时段的课程名称为"中国文学主题学"，表现出叙事文化学早期借鉴西方主题学研究方法的痕迹。第二时段开始时仍然沿用这个名称，后来使用"中国叙事文化学即主题学"的过渡性名称，最后确定以"中国叙事文化学"来命名。这个名称的最后确定，表现出中国叙事文化学的理论和初步完善。

增补调整原有内容。随着对叙事文化学研究的认识逐步深入，第二时段的课堂教学中增补了原有框架中的部分内容。其中主要体现在第一章"叙事文学"中。该章的三节内容，分别为"叙事""叙事文学"和"叙事文化"，最初设立该章的主旨是通过这三个层级的概念辨析，强调文学性文本的重要，并与非文学文本划清界限。但后来笔者在叙事文化学研究实践工作中发现，如果刻意强调文本材料的纯文学性，就意味着要放弃一些虽然并非纯文学性文本，但本身对叙事文化学个案故事演变轨迹发展有链条作用的某些材料。这与叙事文化学研究在文献材料搜集方面"一网打尽""竭泽而渔"的目标要求难免抵触。于是笔者在第二时段课堂教学中，对此做了一些纠偏工作。具体内容即在充分肯定纯文学性文本在故事类型材料中主流地位的同时，充分肯定和关注非文学性文本在故事类型材料整体链条中的对比衬托作用。这一点，在第二时段的课堂教学中有逐渐强化、深化的迹象。与此相类的是第二章第二节"文本的应用"，该节的基本内容是介绍叙事文化学个案故事类型文献搜集的各种渠道和方法。虽然其中几个渠道方面没有变化，但为了强化学生查阅检索古籍文献的能力，在具体内容和细节上有了许多补充和加强。原版第二章第三节"历史文化分析"，所涉面较大，且"历史"二字有局限性。新版将其改为"分化分析"，内容上也做了一些压缩和提炼。

增加新的内容。随着叙事文化学研究和实践的逐步深入，我们注意随时将最新研究成果引入课堂教学，保持课堂教学内容的新鲜活力。这突出表现在第二章"叙事文化学对象"中，该章在第一时段共分三节，分别为"文本的应用""历史文化分析""叙事文化学与比较文学"，这三节内容基本为叙事文化学个案故事类型的文献材料挖掘搜集和故事分析角度路径推介。相比之下，缺少一个对于叙事文化学的对象从故事类型到个案故事的内涵外延界定。为此，第二时段课程第二章增加了第一节"主题类型的确定"，集中探讨关于叙事文化学的故事主题类型确定问题。其时笔者承担了国家社科基金一般项目"六朝小说的故事主题类型研究"，这个工作的基础就是确定故事类型的划分体系。因为叙事文化学方法乃脱胎于西方主题学研究方法，在主题类型确定方面也参照了西方主题学的故事主题类型分类方法，即"AT分类法"。但因主题学的研究对象为民间故事，且以西方为主，东方材料相对缺少，因此不能照搬。我们参照吸收了"AT分类法"的体制和方法，但在具体类目设定上充分考虑了中国书面叙事文学的实际情况并进行划分。把这一科研成果引入研究生课堂教学，是本课程基本宗旨的落实。

（三）从长计议，不断更新

因为叙事文化学一直处于不断发展的状态，为保证课程内容跟上科研步伐，本课程采用多种途径，力图不断更新，保证常绿常新。

保持课件更新。根据科研成果和新发现问题，在每一轮课程开始前，都要将已经发现的新信息更新至授课课件中，确保把科研新成果和相关信息及时采集进入课堂教学内容中。

授课现场临场发挥。每一轮课程讲授过程中，都有临场发挥的内容，这部分内容也是课程内容更新的重要组成部分。而且因每次临场发挥的内容往往因话题角度不同而有所变化，往往产生与同一节点其他讲稿不尽相同的内容。所以这部分内容也十分重要。

鉴于以上情况，从第二时段开始，我们把该课程课堂笔记作为学生的期末作业之一上交，供每年新一轮上课前更新教案和将来撰写正式专著使用。

三、学位论文与课程论文的实践与科学总结

如果说课程是叙事文化学产品制作的工作原理和工序培训的话，那么学位和课程论文便是按照这样的培训实践制作出来的产品。所以，根据这门课程提供的理论和方法所作学位论文和课程论文是验收课程效果，同时也是检测叙事文化学研究方法的重要途径。尤其重要的是，把课堂教学的知识传授变为论文写作的实际成果，并且把论文成果的个体写作经验和整体面貌梳理做出相应总结，都需要论文写作的实践。叙事文化学的很多写作方法要领和规律总结，都是在学位论文和课程论文的实践中摸索、提炼出来的。这些方面在第二时段表现尤为突出，主要收获有以下几个方面。

参与论文写作的人员队伍扩大，层次逐渐提高。第一时段听课并使用叙事文化学方法写作学位论文和课程论文的人员基本仅限于笔者所带的硕士研究生，以及少数本系其他专业方向的硕士研究生，还有个别中外进修生等。进入第二时段后，参与学位论文和课程论文写作的人数构成有了很大增加。除在原有基础上又增加了博士研究生外，比较可喜的是，有部分外校没有直接听过叙事文化学相关课程的学生开始采用这种方法来撰写学位论文。这说明叙事文化学的研究方法在学界已经逐渐被认可，产生了辐射效应，成为部分学者采用实践的叙事文学研究方法。论文作者队伍的扩大，不但增加了相关学位论文和课程论文的数量和体量，而且在学术质量上也有很大提升。一篇硕士学位论文通常少则两三万字、多则五六万字，而一篇博士学位论文通常少则十几万字、多则四五十万字。字数增加幅度之大，势必在文章内容覆盖面和思考深度方面更为强化和深入，因而使学术质量和学术价值得到提升。

选题类型渐成体系。第一时段的学位论文和课程论文选题，基本是没有体系类型的自由选，在不断摸索中逐渐形成了几个基本的选题类型体系。中间经历了以下几个层面的摸索过程。

首先是关于故事类型在论文选题中的规模量定。叙事文化学研究的最

初设想，个案故事类型的选题应该以个案故事为基本研究单位，如王昭君故事、《西厢记》故事等。在实际工作过程中，有些学生在选题中愿意做一点偏离尝试，即选择比个案故事大一些的故事群。这样的尝试不仅在第一时段就有过，如《古代妒妇故事研究》等，而且在第二时段仍在继续，在博士论文和硕士论文中均有表现。经过各个层次几年实践和对比，最终得出基本结论：就研究题目本身来说，这种大于个案故事类型的集合性故事群研究自有其意义和价值，但就叙事文化学研究的整体格局来看，它与叙事文化学研究力图从故事类型的基本单元——个案故事做起这个整体构想不尽吻合。鉴于此，在第二时段后期，大约从2009年以后，集合性故事群的选题方式基本退出学位论文和课程论文等主流教学渠道。从此之后，学位论文和课程论文选题基本集中在个案故事类型中。

其次是学位论文与课程论文的选题方向类型。与此相关的是中国叙事文化学对全部中国古代叙事文学故事类型的划分。这项工作自1998年笔者承担国家社科基金一般项目"六朝小说故事主题类型研究"就已经在进行。这项工作涉及面广，很难轻易敲定，需要反复推敲。但这个探索推敲的过程对于学位论文和课程论文选题方向的类型选择，具有重要的引导和参考作用。而学位论文和课程论文的选题方向类型摸索过程，也为叙事文化学的系统故事类型定制提供了实践参考依据。

从实践角度看，第一时段的选题方向还不太集中，除了有集合性故事群与个案故事在选题方向上的龃龉外，个案故事类型本身在选题方向上也尚无统筹规划。其中原因有二：一是叙事文化学还在起步摸索过程中，来不及把所有程序都规划落定；二是第一时段仅有硕士研究生，人数有限，也来不及做更广泛的推广尝试。进入第二时段后，听课并参与撰写学位论文和课程论文的学生增加为笔者所带博士、硕士（学位论文）和门外旁听课程的博士硕士（课程论文）。听课人员的增加为学位论文和课程论文的选题方向系统化、规则化提供了动力和保证。在此期间，笔者承担了一项国家社科基金项目"中国神话的文学移位研究"。这个项目的研究方法实际上就是借鉴西方神话研究领域原型批评理论，用叙事文化学研究方法对中国古代神话的个案类型做文学移位研究。这样，叙事文化学研究也就第一次有了一组明确而集中的选题方向。有部分同学参加了这个项目的工作，他们的学位论文和笔者的研究合在一起，便构成了神话方向的选题系列。在神话这个选题系列的基础上，笔者开始注意考虑将性质相似的类型组合在一起，形成新的选题方向系列，如"帝王系列""历史名人系列"等。尽管这个时段关于选题方向尚未形成明确的类型系列，但已经逐渐形成大致轮廓和雏形。

2011年，"六朝小说故事主题类型研究"的结项成果《先唐叙事文学故事主题类型索引》正式出版。其中关于叙事文学故事主题类型的划定原则，参考了此前历年博士硕士的学位论文和课程论文。因为时间节点已经在第二时段末尾，所以它的分类原则对本时段学位论文和课程论文的影响未能发挥出来，有待下一时段的操作实践。

最后是关于学位论文与课程论文的基本结构框架。因为课程论文的体量规模基本与普通刊物文章相当，其结构框架也与之相仿，无须另出机杼。这里主要就博士硕士学位论文的结构框架问题做些梳理总结。

叙事文化学个案故事类型研究的核心要件包括文献挖掘和文化分析两个方面，所以学位论文的结构框架要从这两个部分各自的内容如何展示，以及二者相互关系的安排考量上来寻找起点和路径。

第一时段的学位论文基本是硕士学位论文。叙事文化学个案故事硕士学位论文的体量大约在三五万字，其中文献挖掘综述部分约占三分之一，一般用一章篇幅。这就基本奠定了叙事文化学学位论文结构框架的基础。进入第二时段后，硕士学位论文继续沿用此结构框架，而博士学位论文则需要有较大的变动和调整，其间也经历过一个摸索实践的过程。该时段最初几年，博士学位论文的结构框架基本还是参照之前的硕士论文，将第一章作为文献综述，其中包括原始文献叙录和文献信息梳理归纳总结两部分。与硕士学位论文相比，博士学位论文体量较大，少则十多万字、多则四五十万字。如果按硕士学位论文等比放大的话，文献综述部分的原始文献叙录内容相对比较枯燥，但在论文中所占比重较大。经过一段时间的学位论文答辩实践，有些论文评审专家和答辩委员在审读论文过程中，提出了这个问题，同时提出了修改方案。经过综合各位专家提出的参考意见，在第二时段后期，我们提出了学位论文文献综述部分结构框架的另一种形式：将原文献综述部分的文献叙录和文献信息梳理、归纳、总结分开，其文献叙录部分以附录形式放在整个论文后，其文献信息梳理、归纳、总结部分保留在第一章。这样既减轻了第一章字数的压力，同时也能使这一部分的内容主题更加明确突出。因为这种方式还有待实践检验，所以没有将其作为唯一选项，而是与原方式并列为可选项。两种方案并行为文献综述的结构框架处理提供了充分的实践经验，也为后来的学位论文做了非常有益的尝试和摸索。

在学位论文的文化分析方面，第二时段也在第一时段的基础上，逐渐摸索和梳理出一条清晰而有效的结构框架。叙事文化学个案故事文化分析涉及研究对象历时时间脉络与同一故事中并存的几种历史文化侧面，在结构框架安排上可以有两种方式：一种为纵向法，是以历时时间为纵向经线，以各个文化侧面为横向纬线，每个划定的朝代范围为一章，每章下以文化侧面按节排列；另一种为横向法，即将各个文化侧面按章排列，每章下按时间顺序排节。从外观上看，这两种不同的结构框架模式可以将同一内容按两种不同结构方式进行不同组合。但两种结构框架模式各有侧重，纵向法的历时线索比较清晰突出，横向法则重在突出文化侧面主题，二者在实践中均有成功表现。另外，这两种结构框架模式也与研究对象故事主题类型的时间跨度和文化涵盖面有关。从已经完成的学位论文情况看，一般时间跨度比较长，或文化涵盖面不很丰富的选题比较适合采用纵向法；反之，时间跨度不是很长，或文化涵盖面比较丰富的故事选题比较适合采用横向法。

学位论文撰写中篇幅最长、难度最大，同时也是标志论文学术水平高低的重要成分是文化分析的深度与广度。同时，这也是叙事文化学研究的价值和生命的重要体现。与此前普通的戏曲小说故事同源关系研究相比，叙事文化学个案故事类型研究的根本变化和突出价值就在于，它跳出以往戏曲小说故事同源研究在内容方面主要集中在社会历史角度评价分析的局限，将研究视野扩大到历史文化学的各个领域，包括各种文献材料中包含的哲学思想、宗教思想、政治思想、历史事件、士人心态、伦理观念、民俗风情等各个方面，从而全面体现叙事文学故事类型文献材料中所蕴含和体现的文化内涵。

如此庞大而繁复的研究工作对于博士和硕士来说的确有相当的难度，但对于叙事文化学研究这种新方法来说，它又是必需的。因为叙事文化学的研究方法不是根据研究生的能力和实力量身定做的研究方法，而是在追求和探索一种叙事文学研究更新换代的前沿方法。所以不能让这种方法去迁就研究生的能力，而应该提高研究生的研究能力门槛，让研究生的学位论文成为叙事文化学研究的试验田和参考范本。这同时也提高了研究生学术研究的起点，直接让研究生进入科研实践状态，所以这也是研究生培养模式的一种新探索。

故事类型的文化分析有两个难点：一是对相关历史文化侧面的知识掌握；二是如何把故事类型相关材料中所涉及的各种文化侧面要素辨认、挖掘出来，并进行梳理和归纳分析。尽管难度很大，但目标方向明确，在实践中笔者摸索出一些行之有效的方法，尽可能兼顾学生的能力和一定的学术水平。所谓的方法即指内外结合：外，就是指加强对于各个文化侧面专门史基础知识的学习了解，增强对于各个文化侧面的辨识能力；内，就是认真仔细阅读故事类型原始文献文本，努力辨识和遴选故事文本中含有的各种文化侧面材料，将其汇总后形成对于各个文化侧面的系统梳理和分析评论。多年来的实践证明，尽管从总体上看，研究生的学术基础有限，在文化分析方面还难以达到很高水准和精彩程度。但作为对一种新的研究方法的试验方向和探索方向，无论是其对研究方法本身的探索，还是为其以后的学术发展，这些实践都具有不可代替的意义和作用。

四、成果发表与理论建设

除了招收博士研究生为提升课程质量乃至整个叙事文化学研究格局框架的深化带来机会外，与第一时段相比，第二时段最大的进步和亮点是以叙事文化学方法为主题的个案故事研究和理论研究文章开始陆续发表。这些成果开始陆续彰显叙事文化学研究方法的实践效果和理论内涵，首次向学界展示叙事文化学研究方法的存在和样貌。

在第一时段摸索和实践的十一年中，叙事文化学从酝酿到通过研究生培养的课程传授和学位论文实践，逐渐摸索总结出叙事文化学的基本学理内涵和实践操作方法，并产生了十多篇硕士学位论文。尽管这些学位论文还不能说尽善尽美，但如果把叙事文化学的构想比作一张设计蓝图的话，那么这些学位论文可以说已经成功完善了内部的生产程序，制造出成型的产品。而这些学位论文的精华部分在第二时段的整理发表，则又相当于将原本生产的产品出厂上市，并为社会（学界）所认可。

该时段所发表的成果基本分为两个部分，即个案故事类型研究和理论探索文章。个案故事类型研究成果论文发表的重要意义是，它把叙事文化学研究从最初的理念设计框架经过学位论文的生产实践之后，又成批成功推向学界，证明叙事文化学研究理念方法的科学性和可行性。其中个案故事类型研究主要来自两个方面，一是笔者带领团队承担国家社科基金一般项目"中国神话的文学移位研究"所做出的个案故事类型系列研究成果，二是笔者所带研究生在所做学位论文基础上生成的部分个案故事研究论文。此外，还有部分学界发表论文，其性质方法与叙事文化学比较接近。从时间上看，尽管这些论文未必受到叙事文化学研究方法影响，却能说明二者学理相通。

"中国神话的文学移位研究"系借鉴西方原型批评方法，对中国神话的代表性故事类型进行文学移位的源流演变研究。这是中国神话研究的一次全新探索，实际上是中国叙事文化学研究方法在神话故事类型研究领域的实践。从2006年起，叙事文化学个案故事类型研究成果论文分为三个阶段陆续被发表，显示出从无到有并逐渐发展壮大的蓬勃生机。

第一阶段为2006—2008年，该阶段发表大约十篇论文主要是"中国神话的文学移位研究"的个案神话研究成果。第二阶段为2008—2011年，这一阶段的一个突破进展就是当时的《厦门教育学院学报》第一次为叙事文化学开辟了主题专栏，先后分两期刊出四篇个案故事类型研究和理论文章。第三阶段为2012—2017年，其中2012年是叙事文化学研究的丰收年，先后有《九江学报》和《天中学刊》为叙事文化学研究开设专栏，尤其是《天中学刊》更是将"中国叙事文化学研究"定为固定栏目，每年四期，每期二至三篇文章。从此，叙事文化学有了稳定的论文成果展示阵地。

任何一种学说体系，都离不开理论框架的支撑。没有理论建设，一种学说和方法也就失去了存在的灵魂和章法。但理论与实践是相辅相成、相互促进的关系。中国叙事文化学是一种崭新的学说和实践方法，它需要在初步理念构想的基础上，在不断实践的过程中，逐渐丰富和完善其理论学说体系，同时也不断为实践提供新的科学指导，从而推进其发展和进步。

叙事文化学的理论主要通过三个渠道来展示和积累。其一是讲稿教案中所含纳的叙事文化学基本理念与方法，其二是学位论文与单篇个案故事类型研究论文中所体现的理论要素与方法要素，其三是纯粹的叙事文化学理论文章和著作。三者相互咬合促进，形成叙事文化学的理论体系构架。

教案讲稿是叙事文化学最初的理论雏形，也是将叙事文化学的研究方法进行培训扩散的教案蓝本。为了保持叙事文化学理论内涵的活力，给叙事文化学的理论要素和方法路径提供更多更大的调整、更新空间，该课程教案在不断更新中已经运用近三十年，为了使其理论内涵更加圆融丰富，至今仍然没有整理出版。所以，教案讲稿中理论要素的重要特点就是基本格局稳定的前提下的更新变异性，主要表现在理论要素的不断增补和已有内容的细化（其基本内容已在课堂教学部分展示，此姑从略）。

学位论文与个案故事类型研究论文虽然本身不是专门系统的研究文章，但其与叙事文化学研究理论的重要关联在于，叙事文化学理论和方法中的很多具体原理和操作程序，需要在这些论文的具体实践中得到验证。并且在研究实践中，也会发现一些叙事文化学理论体系中尚未关注或总结到的问题，为叙事文化学提供补充、更新理论概念的原始材料。

叙事文化学理论探索文章始自2007年，当年第1期《中州学刊》组发"中国古典文学资源的当代益用"笔谈（四篇），笔者应邀提交一篇文章，题目为《主题学与中国叙事文化学的构建》，该文全面介绍中国叙事文学个案故事类型研究借鉴西方主题学研究方法，形成一套新的研究理路范式的必要性和可行性，为学界第一篇披露介绍叙事文化学方法的理论文章。嗣后，在《厦门教育学院学报》2009年第1期开设"中国叙事文化学研究"专栏中，笔者发表了《关于构建中国叙事文化学的设想》一文，进一步阐述中国叙事文化学研究的学理根据和基本内涵，为叙事文化学理论建设添砖加瓦。到 2012 年，叙事文化学理论建设又有了很大突破。《天中学刊》从该年开始开设"中国叙事文化学研究"固定栏目，其中包括个案故事类型研究和理论研究两类文章。2012 年四期栏目中，总共有六篇关于叙事文化学理论建设方面的文章，其中既有笔者对于该理论学说的阐释，也有学界同行对于叙事文化学研究方法的学术评价和理论分析。至此可以说，中国叙事文化学从个案故事类型研究到理论建设都全面走向学界，为学人所知。这是叙事文化学一个时段的结束和另一个新时段的开始。

目　录

▌**学术背景** / 1

　专题报告 / 3

　　在相关领域吸收与剥离中自张一军

　　　——中国叙事文化学第二生长时段的学术背景 / 3

　相关论文著作目录 / 15

　　论文 / 15

　　著作 / 16

　相关论文选录 / 17

　　六朝小说概念的"Y"走势 / 17

　　文学理论与中国古典文学研究 / 35

　　近五十年来中国古代文学"人神之恋"研究的回顾与展望 / 41

　相关著作选录 / 54

　　《六朝小说学术档案》前言 / 54

　　《先唐叙事文学故事主题类型索引》前言 / 66

　　《民间故事母题学研究概观》前言 / 73

　　《中国古代民间故事类型研究》绪论 / 80

▌**课堂教学** / 95

　专题报告 / 97

　　叙事文化学的源头活水

　　　——2005—2011年课程对研究的推动与提升 / 97

教案、课件、课堂笔记 / 110

2004—2011年课程教案节选 / 110

2012年课程课件节选 / 118

2006—2011年硕博士课堂笔记节选 / 148

2009年博士课堂笔记节选 / 166

2010年博士课堂笔记节选 / 173

学位论文 / 177

专题报告 / 179

持续发力 崭露头角

——2005—2011年间的中国叙事文化学个案故事学位论文实践

探索 / 179

学位论文目录 / 193

2005年 / 193

2006年 / 193

2007年 / 193

2008年 / 194

2009年 / 194

2010年 / 195

2011年 / 195

学位论文选录 / 196

"红叶题诗"故事情节演变及其文化意蕴(附节选) / 196

谢小娥故事演变及其文化意蕴(附节选) / 201

墓树的文学意义和文化内蕴 / 205

萧史故事演变及其文化意蕴(附节选) / 208

盼盼故事的演变及其文化内涵(附节选) / 211

薛家将故事的演变及其文化解读 / 218

先秦至唐五代文学中的超现实之婚恋遇合及其意蕴(附节选) / 220

柳氏故事文本演变及文化意蕴 / 225

红线女故事的演变及其文化内涵 / 228

颜回故事的流变及其原因 / 231

嫦娥、羿神话的文学移位及其文化意蕴 / 233

中国古代"恶神"神话的演变及其文化意蕴(附节选) / 236

黄粱梦故事的演变及其文化内涵(附节选) / 242

柳毅故事的流传演变及其文化内涵 / 247

论嫦娥奔月神话的文本流变 / 250

从历史到传说:先秦两汉伍子胥故事的流变 / 253

《夷坚志》故事流变考述 / 256

东坡故事的流变及其文化意蕴(附节选) / 258

济公故事演变及其文化阐释(附节选) / 264

冥界与唐代叙事文学研究(附节选) / 271

汉武帝故事及其文化阐释(附节选) / 279

胭脂记故事的演变及其文化内涵 / 289

朱买臣休妻故事的文本演变及其文化内涵 / 292

乐昌分镜故事的文本演变及其文化内涵 / 295

崔府君故事流变论考 / 298

唐明皇故事的文本演变与文化内涵(附节选) / 301

大禹传说的文本演变和文化内涵(附节选) / 311

杜子春故事的文本嬗变及其文化意蕴 / 321

"风尘三侠"故事的文本演变及其文化内涵 / 325

古代文言小说中异类女性形象的演变 / 328

理论建设 / 331

专题报告 / 333

研究中探索,实践中创新

——中国叙事文化学研究第二阶段的理论建设 / 333

相关论文著作目录 / 349

论文 / 349

著作 / 352

相关论文摘要 / 353

野女掠男故事的主题学分析 / 353

先秦惜时主题与中国文学中的个体价值追求

——主题学与先秦文学关系研究的一个回顾 / 353

《世说新语》与古代文学的精神史研究 / 354

女娲补天神话的文学移位 / 354

从"得意忘言"到"语默齐致":

从《世说新语·文学》"三语掾"故事看维摩名言观的影响 / 355

女娲女皇神话的夭折 / 355

从《世说新语》看围棋的文化内涵变异 / 355

孟姜女故事的演变及其文化意蕴 / 356

孙悟空叛逆性格的神话原型与文化解读 / 356

关于构建中国叙事文化学的设想 / 357

论方术文化对明清小说军师形象的影响 / 357

占卜与叙事

——中国古代小说叙事文化学研究 / 358

从小说《紫荆树》到小戏《打灶王》

——一个古老题材演变中传统观念及习俗的变化 / 358

"红叶题诗"故事演变及其文化意蕴浅析 / 359

文体转换、主题嬗变与文本传播

  ——文学社会学视野下的西厢故事流变史考察 / 359

钟无盐故事的流变及文化意蕴 / 360

再生信仰与西王母神话

  ——杜丽娘、柳梦梅爱情的神话原型及《牡丹亭》主题再探 / 360

《逍遥游》鲲鹏神话与逍遥主题的关系 / 361

唐传奇仙境描写的文化学考察 / 361

中国古代灵异报恩小说的文化学分析 / 361

《蒙古民间魔法故事类型研究》 / 362

《神仙的时空：〈太平广记〉神仙故事研究》 / 362

《宋前文学中的超现实婚恋遇合研究》 / 363

《晚明清初才子佳人文学类型研究》 / 363

相关论文选录 / 364

女娲神话的文学移位 / 364

人境·仙境·心境

  ——桃源故事的流变及其文化意蕴 / 372

主题学对中国叙事文学研究方法创新的借鉴意义 / 383

死而复生观念与"鲧腹生禹"故事的历史根源 / 393

红线女故事演变及其文化意蕴 / 402

相关著作选录 / 413

《神仙的时空：〈太平广记〉神仙故事研究》（节选） / 413

《晚明清初才子佳人文学类型研究》（节选） / 420

后记 / 429

学术背景

在相关领域吸收与剥离中自张一军

——中国叙事文化学第二生长时段的学术背景

赵红

由宁稼雨教授大力倡导并积极推动的中国叙事文化学研究，经过1993—2004年这十一年的稳步推进，取得了可喜的成绩。

一方面，通过在高校本科生、研究生中开设"叙事文化学"课程，不断摸索和完善课程内容体系，宁稼雨教授将叙事学、主题学、文化学等方法论的思潮缘起、概念界定、适用对象、研究方法等进行介绍和说明，并遵循着是否适用本土的研究对象、在用于中国本土研究对象时是否有调整可塑性的基本原则，将之引入以中国古代小说、戏曲为主的叙事文学的研究中，在不断加深对文本本身解读的同时，也把前文本或文本前的研究和后文本的研究纳入同等重要的地位，以期在掌握、考索宏富文献的基础上，梳理、呈现一个人物主题或一个故事主题展演、流变的轨迹，进而挖掘、阐释造成种种文本形态的文学、文化动因。这样新颖的知识体系架构和丰富的课程教学内容，极具创造性与启发性，在青年学子中反响热烈，致使其学习兴趣浓厚。经过多轮教学实践，中国叙事文化学研究的传播之种已经洒出去。

另一方面，这一时期中国叙事文化学的个案研究也逐渐起步，这些个案研究大多依托宁稼雨教授所指导的学士、硕士学位论文完成。较之于偏重体系创建和理论阐发的课堂讲授，个案研究无疑是中国叙事文化学研究方法针对具体叙事文本的实践操作，既可以验证方法论在研究中的指导意义，也能够发现其中存在的偏差和不足。综观十篇硕士学位论文和七篇学士学位论文的成稿，研究对象主要集中在历史、神话、文学中的人物形象，结合其富于传奇性的经历所撰述的故事，涉及大量文学文献的查找、辨析和归纳，在此基础上做形象塑造和故事流变的文化分析。这一论文写作结构日渐稳定，成为个案研究的基本模式。当然，或在同一文化主题中以时间顺序为纵轴分阶段对故事展演进行梳理，或在同一历史时期内以文化视角为横轴分面向对故事展开多维度的考察，研究的切入点需要根据研究个案的具体情况来加以确定。

无论是在课程建设中创建中国叙事文化学的理论体系，还是在学位论文的个案研究中实践中国叙事文化学的研究方法，经过十一年的发轫，宁稼雨教授首创而力倡的中国叙事文化学方法论已经渐显雏形，初具规模。新研究阶段的大幕已然徐徐开启，中国叙事文化学研究必将迎来一个更加成果斐然的发展时期。然而，创新之路上一定也会面临许多新情况、新问题，需要研究者勇于面对，积极调整，使中国叙事文化学研究不断得到完善。例如，关于中国叙事文化学的主题类型划分，宁稼雨教授最初参考1910年芬兰学者阿尔奈《故事类型索引》和1928年美国学者汤普森《民间故事类型索引》两部著作对同一情节的不同民间故事异文进行分类编排的方法，即"AT分类法"，并借鉴1984年中国台湾学者金荣华在《六朝志怪小说情节单元分类索引》中"中国传统类书以名词为单元的类目名称"①的分类方法，提出人物、题材、事件、器物（物件）四分法。及至2011年，以国家社科基金项目"六朝叙事文学的主题类型研究"（1999年立项）为研究基础拓展时间范围编制而成的《先唐叙事文学故事主题类型索引》一书出版，随着宁稼雨教授对资料文献的搜集、掌握愈加充足，对故事类型的认识、思考愈加成熟，已经将主题类型划分为天地类、神怪类、人物类、器物类、动物类、事件类六种，变得更为科学合理。

随之，时间来到2005—2011年，中国叙事文化学研究已然进入深水区，廓清理论内涵使之更加明晰，确定研究方法使之更加具体，彰显方法论特色使之更加鲜明，是研究工作的新任务、新要求。具体而言，可以从

---

① 宁稼雨：《主题学与中国叙事文化学的构建》，《中州学刊》2007年第1期。

如下三个方面着手：其一，与古代小说（戏曲）的传统研究方法对比；其二，与主题学的研究方法对比；其三，与叙事学的研究方法对比。中国叙事文化学研究将通过比较中突显的差异性展现其独特性。

一、与古代小说（戏曲）的传统研究方法对比

1904 年 6 月，由国学大师王国维所撰的《红楼梦评论》一文在《教育世界》杂志发表，全文以德国哲学家叔本华的哲学思想和悲剧学说为理论基础，从故事内容、人物描摹着手，针对小说的题旨、美学及伦理学价值等做了系统的探究。这是中国文学研究史上第一篇真正的中西文学比较研究论文，堪称"红学"史的里程碑，更标志着中国现代意义上的古代小说研究拉开了序幕。自此，中国古代小说研究一路向前，到五四运动前后，作为新文化运动的主将，胡适以文学革命为主张，从倡导在文学创作中推广、使用白话文的目的出发，为当时由汪原放主持上海亚东图书馆新式标点的多部白话小说撰写了《水浒传考证》等一系列序言、引论、考证类文章。至 1928 年 6 月出版的《白话文学史》，专意将白话小说作为研究对象。鲁迅则以先后受聘北京大学国文系（1920 年 8 月）、北京师范高等专科学校国文系（1921 年 1 月）讲授中国小说史并编写授课讲义为契机，在 1923 年 12 月出版的《中国小说史略》一书中厘清了中国小说的起源与发展，划分了中国小说的文体与类型，评价了中国小说的代表作家和作品。此后，胡怀琛、郑振铎、孙楷第、阿英、谭正璧、赵景深等多位学者均加入中国古代小说的研究队伍，在多个研究方面做出了很大贡献。特别是 1984 年以后，西方人文社会科学方法论被大量推介、引入国内学术界，"三段论"（系统论、信息论、控制论）、阐释学、心理学、符号学、语义学、现象学、人类学、原型批评、比较文学、分析主义、结构主义、传播学、接受美学等理论极大地拓宽了文化视野、丰富了研究方法，改变了中国古代小说研究的传统思维方式和固有研究模式。程毅中、宁宗一、陈美林、刘世德、鲁德才、王汝梅、侯忠义、齐裕焜、石昌渝等前辈专家，和陈洪、董国炎、杜贵晨、王齐洲、宁稼雨、陈文新、程国赋、苗怀明、潘建国等中青年学者，纷纷择取这些"舶来"的理论与方法用以阐释中国古代的小说文本，

取得了颇为丰硕的科研成果，开启了中国古代小说研究的可喜新局面。

回观一个世纪的中国古代小说研究，研究方法大体可分为实证性研究和阐释性研究两类，前者主要包括实证古代小说的文献、作者、成书、本事、版本、校勘等方面，后者主要包括阐释中国古代小说的题材、思想、结构、人物、艺术、宗教等方面。现均通过个案研究作为例证加以具体说明。[1]

实证性研究：（1）关于文献，如蒲松龄的《聊斋诗文集》旧抄本、《聊斋志异》外文译本补遗、新见吴敬梓《后新乐府》等；（2）关于作者，如罗贯中籍贯考辨、冯梦龙的身世、吴沃尧的生卒年等；（3）关于成书，如对《西游记》成书过程的考察、《新编五代史评话》成书探源、《樵史通俗演义》的成书及相关问题等；（4）关于本事，如宋江征方腊新证、《羊角哀舍命全交》本事考辨、孙悟空三打白骨精“故事探源”等；（5）关于版本，如《野叟曝言》同治抄本考述、《剿闯小说》版本新考、《浮生六记足本》考辨等；（6）关于校勘，如《李娃传》疑文考辨、《霍小玉传》笺证、“清平山堂话本”及其“校注”等；（7）关于评点，如《儒林外史》张评略议、张竹坡评点《金瓶梅》的道德理性思维方式、评《聊斋志异会校会注会评本》等；（8）关于目录，如《红楼梦》的西文译本和论文、宋人传奇拾零、《剪灯丛话》考证等；（9）关于辨伪，如李贽批评《三国演义》及辨伪、《世说新语》元刻本考等；（10）关于作品选注，如傅惜华先生选注“宋元话本集”的态度和方法等；（11）关于学术史，如鲁迅《古小说钩沉》的原貌和辑录年代等；（12）关于海外传播，如《剪灯新话句解》在朝鲜的流传与影响等。

阐释性研究：（1）关于思想，如《三国演义》的三本思想、近代经世致用思潮与近代小说、《广异记》中的幽冥情缘等；（2）关于题材，如唐代的三国故事、《聊斋志异》中神话题材的作用、《红楼梦》爱情题材的评价等；（3）关于人物，如贾宝玉形象的典型意义、历史人物和艺术形象的诸

---

① 参见竺青：《古代小说研究主流范式的呈现——〈文学遗产〉创刊六十五年揭载小说解析》，《中国文化研究》2021年第1期。

葛亮、王玉辉的悲剧世界等;(4)关于结构,如《儒林外史》的纪传性结构形态、《老残游记》创作观念与小说结构的双重嬗变、汉魏六朝杂史小说的形态等;(5)关于艺术,如晚清小说的特点及其成因、《西游记》艺术结构的完整性与独创性、古代小说因果报应观念的艺术化过程与形态等;(6)关于审美,如从《儒林外史》看吴敬梓的审美理想、《聊斋志异》的恐怖审美情趣、明末清初才子佳人戏曲小说的审美趣味等;(7)关于文化,如《水浒传》与中国绿林文化、魏晋南北朝"仙话"的文化解读、《金瓶梅》中无所指归的文化悲凉等;(8)关于宗教,如《西游记》与全真教、中古志怪小说与佛教故事、六朝狐精故事与魏晋神仙道教等;(9)关于学术史,如俞平伯《红楼梦》研究再评价、20世纪《聊斋志异》研究述评、明清之际小说评点学的文学自觉等;(10)关于传播,如近代小说传播中的盗版问题、古代通俗小说传播模式及其意义、近代英文期刊与中国古典小说的早期翻译等;(11)关于方法论,如《红楼梦》的多重叙事成分、从《儒林外史》传播接受看近代小说的演变、明清小说超情节人物的叙事学意义等。

关于古代小说(戏曲)的传统研究方法,以上已列乃至未及列出的实证性研究内容和阐释性研究内容,经过长期的研究实践,其学术成果的产出无疑是丰富的、多元的、质量可观的,说明这些研究方法是切实可行的,且行之有效的。然而经过归纳总结之后,问题也随之而来。研究聚焦小说(戏曲)作品本身,或对单一文本进行分析、挖掘,或将相似文本进行对照、比较,或以时段、地域、结构、情节、主题为分类标准,对系列作品进行类型化的探讨、阐发。关联性研究皆由作品自身生发而来,辐射带动其他方面做拓展性研究,文本本身始终是研究的核心和重点。与过分注重作品文本的古代小说(戏曲)的传统研究方法大不同,宁稼雨教授所倡之中国叙事文化学研究,突破性地提出了补充、完善资料搜集的"竭泽而渔"论。这一获取文献资源的理念和操作方法,强调以人物或故事主题为研究中心,贯穿时代,打通文体,务求尽收与个案主题相关的文献材料,以文献资源的无限扩展来尽可能开拓更为宽广、宏阔的学术视野,为人物或故事主题的深度文化分析提供充足、完备的材料基础。

多年前笔者北上津门,有幸拜于宁稼雨教授门下。求学三年中,笔者跟随宁稼雨教授系统学习了中国叙事文化学方法论，并将之完整应用于学位论文的写作进行学术实践，顺利完成了博士学位论文《嫦娥、羿神话的文学移位及其文化意蕴研究》（2008）。在论题研究和论文写作过程中，正是充分运用了文献资料搜集、获取的"竭泽而渔"之法，才保证了学位论文内容的广度和深度，实现了研究预期的学术价值——就空间的广度而言，以嫦娥、羿的故事和形象为题材的艺术形式，在河南、山东、安徽、四川、湖北等地有画像砖石，在山西等地有木刻，在广东、福建、台湾等地有剪纸，在宁夏、陕西等地有铜镜，在北京、江苏、浙江等地有文人画。特别是在中原地区，时至今日，仍有关于嫦娥和羿的新神话产生并口耳相传。另外，各种以嫦娥、羿的故事为内容的地方戏，也在全国各地上演着。就艺术载体而言，文学领域中涉及诗词、文赋、小说、戏曲、子弟书等；其他艺术领域中涉及画像砖石、铜镜、木刻、漆器、年画、灰塑、剪纸、版画等。至于民俗方面，古人有屋内供奉宗布神以避鬼、驱鬼的习俗；农历八月十五祭月、赏月，在唐代已经十分流行，宋代时达到极盛，此后盛传不衰，直至今天；一些少数民族更有祷拜月光娘娘，以祈求美满姻缘的风俗，如苗族地区中秋之夜举行的大规模"跳月""偷月亮菜"活动；在南雄府城南二十五里还有嫦娥嶂，峰峦奇秀，相传为葛洪炼丹之地——这一段记在学位论文引言中的文字，是为了说明嫦娥、羿神话具有蓬勃的生命力和动人的艺术性，将之作为中国叙事文化学研究的主题个案，是极具学术研究的潜能的。同时，也恰好通过具体的研究实践印证了中国叙事文化学研究在文献资料的占有和把握上强调"竭泽而渔"的特色。

二、与主题学的研究方法对比

乐黛云指出："主题学只能是比较文学的一个组成部分，它着重研究同一主题、题材、情节、人物典型跨国或跨民族的流传和演变，以及它们在不同作家笔下所获得的不同处理。"[1]作为比较文学学科理论的一个重要分支，主题学被认为是从19世纪德国的民俗学热中培育出来的一门学问。其

---

① 乐黛云：《中西比较文学教程》，高等教育出版社1988年版，第184页。

研究范围广阔，涵盖比较文学、民俗学、民间故事学、国别文学观念史等诸多跨文化领域，既可以对某种题材、人物、母题或主题在不同民族中的流传、演变做历史的追寻，也可以对不同文化背景里的文学中类似的题材、情节、人物、母题、主题做平行研究，具有鲜明的跨学科、跨文化的特点。

但晚至20世纪20年代，随着顾颉刚《孟姜女故事的转变》（1924）和《孟姜女故事研究》（1927）先后发表，中国文学主题学研究的理论和方法论意识才真正被确立起来。之后，茅盾、郑振铎、钟敬文、钱锺书等学者分别从神话学、文学、民俗学、文化学等不同视角参与中国文学主题学的建构，研究实绩斐然可观。到20世纪70年代末80年代初，以台湾学者陈鹏翔的博士学位论文《中英古典诗歌里的秋天：主题学研究》写作完成及其主编的《主题学研究论文集》（1983）出版为标志，中国文学主题学研究迎来了一个崭新阶段。既有学理性、系统性的理论阐释，又有应用性、贯通性的研究实践，形成了具有民族特色的中国文学主题学研究体系。如果将之前的两个阶段分别视为中国文学主题学研究的初创期和成熟期，那么，进入20世纪80年代中后期，被陈鹏翔先生赞誉为"中国大陆利用主题学的理念来探讨中国古典文学很有成就的年轻学者"①的王立教授不但大胆吸收西方现代主题学理论中积极有效的研究方法，而且自觉继承前辈实践印证的有益学术思想，贯通中西，融汇古今，历时三十年笔耕不辍，以煌煌百万言的宏富成果开创和建构了"网络式"的思维方式和操作方法，即主题分类爬梳与共时性比较同步展开，将中国文学主题学研究带入蔚为大观的开拓期。

从1985年开始发表与主题学相关的系列学术论文，到《中国古代文学十大主题——原型与流变》（1990）、《中国文学主题学》（包括《意象的主题史研究》《江湖侠踪与侠文学》《悼祭文学与丧悼文化》《母题与心态史丛论》四册，1995）、《中国古代复仇文学主题》（1998）、《宗教民俗文献与小说母题》（2001）、《文人审美心态与中国文学十大主题》（2003）、《武侠文

---

① 陈鹏翔：《主题学研究回笔：序王立的〈中国古代文学十大主题〉和〈中国古典文学九大意象〉》，《文艺理论研究》1994年第4期。

学母题与意象研究》（2005）、《佛经文学与古代小说母题比较研究》（2006）、《中国古代文学主题学思想研究》（2008）、《〈聊斋志异〉中印文学溯源研究》（与刘卫英合著，2011）、《欧美生态伦理思想与中国传统生态叙事》（与刘卫英合著，2014）、《传统故事与异域传说——文学母题的比较文化研究》（2015）、《文学主题学与传统文化》（2016）等学术专著的陆续出版，王立教授以宏阔的研究视野、鲜明的研究立意、多元的研究理论、丰富的研究内容，打破了传统文学研究的保守观念和固定模式，破除了不同文体之间的边界束缚，强调在历时性和共时性结合之下各种文体之间的共存互补，并以意象学、文化人类学、审美心理学、心态史学、单位观念史学等方法论与文学作品的解读和文学现象的阐释紧密连接，突出文学的本体地位，构成一个真正以文学为本位、为核心的跨学科、跨文化、跨国别的综合性研究，力求找到"重构文学史"的新思路和新途径。

概而言之，王立教授的主题学研究，强调突破文学体裁、题材、主题、母题的界限范围，通过考察抒情文学中的主题与意象——惜时、相思、出处、怀古、悲秋、春恨、游仙、思乡、黍离、生死——以人为中心，以人的情感为线索，着重探索人的个体精神、文化心态等；强调雅、俗文学之间的贯通研究，以促进文人审美艺术创造方式和民族文化心理层次的探索；强调超个案、跨文类研究，注重研究对象的超文本性和研究方法的多元性；强调与国别主题学相映照的中印、中日、中西等跨文化主题研究，将佛经与印度文学的影响研究作为主题学研究的自然延伸和必然扩展；强调思想史、单位观念史的主题文学研究，重视以复仇文学主题为代表的叙事文学主题研究，通过描述诸多复仇作品之间的承续关系，勾勒出一部小说文化的生成史。"借用李炳海《中国古代复仇文学主题》序中说的：'王立先生的中国文学主题学研究在方法上兼采众家之长，运用多种方法进行探索，因而充满生机和活力。近些年引进的重要方法，他几乎都进行过尝试……根据所接触问题的性质，需要采用什么方法就采用什么方法，灵活多变，没有固定模式，因而取得良好的效果……特别值得称道的是，王立先生不但运用各种科学方法得心应手，同时又有自己的逻辑和规范，即跨文化而不失文学本位，贯通古今而又立足当代，兼顾中西而又突出民族传统。'"①

与王立教授的主题学研究不同，宁稼雨教授的中国叙事文化学研究虽也受到顾颉刚、陈鹏翔等前辈学者的启发，借鉴西方主题学的研究方法，吸收国内主题学的研究成果，但在两个研究角度上却突显出其作为一种全新的方法论的独特性和创造性。一方面，在于研究对象：首先，中国叙事文化学明确强调以叙事文学故事作为核心研究对象，而故事主题类型的核心构成要素又是情节和人物及其相关意象，避免了主题学研究因包罗万象的内容而逐渐"泛化"的研究趋向，将文化意象或纯粹母题从研究对象中剥离，而一定程度地向传统主题学研究回归；其次，中国叙事文化学把诗文、史传、戏曲、小说、说唱等多种形式的叙事文献作为考察对象，关注多个作品中同一情节和人物的异同轨迹，极大拓展了主题学主要以民俗学中产生的故事类型为内容的研究范围。②另一方面，在于研究方法：首先，中国叙事文化学注重叙事文学故事主题的纵向演变过程，尽力描绘出其传承的轨迹与演变的状貌，力求从中寻绎到内在的发展逻辑；其次，中国叙事文化学关注叙事文学故事主题的横向展开背景，竭力揭示其流变、展演背后的文学、文化动因，力图从整体上归纳其文化特色、提炼其文化价值。③中国叙事文化学以"中国""叙事""文化"三个关键词构建而成，本质上作为一种新的方法论，将有助于推进中国文学与文化研究的深入开展。

三、与叙事学的研究方法对比

"叙事"一词虽然早在古希腊哲学家柏拉图的《理想国》中就通过著名的"模仿/叙事"二分说被提出，但其作为一个学术术语指称特性的理论概念，进而形成关于叙事作品及研究叙事的本质、形式、功能的一门科学"叙事学"，则直到1969年法国学者托多罗夫在《〈十日谈〉语法》一书中

---

① 吴相洲：《引起学术界关注的文学主题学研究——从王立教授的三本系列专著谈起》，《北京大学学报（哲学社会科学版）》2000年第2期。

② 参见宁稼雨：《故事主题类型研究与学术视角换代——关于构建中国叙事文化学的学术设想》，《山西大学学报（哲学社会科学版）》2012年第3期。

③ 参见郭英德：《构建中国叙事文化学的学理依据》，《天中学刊》2012年第3期。

被命名才正式确立。经过半个世纪的蓬勃发展，对于如今的西方文艺理论界而言，叙事学是当之无愧的显学。在《语境与文化叙事学：纲要、概念与潜能》一文中，德国学者纽宁列举了语境叙事学、主题叙事学、比较叙事学、应用叙事学、马克思主义叙事学、女性主义叙事学、同性恋叙事学、种族叙事学、跨文化叙事学、后殖民叙事学、社会叙事学、认知叙事学、自然叙事学、新历史叙事学、文化与历史叙事学等当代叙事学分支竟多达十六种。

随着20世纪80年代中期一场轰轰烈烈的方法论热潮洞开国门席卷学术界，叙事学也被翻译和推介到国内学者面前。出于摆脱庸俗社会学束缚的渴求和破除政治意识形态干预的需要，学者们纷纷拿起"叙事学"这一方法论"利器"大胆应用于学术研究中。尽管经过了消化不良的"拿来主义"和一知半解的生搬硬套阶段，但到20世纪90年代中后期，无论理论研究抑或实践运用，都进入较为成熟和顺畅的时期，并取得了颇为丰硕的研究成果。如徐岱《小说叙事学》（1992）在纵观中外小说发展的基础上，从叙事的本体结构、构成要素、基本模式、控制机制、修辞特征等方面展开探讨，对中国古代叙事思想及当代西方叙事学说做了提纲挈领的概括和阐述。傅修延《讲故事的奥秘：文学叙述论》（1993）探讨了包括小说、戏剧、叙事诗等在内的叙事作品中的"叙述"，既对接西方叙事学理论，又从中国文学实际创作与批评需求出发，是一本兼具学术性与可读性的叙事学著作。罗钢《叙事学导论》（1994）从叙事文本、叙事功能、叙事结构、叙事时间、叙事情境、叙事声音、叙事作品的接受等方面对叙事学理论进行了全面系统的介绍。杨义《中国古典小说史论》（1995）从文化学和叙事学的角度，论述了中国小说的发展与儒、佛、道文化及诸子文化、民间信仰、地域文化的关系，提示了中国小说在世界文学中独具一格的艺术表现体系。之后杨义的《中国叙事学》（1997）通过对古代典籍的细读，发现了不同于西方叙事的中国叙事的文化密码，即叙事与历史相结合的源起，提出不同的思维方式在叙事中的不同表现原则，从对结构、时间、视角、意象、评点的总体把握和幽微探讨中发掘了中国叙事智慧的特征。这些研究成果使叙事学方法论在中国学者手中具有了不同于西方叙事学的民族性和差异化特点，是为建构中国叙事学所做出的有益尝试和不懈努力。其后，刘春云、王平、刘宁、王昕等更多学者更为自觉地置身于中国文学和文化语境，充分运用以索绪尔结构主义语言学为哲学基础的经典叙事学和具有明显跨学科、跨媒介、跨文化特征的后经典叙事学的理论体系，来研究《史记》《左传》《三国演义》、话本小说等中国传统文学，"这些研究成果的共同特点是利用西方叙事话语但不囿于西方叙事理论，在文学批评实践中突破叙事学单纯的结构分析局限，或自觉引进中国叙事批评的文化分析方式，或与其他批评理论相结合解决中国文学中的现实问题，可以说，在中国叙事学研究的道路上，其立场是民族性的、其方法是多元化的、其态度是包容性的、其视域是开放性的"①。

　　研究成绩固然可观，但研究局限也十分明显。因为叙事学的理论本质是结构主义的一个分支，而结构主义的两大基本属性即整体性和共时性，具体到叙事学理论，其最突出的特征就是隔绝叙事文本与外部世界的关联，把所研究的叙事作品作为一个不假外求而独立自主的封闭系统，从而专注于寻找叙事文本内部共存的诸种叙事要素和叙事成分之间的内在联系。这就造成从叙事者层面（包括叙事姿态、叙事心理）到所叙故事层面（包括叙事逻辑、叙事结构、叙事角色），从叙事话语层面（包括叙事时间、叙事角度）到叙事方式层面（包括叙事修辞、叙事模式），所有研究的观照内容全部都聚焦在叙事文本自身和内部，即便具有种类区别，如分古代小说为白话和文言，或者有时间序列，如分古代小说为六朝志怪、唐宋传奇、宋元话本、明清章回等，也无法避免内求有余而开放不足的拘囿。

　　宁稼雨教授提出的叙事文化学研究恰恰对此予以突破，强调从故事主题类型学的角度出发，把故事主题类型作为叙事文学作品的一种集结方式，全面揭示和解释那种既超越单一作品又跨越单一文本的个案故事主题类型的发生过程及其动因，具有了单个作家、单篇作品研究和文体史研究所无法涵盖和包容的属性与特点。同时，"中国叙事文化学通过分析故事主题类

　　① 王振军：《民族立场差异性研究比较的方法——论中国叙事学建构》，《内蒙古社会科学（汉文版）》2016年第3期。

型各要素在不同体裁、不同文本中的形态流变，以及在不同历史环境下的不同表现，可以窥见该故事受到时代因素的影响而发生的变异，最终提炼出贯通该故事全部材料和要素的核心灵魂，体现出文化对文学价值和审美价值的某种规定性。这样一来，叙事文学作品的时代价值与文化价值就得到了充分的彰显，这也正是中国叙事文化学的意义所在"①。

学术研究的自觉是现代学术的应有品格之一，宁稼雨教授的中国叙事文化学研究正是在吸收、借鉴、融汇、创新中，彰显了理论的深刻性和方法的可行性。

---

① 王平：《中国叙事文化学的研究对象、方法与意义》，《天中学刊》2017年第3期。

相关论文著作目录

论文

1. 于晓梅、王晓春：《对文学史重构的一个侧面考察——王立先生的文学主题学研究评述》，《黑龙江社会科学》2009年第4期。

2. 万建中：《民间故事母题学研究概观》，《文化学刊》2010年第6期。

3. 万建中：《中国百年故事学简历》，《西北民族研究》2011年第1期。

4. 王立：《"他者"的眼光——写在〈中国古代文学主题学思想研究〉前面》，《辽东学院学报（社会科学版）》2009年第5期。

5. 王立、吕堃：《母题的产生、识别、命名和定位——文学母题的重新认识与分类之一》，《辽东学院学报》2006年第2期。

6. 王源：《神话学的学科反思与创世神话研究的新进展——"中国神话研究的当代走向"学术研讨会综述》，《湖北民族学院学报（哲学社会科学版）》2011年第6期。

7. 宁稼雨：《主题学与中国叙事文化学的构建》，《中州学刊》2007年第1期。

8. 宁稼雨：《六朝小说概念的"Y"走势》，《山西大学学报（哲学社会科学版）》2007年第3期。

9. 宁稼雨：《木斋〈古诗十九首〉研究的方法论解读》，《江西师范大学学报（哲学社会科学版）》2010年第1期。

10. 李鹏飞：《古代小说主题的接受、传承及其研究》，《北京大学学报（哲学社会科学版）》2011年第3期。

11. 张隆溪：《文学理论与中国古典文学研究》，《中州学刊》2007年第1期。

12. 洪树华、宁稼雨：《近五十年来中国古代文学"人神之恋"研究的回顾与展望》，《山东大学学报（哲学社会科学版）》2006年第4期。

13. 姚晓黎：《〈中国古代文学主题学思想研究〉述要》，《太原大学学报》2008年第4期。

14. ［德］Theodor Wolpers、［法］David Kanosian、王立、铁晓娜：《建立文学母题分类系统的迫切必要——文学母题的重新认识与分类之二》，《辽东学院学报（社会科学版）》2007年第5期。

著 作

1.万建中等：《中国民间散文叙事文学的主题学研究》，北京大学出版社2009年版。

2.王立：《中国古代文学主题学思想研究》，天津教育出版社2008年版。

3.宁稼雨主编：《六朝小说学术档案》，武汉大学出版社2011年版。

4.宁稼雨编著：《先唐叙事文学故事主题类型索引》，南开大学出版社2011年版。

5.朱一玄、宁稼雨、陈桂声编著：《中国古代小说总目提要》，人民文学出版社2005年版。

6.祁连休：《中国古代民间故事类型研究（卷上）》，河北教育出版社2007年版。

7.祁连休：《中国古代民间故事类型研究（卷中）》，河北教育出版社2007年版。

8.祁连休：《中国古代民间故事类型研究（卷下）》，河北教育出版社2007年版。

9.胡万川：《台湾民间故事类型含母题索引》，里仁书局2008年版。

六朝小说概念的"Y"走势

宁稼雨

摘要：文章认为，六朝之前，中国典籍中"小说"一词所指并非现代文体意义上的小说；而当时含有现代小说文体因素的作品并不具有小说的名称。直到唐代，这两条线才逐渐合拢，形成一个"Y"走势。而六朝正是这个"Y"字形的两条端线分别形成却还没有合拢的时期。鉴于此，对"六朝小说"这一概念的使用，就应两者兼顾，不能顾此失彼。

关键词：六朝小说；概念；"Y"走势

以现今通常文学概论意义上的小说文体为基本坐标，对中国六朝时期符合这一文体的文献进行厘定，对中国古代人观念中的"小说"文体及其演化进行条分缕析，并在这二者的结合上对"六朝小说"这一概念的合理内涵进行界定，这就是本文写作的初衷所在。

本文的基本思路是，中国最早的"小说"观念与现代文学理论所认定的小说文体，几乎是风马牛不相及的两种概念。然而有趣的是，这两种相距甚远的概念竟然在中国文学的发展过程中逐渐地走到了一起。也就是说，当初设计"小说"这顶帽子的人，并没有打算把它戴到具有今天小说性质的东西头上。而当初具有今天小说性质的东西，也没有打算戴上"小说"这顶帽子。"小说"先是受到哲学家从说理角度的注意而被贬斥，继而又受到史学家从史料角度的关注而被排斥。这从侧面说明"小说"既不属于哲学，也不属于史学，所以最后它才被文学家从文学角度加以关注。文学家们不仅接受了"小说"这顶帽子，而且还把它戴在更适合戴它的东西上面，因此而实现了子部小说与集部小说的合拢。我们所界定的"六朝小说"这一文学现象，恰好正是这二者已经自立门户，却还未走到一起的合拢前夜。

一、六朝以前"小说"概念的离与合

这一部分要解决两个问题，一是考察六朝以前人们观念和现实中的"小说"是一种什么东西，二是分析二者之间如何从异而逐渐趋向于同。考察古人的小说概念，大抵要从三个方面来进行，一是看古人言论中对"小说"的理解和解释；二是从古人图书目录分类思想中看其对小说文体的理解；三是从古人所认定的小说文本中看其与今人"小说"概念的差异。对这三个方面，既要从横向的角度进行三者之间的联系比较，又要从纵向的角度对三者各自的变异进行把握。

古人言论中的"小说"一词，最早语源为《庄子·内篇》：

> 任公子为大钩巨缁，五十犗以为饵，蹲乎会稽，投竿东海，旦旦而钓，期年不得鱼。已而大鱼食之，牵巨钩陷没而下，骛扬而奋鬐，白波若山，海水震荡，声侔鬼神，惮赫千里。任公子得若鱼，离而腊之，自制河以东，苍梧已北，莫不厌若鱼者。已而后世辁才讽说之徒，皆惊而相告也。夫揭竿累，趣灌渎，守鲵鲋，其于得大鱼难矣。饰小说以干县令，其于大达亦远矣，是以未尝闻任氏之风俗，其不可与经于世亦远矣。[1]

庄子在这里采用的是其惯用的寓言手法。他以任公子自喻，以所得大鱼喻道家之真谛，亦即所谓"大达"；以"辁才讽说之徒"及所守鲵鲋喻百家异己之说，亦即所谓"小说"。可见"小说"一词在这里是庄子用来贬低道家以外的其他学说的形容性名词，它与"大达"相对，带有较强的感情

---

[1] 郭庆藩撰：《庄子集释》，中华书局1997年版，第399—400页。

色彩。因此它与后来人们所说的"小说"文体并不是同一所指，所以鲁迅对此认为，"然案其实际，乃谓琐屑之言，非道术之所在。与后来小说固不同"①。

先秦时期典籍中使用"小说"一词的唯有《庄子》一例，他书中偶有未用"小说"一词，但意思相同者。如《荀子·正名篇》中说：

> 凡人莫不从其所可，而去其所不可，知道之莫之若也，而不从道者，无之有也……故知者论道而已矣，小家珍说之所愿皆衰矣。②

荀子所说的"小家珍说"和庄子所讲的"小说"所指的具体对象虽然不同，但在用来贬低他人，以抬高自己这一点上却是一致的。他们都是以"道"的化身自居，将与自己的观点相左的理论斥为"小说""小家珍说"。这样看来，先秦时期"小说"一词的使用频率很低，它还不是一个为世人广泛认同的固定性名词，而只是先秦诸子信手拈来的用来贬低异己学说的一个贬义词。

然而，先秦时期"小说"一词又的确与后来文体意义上的"小说"不无关联。像后来桓谭所说的"丛残小语"，班固所说的"街谈巷语"，与庄子和荀子所说的"小说""小家珍语"都有相通之处。它们都指以琐屑的语言，来说明小的道理这样一种文化现象；而这种现象又同样受到世人的鄙薄。正是这个共同点，使先秦时期的"小说"一词成为中国古代小说概念的最初来源。

在《论语·子张》中也有一段关于小说的话语：

> 子夏曰："虽小道，必有可观者焉，致远恐泥，是以君子不为也。"③

尽管子夏的话没有主语，不知道"小道"是用来形容谁的。但班固在

---

① 鲁迅：《中国小说史略》，人民文学出版社1973年版，第1页。

② 王先谦撰：《荀子集解》，中华书局1988年版，第285页。

③ 刘宝楠：《论语正义》，中华书局1990年版，第402页。

《汉书·艺文志》中引用这段话时是用来解释小说家的性质的，所以有理由相信这里"小道"的主语就是指小说和小说家。子夏在这里谈到了小说的功能地位问题。子夏没有像庄子那样把小说贬得一无是处，肯定了它在内容上的可取之处，但同时也指出对小说的染指要有节制，否则就要受到它的泥滞。[①]所以君子不屑为之。子夏的这种看法对后来桓谭的思想有直接影响。

先秦典籍中真正与后代小说文体有关的记载是《庄子·逍遥游》中所说的"齐谐者，志怪者也"一语。尽管这里的"齐谐"是指书名还是人名尚莫衷一是，但后人多以为理解为人名较妥。[②]"志怪"在这里也是一个动宾词组，而不是一个文体概念。但后来的志怪小说却正是由此发展而来。庄子这句话的意思就是说，齐谐是专门记载怪异故事的人。后来的志怪小说喜欢用"齐谐"来作为书名，盖出庄子此语。[③]那么可见庄子这句话与后来的志怪小说文体关系甚密。齐谐所搜集的怪异故事今已不存，但先秦时期像他那样记载怪异故事的典籍却还不乏见到。如被明人胡应麟称为"古今语怪之祖"的《山海经》（《四部正讹下》）和胡应麟称之为"古今纪异之祖"的《汲冢琐语》（《九流绪论下》）等，都是当时志怪小说的佼佼者。

如果把《庄子》一书中这两处与小说有关的记载做一对比，就会发现一个值得深思的问题——庄子提到的那些以琐屑之言说出的小道理与今人所说的小说文体相距甚远，却被冠以"小说"之名；而庄子所说的志怪能手齐谐一语本来与后来的小说文体关系甚密，却被认为与小说毫无瓜葛。这个现象充分说明，先秦时期的小说概念和小说写作虽然都处于萌芽状态，但二者泾渭分明，没有人将二者视为同一文化现象。它告诉我们，先秦时期的"小说"概念与现代意义上的小说文本写作，还是井水不犯河水的关系。

西汉典籍中未见"小说"一词，但东汉时"小说"一词的内涵却发生了根本性的变化。桓谭在《新论》中说：

---

① 参见刘宝楠：《论语正义》引郑注"泥谓滞陷不通"。

② 参见成玄英疏："姓齐名谐，人名也亦言书名也，齐国有此徘谐之书也。志，记也……齐谐所著之书多记怪异之事。"另参见俞樾：《古书疑义举例》，中华书局1954年版，等书。

③ 南朝宋东阳无疑有《齐谐记》，清袁枚有《新齐谐》，一名《子不语》。

若其小说家，合丛残小语，近取譬论，以作短书，治身理家，有可观之辞。①

因为桓谭《新论》一书已经亡佚，所以这句话的语境已无从所知，但它已经给我们提供了足够的关于汉代小说现象的规律性总结。"若其小说家"，告诉我们"小说"一词已经不再是人们信手拈来的随意性用语，而是有着共同文体特征，是有专人队伍的群体性文化活动。接下来"丛残小语"一句，揭示出"小说"文体的内容特征。既然庄子这样的大思想家把琐言碎语斥为"小说"，那么小说家干脆承认这种事实，并以此作为自己内容上的约束和规范，使之成为小说内容的共同属性。"近取譬论"说的是小说的表现手法，也就是用比喻或象征的手法来阐明那些被人斥之为"丛残小语"的小道理；而且喻体的来源还要为人所熟知，方能达到说理讽喻的目的。"短书"指的是小说的外在形式。古时常以竹简的尺寸来决定书籍的地位和价值，经传地位至尊，所以尺寸要长；琐言碎语的地位尚不能肯定，所以要用短简。②小说既然不能和老庄孔孟并驾齐驱，那当然要用短简。有如清代经史之书用大开本，而小说杂书多为巾箱本、袖珍本之理。"治身理家，有可观之辞"一句尤为重要，它第一次从正面肯定了小说作为一种文体的功能价值。子夏谈到小说有"可观者"，但没有明确究竟在哪些方面可观。桓谭则将其具体化，他不顾庄子等人对小说的鄙薄嘲笑，敢于将小说置于对于"治身理家，有可观之辞"的重要地位。修身、齐家、治国、平天下为儒家提倡的人生最高境界，而在桓谭眼里，小说可以起到其中与个人修养有关的基本两项。这与先秦时期人们对小说的鄙薄眼光相比，显然小说的价值认识得到了极大的增强。

在桓谭之后，班固在《汉书·艺文志》中又对"小说家"做了进一步的说明：

---

① 参见《文选》卷三十一江淹杂体诗《李都尉从军》"袖中有短书"句李善注。
② 参见王充《论衡·谢短篇》："二尺四寸，圣人文语……汉事未载于经，名为尺籍短书，比于小道，其能知，非儒者之贵也。"

小说家者流，盖出于稗官，街谈巷语、道听涂说者之所造也。子夏曰："虽小道，必有可观焉，致远恐泥，是以君子弗为也。"然亦弗灭也。间里小知者之所及，亦使缀而不忘，如或一言可采，此亦刍荛狂夫之议也。①

班固这段话谈到两方面的内容：一是关于小说的功能地位，他继承了子夏、桓谭对小说的肯定意见，认为小说具有"一言可采"的价值，所以才会有"弗灭"的社会现状。但同时他也在一定程度上受到前人蔑视小说意见的影响，认为它是村野匹夫的小道末技。二是关于小说和小说家起源问题，这是班固对小说史研究的杰出贡献。在此之前，人们只是谈到小说的自身特征及其社会地位，没有人涉及小说的采集和生产过程问题。班固第一次指出小说的来源是稗官所为，是他们将道听途说的街谈巷语采集起来，上达天子，使天子了解风俗民情。②

班固不仅从正面直接介绍了当时小说的采集及生产过程，而且作为一部目录学著作，他还在书中著录了十五家小说的书名。这十五家小说共计一千三百八十篇，除个别书尚有零散佚文外，其余多已散佚。但班固所录书名及个别佚文对我们考察汉代小说概念，仍然大有裨益。

在班固所录十五家小说中，有九家为先秦时期作品，六家为西汉人所作。从内容上看，这些作品有的接近子书，有的则接近史书。这些书从内容上看似乎也可以列入子部或史部，但之所以被班固从那些神圣的殿堂中退而为小说家，主要是因为它们自身不是"浅薄"，就是"迂诞"，要么就是后人"依托"的冒牌假货。③所以胡应麟说《汉书·艺文志》所谓小说，"盖亦杂家者流，稍错以事耳"（《九流绪论下》）。鲁迅也说：

据班固注，则诸书大抵或托古人，或记古事。托人者似子而浅薄，

---

① 班固：《汉书》，中华书局1997年版，第1745页。

② 参见《汉书·艺文志》注引如淳语"《九章》：'细米为稗'。街谈巷说，其细碎之言也。王者欲知间巷风俗，故立稗官使称说之"。

③ 参见《汉书·艺文志》小说家类诸书班固注语。

记事者近史而悠缪者也。①

这些小说的大致内容和班固对它们的评价，反映出当时人们的小说观念中的继承和更新成分，进而揭示出远古小说观与现代小说观对接的迹象。

从继承的方面来看，那些子部小说的初衷仍然是要说理，只是因为说理的水平太低，流入浅薄，所以才被退置于小说家之中。这与庄子和荀子所说"小说""小家珍说"的情况基本相同，所以可视为对远古小说观念的继承。从更新的方面来看，从庄子到桓谭，他们提到的小说虽未明言体裁，但可以推测出当为议论文。尽管可能在其所取"譬论"中或许夹杂着叙事成分，但其目的还是为了说理，文章框架仍为议论文。而班固所收书中，已经有了脱离议论文的纯粹记事文。像《青史子》一书，班固就明言其为"古史官记事也"。另外像《周考》《黄帝说》等，或记国事，或叙人事，也明显是记事之体。尤其值得注意的是《虞初周说》。班固称其有九百四十三篇，这在《汉志》小说家中占了近四分之三。班固注云："河南人，武帝时以方士侍郎（号）黄车使者。"《虞初周说》原书已佚，但在东汉张衡《西京赋》及三国时期薛综注中留下了蛛丝马迹。把班固、张衡和薛综的话综合起来，可以知道作为方士的虞初在陪伴汉武帝出游时将《虞初周说》这样含有大量的神话怪异传说的小说带在身边，以备武帝随时垂问。而虞初的这一职责在武帝出游的过程中具有十分重要的作用，所以张衡才将其比之于夏禹时所铸神鼎，认为可在天子出游时逢凶化吉。虞初的工作与庄子所说的齐谐的工作几乎是相同的。可见到了汉代，大量过去处于自我消长状态中的接近现代意义上的小说故事，已经取得了与先秦人所说"小说"相同的地位。原先泾渭分明的井水和河水，开始流到了一起。它既说明两种小说观念对接的现实，显示出汉代小说观念的宽泛，同时也说明小说在汉代人们社会生活中的重要作用。

---

① 鲁迅：《中国小说史略》，人民文学出版社1973年版，第3页。

二、六朝典籍中"小说"概念的变异

这一部分要来看看六朝典籍中所使用的"小说"一词的内涵是什么，它与前代有何异同？然而在讨论正题之前，有必要澄清一下六朝时期"小说"文体的内涵外延及其类属关系。

第一个问题是，"六朝小说"在六朝人眼中是不是文学？众所周知，先秦时期的各种文体杂糅一炉，没有文学和非文学的文体界限。从汉魏六朝开始，文学才逐渐从各种实用性文体中分离出来，取得了独立的地位。"文"与"笔"成为区分艺术性与实用性文章界限的标志。正是由于这种分离，才形成了"盖文章经国之大业，不朽之盛事"这样的自觉认识，造就了诗歌的格律化和散文的骈俪化，产生了一系列文学理论著作，因而被鲁迅称为"文学的自觉时代"。就散文而言，由于丽藻风气的盛行，不仅使抒情写景一类文章完全骈俪化，而且除了历史、地理等有限的几种著作类型外，骈文的写作已经推进到奏议、论说、公文、信札等各种实用性文章的领域，连陆机《文赋》、刘勰《文心雕龙》这样的文学理论学术著作采用的也是骈俪之体。然而阅读这个时期的小说作品，如《搜神记》《世说新语》等，就会十分清楚地看到，它们使用的仍然还是传统的散体文，并未染指那风靡几代的骈俪文体。所以在六朝人的心目当中，小说仍然还是进不了文学殿堂的实用性文章。萧统《文选》中未收一篇今人所说的六朝小说，就是明证。然而在近年的一些古代小说研究论著中，竟然以汉魏六朝文学的自觉为大前提，由此演绎出六朝小说也有自觉的文学意识的结论。其失误就在于把六朝人的文学范围与今人的文学范围混为一谈，因而导致了概念的偷换。

第二个问题是，像《搜神记》这样的志怪小说，在六朝人的心目中，究竟是不是小说？考察这个问题首先应当根据六朝人自己的目录书。尽管六朝是中国古代目录学的辉煌时期，但遗憾的是六朝时期的目录书内容，从荀勖的《晋中经簿》、王俭《七志》到阮孝绪的《七录》，至今均已荡然无存。所幸阮孝绪《七录》的分类表还得以保存，其"子兵录内篇三小说部"中收有小说书六十三卷。这六十三卷小说究竟是哪些作品，已经不得而知，但却可以从《隋书·经籍志》中得其大概。就小说部分而言，《七录》所收的六十三卷与《汉书·艺文志》小说家类所收的一千三百八十篇数量上相差太远，而且《汉志》小说至六朝时已经亡佚，所以《七录》所收的小说应当不包括《汉志》小说家的作品，而应当是《隋书·经籍志》小说家类的前身。《隋志》小说家共收小说二十五部，一百五十五卷。在《燕丹子》条下注文中又列当时已佚小说四种，十四卷。其中除《燕丹子》的写作年代尚未确定外，其余二十八种均为六朝时人所作。按照魏征的说法，《隋志》小说家类的一百六十九卷作品应当基本上包含了《七录》小说部的六十三卷作品。

如果这个推测能够成立，那么用《隋志》小说家的作品名目来作为分析《七录》小说家中小说观念的依据，庶几不会离事实太远。而《隋志》小说家中所收的作品大致包括的是裴启《语林》、郭澄之《郭子》、刘义庆《世说新语》这样的志人小说，邯郸淳《笑林》、阳玲松《解颐》一类的笑话和《杂书钞》《古今艺术》《鲁史敧器图》一类的谱录书。其中没有一种《搜神记》《志怪》这样的志怪小说。显而易见，六朝人心目中的小说是不包括这些志怪作品的。因此，用志怪小说的材料作为探讨六朝人小说观念的根据，恐怕就要谨慎一些，至少六朝志怪小说的作者不是一种有意的、自觉的小说创作活动。不能设想还没有戴上（或许还不屑于戴上）"小说"这顶帽子的志怪小说家，会自作多情地用自己的作品向世人证明其如何符合"小说"的身份。因为小说在这时的地位远不能与史学相比。这与六朝小说是不是文学是一个问题的两个方面。①

这两个问题澄清以后，再来看六朝典籍中的小说认识，似乎就简单明快了。

六朝典籍提到"小说"一词者有以下两处。第一例，"建安七子"之一的徐干在《中论》中说：

---

① 但近年来有很多论著大谈六朝小说的自觉意识。他们普遍将志怪小说作为六朝人自觉进行小说创作的有力根据。

人君之大患也，莫大于详于小事而略于大道，察于近物而暗于远图。故自古及今，未有如此而不乱也，未有如此而不亡也。夫详于小事而察于近物者，谓耳听乎丝竹歌谣之和，目视乎雕琢采色之章，口给乎辩慧切对之辞，心通乎短言小说之文，手习乎射御书数之巧，体鹜乎俯仰折旋之容。凡此数者，观之足以尽人之心，学之足以动人之志。①

徐干是从为君之道的角度奉劝为君者不要"捡了芝麻，丢了西瓜"，为区区小事而牺牲大政方针。这与当时玄学家何晏、王弼为了同样的目的而从哲学上为理想君王人格创立理论基础，因此而提出"圣人体无"的著名玄学观点如出一辙。②徐干从耳、目、口、心、手、体六个方面列数种种区区小事，把"短言小说之文"作为和文体各项技能并列的雕虫小技，这反映出他对小说的看法还停留在庄子、荀子等人的程度。当然，如果反向思维的话，可以从中看出能和"丝竹歌谣""雕琢采色""辩慧切对""射御书数""俯仰折旋"同的小说，倒是应当具有相当的消遣娱乐功能。

第二例是鱼豢的《魏略》：

植初得淳甚喜，延入坐，不先与谈。时天暑热，植因呼常从取水，自澡讫，傅粉，遂科头拍袒，胡舞五椎锻，跳丸击剑，诵俳优小说数千言讫，谓淳曰："邯郸生何如邪？"于是乃更着衣帻，整仪容，与淳评说混元造化之端、品物区别之意……③

这段记载中有两点值得注意，一是俳优小说的数量已经相当可观。曹植之所以在邯郸淳面前扬才露己，是因为邯郸淳本人也是一个同好。《文心雕龙·谐隐》："至魏文因俳说以著笑书。"清人姚振宗据此以为邯郸淳《笑

---

① 徐干：《中论·务本第十五》。
② 参见何晏：《无名论》《王弼集校注·老子指略》。
③ 陈寿：《三国志》（第三册），中华书局1997年版，第603页。

林》即奉诏而撰。①可见俳优小说是当时贵族阶层十分流行的娱乐活动。二是俳优小说与那些胡舞五椎锻、跳丸、击剑等并行，说明俳优小说在当时已经属于"百戏"之列，是地地道道的娱乐活动。这一点与徐干的说法颇相吻合。

除此二条之外，六朝典籍中还有一些类似的记载。如曹植曾说："夫街谈巷说，必有可采；击辕之歌，有应风雅。"（《与杨祖德书》）此说上承子夏、桓谭对小说的社会功能认识，下与六朝时人的小说娱乐说拍和。《魏书·蒋少游传》："高祖时，青州刺史侯文和亦以巧闻，为要舟，水中立射。滑稽多智，辞说无端，尤善浅俗委巷之语，至可玩笑。"②《北史·李崇传》："若性滑稽，善讽诵。数奉旨咏诗，并使说外间世事可笑乐者，凡所话谈每多会旨……帝每狎弄之。"③《南史·始兴王传》："夜常不卧，执烛达晓，呼召宾客，说人间细事，戏谑无所不为。"④这些与前面的记载相互呼应，说明俳优小说在当时的广泛程度和娱乐作用。

还有一个非常值得参考的坐标，那就是六朝时期出现了三部直接以"小说"命名的小说，为我们考察六朝时期的"小说"概念提供了最可靠的范例。其一为刘义庆的《小说》，其二是南北朝无名氏《小说》，其三为《殷芸小说》。前两种已亡，唯《殷芸小说》尚存。

这三部以"小说"命名的六朝小说以其文本自身，给我们提供的六朝人小说的形象印象。从中可以感觉到六朝与前代在小说概念上的微妙变异。一方面，在这三部小说中似乎看不出它是子部书讲道理的附庸，而是史官记事之余的产物。刘知几在《史通·杂说》中说："刘敬叔《异苑》称：晋武库失火，汉高祖斩蛇剑穿屋丽飞。其言不经……梁武帝令殷芸编诸《小说》。"⑤姚振宗据此认为："此殆是梁武帝作通史时，凡不经之说为通史所

---

① 参见姚振宗：《隋书经籍志考证》小说家类。

② 魏收：《魏书》，中华书局1997年版，第1971页。

③ 李延寿：《北史》，中华书局1997年版，第1606页。

④ 李延寿：《南史》，中华书局1997年版，第1583页。

⑤ 浦起龙：《史通通释》，上海古籍出版社1978年版，第480页。以下所引此书皆据此版本，不再一一出注。

不取者，皆令殷芸别集为《小说》，是《小说》因通史而作，犹通史之外乘。"①《殷芸小说》按照朝代先后编排人物的顺序，与这种说法可以吻合。随之而来的，就是由史官记事的方法所决定，它不是"近取譬论"，而是直接以叙事为目的。另一方面，《殷芸小说》中以志人为主，兼及志怪的做法与班固《汉书·艺文志》小说家的收录原则有一定联系。《汉书·艺文志》小说家中所收诸书中记事与志怪的界限比较分明，尽管两种东西都收，但就一本书而言，要么就是记事，要么就是志怪，没有将二者共融一书的现象。而《殷芸小说》却做到了这一点，这说明它在继承中的一点变异。

如果把六朝目录书中的小说家书目、六朝典籍的"小说"一词的内涵和六朝以"小说"为书名的作品三者综合起来，便可以得出六朝小说概念的总体轮廓，从中看出它对秦汉时期小说概念的延续和变异。它承续的，是先秦时期庄子、荀子等人对小说不屑一顾的鄙视态度；而在汉代人企图将记载杂事的小说与记载怪异故事的小说共同视为小说的问题上，又表现出审慎而又有保留的拒斥。他们不同意将《博物志》《搜神记》这样的作品视为小说，却又在某些志人小说中收入一小部分这样的怪异故事。一方面，这种漫不经心的随意性却又隐含着对志人与志怪的小说共性的模糊认识；另一方面，他们又将秦汉时期具有表演意味的俳优引入小说领域，从而极大地增强了小说的消遣娱乐功能，这是六朝人小说观念的最大进步。

三、后人眼中的六朝小说

用今人的眼光来看，就文学价值而言，志人小说恐怕不能和志怪小说相比，可在六朝人眼里，志人小说尚可称得上"小说"，却算不了文学；志怪小说既不是小说，也不是文学。这种看法说明子部小说与集部小说在六朝时仍然处于分离的状态，从而表明他们的小说观念的保守和落后。然而无可否认的事实是，六朝时期的志怪小说出现并形成了一个前所未有的高潮，成为中国早期小说史的一个里程碑。那么随之而来的问题是，这些在当时没有跻身小说行列然而本身却不乏小说和文学价值的东西是如何取得

---

① 姚振宗：《隋书经籍志考证》，中华书局1955年版，第499页。

小说的资格的。对于这个过程的清理和描述将会使人们在观念中明确六朝时期子部小说与集部小说的接轨及其意义。

　　书目中的变化最能体现出这种对接融合的过程。从今人所认定的部分志人和志怪小说在《隋书·经籍志》《旧唐书·经籍志》和《新唐书·艺文志》三部书目中的入类情况来看，如果说魏征等人所编《隋书·经籍志》继承了六朝人目录书的入类原则的话，那么后晋人刘煦所编《旧唐书》，又承续了《隋书·经籍志》的入类，说明从六朝到唐五代，人们对小说入类的认识是基本一致的。从宋代欧阳修修《新唐书》开始，人们才把《博物志》《搜神记》这类志怪小说从史部杂传类退入子部小说家类。这是因为身为史学家的欧阳修，已经清楚认识到这类神仙怪异的内容显然不配取得史书的资格，所以他们的真实目的不是为了给那些志怪小说找到合适的"婆家"，而是因为纯洁和净化史书队伍阵营需要肃清"异己"。这种不得已的措施显然含有对这些小说的歧视和鄙薄，然而这种无意之举却在无形之间促成了有小说之名却缺乏小说之实的子部小说与无小说之名却有小说之实的集部小说二者之间的接轨。因为《汉书·艺文志》小说家类诸书多已亡佚，所以班固关于将记事小说与怪异小说共熔一炉的说法还只能是一种猜测。①但欧阳修却将我们今天人人可见的志人小说和志怪小说同列小说家中，这就使过去本来具有内在联系然而却天各一方的两种东西第一次堂而皇之地在目录学分类中走到了一起。从此以后，志人志怪这一对生死冤家就再也没有分离，一直牢牢地居于历代书目的小说家类中。

　　如果离开目录学著作，看一下后人典籍著作的话，就会发现欧阳修的做法实际上是继承了唐代刘知几的史学思想。刘知几从维护史书真实性的角度，早已提出将六朝时期《搜神记》这样的志怪书与《世说新语》归入一类，他说：

　　　　晋世杂书，谅非一族，若《语林》《世说》《幽明录》《搜神记》之

---

　　① 有人认为将《虞初新志》理解为就是写蚩尤一类志怪故事便是一种错觉。参见陈洪：《中国小说理论史》第一章，安徽文艺出版社1992年版。

徒，其所载或诙谐小辨，或神鬼怪物。其事非圣，扬雄所不观；其言乱神，宣尼所不语。皇朝新撰《晋史》，多采以为书……虽取说于小人，终见嗤于君子矣。①

这段话提供了这样几个方面的信息：其一，刘知几已经将含有"诙谐小辨"的《语林》《世说新语》和含有"神鬼怪物"的《幽明录》《搜神记》等量齐观，视为同类；其二，唐人撰修《晋书》时采用了大量这类志人志怪内容；其三，刘知几对此极为不满。虽然刘知几在这里没有对这些书直接冠以"小说"之名，但结合他在《史通·杂说》篇所说的殷芸奉敕将怪异故事编成《小说》和他在《史通·杂述》篇对小说所做的分类（详后），说他将此类书视为小说是没有问题的。而他对这些小说鄙视的角度，使我们对历史上小说受到歧视的原因又有了新的理解。如果说庄子、荀子对小说的蔑视是思想家和哲学家对异端邪说的贬低的话，那么到了刘知几这里，对小说的歧视已经转变为史学家维护史书真实性、纯洁性的清道夫的行为。然而他对史书清理门户的工作客观上却促使处于天各一方位置的志人志怪小说走到了一起。他从史学家的角度出发，将小说视为正史的附庸，并亲自将他所认为的小说进行了总结归类，他说：

是知偏记小说，自成一家，而能与正史参行，其所由来尚矣。爰及近古，斯道渐烦，史氏流别，殊途并骛，榷而为论，其流有十焉：一曰偏纪，二曰小录，三曰逸事，四曰琐言，五曰郡书，六曰家史，七曰别传，八曰杂记，九曰地理书，十曰都邑簿。（《史通通释》，第273页）

从今人的眼光来看，刘知几的分类仍然未免有些庞杂。他将史部的野史、杂史、地理书及家谱等与小说混在一起，说明他对这些书仍然抱有成见。这十家实际上是他编的一个入不了史书的"另册"。但他毕竟也看到这些书各自的特点和优点，特别是将六朝具有小说性质的书籍第一次进行小

---

① 浦起龙：《史通通释》，上海古籍出版社1978年版，第116—117页。

说内部的分类。其中"逸事""琐言"和"杂记"三类中的作品就是后来人们认为的六朝小说。他说：

> 国史之任，记事记言，视听不该，必有遗逸。于是好奇之士，补其所亡，若和峤《汲冢纪年》、葛洪《西京杂记》、顾协《琐语》、谢绰《拾遗》，此之谓逸事者也；街谈巷议，时有可观，小说卮言，犹贤于已。故好事君子，无所弃诸，若刘义庆《世说》、裴荣期《语林》、孔思尚《语录》、阳松《谈薮》，此之谓琐言者也……阴阳为炭，造化为工，流形赋象，于何不育，求其怪物，有广异闻，若祖台《志怪》、干宝《搜神》、刘义庆《幽明》、刘敬叔《异苑》，此之谓杂记者也。（《史通通释》，第274页）

从这里可以看出刘知几对小说的把握已经比较圆熟，他既能看到这些小说之间相通的共性，又能细致鉴别出各类之间的类别差异。在他看来，《世说新语》《西京杂记》和《搜神记》是从不同的侧面表现出小说的共同精神。这种认识，比起六朝人和唐代魏征等人，无疑是一个不小的历史进步。不仅明代胡应麟对六朝小说的认识本之于此，就是清代纪昀等人修撰《四库全书总目》时对小说家类所划分的"杂事""异闻""琐语"三类，显然也是受到刘知几的启发。所以，今天我们对六朝小说中"志人""志怪"的格局认识，将此二者作为中国小说的雏形加以考察，其功绩应当归于刘知几。

在刘知几之后，对文言小说（包括六朝小说）的认识具有创新意义的要数明代胡应麟。他对六朝小说认识的进步性表现在两个方面，第一是在分类上，他在刘知几"十分法"的基础上，又提出了著名的"六分法"：

> 小说家一类，又自分数种：一曰志怪，《搜神》《述异》《宣室》《酉阳》之类是也；一曰传奇，《飞燕》《太真》《崔莺》《霍玉》之类是也；一曰杂录，《世说》《语林》《琐言》《因话》之类是也；一曰丛谈，《容斋》《梦溪》《东谷》《道山》之类是也；一曰辩订，《鼠璞》《鸡肋》

《资暇》《辨疑》之类是也；一曰箴规，《家训》《世范》《劝善》《省心》之类是也。丛谈、杂录二类，最易相紊，又往往兼有四家，而四家类多独行，不可掺入二类者。至于志怪、传奇，尤易出入，或一书之中，二事并载；一字之内，两端具存，姑举其重而已。（《九流绪论下》）

胡应麟的"六分法"的贡献在于，他对小说划分的范围，比起刘知几显然又缩小了许多。他将刘知几所分十家中与小说相距较远的家谱、地理、都邑一类的史部书划出小说之外，而将小说特征较为明显的书籍收在一起。其中"志怪"一类大约是"志怪"一词首次用于小说的归类。他又根据唐传奇蓬勃兴旺，它自身难以企及的文学成就及其与六朝小说的紧密关系，将其与志怪、志人并驾齐驱。这表明他对文言小说中文学因素的极大重视，也表明包括六朝小说在内的文言小说，开始在文学性质上受到人们的瞩目。

胡应麟对六朝小说进步性认识的第二方面，是他对先秦子部小说与后代集部小说之间关系的认识。他第一次十分敏锐地发现《汉书·艺文志》十五家小说中子部小说与集部小说之间的不同。一方面，他认为，《汉书·艺文志》小说家诸作中唯有《虞初周说》与后世志怪小说有些渊源关系，他说："……盖《七略》（即指班固据以纂成的《汉书·艺文志》）所称小说，惟此（指《虞初周说》）当与后世同。方士务为迂怪以惑主心，《神异》《十洲》之祖袭有自来矣！"（《九流绪论下》）这说明他充分意识到《虞初周说》由于方士的故弄玄虚而产生的虚构性文学色彩。另一方面，他又清楚地看到除《虞初周说》以外的《汉志》小说与后世小说的根本区别：

《汉艺文志》所谓小说，虽曰街谈巷语，实与后世《博物》《志怪》等书迥别。盖亦杂家者流，稍错以事耳。如所列《伊尹》二十七篇，《黄帝》四十篇，《成汤》三篇，立义命名，动依圣哲，岂后世所谓小说乎？又《务成子》一篇，注称尧问，《宋子》十八篇，注言黄老，《臣饶》二十五篇，注言心术，《安成》一篇，注言养生，皆非后世所谓小说也。则今传《鬻子》为小说而非道家，尚奚疑哉！（又《青史子》五十七篇，杨用修所引数条，皆杂论治道，殊不类今小说。）（《九流绪论下》）

这实在是一个惊人的重大发现。他显然不满意前人对《汉志》所录小说的非文学性与六朝以来文学型小说笼而统之、混为一谈的模糊认识，而坚决主张将两者分离开来。这个发现的重要意义，并不在于要把这些《汉志》所收录的小说排除小说家类之外，而在于要强调小说中的文学精神和文学意味。如果说庄子和荀子是站在哲学家与思想家的角度将异端贬低为小说，刘知几是站在史学家的角度为史书清理门户，将不能入史的无稽之谈退入小说的话，那么胡应麟则第一次站在文学家的角度，为强调文言小说的文学精神而摇旗呐喊。在他看来，小说不必跟在别人后面，成为讲道理的手段，成为史书的附庸。小说为什么不能自张一军，为什么不能成为文学的一个方面军呢？这个犀利而深刻的见解是文言小说观念史上的一个重大突破和彻底解放。它为文言小说告别子书和史书的束缚，按照小说自身的规律、按照文学的形象来塑造自己，吹响了进军的号角。按照他的思路，不仅文言小说中的子部小说要向传奇小说靠拢，而且文言小说与宋元以来蓬勃兴旺的白话通俗小说也应视为同类。

　　然而胡应麟倡导的注重文言小说文学品位的呼声，在清代却遭到了重创。在胡应麟的"六分法"中，最具文学价值的是传奇小说一类，但在《四库全书总目》中，却根本没有设立"传奇"一类。那些脍炙人口的传奇名篇也理所当然地被排挤在中华典籍之外，没有立足之地。这既与清代朴学质实黜虚的社会风气有关，又决定于纪昀本人的传统文学观念。就小说而言，纪昀虽然承认小说具有"寓劝诫，广见闻，资考证"的功能，但由于"唐宋而后，作者弥繁，中间诬谩失真，妖妄荧听者，固为不少"，所以他的收录原则是："今甄录其近雅驯者，以广见闻，惟猥鄙荒诞，徒乱耳目者，则黜不载焉。"（《小说家类序言》）显然，在纪昀眼里，唐代单篇传奇是属于"猥鄙荒诞，徒乱耳目"者，所以登不了大雅之堂。这比起胡应麟的文学认识，显然是一个很大的倒退。他本人所写的《阅微草堂笔记》，也是有意模仿六朝小说的古朴笔法，坚决摒弃《聊斋志异》那样的传奇笔法。这貌似是对六朝小说的肯定，实际上以六朝小说的准小说、准文学性质与唐传奇至《聊斋志异》的成熟文学形态相对抗，其落后的文学观是显而易见的。到了晚清时期，很多改良主义政治家将小说作为政治斗争的工具，虽然对于提高小说的地位大有益处，但偏离了小说与文学的从属关系。而且他们所注意的，主要还是《水浒传》《三国演义》这样的长篇章回小说，基本上不包括我们所谈论的六朝小说。

真正将胡应麟以文学角度来观照、审视六朝小说的进步观念发扬光大的人是鲁迅。作为第一部中国小说史的科学理论著作，鲁迅在《中国小说史略》中完全排除了历代对于小说的各种指责和偏见，理直气壮地赋予小说以文学大族的地位。而在全书二十八篇中，六朝小说就占了"六朝之鬼神志怪书"（上、下）、"《世说新语》与其前后"三篇。1924年7月鲁迅在西安暑期讲学时所做的《中国小说的历史的变迁》讲稿中，总共六讲，六朝小说居其中一讲，题为"六朝时之志怪与志人"。六朝小说成为和唐传奇、宋元话本、明清长篇小说并驾齐驱的小说家族成员，它的文学地位和小说性质，也从此得到确认。六朝小说成为科学的研究对象，也从此开始。

从以上的分析论述中可以看出：一方面，中国古代文言小说经历了一个从哲学家的贬斥，到历史学家的排斥，最后终于被文学家慧眼识真，看出它与文学之间的血肉关系，欣然纳入自己领地的漫长过程。而另一方面，有些具有小说文学价值的作品尽管在当时没有被赋予小说的名称，但在历史的发展中却逐渐与有小说之名而文学价值低于自己的子部小说走到了一起，形成一个"Y"字形的走势。而六朝正是这个"Y"字形的两条端线分别形成却还没有合拢的时期。因此，对于六朝小说的范围界定，不能只要其中的某一端：既要包括六朝人自己对小说的认识及由此派生的小说作品，也要包括后人对六朝小说的认识及由此派生的作品；既要包括今人习惯意义上的文学性的小说，也要包括距离今人的小说概念较远然而却曾经是正宗意义的接近哲学或历史的琐碎材料。这就是我们对中国古代文言小说文体概念走向的基本看法。

原载《山西大学学报（哲学社会科学版）》2007年第3期

文学理论与中国古典文学研究

张隆溪

中国古典文学有自己的批评传统，而在我们今天所处的学术环境里，如何既坚持自己的传统，又融汇国际汉学和发源于西方的文学批评理论，在中国古典文学研究中开拓新的领域，并且使用新的方法，以期取得新的成果，是值得深入探讨的问题。在这方面，我们会遇到两种偏向：一种是过分强调文学和文化的独特性，认为东西方传统在根本取向上南辕北辙、互不相干，所以也就各自独特无"比"。这往往是文化保守主义者故步自封的弊病，目光和心胸都很狭窄，最终必然造成思想的枯竭，在学术研究中无法形成积极发展的局面。另一种则是生搬硬套，把西方流行的时髦理论机械套用来论述中国文学，却往往对中国传统缺乏了解，看似洋洋洒洒，实则无的放矢。这往往是学了一点外文，但对中国传统却知之甚少者易见的弊病。他们本来很西化，但仅仅在西方当代理论中看见一鳞半爪，尤其是曲解赛义德的《东方主义》后，就一下子变成"国学护卫者"，用西方后现代主义理论来论述中国传统。其中更有甚者则食洋不化，把自己都没有弄懂的外国概念和术语，拿来硬塞在半通不通的语言里，写出的论文像拙劣翻译的文字，以晦涩假冒深刻，欺世盗名。这样的论文看起来似乎热闹，实则制造学术泡沫，没有真正的价值。这两种偏向都不可取，所以笔者认为，我们不仅应该了解国外汉学的情形，也应该了解当代西方的文学理论，但与此同时，又必须避免机械搬用西方理论，更不要赶时髦，借外国的理论概念和术语来标新立异。总而言之，完全排斥外国的理论固然不可取，但以为外国的理论一切高明，不经过自己头脑的批判思考即人云亦云，则更不可取。

那么，在中国古典文学研究中，如何融汇西方理论而又避免机械套用西方理论呢？在此，笔者希望用自己的经验做一个具体例子，来讨论这一问题。用自己的研究为例，也许难免自我标榜之讥，可是笔者把思路和研究方法呈现在诸位方家之前，也是剖析自己并求教于学界诸位高人的坦诚之举。如果由此得到学者专家们的批评，引起大家的讨论，那更是笔者所庆幸的了。

笔者曾在美国长期任教，深感在当代西方的学术界，对中国文学和文化传统的认识，仍然有不少问题。这个问题和赛义德《东方主义》一书中所描述的问题基本一致，即西方学界所见的东方，往往并不符合东方的实际，而是西方所想象的东方，是作为西方的"他者"即与西方相反的历史和文化传统的一个幻象。这当然不是西方所有汉学家和理论家的情形，但不可否认的是，把东西方文化对立起来，过分强调文化差异，确实是西方学界的一个问题。钱锺书先生《管锥编》开篇即以黑格尔为例，批评他"尝鄙薄吾国语文，以为不宜思辨"。其实这样的错误，在当代西方学界依然存在。笔者在研究中，就较多批评过这种错误，通过具体例证来讨论中西文学和文化的汇通之处。拙著《道与逻各斯》就是循着这一思路写成的。此书英文初版于1992年，1998年又有冯川先生翻译的中文版。笔者想趁此机会说明写作此书的基本设想，也把近年来阐释学的发展略做一些检讨和评论。

此书英文原版在《道与逻各斯》这个主书名下，还有一个副书名是"东西方的文学阐释学"，说明该书以文学阐释为主，但其理论基础是阐释学，尤其是德国哲学家伽达默尔所讨论的阐释学，是在哲学的基础上来探讨语言文字的阐释问题。该书的写法是先讨论阐释学，然后进入东西方文学的阐释。就理论的应用而言，也许有人会问：为什么选择阐释学来做东西方文化比较的切入点呢？这样做是否会把一个源自德国传统的理论，套用在中国文学的讨论之中呢？然而笔者的做法不是应用现成的德国理论、概念和术语，而是把这一理论还原到它产生的基本问题和背景里。笔者认为，东西方的比较必须从基本问题入手，而不能机械搬用西方现成的理论，将其强加在东方的文本之上。当然，阐释学也是西方理论，但这一理论并不是一般意义上的方法，不可能按部就班地套用这种方法来解决理解和解释的问题。阐释学的基础是有关语言和理解的问题，而那是任何文化、任何文学传统都存在的问题。在西方，一方面有解释古希腊罗马典籍的评注传统，另一方面有解释《圣经》的评注传统，另外还有解释法律的法学传统。19世纪德国学者施莱尔马赫正是在这些局部阐释传统的基础上，建立起有普遍意义的阐释学。在中国，也历来有解释儒家经典、佛经和道藏典籍的评注传统，有对诸子的评注，有历代的文论、诗话、词话等。在东西方丰富的评注传统中，关于语言、意义、理解、解释等问题，有许多可以互相参证、互相启发之处，所以在阐释学方面，也就有许多可以探讨的共同问题。东西方表述这类问题可能各不相同，但问题的实质却是基本相同的。所以，在这一层次上做比较，讨论语言和理解，就不会把西方理论和解决办法机械套用到东方的文本上去。

那么，此书要讨论的基本问题是什么呢？首先就是东西方文化传统如何看待语言和达意的问题。该书名为《道与逻各斯》，就因为中国之"道"，希腊之"逻各斯"（logos），都恰好涉及语言和达意的问题，而且各在一个词里，表述了相当类似的看法。这看法就是思维和语言表达有距离，内在思维（道理之道）不可能充分用语言（道白之道）来表现，但思维和语言都包含在同一个"道"字里。《老子》开篇就说："道可道，非常道；名可名，非常名。"意思是能说出口来的道，能叫出名来的名，就已经不是真正的道、真正的名，所以他又说"道常无名"。换言之，最高的道，宗教哲学的真理，都是超乎语言之上，说不出来的。所以庄子说："辩不若默，道不可闻。"同样的意思，也表现在"逻各斯"这个希腊字里。逻各斯的基本含义是说话，所以独白是monologue，对话是dialogue，其中mono表示"单一"，dia表示"交叉"或"互相"，后面加上logue，也就是逻各斯。同时逻各斯又表示说话的内容、语言讲出来的道理，所以很多表示学科和学术领域的词，都往往用-logy即逻各斯来结尾，例如anthropology（人类学）、biology（生物学）、theology（神学）等，而专讲如何推理的logic即"逻辑学"，更直接来自logos即逻各斯。由此可见，道与逻各斯都和语言、思维相关，这两个词各在中国和希腊这两种古老的语言文化传统里，成为非常重要的观念。

　　如果说，道与逻各斯既是内在思维，又是表达思维的语言，那么东西方在讨论思维和语言表达的关系时，往往都认为语言不能充分达意。哲学家多责备语言不够精确，宗教家声称与神或上帝相通的神秘经验无法形之于言，作家和诗人则感叹内心最深邃的思想感情都不可言传。德里达认为，西方传统中有贬低书写文字的倾向，以内在思维为最高，口头语言不足以表达内在思维，而书写文字离内在思维就更远。这种分等级层次来贬低书写文字的倾向，就是他所谓的逻各斯中心主义（logocentrism）。德里达认为，西方的拼音文字在书写形式上力求接近口头说出的语音，反映出逻各斯中心主义的等级次序，因此逻各斯中心主义也是语音中心主义（phono-centrism）。他又依据美国人费诺洛萨和庞德对中文并不准确的理解，推论非拼音的中文与西方文字完全不同，并由此证明逻各斯中心主义只是西方所独有，而中国文明则是完全在逻各斯中心主义之外发展出来的传统。可是从老子和庄子的思想，如《易·系辞》所谓"书不尽言，言不尽意"等说法，我们都可以认识到，对语言局限的认识是东西方所共有的。东西方文化当然有许多程度不同的差异，但把这些差异说成是非此即彼的绝对不同，甚至完全对立，则是言过其实，无助于不同文化的相互理解。

　　然而，对语言局限的责难、对语言不能充分达意的抱怨，本身又是通过语言来表达的。所以凡责备语言不能达意者，又不得不使用语言，而且越是说语言无用者，使用语言往往越多越巧，这就是笔者所谓"反讽的模式"。庄子虽然说"辩不若默"，主张"得意忘言"，但他却极善于使用语言，文章汪洋恣肆，各种寓言和比喻层出不穷、变幻万端，在先秦诸子中，无疑最具文学性、最风趣优美而又充满哲理和意境。中国历代的文人墨客，也几乎无一不受其影响。惠施曾质问庄子，意思是说，你常说语言无用，但你却使用语言，你的语言不是也无用吗？庄子回答说："知无用而始可与言用矣。"他还说："言无言，终身言，未尝言；终身不言，未尝不言。"这是很有意思的一句话，就是说首先要知道语言无用，知道语言和实在或意义不完全是一回事，然后才可以使用语言。有了这样的意识，知道语言不过是借用来表达意义的比喻性质的临时性手段，那么你尽可以使用语言，而不会死在语言下。但如果没有这种意识，哪怕你一辈子没有说多少话，却未尝不会说的太多。然而这绝不是庄子巧舌如簧、强词夺理的狡辩，因为这其实说出了克服语言局限的方法。这是认识而且充分利用了语言的另一面，即语言的含蓄性和暗示性，使语言能在读者的想象和意识中引起心中意象，构成一个自足而丰富的世界。

这样一来，"辩不若默"就不纯粹是否定语言，而是指点出一种方法，即用含蓄的语言来暗示和间接表现无法完全直说的内容。这在中国诗和中国画中，都恰好是一个历史悠久而且普遍使用的方法。既然语言不能充分达意，那么达意的办法就不是烦言絮聒，而是要言不烦，用极精练的语言表达最丰富的意蕴。中国诗文形式都很精简，讲究炼字，强调意在言外，言尽而意无穷，这就成为东方诗学的特点。苏东坡在《送参寥师》中说："欲令诗语妙，无厌空且静。静故了群动，空故纳万境。"这句话可以说道出了我国古典诗学的一个要诀。东坡欣赏陶渊明，说其诗"外枯而中膏，似澹而实美"，也表现了这一诗学审美判断的标准。不过，我们不要以为只有东方诗学有此认识，因为这种讲究语言精简的文体，也正是《圣经》尤其是《旧约》的特点。所以从比较诗学更开阔的眼光看来，对语言唤起读者想象的能力，东西方都有充分认识，而且这种意识也体现在诗人的创作当中。所以笔者在《道与逻各斯》中不仅讨论了陶渊明和中国诗文传统，也讨论了莎士比亚、T.S.艾略特、里尔克、马拉美等西方诗人的创作，更随处涉及西方文学批评理论。这种讨论一方面从诗人自身的文化环境中来理解作品，同时又突出一些共同的主题，如语言和表达的问题。把不同的作品并列起来看，尤其联系到共同的主题，就可以看出文学阐释学那些具有普遍意义的观念，并且可以看出其在不同文学和文化传统中的呈现。这样，我们就可以通过对基本问题的深入讨论，在东西方比较中加深我们对语言和表达问题的理解，也加深我们对意义和解释问题的理解，同时熟悉作家、诗人是如何克服语言障碍而成功实现圆满表达的艺术方法。

阐释学充分承认我们认识主体的作用，承认同一文本可以有多种不同的理解和解释。中国早有"见仁见智"和"诗无达诂"的说法，这对我们来说并不难理解。但是，这并不等于理解和解释是漫无目的，批评判断没有深浅高低之分。近年来对理解和阐释标准的讨论，可以说是阐释学发展值得注意的一个方面。杰拉德·布朗斯（Gerald Bruns）讨论阐释学发展，就特别注意阐释经典与阐释者所处时代环境的关系。阐释总是有具体环境和内容的，并不是主观随意的纯意识活动。意大利学者和作家艾柯（Umberto Eco）提出了"解释"和"过度解释"的概念，认为作品本身有其意图（intentiooperis），可以在相当程度上约束或指引读者的理解。合理的解释，应该尽量能圆满解释文本中的各个细节，使之相互支持而不彼此龃龉，所以我们不能忽略文本而做过度的诠释。在此问题的讨论中，这是一个相当重要的贡献。正如伽达默尔所强调的，阐释并不仅仅是一种理论，而首先是存在的基本状态。也就是说，理解和解释问题无所不在，随时需要在具体境况中去解决。这一方面说明，阐释学没有一成不变的方法，并非一旦掌握就可以到处搬用；另一方面也说明，这是我们需要不断深入思考的问题，尤其在东西方比较中，可以继续去探讨。特别在古典文学阐释学领域，我们还有许多工作可以做，需要更多更深入的研究。

东西方古典文学比较研究是一个范围广阔、可以大有作为的领域，但也是一个对研究者要求甚高、并非轻易可以取得成就的领域。我们必须对东西方的历史、哲学、文学和文化传统有相当了解，才有可能做出一点成绩。在这个研究领域里，拙著《道与逻各斯》只是一种初步的尝试。笔者相信，在中国古典文学研究中，深入而不是浮泛的中西比较研究应该能做出一点贡献，也应该有创新发展的可能和前途。

原载《中州学刊》2007年第1期

近五十年来中国古代文学"人神之恋"研究的
回顾与展望

洪树华、宁稼雨

摘要："人神之恋"是先秦至宋代文学尤其是志怪传奇小说中反复出现的题材和审美意象。近五十年来，"人神之恋"逐渐成为学者研究的热门话题，其研究成果甚为丰硕，论者以对作品的个案研究和整体研究来分析它的审美意蕴。在个案研究方面，论者主要对先秦诗赋至六朝志怪的具体作品进行分析，挖掘其中的人神婚恋内涵；在整体研究方面，论者通过一个朝代或多个朝代文学出现的人神之恋现象给予整体把握。

关键词：巫山神女；人神之恋；审美意象；古代文学；回顾与展望

近五十年来，中国古代文学中的主题学研究，逐渐成为研究热点。在这些主题研究之中，"人神之恋"无疑是备受人们关注的文化现象。"人神之恋"是先秦至宋代文学尤其是志怪传奇小说中反复出现的题材和审美意象。这个选题涉及文学、社会学、宗教学、文化人类学等诸多学科的交叉领域，对于深化文学的文化学研究，探讨古代文人的生活理想和创作心态，都将起到重要的作用。同时，对其艺术表现手法的传承演变分析，也会有助于文学主题学在艺术传承方面的规律性总结。本文拟从20世纪50年代以来直至21世纪初的研究状况做一回顾，同时就今后对"人神之恋"研究提出几点想法。

一、20世纪50年代初至70年代末的研究

据中山大学中文系资料室编《中国古典文学研究论文索引（1949—1980）》和中国社会科学院文学研究所图书资料室编的《中国古典文学研究论文索引（1966.7—1979.12）》得知，在这期间约三十年之中，学术界对中国古代文学作品的思想内容及艺术特色的研究倾注更多心血，而对"人神之恋"关注不够，以神女或巫山神女为题的论文仅有四篇，含人神恋爱为题的论文仅一篇。至于著作，大多蜻蜓点水般提及几句。以中国文学史为例，如中国社会科学院文学研究所中国文学史编写组编写的《中国文学史》（全三册）第一册对曹植《洛神赋》的评述为："这篇赋以神话中关于宓妃的故事为基础，通过作者的幻想，塑造出洛神这个美女形象，流露了作者对洛神的爱慕之情和人神相隔不能如愿的惆怅。"[①]另外对魏晋南北朝志怪中的"人神之恋"现象做了简洁提及，认为："写人和鬼神恋爱的作品，还有《幽明录》中的《刘晨阮肇》、《搜神记》中的《袁相根硕》、《续齐谐记》中的《青溪庙神》等。"（《中国文学史（一）》，第380页）。同样，在游国恩等编的《中国文学史》里，针对《洛神赋》和《幽明录》做了如下叙述："这篇赋接受了《神女赋》的影响。熔铸神话题材，通过梦幻境界，描写一个人神恋爱的悲剧。赋中先用大量篇幅描写洛神宓妃的容貌、姿态和装束，然后写到诗人的爱慕之情和洛神的感动，最后由于'人神之道殊'，洛神含恨而去，和诗人失意追恋的心情，有浓厚的悲剧气氛"[②]；"《幽明录》中的《刘晨阮肇共入天台山》一则，记载一个人仙恋爱的神话故事。唐传奇《游仙窟》在构思上是受了它的影响（游国恩等：《中国文学史》，第30页）"。等等事例表明，这一阶段"人神之恋"的主题并未引

[①] 中国社会科学院文学研究所中国文学史编写组编写：《中国文学史（一）》，人民文学出版社1962年版，第19页。以下所引本文皆据此版本，不再一一出注。

[②] 游国恩等：《中国文学史》，人民文学出版社1963年版，第20页。以下所引本书皆据此版本，不再一一出注。

起学者的广泛关注。

二、20世纪80年代初至21世纪初的研究

在20世纪80年代之后，"人神之恋"逐渐成为学者关注的焦点。从中国社会科学院文学研究所图书资料室编写的《中国古典文学研究论文索引（1980—1985）》上看，就有论文在对《楚辞》和曹植《洛神赋》的分析中涉及了"人神之恋"。如陈祖美的《恨人神之道殊，怨盛年之莫当——〈洛神赋〉的主题和艺术特色》（《文史知识》1985年第8期）和张亚新的《略论洛神形象的象征意义》（《中州学刊》1983年第6期）等。尤其是在20世纪90年代后，有关"人神之恋"现象之研究的论文纷纷出现，甚至有冠以"人神恋"之名的硕士和博士论文呈现于读者面前。在这一时期里，古代文学的"人神之恋"研究成果甚为丰硕。下面以"人神之恋"的个案研究和整体研究两个方面，对近二十五年来的成就进行梳理与审视。

（一）关于"人神之恋"的个案研究

在"人神之恋"的个案研究方面，论者主要对先秦诗赋至六朝志怪中的具体作品或者说单篇作品进行分析，挖掘其中的"人神婚恋"的内涵。

1.先秦文学中"人神之恋"的研究

对先秦文学中"人神之恋"的研究，研究者体现在对《九歌》中的《湘夫人》《湘君》《山鬼》及宋玉《高唐赋》《神女赋》的解读中，得出了"人神之恋"的结论，如钱玉趾认为：《湘夫人》书写了一段恋情，相恋的一方是湘夫人——一位女神，另一方是人间的一位男子（男巫）。这种恋情是"人神之恋"。《湘君》写湘夫人寻觅、恋慕湘君（男神），《山鬼》写一位人间女子寻觅、恋慕山鬼（男性鬼神），这三篇是古代爱情诗的绝佳之作。①对《九歌》中这三篇作品的解读，张峰屹、赵季也认为是"人神之恋"，《湘君》《湘夫人》表现湘水之神相互爱慕追求却终于不遇的波折变化的心境。《山鬼》写山神与相爱的人约会，而所爱之人爽约，从而刻写出山

---

① 参见钱玉趾：《〈湘夫人〉〈湘君〉〈山鬼〉：古代爱情诗的佳绝之作》，《西北民族学院学报（哲学社会科学版）》1999年增刊。

神等所爱的人而不得的思念、怨恨、犹疑、伤感等复杂情绪。[1]对《九歌》的《湘君》《湘夫人》《山鬼》的"人神之恋"现象，研究的论文不多。相比而言，对先秦文学的研究，学者多以"巫山神女"或"高唐神女"为主题的论文探讨人神之恋。其一，以原型论来审视"巫山神女"的人神之恋。王守雪认为：宋玉塑造的神女形象，也并不是原型之原，那祀典上美丽多情的巫女才是原型之原，……她反映了先民集体无意识的积淀，她从远古走来，那万人膜拜的女神，逐渐变成了男人们梦寐以求的神女。[2]众所周知，《高唐赋》《神女赋》两赋都以楚王与巫山神女的性爱故事为题材，那么巫山神女的原型是否是单一的呢？刘不朽认为：高唐神女的原型是多样的，在战国时期高唐神女传说出现之前，楚民族、夏民族和其他部族里都曾广泛地流行以女神崇拜为主的祖先崇拜。从某种意义上讲，巫山高唐神女是一个复合型的神祇，是原始先民多种崇拜所集合的形象。[3]其二，从神女形象的意蕴看。孙维城认为：《高唐赋》《神女赋》所表现的不是讽谏、不是淫浮，而是一种感伤、一种忧郁、一种心灵的远游。他还援引明代王世贞的看法，指出宋玉笔下的神女在意而不在象，是一种心意的寄托，进而认为，宋玉《高唐赋》《神女赋》的主旨是写生命的忧伤。[4]然而，巫山神女到底是什么？还有其他意蕴吗？高钧认为：巫山神女应指赤帝之女瑶姬，其实就是宋玉自己，是作者创造的喻指贤能之士的艺术形象，以此表白自己的贤能及对楚怀王、楚襄王的忠贞的态度。[5]其三，从影响视角上看，《高唐赋》《神女赋》塑造的瑰丽艳冶、美貌多姿的神女形象，尤其是楚王的游冶艳遇，神女的自荐枕席，对后代的艳情文学创作产生了广泛而深刻的影响。胥洪泉认为：汉乐府旧题《巫山高》的创作在题材内容上受

---

① 参见罗宗强、陈洪主编：《中国古代文学发展史（上册）》，张峰屹、赵季撰，南开大学出版社2003年版，第137页。

② 参见王守雪：《美和情欲：梦会神女原型题旨的内核》，《殷都学刊》1996年第3期。

③ 参见刘不朽：《三峡探奥·之三十八宋玉〈神女赋〉解读——巫山神女传说的原型与演变》，《中国三峡建设》2003年第11期。

④ 参见孙维城：《论宋玉〈高唐〉〈神女〉赋对柳永登临词及宋词的影响》，《文学遗产》1996年第5期。

⑤ 参见高钧：《〈高唐赋〉三解》，《洛阳师专学报》1997年第4期。

《高唐赋》《神女赋》的影响。自从二赋问世后，中国后代传统文化中的典故大多与此有关，如"巫山云雨""朝云暮雨""自荐枕席""高唐梦""楚梦""阳台"等，这些艳词艳曲被文人士大夫广泛运用，影响了文人士子的艳情文学创作。①当然，关于"巫山神女"的话题，一些真知灼见还出现在近年来的论文里，如李定广和徐可超《论中国文人的"巫山神女情结"》[《复旦学报（社会科学版）》2002年第5期]、吴天明《高唐神女传说之再分析》（《云梦学刊》2003年第4期）、连镇标《巫山神女故事的起源及其演变》（《世纪宗教研究》2001年第4期）、桑大鹏《论巫山神女故事形成过程中的巫术观念演绎历程》（《理论月刊》2002年第12期）、程地宇《巫山神女：巴楚民族历史文化融合的结晶》[《三峡大学学报（人文社会科学版）》2004年第3期]、刘刚《宋玉〈高唐〉〈神女〉二赋之主旨新论》（《鞍山师范学院学报》2004年第3期）、林涓和张伟然《巫山神女：一种文学意象的地理渊源》（《文学遗产》2004年第2期）、董芬芬《巫山神女传说的真相及屈原对怀王的批评》[《西北师大学报（社会科学版）》2004年第3期]，以及叶舒宪《高唐神女与维纳斯》一书中与之有关的论著等。

2.汉魏的史传及辞赋中的"人神之恋"研究

关于汉魏时代的"人神之恋"研究，体现在对托名班固的《汉武内传》《汉武故事》、六朝辞赋及曹植《洛神赋》等之中。学术界对《汉武内传》中的人神之恋关注很少，如钟来茵在《论〈汉武帝内传〉中的人神之恋》[《东南大学学报（社会科学版）》1999年第3期]中认为，《汉武内传》的基本内容是西王母与汉武帝之间的人神之恋。而近五六年来，关于《洛神赋》的研究竟然有二十多篇论文，其中不乏以人神恋为题的论。论者主要从《洛神赋》的寓意（主旨）入手，分析其中的人神恋。如袁培尧认为：《洛神赋》熔铸了神话题材，通过梦幻境界，描写了一个人神恋爱的悲剧，借描写洛神而寄寓自己有志不遂的思想感情。②刘大为认为：从《洛神赋》

---

① 参见胥洪泉：《〈高唐赋〉〈神女赋〉影响略论》，《西南师范大学报（哲学社会科学版）》1999年第3期。

② 参见袁培尧：《一幕人神恋爱的悲剧——曹植〈洛神赋〉赏析》，《商丘职业技术学院学报》，2004年第5期。

的题材看，是曹植在渡洛水时有感于洛神的优美传说，又受宋玉《神女赋》的启示，触景生情而作。《洛神赋》确实描绘了凡男与神女之恋，因此，主张其主题为"爱情"说者并无不可。但曹植与洛神之恋，又是被什么人、什么力量拆散的？其答案正是曹植创作《洛神赋》的主旨所在，也就是隐藏着《洛神赋》主题思想的内核物［《中国文学史（一）》，第5154页］。探讨《洛神赋》的主旨（寓意）不唯刘大为一人，还有刘玉新、周明、郑慧生等人。刘玉新认为：曹植和甄氏确实存在着一种罗曼蒂克般的暧昧关系。在这种关系的基础上，曹植慷慨有悲心，兴文自成篇，写出了脍炙人口的《洛神赋》，用以寄托自己的哀思和悲愤，是合乎情理的。[1]也就是说《洛神赋》的寓意在于感甄后之情。对于《洛神赋》寓意的理解，学术界除了"寄心君王说"，还有"感甄说""追求理想失望说""对爱情和幸福的追求说"等。周明先生则认为：曹植在《洛神赋》以洛神自喻，表达了对君王（魏文帝曹丕）又怨又恋的复杂感情。曹植所用的方法得之于屈、宋，在赋中以神女自比，既怨君王的"悔遁有他"，却又留恋、寄心于彼。[2]张平、黄洁认为：曹植创作《洛神赋》的基本动机是明确的，就是要将自己多年受压，而又甚为强烈的思想曲折地表现出来。《洛神赋》的主题所要表现的，就是曹植追求精明政治、渴望建功立业的思想，同时也表达了曹植对于贤明君主的追求。[3]梁海燕从《洛神赋》的渊源及其魅力出发，谈及了《洛神赋》的主旨：《汉广》和《山鬼》之所以是《洛神赋》的渊源，是因为后者也是以爱其不得所爱，又不能忘其所爱的人神恋爱悲剧为题材，而且与《山鬼》相仿，也以人神恋爱的爱情悲剧象征政治理想的幻灭。《洛神赋》的寓意，是象征曹植自己的美好政治理想。[4]对《洛神赋》的主旨和意蕴，有的说是"感甄"，有的说是"寄心君王"，等等，可谓仁者见仁，智

---

① 参见刘玉新：《〈洛神赋〉寓意管窥——兼谈曹植与甄后的暧昧关系》，《聊城师范学院学报（哲学社会科学版）》1996年第1期。

② 参见周明：《怨与恋的情结——〈洛神赋〉寓意解说》，《南京大学学报（哲学社会科学版）》1994年第1期。

③ 参见张平、黄洁：《〈洛神赋〉主题再探》，《重庆师专学报》1996年第1期。

④ 参见梁海燕：《〈洛神赋〉的渊源及其魅力所在》，《中国韵文学刊》1998年第2期。

者见智，但多数人还是认为《洛神赋》所写的就是人神之间的恋情。然而林世芳则用弗洛伊德学说重新诠释《洛神赋》，认为《洛神赋》的主题是诗人曹植在险恶的政治环境里呼唤命运之神眷顾，为他驱散灾祸的乌云，过上安宁的幸福生活。

《洛神赋》主题并非一曲男女苦恋的悲歌，也不是悼念甄氏之作，更不是"寄心君王"。①除了探讨主旨之外，还有论者分析了汉魏六朝辞赋中的"神女—美女"形象的特点，认为共同点有三个：其一，赋中的女性具有崇高神圣的地位，是真正的"女神"；其二，赋中的女性大多美丽而神秘；其三，赋中的女性大多在作品的收束处，在一番眷恋徘徊之后倏忽消失，让篇中的男性感叹惆怅，独自哀伤。②

3.关于六朝志怪小说的"人神之恋"研究

20世纪80年代开始，尤其是90年代后六朝志怪小说中的"人神之恋"逐渐引起了学者的注意。一些文学史和小说史如章培恒等《中国文学史》、向楷《世情小说史》、苗壮《笔记小说史》、王枝忠《汉魏六朝小说史》、侯忠义《隋唐五代小说史》、林辰《神怪小说史》、萧相恺《宋元小说史》、李剑国《唐前志怪小说史》等，都涉及《搜神记》《搜神后记》《拾遗记》《幽明录》、唐传奇等具体作品的人神恋话题。除此之外，还有一些研究六朝志怪的论文也涉及人神恋话题。论者从单个视角或多维视角入手，透视"人神之恋"现象。有的论者就人神恋中的女性形象做了分析归纳，如石莹在谈到《搜神记》中女性形象时，认为人神恋中的女性形象具有人情美、奇异美、外貌美与个性美的特色。③"人神之恋"频繁出现于志怪小说中，表明了志怪小说作家对人类性爱主题的关注。王红认为：人神恋的情节结构表现出两个最为主要的特点是，第一，神人以性相求，神人与凡

---

① 参见林世芳：《用弗洛伊德学说重新诠释〈洛神赋〉》，《福建师大福清分校学报》1999年第1期。

② 参见郭建勋：《论汉魏六朝"神女——美女"系列辞赋的象征性》，《湖南大学学报（社会科学版）》2002年第5期。

③ 参见石莹：《浅析〈搜神记〉中女性形象的美学特质》，《黑龙江教育学院学报》2003年第5期。

人交往常常大胆直露地表现其性爱欲望；第二，性爱维持的短暂性。①再者，刘相雨认为：在《搜神记》的人神婚恋故事中，女神选择配偶是很随意的，没有固定的、一成不变的标准，女神婚后在人间居住的时间或长或短，她们也没有在人间永久居住的愿望，总要在适当的时候重返天堂。②其实上述话语，显然也就是说的人神恋现象的特点及女神形象的特点。有的论者从女仙文化视角入手，分析《搜神记》中的人神恋现象，如苑汝杰、张金桐认为：在《搜神记》有关女仙的小说中，仙凡婚恋的故事占有很大比重，是女仙故事中的主题。所谓仙凡婚恋实质上是指女仙于人世寻求人间婚姻的现象，其中蕴藏着丰富的文化意义。一般来讲，此类故事多以女仙为中心，而世俗男子则处于从属地位。③有的论者谈到了人神恋的根本动因和六朝志怪中人神恋与唐传奇中的人神恋的比较，如蔡群认为：六朝志怪中人神恋爱故事所展示的情爱境界，就是对爱情的渴求远远不及对尘世的怀归。爱情对他们来说可有可无，不过是满足生命的冲动而已。而唐传奇中的男女主人公，则主动地投入了爱情的怀抱。对于他们来说，拥有爱情便是拥有生命的全部，这种境界便是六朝志怪"人神之恋"作品所未曾见到的。④还有论者从男性视角出发透视人神之恋现象。如孙秀荣认为：从魏晋南北朝志怪小说开始，形成了情爱文学独特的男性视角，以及特定的男性文化心理。"人神相恋"之中的神女往往主动且美好，男性视角更主要的还表现在对女性主动献情的心理期待上。⑤总之，对六朝志怪小说的"人神之恋"研究，主要是通过《搜神记》等具体作品的解读，来分析神女的形象的特点。

---

① 参见王红：《魏晋南北朝志怪小说作家的创作心态》，《湖南文理学院学报（社会科学版）》2004年第1期。

② 参见刘相雨：《〈搜神记〉和宋代话本小说中女神、女鬼、女妖形象的文化解读》，《江西师范大学学报》2001年第2期。

③ 参见苑汝杰、张金桐：《〈搜神记〉中的女仙文化》，《固原师专学报》2003年第2期。

④ 参见蔡群：《六朝志怪与唐传奇中的人与神仙鬼怪恋爱作品比论》，《湖北师范学院学报（哲学社会科学版）》2001年第4期。

⑤ 参见孙秀荣：《魏晋南北朝志怪小说的情爱描写》，《河北学刊》1994年第6期。

（二）关于"人神之恋"的整体研究

"人神之恋"的整体研究，就是以一个朝代或多个朝代的文学出现的"人神之恋"现象给予整体把握和分析。从20世纪80年代以来，"人神之恋"的文学现象，成为学者关注的焦点已是不争的事实。笔者粗略统计，对"人神之恋"的个案研究论文占绝大多数，而对"人神之恋"的整体研究的论文极少。以1990年以来唐传奇中的"人神之恋"研究为例，共有三十多篇研究唐代传奇的论文，其中以"人神之恋"为主题的论文仅有三篇，如刘万川和金玉霞《唐传奇中人神之恋题材故事结局的道教阐释》（《绥化师专学报》2001年第2期）、谢真元《唐人小说中人神恋模式及其文化意蕴》（《社会科学研究》1999年第4期）、陈节《唐传奇中人神相恋现象的思考》（《福建学刊》1990年第4期）。不过令人欣慰的是，近十年来，出现了一些专著涉及"人神之恋"的整体研究，如张振军的《传统小说与中国文化》、程国赋的《唐五代小说的文化阐释》、李鹏飞的《唐代非写实小说之类型研究》等以大幅篇章对"人神之恋"现象进行分析。更让人欣慰的是，近几年来有以异类婚恋、人神恋为主题的硕士和博士学位论文如台湾林岱莹《唐代异类婚恋小说研究》（中兴大学硕士论文1999年）等，大陆蔡堂根以人神恋为主题撰写了硕士论文《志怪传奇中的人神恋研究》和博士论文《中国文化中的人神恋》（以下另加说明）。下面对以"人神之恋"的整体研究的论著稍做解读。

1. 从文化内涵（意蕴）上分析"人神之恋"。对"人神之恋"整体研究的论者，大多都注意到"人神之恋"的文化内涵（意蕴）。谢真元认为：唐人小说中人神恋模式为人们窥测唐人社会心态打开了一扇窗口。首先，仙妓合流型，是唐代男人与妓女的爱情在人神恋故事中的反映。其次，挑选面首型，反映了上层社会女子的性苦闷、性压抑，以及对生命本能的大胆追求。最后，是人神婚姻型，蕴含着寒士对高门的向往心态，渴望冲破门阀婚姻的樊篱，追求婚姻的自由平等。①张振军认为：人神恋小说的重要意义首先表现在轻松愉快的恋爱氛围上。其独特的审美价值，还在于塑造了

———————

① 参见谢真元：《唐人小说中人神恋模式及其文化意蕴》，《社会科学研究》1999年第4期。

古代婚恋小说史上第一批美丽、活泼、聪慧、多情的女性形象。①程国赋在唐五代人与异类恋爱小说的文化内涵的总结上，提及人与神之恋透示出唐代婚恋自由、开放的时代气息，人与神女、仙女之间的恋情影射世间贵族女性与男子交往乃至私通的社会现象，而非描写男士与妓女的恋情。②

2.从人神恋的类型模式上看，论者都归纳了几大类型。谢真元认为：人神（仙）恋故事情节的类型模式，大致可归纳为三种。第一，仙妓合流型。外在形式是凡人与仙女的艳遇，实质上是士子冶游经历的艺术写照，如《游仙窟》《沈警》《汝阴人》等篇。第二，挑选面首型。如《郭翰》《华岳神女》《封陟》《韦安道》等篇，故事中的神女多为有夫之妇，其凡间男子不过是她们挑选的情夫。第三，美满姻缘型。人神相恋，结为夫妻，或飘然而去，同归仙境；成为凡间夫妻，白头偕老。如《裴航》《柳毅》《张无颇》《张云容》等篇。③张振军认为：从故事的结构来看，有以下类型模式。第一类是"入山遇仙"式，写男主人公偶入仙山，与神女欢会，或结为夫妇，或尽男女之欢，然后离去。第二类是"仙化式"或"升仙式"。写人神相爱，结为夫妻，后共同成仙，飘然而去。第三类是"悲剧式"，这类故事开始写人神相恋，幸福结合，而后由于种种原因，却不得不分离，以悲剧形式告终。④

3.以道教思想来阐释"人神之恋"。论者从人神恋小说的来源，指出"人神之恋"与神仙家道教的密切关系。张振军认为：人神恋小说大都与道教神仙方术有关，其中不少作品表现了长生不死、纵情享受的道教思想意识（《传统小说与中国文化》，第93页）。刘万川、金玉霞认为：神仙度人得长生，妖鬼害人致猝死，崇慕神仙，恐恶妖鬼，成为道教的一种观念。这种观念当然也会影响唐传奇的创作，它成为人神之恋故事结局分化的重

---

① 参见张振军：《传统小说与中国文化》，广西师范大学出版社1996年版，第96页。

② 参见程国赋：《唐五代小说的文化阐释》，人民文学出版社2002年版，第152—157页。

③ 参见谢真元：《唐人小说中人神恋模式及其文化意蕴》，《社会科学研究》1999年第4期。

④ 参见张振军：《传统小说与中国文化》，广西师范大学出版社1996年版，第889页。

要原因。①

最后值得一提的是蔡堂根以人神恋为主题的硕士及博士论文。蔡堂根第一次以敏锐的眼光从整体上把握了中国古代文化中的人神恋话题。2001年，他在厦门大学申请硕士学位时，其硕士论文题目是《志怪传奇中的人神恋研究》。2004年，他在浙江大学申请博士学位时，以《中国文化中的人神恋》为题，提交了约二十万字的洋洋洒洒的博士论文。从博士论文上看，他在硕士论文基础上，对中国文化中的人神恋现象形成了完整的系统的认识。首先他对人神恋的基本认识和人神恋的研究价值做了说明，然后以上、中、下篇构成他论文的主干部分。上篇叙述人神恋的形态特征，包括人神恋发生论、人神恋流变论、人神恋类型论。中篇叙述人神恋的心理意识，包括人神恋模式选择、人神恋分离原则。下篇叙述人神恋的文化意蕴，包括人神恋与文化研究、传统人神恋与汉文化、汉文化历程与展望。可以说，这是对中国文化中的"人神之恋"系统完整的透视。

三、关于深化古代文学中"人神之恋"研究的几点看法

从上述分析看，近五十年来的"人神之恋"研究，可以说是成果丰硕。但确实也存在着一些问题，如不少研究者注重单个文本的解读，尤其过多注重对先秦时期宋玉的辞赋《高唐赋》《神女赋》、汉魏六朝志怪如《搜神记》《搜神后记》等进行解读，对唐代以后的笔记小说中"人神之恋"现象缺少足够的关注，对"人神之恋"在中国文学史上的整体研究不足。对"人神之恋"中的"神"的界定也存在问题，如蔡堂根把"神"泛化了，他不仅仅指一般意义上的神，而且还包括仙、鬼、精怪等，是各种具有灵性的神异的总称。这种泛化的"人神之恋"，势必会削弱其中的一些美好的特质。再者，研究者也会局限于志怪传奇的分析等。针对以上的问题，兹提出深化研究"人神之恋"的以下几点看法。

---

① 参见刘万川、金玉霞：《唐传奇中人神之恋题材故事结局的道教阐释》，《绥化师专学报》2001年第2期。

（一）拓宽"人神之恋"研究的领域

综观近五十年来的研究，我们发现研究者大多局限于对小说（志怪、传奇）的解读分析。其实在其他文学体裁中，也频频出现了"人神之恋"的话题。"人神之恋"，最早出现在神话传说之中，后来在中国古代文人笔下屡见不鲜。我们不但可以在六朝志怪、唐宋代等的志怪传奇中发现它鲜明的踪迹，而且在辞赋、诗词，甚至在诗话里也可见到它的影子。因此，对古代文学中的"人神之恋"进行完整、系统的研究，势必要延伸到诗词、辞赋、诗话等叙事文学。

（二）透视"人神之恋"的文化意蕴

"人神之恋"，作为古代文学的独特景观，闪耀于封建文人笔端。它的频繁出现，不能说是偶然，而是有着深层的文化意蕴。

1.潜藏着政治思想内涵。在屈原《九歌》中的《湘君》《湘夫人》《山鬼》等篇中，透过"人神之恋"的表层现象，联系屈原的不幸遭遇，我们进一步挖掘会发现屈原笔下的人神恋，其实背后潜藏着政治思想的色彩。同样，对宋玉的辞赋《高唐赋》《神女赋》、曹植《洛神赋》等细加咀嚼，也能发现出"人神之恋"现象的背后有着政治思想的底蕴。

2.张扬人的性欲意识。古代文学中的"人神之恋"，几乎全出自男性作家笔下。"人神之恋"是封建文人（男性）共同的心理现象，它是在封建礼教压抑下的男性潜意识对性的一种本能冲动的反映，即封建文人心底对性爱渴求的自然流露。因此，有必要加深对"人神之恋"的男性作家的性心理和性文化的透视。

3.蕴含着审美意识。从"人神之恋"中的女性形象美与女性所处的环境美入手，剖析深层的审美心理。无论是辞赋诗歌，还是志怪传奇中的人神之恋，其中出现的女主人公（神女）都容色婉妙、资质妙绝，或者说美丽绝伦、言声轻婉。总之，神女温柔贤惠、情意缠绵，这是从男性视角出发对神女形象美的描绘。再者，神女所居的环境皆是美丽、自然、祥和的。有的是天清霞耀，花芳柳暗，丹楼琼宇，宫观异常（《拾遗记》）；有的是草木皆香（《搜神后记》）；有的是山鸟晨叫，若泉韵清（《萧总》）等。可以说，神女形象及其所居的环境都富有审美意蕴。

4.浸染了道教思想。"人神之恋"在六朝志怪和唐宋传奇、诗歌中反复出现，蕴含了人们企求长生不老的心理，包含了道教思想色彩。如《拾遗记》卷十的采药人和《幽明录》中的刘晨、阮肇最后成了长生不老的仙人。当然，还有人间男子与神女结婚后，成了仙人，双双飞去。以上都浸染了道教思想。

因此，通过研究以透视"人神之恋"的丰富文化意蕴，也应该成为今后研究的一个重要方面。

原载《山东大学学报（哲学社会科学版）》2006年第4期

《六朝小说学术档案》前言

宁稼雨

纵观20世纪中国学术史，作为断代文体史，六朝小说的研究状况与其他断代文体史相比差不多是处于垫底的位置。不要说像唐诗、宋词这些热门的断代文体研究，就横向来看，与六朝小说同代的其他文体研究，如六朝诗歌、散文等成就远在小说之上；就纵向而言，在整个小说史的研究中，六朝小说研究与唐传奇、宋元话本、明清长篇小说相比，也远远不能望其项背。

造成这种情况的原因，除了历史上轻视小说的传统观念外，学术史意义上的总结反思不够也是重要的因素。自20世纪末以来，在总结20世纪学术史的潮流中，六朝小说研究状况的总结不能说没有，但总体来说还是相当薄弱和笼统的。因此，全面深入地回顾、反思六朝小说的研究历史，展望六朝小说研究的前景，无论是对于小说史研究的深入发展，还是对于21世纪中国学术的长远规划，都是十分必要和迫切的。

一、六朝小说研究的历史回顾

从六朝小说产生起，历代都有零星的关于六朝小说情况的各种材料。尽管不无学术价值，如胡应麟《少室山房笔丛》中的很多材料，但总体上还是不够系统，构不成现代意义上的学术研究。现代意义上的六朝小说研究当起自"五四"新文化运动前后，受到西方文化和学术范式影响的现代中国学术。这个时间范围内六朝小说研究大致可以分为三个阶段：

（一）第一阶段：1919年至1949年

从中国文学史的起步能够明显看出外来文化影响的痕迹。早在1880年，俄国人瓦西里耶夫就出版了《中国文学史纲要》。嗣后，英国、德国和日本学者都早于中国人出版过《中国文学史》。国人林传甲有感于此，于20世纪初编写了第一部中国人编写的《中国文学史》，但该书却没有给小说留下应有的位置。而出版于1918年谢无量的《中国大文学史》则第一次在中国人自己的学术史著作中为六朝小说开列了专章，其书第三编第十四章为"晋之历史家与小说家"。但他只是把当时的小说视为史学的附庸，涉及的小说作品也只有寥寥几部，还远远谈不上对六朝小说的系统梳理。

是鲁迅把这个阶段的六朝小说研究推向高潮，并由此奠定了中国古代小说研究的范式和格局。鲁迅对六朝小说研究的贡献主要在两个方面：一是基础文献材料的钩稽和整理，主要成果是对六朝小说进行系统钩稽爬梳之后整理出来的《古小说钩沉》。由于六朝小说多已散佚，尽管历代不断有人试图整理保存，但总体来说，内容既不够系统，校勘也不够精致。像《五朝小说》《古今说海》等丛书中也有专收六朝小说的专辑，不过和六朝小说的实际底数相比，还是相去甚远。尤其是大量散佚并散落在各种类书、史注等各种文献材料中的六朝小说作品，一直处于零散状态。鲁迅以极大的学术勇气和厚实的学术根基，从八十余种大型古代文献材料中披沙拣金，钩稽出三十六种、一千四百余则六朝小说，编纂成为规模很大的《古小说钩沉》。值得提到的是，鲁迅当时的工作条件和今天完全不能同日而语。他没有任何现代化手段的协助，完全凭人工翻检做卡片的方式完成了这二十多万字的钩稽整理工作。郑振铎曾指出，"乾嘉诸大师用以辑校录先秦古籍的方法，而用来辑校录古代小说的，却以鲁迅先生为开山祖。而其校辑的周密精详，至今还没有人能追上他"，"不仅前无古人，即后有来作，也难越过他的范围和方法的"。这种扎实的学风和有效的成果，不仅为六朝小说的散佚作品群体地找到归宿，使六朝小说的家族底数渐趋清晰，更重要的是，这项工作所形成的为古代小说构建完整文献资料体系的学术范式，一直为20世纪以来的学界奉为圭臬，沿用不衰。

二是六朝小说文体史的构建。在早期的文学史著作中，很少有人提到小说部分，即便提到，也是如同蜻蜓点水，一带而过（如黄人和林传甲的《中国文学史》、谢无量的《中国大文学史》）。就小说史而言，鲁迅之前，有过张静庐的《中国小说史大纲》，出版于1920年。还有日本著名汉学家盐谷温《支那文学概论讲话》第六章中国古代小说部分的译本，于1921年出版。此外，还有稍早于鲁迅，陆续发表于《晨报·文学旬刊》上庐隐的《中国小说史略》等。但这些小说史的共同特点，一是总体规模有限，二是基本上没有涉及六朝小说部分。从学术发展的角度看，他们的工作只能算作小说史的序幕。真正拉开大幕，扮演中国小说史主角的是鲁迅。从20世纪初，鲁迅就在北京大学等高校讲授中国小说史的课程，撰有《小说史大略》和《中国小说史大略》，在此基础上，鲁迅于1923年出版了《中国小说史略》，并在1924年讲学讲稿的基础上又形成了《中国小说的历史的变迁》一书。这两部书的问世，不仅填补了中国小说史研究的空白，标志着现代意义上的中国小说史学科的正式形成。而且，就六朝小说研究而言，这两部小说史也第一次系统勾画了全部线索轨迹，提供了大部分六朝小说作品的信息情况，分析评价了这些作品的价值地位等内容。《中国小说史略》以三章的篇幅，系统介绍了六朝志怪小说和志人小说的产生土壤，主要作品的内容介绍和艺术评价等。《中国小说的历史的变迁》虽然作为讲演稿，篇幅小于《中国小说史略》，但第二讲仍然专门设有"六朝时期的志怪与志人"一章。可以清楚看到，后来的六朝小说研究，基本上都是在此框架基础上的继续补充和完善。

除了鲁迅的以上贡献外，这个时期还有一些学者的论著为六朝小说研究张其羽翼，扩大战果。文献资料方面有余嘉锡的《殷芸小说辑证》、刘盼遂的《〈世说新语〉校笺》等。作品研究方面有宗白华的《论〈世说新语〉和晋人的美》、任继愈的《魏晋人的风度与品格》、王瑶的《魏晋小说与方术》等。这些论著连同鲁迅的研究，构成一个比较完整的研究体系，昭示六朝小说研究的格局已经基本形成。

（二）第二阶段：1949年至1978年

尽管这个阶段的学术研究很大程度上受到当时社会大环境的影响，无论是研究的规模还是深度，都是相当有限的。但今天反观起来令人欣慰的是，当时相当一批受过传统治学方法影响和训练、具有深厚学术功底的由民国进入新社会的学者，以其学术的素养和历史的惯性，为后人留下了相当重要的学术成果，其中包括六朝小说的成果。这主要表现在：

首先是大量六朝小说资料文献的整理工作。在鲁迅《古小说钩沉》的引领下，新中国成立之后的六朝小说文献整理工作主要转变为单本作品的标点校注工作，其中汪绍楹在这方面做了大量工作，他校注整理的《太平广记》和《搜神记》在当时的历史条件下把这两部重要文献的历史还原工作大大向前推进了一大步，不仅为当时和后人提供了相对准确和权威的版本依据，而且也为后人的六朝小说文献整理，乃至于整个中国当代历史文献典籍的整理校点工作树立了样本。海外部分学者在这方面也有建树，如杨勇的《世说新语校笺》、高桥清的《世说新语索引》等。同时，部分六朝小说的影音复制和选本也为研究工作奠定了一定基础。像文学古籍刊行社影印出版的宋刻本《世说新语》，商务印书馆编辑出版吴曾祺的《旧小说》和单本《搜神记》，以及徐震堮选编的《汉魏六朝小说选》。老一代学者的学术功力和献身精神为这些文献资料的整理工作提供了坚实的质量保证。

其次是六朝小说的理论研究，其中包括史的撰写和单篇论文。老一代学者在进入新中国之后，受意识形态环境的影响，也力求用新的理论思想和学术理念来研究传统文化与文学。其中也有部分关于六朝小说的研究成果。这个时期有关六朝小说的理论研究规模数量有限，但也出现不少筚路蓝缕的拓荒之作。其中比较突出的是刘叶秋先生的《魏晋南北朝小说》，该书在鲁迅《中国小说史略》的基础上，第一次全面系统地总结梳理了魏晋南北朝小说的产生发展过程，并简要介绍分析了一些主要代表作品。与此同时，一些港台学者关于小说史的著作，也包括一些六朝小说的内容。如孟瑶《中国小说史》等。在单篇论文方面比较有深度的有范宁《论魏晋志怪小说的传播和知识分子思想分化的关系》、陈寅恪《书〈世说新语〉文学类钟会撰四本论始毕条后》、刘叶秋《魏晋南北朝志怪小说简论》等。能够明显看出，这个时期六朝小说的理论研究，在研究的深度和广度上较之1949年之前有所扩大和深入，六朝小说研究的格局逐渐趋于定型和成熟。

（三）第三阶段：1979年至2009年

这是六朝小说研究全面兴盛发达的时期。各个方面的研究都呈现全面开花、蔚为大观的局面。

在文献资料的整理方面，首先进入学界视野的是，一批老一代学者在"文化大革命"前本来为六朝小说的文献资料整理做了很多扎实细致的工作，并且已经大体竣工，但由于"文革"的缘故，成果被打入冷宫。直到"文革"结束之后20世纪80年代初，这些成果才陆续重见天日，出版问世。这些成果包括：余嘉锡《世说新语笺疏》、徐震堮《世说新语校笺》、范宁《博物志校证》和《搜神后记》校注、周楞伽《殷芸小说》等。中华书局出版的系列丛刊《古小说丛刊》（后扩大为《古体小说丛刊》），其中六朝小说部分基本上都是老一代学者"文革"前学术积累的结晶。正是由于这些老前辈的扎实工作留给后人的丰硕成果，使得新时期以来的六朝小说研究能够基本上保持严谨朴实的学风，很少受一些过眼烟云的花哨风潮影响。这是老一代学者留给六朝小说学界的重要学术传统。

有老一代学者的熏陶引领，新一代学者由于有了相对宽松的学术环境，加上个人锲而不舍的努力，很快就取得了继往开来的新成果。在六朝小说文献资料整理方面主要表现在以下四个方面：

一是单部作品的校注整理。在这个方面，有几家出版社的几套系列丛书为六朝小说单本作品的校注整理提供了一些重要而相对全面的平台。首先应该提到的就是中华书局的《古小说丛刊》。据不完全统计，新时期除几种重要的《世说新语》笺证、笺疏本之外，《古小说丛刊》中收录出版的六朝小说作品至少在八种。而由文化艺术出版社出版的《历代笔记小说丛刊》中的六朝小说，也在八种以上。其中比较重要的力作是李剑国《新辑搜神记·新辑搜神后记》。该书对现存二书各种版本及其相关的各种材料进行了广泛搜集和认真勘比，纠正了很多前人有关此二书的舛误，为学界提供了一个相对可靠的二书版本，同时也把当代六朝小说乃至整个古籍文献整理的水准提高到一个崭新的层面。其他如范宁《博物志校证》《异苑》校点、程毅中《燕丹子》点校、程毅中和程有庆《谈薮》辑校，齐治平《拾遗记》校注等，也都功底深厚，有裨学术。与此同时，也出现数量可观的单部作品的节译、选译读本，以适应社会普通读者的需求。

二是六朝小说的选本编纂。在20世纪50年代徐震堮先生《汉魏六朝小说选》的基础上，新时期以来又出现了考虑到不同阅读对象和读者层次的六朝小说选本。其中有面向普通读者的译本，如李继芬、韩海明《汉魏六朝小说选译》（1988），也有兼顾各方面读者的选注本，如刘世德《魏晋南北朝小说选注》（1984），王根林、黄益元、曹光甫《汉魏六朝笔记小说大观》（1999），桑林佳《汉魏六朝小说选》（2004），等等。而其中学术价值较高的是李剑国《唐前志怪小说辑释》（1986）。该书不仅精选和钩稽了唐前重要的志怪小说篇目，对其进行详尽注释，而且还对篇目相关的故事源流进行周密考辨，为专业研究者提供了较为可靠的六朝小说选本，显示了新时期以来学界在六朝小说选本研究方面的学术高度。

三是有关六朝小说语词研究成果。六朝小说均为古体文言，且有相当数量的当时社会特殊用语，给当代读者阅读带来很多障碍。为满足更多读者对于阅读六朝小说的需求，克服阅读障碍，新时期以来出现为数不少的六朝小说语词研究的论文、专著和工具书。论文方面有方一新、吴金华有关《世说新语》语词研究的系列论文。著作方面有吴金华《世说新语考释》（1994）、方一新《东汉魏晋南北朝史书词语笺释》（1997）、周俊勋《魏晋南北朝志怪小说词汇研究》（2006）等。辞书方面有张永言《世说新语辞典》（1992）、张万起《世说新语词典》（1993）等。这些有关六朝小说语词的研究在相当程度上为专业研究者和普通读者克服和扫清了若干阅读障碍，为六朝小说研究起到了重要的推动作用。

四是有关六朝小说的工具书成果。新时期有关六朝小说的书目工具书建设也取得很多重要成果，成为新时期六朝小说乃至整个古代小说研究成就的重要组成部分。先是有袁行霈、侯忠义《中国文言小说书目》（1981）中的六朝小说内容占有重要比重，程毅中《古小说简目》中的六朝小说内容则占据了半壁江山。嗣后，国家和各地出版社出版了一批词典类的工具书，大多与六朝小说相关，其中比较重要且特色鲜明的有：

侯忠义主编《中国历代小说辞典》第一卷先秦至唐五代（1986）。该书堪称中国第一部古代小说专门辞典。书中收录各个历史时期的主要小说作品，就其书目著录情况、版本存佚，以及作品主要内容和艺术特色等进行全面介绍。该书对后来的小说工具书体例规模与撰写范式等均有影响。

刘世德主编《中国古代小说百科全书》（1993）。该书集中了全国学界学术力量，分工合作，规模可观，体例综合。全书包括总论、断代小说作品、部分子目、作家、现当代小说研究学者、小说总集、小说书目、小说史料等方面内容。除断代作品有"上古秦汉魏晋南北朝小说"专部外，其他各个部分也都收有与六朝小说相关的内容。该书是六朝小说乃至整个古代小说研究的重要工具书之一。

宁稼雨编撰《中国文言小说总目提要》（1996）。该书系在《古小说简目》和《中国文言小说书目》的基础上对古代文言小说书目进行了进一步探索。作者首先对文言小说的界限和分类提出了自己的主张，即在尊重古人小说观念的前提下，以历代公私书目小说家类著录的作品为基本依据，用今人的小说概念对其进行遴选厘定，将完全不是小说的作品剔除出去，将历代书目小说家中没有著录，然而又确实可与当时小说相同，或能接近今人小说概念的作品选入进来。全书分唐前、唐五代、宋辽金元、明、清五编，每编又分志怪、传记（传奇）、杂俎、志人、谐谑五类。书后附《剔除书目》和《伪讹书目》。全书共收书名2648种，异名577种。每个书名词条提要包括：著录和版本简况、作者生平、内容梗概、故事梗概及在小说史上的地位。该书对一些学术问题也进行了考订研究，是20世纪90年代文言小说书目研究的重要成果。

刘叶秋、朱一玄、张守谦、姜东赋主编《中国古典小说大辞典》（1998）。该书分为总论编、文言小说编、话本小说编、章回小说编四编。其中总论编包括小说评论、版本、丛书、期刊、研究著作和其他等项内容，这些内容为迄今大多小说类工具书所无。文言小说编包括"魏晋南北朝"专类。

石昌渝主编《中国古代小说总目》（2004）。该书是在《中国通俗小说总目提要》和《中国文言小说总目提要》的基础上对中国古代小说书目进行的又一次全面深入的挖掘和研究。该书分文言卷、白话卷、索引卷三卷，卷为一册。文言卷收1912年以前写、抄、刻、印成的文言小说作品2904

种，异名582种，共3486种，按音序排列。白话卷收1912年以前写、抄、刻、印成的白话小说作品1251种，异名185种，共1436种。索引卷为"文言卷""白话卷"条目和条目释文中的人名、书名、地名书坊号和年号合编索引，按音序和笔画检索。与《中国通俗小说总目提要》和《中国文言小说总目提要》相比，该书的特点和价值主要有三：一是收录范围有所扩大，补充了部分前二书未收的作品；二是比较注重所收各书的版本齐全程度；三是索引卷将文言、白话两卷合编，以体现二者之间的紧密关联。

朱一玄、宁稼雨、陈桂声编著《中国古代小说总目提要》（2005）。该书希望在《中国通俗小说总目提要》和《中国文言小说总目提要》的基础上对中国古代小说书目做进一步深入研究。该书分上、下两编，上编为文言，下编为白话。各编均按作品时代顺序排列。上编收正名2192种，异名350种，共2542种。下编收正名1389种，异名759种，共2148种。全书共收正名3581种，异名1109种，共4690种。所收书目与石昌渝主编本各有所长。书后有书名、著者音序和笔画索引。

在六朝小说史的撰述方面，这个时期取得了空前的突破和进展。其中学术价值较高的有李剑国《唐前志怪小说史》（1984）。该书以四十万言的篇幅，对唐前志怪小说的产生发展和作品源流进行了系统辨析梳理和钩沉辑佚，是对鲁迅以来的六朝小说研究的重大突破。六朝小说专史方面还有侯忠义《汉魏六朝小说史》（1989）、王枝忠《汉魏六朝小说史》（1997）等。同时，部分小说通史和小说专史中也有较多篇幅涉及六朝小说。如吴志达《中国文言小说史》第一编七章中有六章是关于六朝小说的内容，书中有关汉魏六朝杂传体小说的归纳梳理分析和魏晋南北朝志怪小说中关于《列仙传》《神仙传》的分析，也较他书有独到之处。宁稼雨《中国志人小说史》全书十章中有三章是关于六朝小说的内容，该书是第一部志人小说专门史，其中关于志人小说的界限定位为志人小说的概念提供了新说，同时书中钩沉辑佚若干散佚志人小说，具有拓荒价值。书中关于《世说新语》所含文化内容的分析和"世说体"的分析研究，也具有创新意义。

新时期以来，对六朝小说的文化分析和文化解读在鲁迅《魏晋风度及文章与药及酒之关系》一文的基础上获得了巨大发展。从文化角度研究解读六朝小说的学术著作在整个六朝小说研究的著作中占有很大比重。其中较有代表性的是宁稼雨教授从文化角度，以《世说新语》等志人小说为材料，对魏晋名士风度所做的长期研究。在1991年出版的《中国志人小说史》中，宁稼雨教授从文化角度解读分析《世说新语》等六朝小说的学术个性已经初见端倪。嗣后，在《魏晋风度》（1992）、《世说新语与中古文化》（1994）中，作者从魏晋文化的各个侧面出发，均用志人小说的故事来作为解读那个时代文化蕴含的形象材料。进入21世纪，宁稼雨教授在原有基础上又将研究引向深入。

《传神阿堵，游心太玄——六朝小说的文体与文化研究》（2002）、《魏晋士人人格精神——〈世说新语〉的士人精神史研究》（2003）二书在对《世说新语》等志人小说文化解读的深度上又有较大拓展。此外，王能宪《世说新语研究》（1991）、蒋凡《世说新语英雄谱》（2008）、范子烨《世说新语研究》（1998）、《中古文人生活研究》（2001）等论著中也对六朝小说中文人故事中的文化精神进行了深入挖掘和分析。其他如王连儒《志怪小说与人文宗教》（2002）、李道和《岁时民俗与古小说研究》（2004）、王青《西域文化影响下的中古小说》（2006）等著作和大量学术论文也均从不同文化侧面探索六朝小说的文化价值。

新时期以来，六朝小说的文体和艺术形式研究也取得很大突破和进展。石昌渝《中国小说源流论》、董乃斌《中国古典小说的文体独立》、宁宗一主编《中国小说学通论》、宁稼雨《六朝小说的文体与文化研究》诸书均从不同角度涉及中国小说文体演变过程中六朝小说的文体特征和内在规律，有很多新的学术探索。如《中国小说源流论》从叙事学角度对志怪小说的限知视角的分析，《中国小说学通论》对志怪、志人小说的文体类型特征的总结等，均有创意。《六朝小说的文体与文化研究》有关六朝小说文体研究的创意主要表现在两个方面，一是从动态角度，从史传、神话传说、诸子、辞赋等的变异走势对六朝小说文体形成的影响；二是从传统审美意识的角度对"世说体"美学和文学特征的总结。另外进入21世纪之后，很多单篇学术论文也在六朝小说的文体和艺术表现方面提出诸多卓有创意的观点。

二、六朝小说研究的反省与展望

纵观近百年的六朝小说研究，尤其进入新时期以来，可以说是日新月异，突飞猛进，成就的确喜人。但细思之下，感觉六朝小说的研究无论是在规模的广度上，还是在深浅的力度上，都还存在相当大的可提升空间。检索这些可提升空间，反省存在问题，提出新的学术展望，既是六朝小说研究的需要，也是整个学术事业发展的要求。

笔者感觉在六朝小说研究中目前存在的问题和解决的方法主要在以下几个方面。

第一，挤干学术水分泡沫，提高学术纯度。近些年来尽管六朝小说研究的成果数量剧增，但其中的确不乏缺少学术含量的水分或泡沫。有的属于没有新意的重复性劳动，有的则是为某种应急目的东拼西凑，甚至有极少数剽窃之作。这种情况不仅对于学风建设产生非常不良的影响，而且也造成了很大的资源浪费，还给学人们的学术信息掌握带来很多不便，甚至会在学术史上给我们这个时代留下难以抹去的污点。这种不良情况，学界同人有责任共同警示，尽量避免和杜绝此类情况。

第二，检验已有成果，提高学术质量。学无止境，能够藏之名山、传之后人的学术论著需要一个砥砺打磨的过程。很多已有的学术成果尽管不乏学术价值，在一段时间内为学术发展起到了积极作用，但其本身还未能尽善尽美，还有程度不同的发展潜力和提高空间。就笔者个人的几部著作而言，从《魏晋风度》《世说新语与中古文化》到《六朝小说的文体与文化研究》《魏晋士人人格精神》的确能看出学术提高和升华的痕迹（当然不是说没有发展提高的余地了），但《中国志人小说史》和《中国文言小说总目提要》则还有较大的修订、提高和打磨的必要。大家如果能把自己的旧作认真地加以打磨、修订，提高学术质量，那么无论是对学者本人的学术生命，还是对六朝小说研究乃至整个学术事业，都是功德无量的大善之举。

第三，规划未来蓝图，创建新的学术项目和领域。和古代文学很多传统学术领域相比，六朝小说研究相对比较年轻和薄弱，因而它可能发展和开辟的新领域也就相对会多一些。未来六朝小说研究的可开发领域大约有如下几个方面。

一是文献资料资源的进一步整合和扩大。六朝小说在文献资料整理方面已经取得了丰硕成果，但总体来说还不够系统和完整，完全可以在现有基础上整合和扩大。具体工作包括：单本作品的整理点校、亡佚作品的进一步钩沉辑佚。在这两项工作取得一定成绩的基础上，可以考虑《全汉魏六朝小说》的整理编纂工作。

二是六朝小说史述的综合完善。目前有关六朝小说史述的工作成果尽管不少，但相对比较零散，处于各自为政的状态。其中有六朝小说的断代史，也有断代类型史，还有通史中与六朝小说有相关部分，等等。而且各自的角度写法、详略程度等均各有不同。如果能在统一的学术理念下，对六朝小说已有的成果充分吸收的基础上，写出能够全面反映六朝小说产生发展的历史轨迹和演进脉络的既新且全的《六朝小说史》，将会是对古代小说研究乃至学界一大贡献。

三是六朝小说的社会历史文化研究。平心而论，笔者以为，这个方面需要做的工程巨大。从目前情况来看，以《世说新语》为主体的志人小说与玄学等当时社会历史文化的关系研究已经相对较为深入。而志怪小说与当时社会历史文化的关系，尤其是与佛教、道教文化的内在关联，还缺乏深层意义和全面意义上的观照和研究。尽管这方面的零散文章有一些，但还缺乏体系意义上的整体驾驭和处理。如果能参照《世说新语》的相关文化研究并借鉴前贤的相关论述，把志怪小说的历史文化研究全面加强和提高，应该能使六朝小说的社会历史文化研究取得很大突破和提高。在此基础上，打通志人小说与志怪小说之间的壁垒，把两个方面的文化解读合成观照，想必又会有很多新的学术创新点萌生激发出来。

四是六朝小说文体和艺术形式的研究。这方面与历史文化研究相类似，尽管成果斐然，但潜力仍然巨大。在《世说新语》和志人小说研究方面，有关"世说体"的研究已经引起人们的关注和研究兴趣，但还显得比较孤立和突兀，还缺乏与之相应的其他方面研究。而志怪小说的文体和艺术研究则还显得泛泛，有待从艺术形式或美学角度更深层级切入和深入钻研。

五是六朝小说研究与新的研究方法的融会结合。尽管以上提到的六朝小说本体研究不乏生机，但从更超前的理念出发，应该考虑到六朝小说研究更长远的规划。而要使六朝小说研究的生命更加长久和具有生长优势，就必须借用生物学领域杂交优势的原理，让新的研究方法帮助六朝小说研究嫁接出新的学术品种。近二十年来，笔者一直在致力于把西方民间文学研究领域主题学的方法移植于中国古代叙事文学研究的尝试中，其项目名称初步设想为"中国叙事文化学"。具体做法分为两个步骤：一是编制"中国叙事文学故事主题类型索引"，即参考西方《世界民间故事主题类型索引》的方法，根据中国叙事文学的具体情况重新进行分类和类型索引编制；二是对其中重要个案故事类型进行地毯式的材料钩稽和全方位的文化文学解读。目前两部分工作已经取得阶段性成果。"中国叙事文学故事主题类型索引"的先期工作《先唐叙事文学故事主题类型索引》已经竣工，即将出版问世，唐以后的索引编制工作也在筹备中。个案故事的系列研究也取得了一定量化成果，已经有近三十篇博士、硕士论文围绕该选题进行，其中与六朝小说相关的内容占了较大比重。希望通过这个尝试来打通小说和其他文体之间的界限，打通六朝与其他各个断代文学之间的界限，打通中国传统学术研究视角与西方学术理念的界限。也希望和欢迎更多的同行各显神通，在开拓六朝小说研究领域、创建新的学术增长点上做出更多、更大的成就。

六朝小说这块学术园地已经开垦，但还远没有达到深耕细作和精细加工的程度。我们希望通过本文的述评分析，为相关学者提供一定的学术信息，为六朝小说研究的进一步深化和升华起到积极的推动作用。

选自宁稼雨《六朝小说学术档案》

武汉大学出版社2011年版

《先唐叙事文学故事主题类型索引》前言

宁稼雨

　　中国文化在与外来文化交融方面的一个重要特色，就是在吸收借鉴基础上的为我所用，从而使中国文化呈现出兼收并蓄而又个性鲜明的特点。佛教与禅宗是这样，毛泽东思想也是这样。作为比较文学的方法之一，主题学在世界民间文学研究方面取得了世人瞩目的成就和重大影响。它在传入中国之后，也引起了学者们相当的关注，并取得了诸多成果。但随着研究的深入，这种外来的学术研究方法如何像佛教促成禅宗，马克思主义促成毛泽东思想那样激发促成中国化的主题学研究，或者说主题学研究在中国如何从西体中用，转为中体西用，也就理应成为中国学者急切关注的问题。

　　主题学比较关注的是俗文学故事中的题材类型和情节模式。最初主题学的研究比较侧重民间传说和神仙故事的演变。后来则逐渐扩大到友谊、时间、离别、自然、世外桃源宿命观念等神话题材以外的内容。这种方法在被海内外中国学者接受后，逐渐被理解为这样一种定义："主题学研究是比较文学的一个门，它集中在对个别主题、母题，尤其是神话（广义）人物主题做追溯探源的工作，并对不同时代作家（包括无名氏作者）如何利用同一个主题或母题来抒发激情以及反映时代，做深入的探讨。"①按照这种方法角度来研究中国文学的论著虽然尚在起步阶段，但已取得丰硕成

---

①陈鹏翔：《主题学研究与中国文学》，《主题学研究论文集》，东大图书有限公司1983年版，第5页。

果。①但平心而论，这些研究从总体上看，仍然还是处在以中国文学的素材来证明、迎合西方主题学的框架体系的西体中用的阶段。作为中国化的主题学研究，有必要在借鉴西方主题学研究框架体系的基础上，从中国文学的实际出发，建构中国化的主题学研究，这就是笔者数年来思考并努力为之经营的中国叙事文化学。

按照笔者的理解，主题学研究应该分为两个方面：一是对所做对象的范围进行调查摸底和合理分类，二是对各种类型的故事进行特定方法和角度的分析。这两个方面西方主题学都为我们提供了坚实良好的基础和实践经验，但也都有从西体过渡到中体的必要。

首先是研究对象的范围问题。在这一方面，作为西方主题学研究的奠基之作，汤普森和阿尔奈的"AT分类法"不仅为世界民间故事的类型做了全面系统的总结归纳，而且还由此引导出大量的世界民间故事主题学个案研究成果。但对于中国文学的类似研究来说，无论是主题学方法本身，还是"AT分类法"，其局限和潜能都是显而易见的。

"AT分类法"的范围虽然是世界民间故事，但实际上主要范围还是在欧洲和印度。作为东方文明重镇的中国民间故事的内容在"AT分类法"中非常有限。这一缺陷尽管在丁乃通的《中国民间故事类型索引》和艾伯华的《中国民间故事类型》二书中得到很大程度的弥补，但仍然还有很大的范围空间有待开发。尤其重要的是，他们的索引所用的分类体系还是西方的"AT分类法"。这个体系作为西方民间故事的全面类型反映也许适宜，但很难说它能全面概括中国的民间故事乃至叙事文学作品。而且，作为美籍华人和德国人，他们所掌握的有关中国民间故事方面的材料是有限的。无论是书面材料，还是口头流传的民间故事，很多都没有在他们的类型索引中得到反映，此其一。其二，作为叙事文学作品，本来就有口头和书面之分。有时二者的界限很难划清，这一点在古代的民间故事中表现得尤为明显。因为时过境迁的原因，我们今天所能见到的古代民间故事主要还是

---

① 参见诸如王立《中国文学主题学》、吴光正《中国古代小说的原型与母题》及数量可观的论文等。

以书面的方式存留，像《搜神记》《夷坚志》诸书中就保留了大量的民间传说故事。也就是说，不但很多中国古代叙事文学作品中的民间故事没有引起西方学者在主题学意义上的充分关注，而且这些文献中的非民间文学作品就更是没有得到应有的关注。这就给人们提出了两个尖锐的学术课题：一是作为民间故事重要材料来源的书面文献，是否需要尽量使其全备，以致达到"竭泽而渔"的程度；二是对于中国传统的浩如烟海的叙事文学作品，是否可以给予主题学的关注？

这两个方面的问题促使我们把目光投向中国叙事文学的文本文献。中国叙事文学主要包括古代小说、戏曲，以及相关的史传文学和叙事诗文作品。尽管从横向的角度看，它们各自作为一种文体或单元作品的研究不乏深入，但从纵向的角度看，同一主题单元的故事，其在各种文体形态中的流传演变情况的总体整合研究，似乎尚未形成规模。尤其重要的是，以文本文献为主的中国叙事文学，在整体上还缺少从主题学意义上进行的反映其主题学全貌的大型基础工程。这就应该借助汤普森的"AT分类法"，整理编撰出"中国叙事文学故事主题类型索引"。也就是说，应该在体系上另起炉灶，变"以西学为体"为"以中学为体"。同时，中国古代小说和戏曲的基础工程建设近年来已经取得了巨大成就，尤其是在目录学建设方面，出现了《中国通俗小说总目提要》《中国文言小说总目提要》《中国古代小说百科全书》《中国古代小说总目》《中国剧目辞典》《古本戏曲剧目提要》等重要成果。但是，这些传统意义上的目录学著作的一个共同特点，就是它们的目录词单元，都是以一部具体作品为单位。以具体作品为单位与以主题类型为单元的根本区别，就在于前者关注的焦点是文本自身，而后者关注的焦点则是不同文本中同一主题现象的分布流变状况。很显然，后者的研究目前在国内学术界基本上还是一个空白。

二十一年前，以中学为体的以主题情节为单元的中国叙事文学主题类型索引的编制工作就有人做过尝试。这就是台湾中国文化大学金荣华先生于1984年完成的《六朝志怪小说情节单元分类索引》。这部索引第一次以中国叙事文学的文本文献（而不是民间俗文学）为情节主题类型编制的主要范围对象，从而成为以中学为体的中国古代叙事文学故事主题类型索引编制工作尝试性的开山之作。但作为筚路蓝缕的草创工作，金氏的索引在范围上仅限于六朝志怪小说，在分类上沿用中国传统类书中以名词为单元的角度，而不是"AT分类法"中以动作状态为单元的角度，这些都在很大程度上影响了它的作用和价值。鉴于此，全面反映中国古代叙事文学基本状况，以"中学为体，西学为用"的"中国叙事文学故事主题类型索引"的编制工作也就势在必行了。但考虑到中国叙事文学故事浩如烟海，应该先进行试点，待取得经验后再全面铺开，故而笔者拟先编制《先唐叙事文学故事主题类型索引》。

其次是研究主题类型的方法和角度。既然在范围对象方面以中为体的中国叙事文化学的目标既不是母题情节类型，也不是完整的一部作品，而是具体的单元故事，那么随之而来的就是方法和角度上的变化。按照以西学为体的主题学研究方法，母题、主题这些情节事件的模式是研究的重点、要点。这种方法和角度对于叙事文学故事的一般性和共性研究是有效的，它可以集中关注、研究同一类型故事的演变差异及作者们在抒发情愫和反映时代方面的共同特征。但如果用这种方法来面对、处理单元故事，就会有一定局限。作为以中为体的中国叙事文学所关注的单元故事，在解读分析的时候会涉及很多具体情节发生变化的文化意蕴的挖掘分析。这显然不是能用一种较为笼统性和一般性、模式性的分析所能奏效的。作为历史悠久、文化深厚的中国，其叙事文学故事所蕴含的文化意蕴非常深厚，绝非一般性的共性类型分析所能完全奏效的。其实，中国式的主题学研究不仅有范例，而且时间久远，1924年顾颉刚先生《孟姜女故事的转变》一文在时间上和德国人提出这一主题学方法的时间大致相同，却表现出明显的中国特色。其中最为精彩之处就是他几乎能把孟姜女故事每一次变化的痕迹都在所在时代的历史文化土壤中找到令人信服的答案。①这种以传统的历史考据学方法再结合西方实证主义的方法来作为解读切入中国叙事文学故事

①比如对于最早出现孟姜女故事的《左传·襄公二十三年》所记载的杞梁妻拒绝齐侯在郊外向其吊唁的故事。顾氏的解释是周文化影响的礼法观念使然。而对于《小戴礼记·檀弓》中新出现的杞梁妻追枢路吴岭情节，顾氏则从《淮南子》《列子》等书中找到战国时期"齐人善唱哭河"的根据。

主题的主要途径，显得十分清晰和明快，应当成为我们以中为体的中国叙事文化学研究的范本和楷模。

根据以上思路和设想，我们首先编制了《先唐叙事文学故事主题类型索引》，作为整个中国叙事文化学工程建设的起步工作。为了体现中国叙事文化学以中为体的特色，本索引将在以下几个方面表现出与"AT分类法"及以此为蓝本所编制的丁乃通和艾伯华索引的不同。首先是分类。按照"AT分类法"编制的丁乃通和艾伯华的索引共分"动物故事""一般故事""笑话故事""程式故事""难以分类的故事"等5类，总共2499个故事类型。很显然，从这个类目、子目和各个故事类型中可以看到，这个分类法有两个突出特点，一是民俗性，二是西方性。民俗性是指作为民间故事索引，其中包括的内容自然是以民间文学为主，这自然无可厚非。西方性是指把中国的民间故事套进西方人所设定的框架中，这就未免有削足适履之嫌。而且，就这两个索引所使用的文献材料来看，有许多精彩的收录中国民间传说故事的文献他们并没有使用，如《坚瓠集》《遣愁集》《尧山堂外纪》等。正因为如此，也就自然会有许多精彩的中国叙事文学故事主题情节模式无法被套进"AT分类法"中。至于中国民间文学之外的叙事文学作品，这两个索引更是无法囊括殆尽。因此，要编制以中国书面叙事文学为主的"中国叙事文学故事主题类型索引"，在体系框架上不能照搬"AT分类法"，而是需要另起炉灶。

金荣华的《六朝志怪小说情节单元分类索引》在分类上也是另起炉灶，并确实以中为体，但由于该索引采用的是中国传统类书以名词为单元的类目名称，因此在反映作为叙事文学的故事属性方面受到一定局限。因而我们在此基础上又做了新的探索和尝试。《先唐叙事文学故事主题类型索引》共分为六类，天地类、神怪类、人物类、器物类、动物类、事件类。下面一边和"AT分类法"做对比，一边逐一介绍各类设类的理由和子目安排的设想。

天地类。"AT分类法"中没有天地自然一类。但从神话开始，与天地自然相关的叙事故事就一直伴随其间。像"夸父逐日""女娲补天""精卫填海"等著名神话故事，不仅是神话传说的精品，也是中国叙事文学的源头。中国文化根深蒂固的"天人合一"观念，使得中国叙事文学中产生大量的与天地自然相关的故事作品。丢掉这些故事，无论是对于通俗文学，还是整个叙事文学，都是不完整的。故而单独设立"天地"一类。其中包括"起源""变异""灵异""纠纷""灾害""征兆""时令"等7个小类，34个故事。

神怪类。此类大致相当于"AT分类法"中的"一般故事"。之所以做这样改动是基于两种考虑。一是"一般故事"这个概念比较模糊和笼统，而其中实际包含的内容是"神奇故事""宗教故事""传奇故事"（"爱情故事"）"愚蠢妖魔的故事"四种。这些内容实际上大致相当于中国叙事文学中的"志怪小说"和"传奇小说"的题材。用"神怪"来概括它们既符合实际情况，也会使熟悉、了解中国叙事文学故事的人一看便明。二是"AT分类法"中没有单独设立人物故事的类目，而人物故事又是中国叙事文学故事中的重头戏，其数量远在神怪故事之上。设立"神怪类"，也是为了和下面的"人物类"形成对照和呼应。此类包括"起源""矛盾""统治""生活""异国""神异"等22个小类，597个故事。

人物类。"AT分类法"中没有专门的人物类，有关人物的故事分散在"一般故事"中的"传奇故事""笑话故事"及"程式故事"和"难以分类的故事"中。然而在中国古代叙事文学中，人物故事数量极多。除了民间故事中包括的这些内容外，大量的作家记录和创作的文言小说、白话小说、戏曲作品，以及史传故事，成为中国古代叙事文学作品的主体。这一情况如果在以中为体的故事主题类型索引中得不到全面而集中的反映，那么这种索引的价值将会大打折扣。此类包括"源起""矛盾""农耕""家庭""君臣""政务"等41个小类，1278个故事。

器物类。"AT分类法"中没有专门的器物类，只是在"一般故事"一类的"神奇故事"下设"神奇的宝物"一类，算是器物之属。但从中国叙事文学故事来看，与器物相关的故事固然不乏"神奇"之类，但也有不少非神奇器物故事。况且书面文学的器物故事虽然有和民间文学器物故事的交叉之处，但也有许多不同之处。如"玉镜台""麈尾"等。而且从全局来看，器物故事应当和"天地""人物""动物"成为可以类比的并列类目。

此类包括"天物""造物""食物""异物""怪物"等21个小类，169个故事。

动物类。动物是民间文学的主角，所以"AT分类法"将"动物故事"列为首位。但与器物故事相似，书面文学中的"动物故事"与民间文学同异兼有。所以本索引在设类上与"AT分类法"互有出入。此类包括"生变""帮助""奇异""征兆""矛盾"等13个小类，共118个故事。

事件类。"AT分类法"中设有"程式故事"和"难以分类的故事"，这在内容上为本索引提供了一定基础。但本索引设定"事件类"主要还是出于全局的考虑。首先，前五类都属于围绕名词性词语展开的单元故事，唯独没有以动作和事件为中心的单元故事。其次，前五类相互各自独立，那些不同类目主体相互关联的故事放在哪一类都显得欠妥。设定"事件类"则同时解决了这两个方面的问题，此类包括"人神关系""天人关系""人鬼关系""战争""习俗"等12个小类，719个故事。

本索引尚在摸索当中，其分类是否完全合理，入类是否恰当，均有探讨斟酌的余地。因而本索引没有像"AT分类法"那样为所有故事编上总的顺序号，以便以后可以随意增删调整，并恳请学界方家不吝赐教。

选自宁稼雨《先唐叙事文学故事主题类型索引》
南开大学出版社2011年版

《民间故事母题学研究概观》前言

万建中

一、母题（主题）概念的引入与辨识

"母题"是个外来概念，英文为 motif。母题这个词源于拉丁文 moveo，是动机的意思，所以"母题的意义与动机有关，可说在叙述情节中，具有动机功能而反复出现的特殊行为、实物、情况等"①。和西方一样，我国的母题（主题）学最早也是发端于民俗学研究的。1924 年 3 月，胡适研究民间歌谣时首先将其译作"母题"并尝试运用。②他说：

> 研究歌谣，有一个很有趣的法子，就是"比较的研究法"。有许多歌谣是大同小异的。大同的地方是它们的本旨，在文学的术语上叫作"母题"。

而母题（主题）研究最为广泛的是在民间故事学领域。同年 7 月，周作人在《晨报》发表《徐文长的故事》，在第四篇故事的"按"中也使用了"母题"这一概念："此传说中一种普通的'母题'，在各故事中常见类似的例。"③就民间叙事学而言，"类型"和"母题"（主题）是两个核心概念，关于前者，学者们的认识比较一致，对后者的理解则歧义颇多。正如刘魁

---

① ［俄］李福清：《神话与鬼话——台湾原住民神话故事比较研究》，社会科学文献出版社 2001 年版，第 13 页。以下所引本文皆据此版本，不再一一出注。

② 参见胡适：《歌谣的比较的研究法的一个例》，《歌谣》1924 年第 6 期。

③ 朴念仁：《徐文长的故事》，《晨报》1924 年 7 月 9 日。

立所言："'母题'一词常常会引起一种与本质无关的错误的联想，仿佛在'母题'之外还有'子题'似的，仿佛'母题'是与'子题'相对而言的。"①除此之外，对母题本质的理解存在差异。

在中国故事学界，通常以美国学者汤普森在《世界民间故事分类学》中对母题的论述为有某种不寻常的和动人的力量。"绝大多数母题分为三类。第一类是一个故事中的角色——众神，或非凡的动物，或巫婆、妖魔、神仙之类的精灵，要么甚至是传统的人物角色，如像受人怜爱的最年幼的孩子或残忍的后母。第二类母题涉及情节的某种背景——魔术器物，不寻常的习俗，奇特的信仰，如此等等。第三类母题是那些单一的事件——它们囊括了绝大多数母题。"②陈建宪沿袭了汤普森的观点，指出："作为民间叙事文学作品内容的最小元素，母题既可以是一个物体（如魔笛），也可以是一种观念（如禁忌），既可以是一种行为（如偷窥），也可以是一个角色（如巨人、魔鬼），它或是一种奇异的动植物（如会飞的马、会说话的树），或是一种人物类型（如傻瓜、骗子），或是一种结构特点（如三叠式），或是一个情节单位（如难题求婚）。这些元素有着某种非同寻常的力量，使它们能在一个民族的文化传统中不断地延续。它们的数量是有限的，但是它们通过各种不同的组合，却可以变化出无数的民间文学作品。"③受汤普森的影响，陈建宪认为母题是"民间叙事文学作品内容的最小元素"，只不过将"最小单位"置换为"元素"一词。至于何谓"最小元素"，落实到具体文本中，并不好把握。即便金荣华将其解释为"指的是故事中一个小到不能再分而又叙事完整的一个单元"，仍然难以进行实际操作。为了避免"母题"术语的模糊性，金荣华主张以"情节单元"作为motif的对译词，他说："……在民间文学里，每一则可以称作故事的叙事，至少有一个情节单元，也可以有一个以上的情节单元……将'motif'译作'母题'，中文读者有着文字本质上'望文生义'的习惯，一般人联想到的就是'主题'，甚至还不知道它是一个从外文翻译过来的词……至于'情节单元'一词，是笔

① 刘魁立：《刘魁立民俗学论集》，上海文艺出版社1998年版，第376页。
② ［美］史蒂斯·汤普森：《世界民间故事分类学》，上海文艺出版社1991年版，第499页。
③ 陈建宪：《神话解读——母题分析方法探索》，湖北教育出版社1997年版，第22页。

74

者在 1984 年于拙著《六朝志怪小说情节单元索引》的序言中提出，并说明其为‘motif’的对应词。"①"情节单元"一词显然不能涵盖汤普森认定的母题的三项范围。更为重要的是，"情节单元"未能成为民间故事学的学术术语，而"母题"学术术语的地位已获得肯定，其内涵相当丰富，需要也值得加以解释和讨论。

就民间故事学而言，母题是一个叙事单元。刘守华指出："‘母题’在文学研究各个领域的含义不尽一致，就民间叙事作品而言，它通常被认为是一种情节要素，或者难以再分割的最小叙事单元，由鲜明独特的人物行为或事件来体现。"②其实，作为叙事单元，母题并非都是"难以再分割的最小的"。俄国学者李福清也参与了中国学者关于母题问题的辨析，他说："母题的意义与动机有关，可说在叙述情节中，具有动机功能而反复出现的特殊行为、实物、情况等等。"③母题讨论是民间故事母题（主题）研究的有机组成部分，从一个侧面揭示了民间故事叙述的语式状态及动机元素的组合特点。同时，也为民间故事的母题（主题）学研究提供了必要的视域指向。

主题与母题有叠合之处，有时两者便难以区分开来。陈鹏翔说："故事的主角在主题学研究里可称为主题也可以称为母题，主要应以其在作品中的功能而定；跟故事主角密切相关的某些事件如追寻英雄入地狱、孟姜女哭倒万里长城俱可称为主题的一部分。"④再具体地说，母题往往呈现出较多的客观性，并不提出问题，如西方文学作品中常见的母题：诱拐、叛逆、谋杀、通奸、仇恨、嫉妒等。而主题则多带有较强的主观色彩，并且上升到问题的高度，如中国古代文学作品中常见的主题：因果报应、及时行乐、人生如梦、红颜薄命、有情人终成眷属等。⑤尽管母题和主题有差异，但两

---

① 金荣华：《"情节单元"释义——兼论俄国李福清教授之"母题"说》，《湖北民族学院学报（哲学社会科学版）》2001 年第 3 期。

② 刘守华：《中国民间故事类型研究》，华中师范大学出版社 2002 年版，第 2 页。

③ 李福清：《神话与鬼话——台湾原住民神话故事比较研究》，社会科学文献出版社 2001 年版，第 13 页。

④ 陈鹏翔：《主题学研究与中国文学》，《主题学研究论文集》，东大图书有限公司 1983 年版，第 10 页。

⑤ 参见乐黛云：《中西比较文学教程》，高等教育出版社 1988 年版，第 190 页。

者民间故事叙事学的学术路径是基本一致的，故而在此节中一并加以评述。

二、母题（主题）学故事研究的滥觞

在我国，类似西方的母题（主题）学研究已有七八十年的历史了。周作人的未刊稿《老虎外婆及其它》，大约写于1914年，其中母题概念的使用应该是最早的。十年后，周作人发表的《关于"狐外婆"》一文中，又使用了"母题"一词。他说："这些民间故事我觉得很有趣味，是我所喜欢的。倘若能够搜集中国各地的传说故事，选录代表的百十篇订为一集，一定可以成就一部很愉快的书。或者进一步，广录一切大同小异的材料，加以比较，可以看出同一的母题（motif）如何运用联合而成为各样不同的故事，或一种母题如何因时地及文化的关系而变化，都是颇有兴趣的事。"①在这段文字里，尽管没有出现"类型"术语，但中心意思是如何围绕母题展开同一类型文本的收集和比较研究。

顾颉刚《孟姜女故事的转变》是我们目前所知道的国内较早的母题（主题）学研究论文之一。之后，淑峦发表《老丑虎——关于老虎母亲的传说》②，钱南扬对祝英台故事演变的探讨，以及《吕洞宾故事》《徐文长故事》的出版，加上钟敬文先生《中国印欧民间故事之相似》、赵景深先生《中西童话之比较》等前后呼应，共同开创了中国母题（主题）学研究之先河。③其时，张清水有对20世纪20年代民间故事母题（主题）研究的状况做了介绍：

> 民间故事的类似的比较的讨论，是十分有意义的事，如能就世界各国的故事传说做相互比较的探讨，以了解其于同一母题之下，怎样运用联合而成为各样不同的故事，怎样因"时""地""种族"及"文化"的关系而变化歧异，这都是颇有趣味的事。如起劲的干时，

①周作人：《关于"狐外婆"》，《语丝》1926年第61期。
②淑峦：《老丑虎——关于老虎母亲的传说》，《北京大学国学月刊》1926年第3期。
③参见万建中：《解读禁忌——中国神话、传说和故事中的禁忌主题》，商务印书馆2001年版，第15—16页。

76

不独可成功一部很有价值的书，而且是有殊功于学术上的。近来国内的学者，如玄珠、景深、静闻伙友等，都颇致力于此。就是渺小的我，也写了阿斯皮尔孙的《三公主》和《读波斯故事》二篇送登《民俗》……①

在中国现代民间故事学形成的初始阶段，即已认识到母题之于故事研究的重要性和必要性，并勉力于学术实践。其时，汤普森六卷本的《民间文学母题索引》②还未着手写作。

三、母（主）题学故事研究的深入

在母（主）题学理论指导下的母题（主题）研究始于20世纪80年代末，王霄兵、张铭远合写的《从成年主题故事看民间故事的层次结构》及《民间故事中的考验主题与成年意识》就是这方面较早的成果。20世纪90年代，运用母题研究方法的论文越来越多，如万建中《禁忌主题型故事的原始崇拜观念》、郎樱《东西方民间文学中的"苹果母题"及其象征意义》、周北川《"解难题"母题的文化人类学溯源》、陈建宪《〈白水素女〉"偷窥母题"发微》等。运用母题（主题）学研究民间故事的学者当中，王立和万建中的成果比较突出。仅在2000年，他们就发表此类论文多篇。王立发表的论文有《古代侠义复仇故事流变及其三种倾向》《中古汉译佛经与小说"发迹变泰"母题——海外意外获宝故事的外来文化触媒》《人兽通婚故事的人类学内蕴及积极质素》《古代动物悼亡殉死传说的文化内蕴》等；万建中发表的论文有《一场关于人与自然关系的深刻对话——从禁忌母题角度解读天鹅处女型故事》《对民间故事中禁忌主题的功能主义理解》《蛇郎蛇女故事中禁忌母题的文化解读》《两种理财观念的碰撞与农民心态的宣泄——识宝取宝型故事中禁忌母题释义》《避讳型故事中禁忌母题的文化解

---

① 张清水：《海龙王的女儿自叙1》，《民俗》1929年第65期。

② Stith Thompson：*Motif-Index of Folk-Literiature*，*vol. I-Ⅵ*，1932-1936，bloomington. 本书尚无通行中译本，大陆以宁稼雨为代表的学者通常译为《民间文学母题索引》，台湾以金荣华为代表的学者通常译为《民间文学情节单元索引》。——编辑注

读》等。上述文章从母题（主题）的角度审查民间故事，或者说把民间故事中的母题（主题）抽提出来进行专门"会诊"，是很好的母题（主题）学研究。主题研究冲破了以类型分类的束缚，把拥有相同母题（主题）的不同类型的民间故事置于同一层面加以考察，使更多侧面的民间故事研究成为可能。

兴起于20世纪二三十年代神话——原型批评流派其实也可纳入母题（主题）研究的范畴。在故事学领域，母题（主题）常常表现为原型，以原型符号的形式隐遁于故事话语之中。有学者对母题和原型的关联性做了如下阐述：

> （母题）指的是一个主题、人物、故事情节或字句样式，其一再出现于某文学作品里，成为利于统一整个作品的有意义线索，也可能是一个意象或"原型"，由于其一再出现，使整个作品有一脉络，而加强美学吸引力；也可能成为作品里代表某种含义的符号。①

神话——原型批评流派的代表是加拿大学者弗莱，他在1957年出版了《批评的解剖》一书。此书标志该流派达到了一个高峰。所谓原型"是无数同类经验的心理凝结物"，弗莱认为，"原型是一些联想群（associativeclusters）"，是指"那种在文学中反复使用，并因此而具有了约定性的文学象征或象征群"。早在20世纪80年代初，就有学者将这种方法运用于故事研究，乌丙安《藏族故事〈斑竹姑娘〉和日本〈竹取物语〉故事原型比较》堪称典范。到了20世纪80年代中后期及90年代，更多的民间故事原型批评成果涌现出来，如林继富《青蛙骑手故事原型研究》、王宵兵和张铭远《脱衣主题与成年仪式》、刘晓春《灰姑娘故事的中国原型及其世界性意义》、武文《裕固族〈格萨尔故事〉内涵及其原型》、鹿忆鹿《难题求婚模式的神话原型》、纪永贵《蚕女故事的文学——文化学解读》、齐红伟《桃花意象与阿妮玛原型》、万建中《赶山鞭型禁忌母题的意象符号释义》、苏

---

① 李达三：《比较文学研究之新方向》，联经出版事业公司1984年版，第391页。

依拉《从指称到意义：符号、象征与民族气质——蒙古民间文学中"马"的文化阐释》、刘守华《谈〈卜起传〉故事原型及意义》等。上述成果在告诉人们：一些故事的内容和形式只不过是人们用来表现无意识欲望的一种工具。我们对故事的理解不能只停留在表层上，而应该像研究神话一样，更深入地挖掘故事的内在含义，即人类的无意识是怎样得到宣泄和满足的。

　　当然，母题（主题）学范式的民间故事研究成果远远不止于上面这些，特别是到了新世纪，海外更多新的主题学理论传入我国，主题学范式研究的多元态势正在兴起。越来越丰富的主题学操作规程预示着主题学故事学将会有一个更加繁盛的未来。

原载《文化学刊》2010年第6期

《中国古代民间故事类型研究》绪论

祁连休

一

所谓民间故事类型，是指一则民间故事在相当长的时间内，在相当广阔的地域中流传、扩展，产生不同程度的变化，形成各种不同的异文，因而构成故事类型。同一故事类型中的各种异文出现的变化、发展，不能脱离该故事类型最基本的情节——我们可将其称为"故事类型核"。故事类型核通常由一个或多个母题（情节单元）组成。故事类型核，是我们鉴别各种民间故事是否属于某一故事类型最主要的，甚至可以说是唯一的准绳。倘若脱离了这个准绳，在判定故事类型时便可能出现这样那样的偏颇，往往会模糊故事类型的界限，扩大故事类型的范围。而此种现象，在我国学界并非不存在。

广为流布和发生变异，是生成民间故事类型的两个互有关联的重要前提条件。口头文学各种体裁的作品，在流布过程中无一例外都会产生变异。作为散文体口头叙事文学的民间故事，这个特征尤其普遍和突出。故事类型产生的变异，首先是故事情节、相关的时间、地点、人物、道具、习俗等的变异，同时也包括语言文字、表达方式、详略程度乃至民族特色、艺术风格等的变异。就通常的情况而言，流布的时间跨度、地域跨度、民族跨度越大，故事类型所产生的变异越显著。而全面、系统地了解故事类型的各种发展、变化，从不同的视角对这些变异进行比较研究，是故事类型学的历史使命，它对于故事学的建设具有重要的理论价值和学术意义。

从全球的民间故事类型来审视，其流布的地域跨度显然是存在差别的。有一部分故事类型具有世界性的特点；有一部分故事类型则具有区域性的特点，而且其流布范围的广度尚有各种差别。也就是说，具有世界性的故事类型，其流传遍及世界各国，流布的空间最为广阔；具有区域性的故事类型，仅在世界上的某个局部的区域内流传，其流布空间的大小尚有所不同：一部分故事类型具有跨国性乃至跨洲性，在一个大洲甚至不止一个大洲的若干个国家内流传，其流布的空间仅次于世界性的故事类型；一部分故事类型则无跨国性，只在一个国家的范围内传播。而在一些幅员辽阔、民族众多、历史悠久的大国（譬如中国），其流布范围尚有全国性故事类型与地区性故事类型的区别。换言之，此种无跨国性故事类型，尚有在一国之内普遍流传的故事类型与在一国之内的局部地区（如中国的长江中下游地区、云贵高原地区，甚至个别省、自治区）流传的故事类型之分。因此，倘若细分的话，区域性故事类型，可分为跨国乃至跨洲型区域性故事类型与一国型区域性故事类型。而一国型区域性故事类型，则有全国型故事类型与地区型故事类型之分。正基于上述认识，我们切不能因为部分故事类型的流布范围仅在一国之内的局部地区而否认其故事类型的属性。因为故事类型流布范围的广阔程度是相对而言的，应当从总体上把握故事类型的基本特征，而不必拘泥于流布范围的广阔程度。这种流布范围的程度是难以具体量化的。

总之，民间故事类型的世界性与地域性，都有各自的内涵，具有相对的独立性，彼此之间不能相互取代，但同时又相互关联，彼此之间没有不可逾越的鸿沟。长期以来，两者总是相比较而存在，相影响而变化，从而形成全球民间故事类型的大格局。设若只看到两者之中的任何一个方面，则失之偏颇，既不符合民间故事类型的实际情况，也不利于民间故事类型研究的发展。

这里还须提及民间故事类型的时间跨度问题。因为故事类型的地域跨度往往与时间跨度是相关联的。一般说来，时间跨度的延长会在不同程度上促进地域跨度的拓展。这在中国古代不同时期出现的故事类型中，不乏其例。像魏晋南北朝时期的凶宅得金型故事、驱走缢鬼型故事，隋唐五代时期的麻风女型故事、恶媳得报型故事，宋辽金时期的鬼母育儿型故事、尸变奇案型故事，元明清时期的拾金不昧型故事、"活佛"骗局型故事、救产妇型故事，都是相当典型的。随着时间跨度的延长而引起的地域跨度的拓展，对于某些古代产生的故事类型的判定，更具有特殊的意义。因为此类故事类型，在古代仅仅有个别作品存在，如若不将流布的时间加以延伸，把它与现当代涌现的诸多异文一并审视，就不容易认清其故事类型的特征。

二

世界各国的民间故事千姿百态，蕴藏丰富。每一个国家对于全球民间故事类型的形成和发展，都无一例外地做出了自己的贡献。毋庸讳言，各个国家的具体情况各不相同，它们对民间故事类型的贡献也不尽相同。那些历史悠久的文明古国，那些口传故事浩如烟海、至今仍然十分活跃的国度，对于全球民间故事类型的形成和发展，贡献尤为显著。

平心而论，世界各国的民间故事几乎都在不同程度上直接、间接受到过印度这样的文明古国的影响。在我国的民间故事发展史上，也不难发现这种影响的存在。但是，倘若过分夸大这种影响，甚至将其提升到一个很不恰当的地位，显然是有悖科学精神的。传播学派创始人德国学者特奥多尔·本菲提出的"印度起源说"，认为欧洲的民间故事都起源于印度。然后经由各种途径传播到世界各地。这一理论，如同英国学者格拉夫顿·史密斯和威廉·佩里提出的极端传播论"埃及中心说"一样失之偏颇。

从世界范围来审视，民间故事类型是在各国各民族的民间故事广泛传播过程中逐渐形成和发展的。对于世界各国而言，民间故事类型既有相互渗透、相互影响的一面，又有各自创造、各自建树的一面。这两个方面都是客观存在的事实，都不可忽视。特别是像中国这样有数千年文明史的多民族大国，民间故事至丰至厚，举世瞩目，民间故事类型数量之大，也是世所罕见的。长期以来，中国的民间故事和民间故事类型在其发展过程中，一方面不断接受外来影响（尤其是来自印度、阿拉伯世界的影响）进一步充实自己；另一方面又不断对外国（首先是亚洲的邻国）产生影响，使世界民间故事类型更加充实、丰富，让世界民间故事宝库越发光焰耀目。

如果说世界民间故事有发祥地的话，它的发祥地不是一处，而是多处。古印度、古埃及、古希腊、古巴比伦等，毫无疑问都是世界民间故事的发祥地之一。中国这样的东方文明古国，当然也是世界民间故事的发祥地之一。大量的古代文献说明，世界上流布的许多民间故事，首先出现在中国的大地上；世界上的不少民间故事类型，也首先在中国的大地上形成。遗憾的是，对于中国在世界民间故事发展史上的地位，以及中国对世界民间故事类型的形成和发展所做的贡献，长期以来在国际学界关注甚少，至今缺乏足够的研究。中国学界在这个领域内虽然已经做了一定的努力，并且有不少建树，但是还远远不够。只有中国学界在这个领域内继续深入研究，在诸多方面都有更多的突破，才可能从根本上改变现有的状况。

对于中国古代民间故事类型，尽管20世纪刊行的两部有关中国民间故事类型的著作——德国学者W.艾伯华著《中国民间故事类型》（1999）和美籍华裔学者丁乃通编著《中国民间故事类型索引》（1986）都有所涉及。它们在研究中国古代民间故事类型方面，起到了一定的先导作用。但是，它们都不是这方面的专门著作。对于中国古代民间故事的研究而言，由于种种原因，不但未做全面、系统的梳理和论述，而且在文献资料的占有上尚有许多欠缺，在作为印证的现当代口传资料的占有上也存在极大的不足。

国内学界对于中国民间故事类型的研究，发端于20世纪20年代末30年代初。钟敬文等前辈学者在这方面的研究成果，可以说具有奠基的意义。近二十年来，国内学界在中国民间故事类型方面十分活跃，不但涌现了一批学术质量较高的论文，而且有一些专门性的研究著作和以较大篇幅论析中国民间故事类型的研究著作问世，不但使有关中国民间故事类型的研究向前推进了一大步，而且在中国古代民间故事研究方面有了更多的积累。但是，迄今为止，仍无专门论述中国古代民间故事类型的著作问世。中国民间故事类型研究的这一领域，尚有待学界同人做更多的关注和耕耘。

三

民间故事跟其他民间文学门类一样，同属口头文学范畴。口传心授无疑是民间故事的主要传播方式，但并非唯一的传播方式。对于有文字的国家、民族而言，以书面形态进行传递和交流，是民间故事的另外一种有效的传播方式。中国有数千年的文明史。汉字是世界上最古老的文字之一，已存世数千年之久，是中国各民族通用的正式文字。在中国悠久的文化历史中积有大量的汉文典籍。另外，尚有藏、蒙古、维吾尔等少数民族文字，已有一千多年至数百年的历史，亦用以编著和翻译许多典籍，留传于世。

在中国的汉文和少数民族文字的古代典籍中，保存了不计其数的民间故事。这些古代典籍，在中国民间故事传播史上产生过无比巨大的作用，对于古代民间故事类型的研究，具有非常重要的价值。

我国自先秦以来，历朝历代的有识之士，出于不同的动机和目的，将当时在民间口传的各种各样的故事录写下来，收进自己的著作，从而使这些口传形态的民间故事以文字为载体得以保存，传诸后世。自唐宋以来，我国的知识界还以不同的方式编辑、刊行类书、小说总集、小丛书、小说选本、笑话集等，其中收录的民间故事为数不少，有很多本已失传的民间故事赖以存世，同样值得重视。

伴随着古籍文献的传世，有相当一批被历代有识之士录写和保存下来的民间故事，又通过各种不同的渠道回流到民众之中，重新以口耳相传的方式四处流布，并且在流布过程中发生变异。因此，自先秦以来的两三千年间，中国民间故事一直以口承和书面两种方式传播，两种传播方式相互依存、相互渗透、相互影响、相互推进，促使民间故事在中华大地上的各民族民众中不断生成、发展、演变，日益走向繁荣。

中国的民间故事类型，也正是在中国民间故事以口承和书面两种方式交替传播的过程中逐渐形成和演变的。由于历代古籍文献中保存的相关作品，能够在相当程度上反映出不同历史时期中国民间故事的基本面貌，展示出中国古代民间故事类型形成、发展、演变的轨迹，充分重视古籍文献，尽最大的努力查阅并梳理古籍文献资料，是研究中国古代民间故事类型最为关键的环节。涉及中国古代民间故事类型的古籍文献，首先值得关注的是录写民间故事最多的历代文言小说，包括志怪小说、逸事小说、传奇小说、笔记小说等。绝大多数与中国古代民间故事类型有关的作品，都出自历代的文言小说，其中有三分之二以上的中国古代民间故事类型，首先见于各种文言小说。像魏晋南北朝时期的《笑林》《博物志》《搜神记》《搜神后记》《幽明录》《异苑》，隋唐五代的《启颜录》《朝野金载》《广异记》《续玄怪录》《酉阳杂俎》《河东记》《玉堂闲话》《稽神录》，宋辽金元时期的《梦溪笔谈》《北窗炙輠录》《睽车志》《夷坚志》《湖海新闻夷坚续志》《辍耕录》，明代的《九朝野记》《七修类稿》《应谐录》《雪涛谐史》《耳谈》《笑赞》《解愠编》《古今谭概》，清代的《池北偶谈》《聊斋志异》《笑得好》《子不语》《咫闻录》《志异续编》《客窗闲话》，等等，在中国古代民间故事类型研究方面，都是很值得关注的。

应当指出，由于作为一门独立学科的民间文艺学及其分支学科故事学，在我国建立较晚，长期以来，大量的古代民间故事一直被作为文言小说对待，而没有将其作为民间故事进行专门的研究。这种状况，直到近一二十年才有较为明显的改观。对于从事民间故事研究的学人而言，从卷帙浩繁的中国典籍文献里面搜寻、鉴别出民间故事，将其作为本学科的研究对象进行全方位、多角度的探究和论析，建立起中国古代民间故事研究的学科体系，仍然是今后一个十分艰巨的重大使命。除了文言小说外，与中国古代民间故事类型有关的古代典籍文献尚有诸子经籍、史书、文集、地理著作、地方志、宗教典籍、变文、通俗小说、写卷等。其中也保存了相当多的民间故事资料，在进行中国古代民间故事类型研究时，它们都各有其特殊的价值和作用，绝不可以忽视。还须特别提及的是，我国历代参与民间故事采集、录写，使之载入典籍文献而得以传世的，大部分是从事文艺创作的知识分子，包括文学家，如汉代的刘向，三国时期的邯郸淳、曹丕，晋代的张华、陶潜，南朝的吴均、任昉，唐代的段成式，五代的王仁裕、徐铉，宋代的吴淑、苏轼、王谠，金代的元好问，元代的陶宗仪，明代的祝允明、江盈科、陈继儒、冯梦龙，清代的王士禛、袁枚、纪昀；小说家，如南朝的刘敬叔、刘义庆、殷芸，隋代的侯白，唐代的张鷟、李复言、薛用弱、郑还古、张读，宋代的刘斧、王清明、洪迈、周密，明代的田汝成、谢肇淛、王同轨，清代的钮琇、褚人获、蒲松龄、石成金、吴沃尧；戏曲家，如明代的何良俊、陆采；书画家，如唐代的张怀瓘、张彦远，宋代的米芾、廉布，明代的沈周。

我国历代参与民间故事采集、录写的，尚有思想家、哲学家，如春秋战国的墨翟、孟轲、庄周、韩非；政治家，如唐代的房玄龄、李德裕、牛僧孺；史学家，如汉代的司马迁、班固，晋代的干宝，唐代的李延寿，宋代的司马光，明代的谈迁；科学家，如南朝的祖冲之，宋代的沈括；地理学家，如北朝的郦道元，宋代的乐史、王象之；学者，如明代的方孝孺，清代的俞樾；僧人、方士，如晋代的王嘉，宋代的释文莹，藏族的格西博多哇、仁钦拜，蒙古族的蔡哈尔格西·罗桑楚臣。此外，还有不知名的下层知识分子和粗通文墨的民众。他们采集、录写的民间故事，往往以手抄本的形式流布，对于我国古代民间故事的推广，发挥了不可替代的作用，在古代民间故事的发展中，有着特殊的功绩。但是，他们抄录的民间故事，大都难以保存下来。敦煌石窟中遗存的汉文写本句道兴撰《搜神记》《孝子传》、古藏文写本《金波聂基兄弟俩和增格巴辛姐妹仨》《白噶白喜和金波聂基》等，是不多的存世民间故事手抄本，十分珍贵。

在论及与中国古代民间故事类型有关的古代典籍文献时，还不能不提到汉文及藏文、蒙古文翻译的佛教文学经典。用汉文翻译佛经的工作，从佛教传入中国不久的东汉末年便着手进行，随着时间的推移，规模日盛，直到宋代以后才告终止。据唐《开元释教录》载，到唐代开元年间即公元8世纪前期，汉文佛教经典译著已达一千零七十六部，五千零四十八卷。以后各个时期尚有所增加，成为举世闻名的汉文佛教典籍丛书《大藏经》。除汉文本外，中国尚有藏文《大藏经》、蒙古文《大藏经》、满文《大藏经》、西夏文《大藏经》（残本）等。其中，像东汉至十六国时期译的《杂譬喻经》，三国时期编译的《六度集经》（又名《六度无极经》《六度无极集》《六度集》《杂无极经》等），西晋时期译的《生经》，北朝时期译的《杂宝藏经》《贤愚经》（全名《贤愚因缘经》），南朝时期译的《百喻经》（全名《百句譬喻经》，又名《百譬经》《痴华鬘》），隋代译的《佛本行集经》，唐代译的《根本说一切有部毗奈耶破僧事》等包含大量取材于古印度民间故事的佛经故事的佛教文学经典，对中国古代民间故事类型的形成、发展、流变，影响甚大。

少数民族的佛经翻译，晚于汉译佛经。藏译佛经始于松赞干布时期（7

世纪），至赤松德赞时期（8世纪）规模更大，一直延续到吐蕃王朝末期（9世纪）以后。藏文《大藏经》（分为《甘珠尔》和《丹珠尔》两个部分）中的译文是8—9世纪和11—13世纪翻译的。蒙古文译佛经起始于13—14世纪。17世纪随着藏传佛教格鲁派在蒙古地区的普及、深入，更为兴盛。16世纪末17世纪初完成《大藏经·甘珠尔》的蒙译，18世纪中叶完成《大藏经·丹珠尔》的蒙译。收入藏蒙译《大藏经》中的佛教文学经典，如《贤愚经》《百缘经》《本生经》《狮子师本生鬘》《圣者义成太子经》《佛说月光菩萨经》《金色童子因缘经》等，对藏族和蒙古族的民间故事的影响颇为深远。这在中国古代民间故事的发展、演变过程中，也得到了反复的印证。

四

中国古代民间故事类型，在两三千年间经历了逐渐形成、发展，乃至变为历史陈迹的过程。其中除一小部分民间故事类型在现当代流传不广，甚至已不复流传，成为存留于古籍文献中的书面形态的民间故事类型外，大部分民间故事类型仍在现当代广为流布。亦是说多数中国古代民间故事类型，从最初被录写的时间算起，尽管已经历一二百年、数百年，乃至一两千年的漫长岁月，到了现当代仍然颇为活跃，甚至蔚为大观，在中国南北各地的汉族和少数民族聚居区不胫而走，保持了旺盛的生命力。

在梳理、研究中国古代民间故事类型时，如何进行鉴别、认定，是一个必须认真解决的问题。笔者认为，最主要、最根本的是依据其在不同时期的流传、演变情况来判定。这当中包含有主次两个考察的着眼点：以古代文献记载为主，以现当代口传资料为辅。一般来讲，过去时代的各种典籍文献资料是鉴别、认定古代民间故事类型最重要、最根本的依据，对于现当代不再流传，已经变为历史陈迹的古代民间故事类型而言，可以说是唯一的依据。但是，我们在鉴别、认定古代民间故事类型时，现当代口头流传的活态民间故事绝不可以忽视。因为口传资料与文献资料，就时间而论仅仅有相对意义上的差别，两者之间并不存在截然划分的界限。

对于世界性的民间故事类型来讲，尽管我们在中国古籍文献中只发现一篇作品，我们也能毫不犹豫地认定其民间故事类型的特征。譬如我们看到唐代段成式撰《酉阳杂俎》续集卷一《支诺皋上》"旁色"，便能肯定其为中国古代录写的狗耕田型故事，而无须参照现当代口头流传的诸多异文。但是对于相当一批在中国古籍中仅有一篇作品的非世界性民间故事类型来讲，参照现当代采录的各种口传异文，方能做出准确的鉴别和认定。设若避开现当代口传故事资料，就难以判定古籍文献记载的一批故事是不是古代民间故事类型的早期形态，就不可能认定一批古代民间故事类型。兹举例加以说明，譬如巧借地型故事古代只有元代无名氏撰《湖海新闻夷坚续志》后集卷二《卢六祖》"借地"，假鬼骇巫型故事古代只有明代方孝孺撰《逊志斋集》卷六《越巫》，补针鼻型故事古代只有明代潘游龙撰《笑禅录》"补针鼻"，捞鱼去型故事古代只有明代江盈科撰《雪涛谐史》"捞鱼去"，耳朵在此型故事古代只有明代江盈科撰《雪涛谐史》"心在哪里"，沙弥爱虎型故事古代只有清代袁枚撰《续子不语》卷二《沙弥思老虎》，报荒减粮型故事古代只有清代独逸窝退士编《笑笑录》卷四《告荒》，日久见人心型故事古代只有清代许奉恩撰《里乘》卷六《甲与乙为善友》，如果不参照现当代采录的诸多口传异文，就难以确定其为古代民间故事类型。上述现象的出现，大约有几种可能性：一是某些故事在古代露面后，在相当长的时间内并未得以流布，到了现当代才广为传播，出现各种异文；二是某些故事在古代露面之后，虽然有所传播，但其异文却未被录写下来，我们在后来的古代文献资料中无从查找；三是某些故事在古代虽然已异文流布，但由于笔者的疏漏，未曾发现，留待日后补充、订正。

五

民间故事有广义与狭义之分。广义的民间故事，包括神话、民间传说和狭义的民间故事。本文梳理和论析的中国古代民间故事类型，以狭义的民间故事类型为主，兼及民间传说类型，而不涉及神话类型。

本文之所以这样确定研究对象，是由于中国古代民间故事类型与神话类型的界限比较明确，比较容易将两者区分开来，而中国古代民间故事与民间传说关系相当密切，倘若说区分两者有一定难度的话，那么要将中国古代民间故事类型与传说类型区分开来就更为困难。具体分析起来，造成这种困难的原因是多方面的。

首先，中国古代民间故事，由于讲述人与录写者等方面的缘故，往往带有一定的传说色彩。这就为类型的划分带来一定的难度。最典型的例证是《酉阳杂俎》续集卷一《支诺皋上》的"叶限"，它属于世界各地流布的"灰姑娘型故事"（AT民间故事类型510），其民间故事类型的属性不言自明。然而，这则故事恰好带有较鲜明的民间传说色彩。故事一开头便交代：

> 南人相传，秦汉前有洞主吴氏，土人呼为吴洞。娶两妻，一妻卒，有女名叶限。

另外，像"桑中生李型故事"的《风俗通义·怪神》"李君神"，"凶宅得金型故事"的《列异传》"何文"，"田螺女型故事"的《发蒙记·谢端》，"云中落绣型故事"的《搜神记》卷十一《望夫冈》，"定婚店型故事"的《续玄录怪》卷四《定婚店》，"刮地皮型故事"的《南唐近事·掠地皮》，"中山狼型故事"的《中山狼传》，"藏金失窃型故事"的《智囊补》察智部卷十《诘奸·吴复》，"受罚背石型故事"《三异笔谈》卷三《石以压之》等，都是在不同程度上带有传说色彩的民间故事。

其次，在中国古代民间故事类型中，有不少类型同时包含民间故事与民间传说两个门类的作品，亦是说，这些类型在流布过程中，往往交替出现民间故事性质的异文和民间传说性质的异文。要将此种类型定性为民间故事类型或民间传说类型都不无道理，可是也不十分确切。

最后，在中国古代民间故事类型中，难以将民间故事类型与民间传说类型准确区分开来，还跟我国学界对民间传说和民间故事的见解不尽一致，以及民间故事的某些类别与民间传说之间存在交集有关。我国学界对民间传说和民间故事的见解的不一致之处，主要表现在对于具体作品与某些类别的认识上。譬如，对于牛郎织女、孟姜女、梁山伯与祝英台、白蛇传四大民间传说，有的学者认为是民间故事。又如，对于中国的机智人物故事，有的学者认为应分为机智人物故事与机智人物传说。而此类学术认识上的分歧，都直接影响到中国古代民间故事类型与民间传说类型的区分、判定。

但这种学术见解上的分歧，不可能完全统一，也没有必要完全统一。至于某些民间故事类别与民间传说之间存在交集的现象，主要表现在写实故事中的案狱故事、诗对故事、俗语故事等，以及民间寓言中的人事寓言，同民间传说中的人物传说、民俗传说等之间，存在一定的交集，很难将彼此的界限截然分开，这也或多或少地影响到中国古代民间故事类型与民间传说类型的区分、判定。

顺带指出，丁乃通编著《中国民间故事类型索引》是采用狭义的民间故事进行取舍的。尽管丁先生避开民间传说，仍不免在此书中收进了一些民间传说类型或带有鲜明民间传说色彩的故事类型，如411（相当于白蛇传型故事）、681（相当于黄粱梦型故事）、750D1（相当于井水化酒型故事）、825A*（相当于城陷为湖型故事）、906P*（相当于智审匿产案型故事）、926E*（相当于摸钟辨盗型故事）、935A*（相当于邻僧积饭型故事）、1097A*（相当于鸡鸣停工型故事）、1526A2（相当于圣贤愁型故事）、2400A（相当于巧借地型故事），足见区分民间故事类型与民间传说类型之不容易。丁先生讲得好："我觉得扫除中国神话不难，但是区别中国的传说与故事却需要十分小心。在任何一门学问里，分类工作都不能绝对没有错误，甚至精密的自然科学分类也是如此。民间讲述里，变体不是例外而是经常的现象，我们对民间讲述的了解又是有那么多的不足，要求分类完美无瑕，在现阶段简直没有可能。何况中国的传说在数量上，远远超过民间故事，许多中国民间故事又是从传说，尤其是地方传说演变出来的。有些故事类型在古书里已有记载，特别是那些说书人爱讲的故事。为了引起听众的兴趣，常常加上了具体的人名和地名。"①

总之，在中国古代民间故事类型中，纯粹的民间故事类型和民间传说类型并不是没有，但数量不是很多，而多数的民间故事类型兼有民间故事类型与民间传说类型的特征，实难截然分开。鉴于此种状况，本文在梳理和论析中国古代民间故事类型时，不但涉及兼有故事类型与传说类型特征的类型，而且也涉及传说类型，而不以狭义民间故事来界定中国古代民间

---

① ［美］丁乃通：《中国民间故事类型索引》，中国民间文艺出版社1986年版，第7页。

故事类型。笔者认为，只有如此，才可能避免分类时因为过分的拘谨而出现失误，在一个广阔的民间故事的传播背景上充分展示中国古代民间故事类型的全貌，进而认识中国古代民间故事类型的特征及其发展规律。

六

由芬兰学者阿尔奈创制、美国学者汤普森增订的《民间故事类型》，现在一般被称为"阿尔奈-汤普森分类制"，或简称"AT分类法"，因检索方便，其故事类型分类体系已为世界各国所通用。然而，正如许多国家的学者指出的那样，此分类法也存在一些不足之处，令不少国家在进行故事类型编制工作时感到困惑。本文无意对"AT分类法"做全面的检讨和评价。笔者认为，这并不属于本文要讨论的范围。对于编制全面的中国民间故事类型索引是否采用"AT分类法"，我国学界见解并不一致，尚有待进一步探讨。本文的研究对象并非全部的中国民间故事类型，而仅仅是其中的古代部分。因此，笔者认为，本文不但可以不必对"AT分类法"做全面评价，而且可以避开中国是否采用"AT分类法"的争论，而选择有利于梳理和论析中国古代民间故事类型的方式来运作。毋庸讳言，本文梳理和论析中国古代民间故事类型时，没有采用"AT分类法"，从故事类型的确定、命名、排列到论析，基本上均不涉及"AT分类法"。本文所论列的五百余个故事类型，完全是立足本国，从大量的古籍文献中梳理、概括出来的。每一个故事类型的确定，都是以中国古代民间故事类型自身的特点为依据的，其命名也是按照中国人的思维方式并且适当参照中国学界过去的一些做法来确定的。这样运作，不但可以关注"AT分类法"不涉及的传说类型，而且可以充分关注中国特有的故事类型①，以期更好地展示中国古代民

---

① 关于中国特有的故事类型的比重，参见丁乃通："百分之几的中国故事类型可以认为是国际性故事呢？本书（指《中国民间故事类型索引》）列入了843个类型和次类型，仅有268个是中国特有的，就连这些也有少数和西方同类的故事差距并不很大（参见1341B和1341C），也有类型在中国邻近地方，例如越南曾经发现过的。"（《中国民间故事类型索引》导言）其实，按丁先生的统计，中国特有的故事类型约占总数的30%，比重不算小。倘若从本书梳理的五百多个中国古代民间故事类型来看，比重还要大得多，应当引起充分的重视。

间故事类型的全貌，并且避免按"AT分类法"操作时出现削足适履的种种尴尬，避免"AT分类法"中诸如确定的类型过于宽泛①，或者将一个完整的故事分为几个类型②一类的弊病。为了给学界和读者提供便利，本文把所梳理和论析的中国古代民间故事类型与丁乃通编著《中国民间故事类型索引》、艾伯华著《中国民间故事类型》进行对比，凡是与这两本书中的故事类型有关的，本文均逐一标明，以资查考。

七

本文所梳理和论析的中国古代民间故事类型，时间的上限为先秦，下限为清末民初，即包括中国史学上所指的古代和近代两个阶段。因为民间故事的被录写、刊行与其形成、流布之间，往往存在一定的时间差。我们把时限稍微后移一点，可以尽可能地减少遗漏，以期更好地展示中国古代民间故事类型的全貌。

本文所征引的古籍文献资料，既包含大量的汉文资料，亦包含一定数量的少数民族文字资料。而少数民族文字资料，均采用汉文的译文，恕不征引少数民族文字的原文。为了便于进行具体的对比研究，深入了解中国古代民间故事类型形成、发展、变异的状况，本文将大量征引中国古代民间故事类型的相关文献资料的原文，个别文献资料则以梗概的方式进行介绍，使学界和读者能够从本文中获得尽可能多的信息。

如上所述，考察、认定中国古代民间故事类型有两个着眼点，一是古籍文献资料，二是现当代口传故事资料。本文在梳理和论析中国古代民间故事类型的过程中，除了全面展示古籍文献资料外，还涉及现当代口传故事资料，包括自20世纪20年代以来各个阶段采录的口传故事资料，用以勾画出中国古代民间故事类型在现当代流布情况的大致轮廓。展示这两种资料的方式为详古略今，差异非常大。显然是本文研讨的重点不同所致。而

---

① 参见《中国民间故事类型索引》一书400A"仙侣失踪"包罗了董永行孝型、羽衣仙女型等与仙女、女神相当的类型。又如该书888C*"贞妻为丈夫复仇"包罗了孟姜女型、连理枝型等若干类型。再如该书1341C"胆小的主人和贼"包罗了请贼关门型、藏贼衣型等与盗贼有关的类型。

② 仨马虎型，参见《中国民间故事类型索引》，由1288"笨人寻腿"与1293"笨人溺毙"组成。

这样做，丝毫不削弱现当代口传故事资料的重要性。

在审视现当代口传故事资料时，我们格外关注20世纪八九十年代在民间文学三套集成（中国民间故事集成、中国歌谣集成、中国谚语集成）工作开展过程中全国各地进行的民间故事普查和随后编的从县（乃至乡、村、镇）到省、自治区、直辖市各种范围的民间故事集成。它的重要意义，首先体现在它是我国一次空前绝后的、科学性较强的全面普查的成果，其数量之多真可谓汗牛充栋，世所仅见，成为我国民间故事的宝库，为我国的故事学建设打下了坚实的基础，同时也为日后编制更具有权威性的《中国民间故事类型索引》提供了可靠的保障，它的重要意义还体现在它是我国乃至世界上最为鲜活的口传故事的大展示。大体上说来，20世纪各个阶段采录的民间故事都可视为活形态的口传故事。但是，随着时间的推移，离今天的时间愈远，其鲜活的程度愈差。而距今仅有一二十年时间的这次普查的成果，加之采录的科学性总体而论超过以前的调查采录，因而最体现口传故事的活形态的特征和面貌，其学术价值更强，更值得珍视。

还须提及的是，在20世纪八九十年代中国大陆进行全面的民间故事普查不久，我国的台湾及澎湖、金门等地也先后开展了多次民间故事的调查采录，不但在汉族聚居区进行调查采录，而且在少数民族聚居区进行调查采录，并且陆续出版了许多民间故事集。这方面的成果，在我们梳理、论析中国古代民间故事类型时，同样值得珍视。

选自祁连休《中国古代民间故事类型研究（卷上）》

河北教育出版社2007年版

课堂教学

叙事文化学的源头活水

——2005—2011 年课程对研究的推动与提升

梁晓萍

中国叙事文化学课程创建于1993年，经过前十一年的课程基建与初步发展，2005年之后课程体系已经逐渐完备，作为课程建设成果的学士、硕士学位论文与期刊研究论文也不乏成功之作。更为重要的是，随着《先唐叙事文学故事主题类型索引》一书的编纂，宁稼雨教授对叙事文化学的思考更为深入与圆融，因之2005—2011年的中国叙事文化学课程对在学界已崭露头角的中国叙事文化学研究起到了明显的推动与提升作用。

一、课程背景和演变机理

2007年，宁稼雨教授在参加《中州学刊》"中国古典文学资源的当代益用"笔谈时指出，采用以西学为体的主题学研究方法，以母题、主题等情节模式作为研究重点和要点，"对于叙事文学故事的一般性和共性研究是有效的，它可以集中研究同一类型故事的演变差异及作者们在抒发情愫和反映时代方面的共同特征"①，但如果采用这种方法来处理以具体单元故事为主的中国古代叙事文学，就会有一定局限，易流于浮泛。因此，宁稼雨教授建议效仿顾颉刚等前贤，基于中国古代叙事文学的基本状况，"以传统的历史考据学方法，再结合西方实证主义的方法"②来构建中国叙事文化学，打通中西和古今的学术范式。

宁稼雨教授的这一学术思考也反映到了中国叙事文化学课程建设和研

---

①② 宁稼雨：《主题学与中国叙事文化学的构建》，《中州学刊》2007年第1期。

究生培养当中。根据我们所收集到的三种课堂笔记——孙国江2006—2011年版硕博士笔记、李春燕2009年版博士笔记和韩林2010年版博士笔记，课程开篇时仍然是"中国叙事文学主题学""中国叙事文化学即主题学""中国叙事文化学"三种提法并行不悖，但随着课程的进展前两者逐渐被舍弃，唯有"中国叙事文化学"得以留存，从中不难窥见课程内容的演变脉络及叙事文化学研究的格局渐成。

2005—2011年的中国叙事文化学课程仍然坚持其创设初衷，即在继承中国古代文史研究学术传统的基础上，在方法论上力求创新，要求学生通过课程学习、课上研讨和课下实践对以往研究进行反思和突破，探索新的学术之路。

对比1994—2004年版笔记与2005—2011年版笔记的框架，虽然主体仍然保持了四章之格局，但名称上已经有了明显的更易：

章节	宁稼雨教授1994年讲稿	梁晓萍、李波1998—2004年版笔记	李春燕、孙国江、韩林2005—2011年版笔记
一	引言	引言	写在课程前面 绪论
二	叙事文化学的范畴、对象和方法	叙事文化	叙事文化
三	主题例示	叙事文化学的对象	叙事文化学的对象
四	体裁例示	主题学研究与文化批评	叙事文化学具体操作的方式和方法

据此显示出前半部分搭建理论框架、后半部分注重实践训练的趋势，成为中国叙事文化学研究的源头活水。

二、澄清叙事文化学的目标，鼓励学生做"道德文章"

笔者将李春燕、孙国江和韩林的三版笔记与1994—2004年宁稼雨教授的讲稿及两版笔记做了对比，发现进入正题之前宁稼雨教授增加了很多"篇首语"和"题外话"。1998—2004年授课时简略的"引言"部分已经扩充为"写在课程前面"和"绪论"两部分，内容大致涵盖课程定位、授课方式、课程目标、学术研究的时代变迁、古代叙事文学的研究现状及困境、叙事文学研究的基本角度、主题学概况、中国叙事文学的研究成果等几个方面，李春燕2009版笔记对这一部分的记载尤为详尽。

宁稼雨教授在这三版笔记中多次强调中国叙事文化学课程作为"学术思想与研究方法"的课程定位，授课方式仍为教师讲授、学生实践、教师再加以点评引导，但与此前不同的是他严肃要求学生"以平静的学术的心态"摒弃意识形态的干扰，中学为体、西学为用，将对外来学术方法的借鉴落到实处，首先在中国叙事文学领域做出摸索尝试和方法更新。与此同时，他结合学术史的梳理，指出前人研究的局限，反复强调掌握一手材料的重要性，要求学生至少拿出三分之一的时间强化文献学知识，实践文献的操作使用，学会和古籍打交道，"真正从根子上做起"。

宁稼雨教授之所以如此语重心长，与当时生搬硬套西方学术新名词、食而不化且狂轰滥炸的浮躁学风有关。在文史研究当中，向来有做"道德文章"的说法，即将做学问和做人视为一体。这种说法虽为老生常谈，但细细想来也有一定的道理在内。首先，毋庸讳言的是研究者的思想意识、为人处世往往会影响他对研究材料的取舍、分析和解读。就古代文学的研究而言，研究者以何种标准去判定和扬弃古代文学作品和传统文化的精华与糟粕，更是与其做人做事的立场息息相关。其次，研究者的学风一方面固然与其所受教育和科研训练有关，另一方面也与其品行素养有关。正因为出于此种考量，宁稼雨教授在授课过程中，通过各种硬性要求"迫使"学生沉下心来翻检古籍，希望他们从中学会尊重前贤成果，学会与他人合作及商讨问题。当然，他还更希望学生能通过课程学习立下大志向，具有大格局和大眼界，打破作为"小字辈"的思维惯性，力争将相关个案研究做到"最全最深"，最终通过每个人的工作，从全局上尽可能将所有中国古代叙事文学的故事类型一网打尽。宁稼雨教授认为，接受过"严苛"专业训练的学生所得到的"不仅仅是专业方面的培养训练，而是从中掌握了将来步入社会的做事情的素质和能力"①。

除了课程开端，宁稼雨教授在授课过程中也多次提及创设中国叙事文化学的诸多考量，反复澄清叙事文化学的目标，要求学生静心立志。也正是因为有了这些喁喁细语，学生方能平心静气地面对外界的质疑，投入叙事文化学的研究当中，扩大了研究规模。

三、聚焦叙事文化学的创新，启发学生进行理论思辨

中国叙事文化学课程进入正题的第一章仍名为"叙事文学"，沿袭惯例，保留以往一章三节的基本框架：

> 第一节 关于"叙事"
> 第二节 关于"叙事文学"
> 　一、叙事与文学的关系
> 　二、叙事与叙说的关系
> 　三、叙事文学的研究范围
> 第三节 关于"叙事文化"

与梁晓萍1998年版笔记相比，比较明显的变化出现在第二节和第三节。

以往第二节"关于'叙事文学'"重在厘清叙事与文学的关系，对叙事与叙说的关系一带而过，而2005—2011年宁稼雨教授在文体辨析方面的讲解更为深入细致，观点也更为明确："强调严格的文学意义上的叙事文学，但又不能让其束缚。""叙事文学作品中有很多与民间故事相类似的故事，在不同时代的作者那里有不同的变化，应该对民间文学给予重视。"此外，他还对叙事文学的研究范围进行了一定的限制，要求叙事文学的个案研究除在总体上具备文学叙事的特征之外，还要具有一定的时间范围与材

---

① 曹虹、周裕锴、刘扬忠、宁稼雨：《古代文学与通识教育笔谈四篇》，《中国大学教学》第2006年第12期。

料跨度，比如至少各有一部小说和戏曲作品，有史传、野史、方志等材料，与口头文学有所关联，以便使研究具有对比度。

第三节"关于'叙事文化'"的内容有了更大调整，并入了1998版笔记中第三章第二节"关于'文化批评'"的内容。宁稼雨教授在介绍改革开放之后文化学的文学批评逐渐占据主导地位这一学术动态之余，既指出文化学的文学批评的合理与必要之处，同时也告知学生其不足——"过多的关注文化批评，会忽视乃至忽略文学批评"。他要求学生实事求是，从研究者的角度和研究对象的实际出发，采用多元化的文学研究方法。他建议学生研究初期应该对材料进行挖掘、梳理、把握，研究后期应该多角度、多层面地对材料进行分析，做到考据和义理兼备。宁稼雨教授要求学生两步走，两手都要硬，因为"文学研究中缺其中之一，或者会没有灵魂，或者会导致空虚"。

显然易见，宁稼雨教授在课程第二章通过概念辨析，聚焦"叙事"和"文化"靶向，引导学生阅读相关理论文章，在强调研究论点勇于创新的同时，也传达了研究论据必须信实可证的观点，希望能以此培养学生的理论思维能力，启发学生进行理论思辨，为叙事文化学搭建更完整的理论框架，实现"自我"突破和创新。

四、精选课程内容，助力学生明确叙事文化学研究方法

如果说叙事文化学课程前半部分起到了补充研究有生力量、推动叙事文化学研究之作用的话，那么课程后半部分就致力于叙事文化学研究对象、研究方法、研究路径、研究内容的多方"示范"，以便突破已有的研究格局，提升叙事文化学研究水平。

课程第二章仍名为"叙事文化学的对象"，但由1998年版笔记的一章三节扩充为一章四节，增加了第一节"主题类型的确立"，并将第三节更名为"文化分析"，去掉了1998年版的"历史"二字。具体章节分布如下：

第一节 主题类型的确立

第二节 文本的应用

一、目录

二、索引

三、与叙事文学有关的总集

四、以小说为主的丛书、类书

五、材料处理

第三节 文化分析

一、故事文化背景的梳理

二、深层思考

三、文化层面

四、流变全局的动态过程

第四节 叙事文化学与比较文学分析

一、影响研究

二、平行研究

2005—2011年的三版笔记，都将梁晓萍1998年版笔记和李波2004年版笔记中原来附属于第一节的"主题类型的确立"提升为单独的一节，在溯源回顾《世界民间故事主题索引》和《六朝小说情节类型索引》的基础上，查漏补缺，另起炉灶，以中为体，以他为用，明确提出了更为成熟的"宁氏分类法"。宁稼雨教授借鉴"AT分类法"，将中国古代叙事文学分为天地、器物、动物、人物、神怪、事件六大类（前五种的命名与2004年版笔记一致，第六类由"综合类"更易而来），大类下又分有若干小类，收入故事三千余个，每个故事都有自己的词条，词条内容包括故事编号、故事名称、基本要素及用基本要素描述的故事梗概，词条下列有若干材料出处、相关故事及研究论著论文。这些正是《先唐叙事文学故事主题类型索引》的重要成果，为年轻学人从事叙事文化学研究提供了检索路径，打开了方便之门。

第二节"文本的应用"旨在帮助欠缺文献考据知识的学生扫清材料查找障碍，它与此前一样仍然囊括目录、索引、总集、类书和丛书五大类：

一、目录
（一）传统正宗的官修史志
（二）私家书目
（三）具有目录学意义的其他文献材料
（四）与小说戏曲关系密切的专门目录学著作

二、索引
（一）类书及其索引
（二）史部索引
　1.正史索引
　2.正史之外的索引：人物传记索引、方志索引、地区性或专书的人名索引
（三）集部索引
（四）论文索引

三、与叙事文学有关的总集
（一）以小说为主的总集
（二）戏曲总集

四、以小说为主的丛书、类书

五、材料处理

其中所涉及的书目由2004年版笔记的125种增至150种（含目录34种，类书及索引40种，总集42种，丛书34种），还补充了"论文索引""版刻"和"材料处理"等内容。宁稼雨教授对每一种书目的基本情况及其优劣都进行了简单介绍，并且要求学生课后一一翻检和落实。这一要求看似严苛，实际上是以此迫使学生去摸书和读书。要求学生甘于坐冷板凳和耐心读书是文史类研究生导师的惯例，但如宁稼雨教授一般勤于抽检的却不多见。李春燕2009年版笔记和韩林2010年版笔记，都保存了课后翻检相关书目的

痕迹，她们不仅写下了很多南开大学图书馆的索书号，还增补了相关翻书记录，可见这一教学环节的贯彻执行情况。宁稼雨教授之所以如此"不近人情"，在笔者看来是出于"不愤不启，不悱不发"的考虑。学生若一味闷头读书未必能达到理解、吸收和贯通所学知识的目的，因此他希望学生可以通过翻检加深印象，甚至发现课堂上未必提及或即使提及也不一定引起重视的问题。

在竭泽而渔、利用所有方法获取到所有可能的研究材料之后，鉴于近年来在论文材料处理中遇到的问题，宁稼雨教授特别提醒学生注意三点：

第一，不要忽视《中国史学论文索引》《八十年来史学书目》《中国古典文学研究论文索引》《中国古代文学资料目录索引》等论文检索工具书的作用，通过以上书目可检索到早期具有开创性的经典论文，补《人大报刊复印资料索引》和期刊网之不足。

第二，找书过程中，在无法找到权威性的今人整理本、古人整理本、单行单刻本的情况下，需学会利用丛书本。但利用古书未经整理的单行本，需要注意版刻问题，可通过《中国版刻综录》《明代版刻综录》《增补中国通俗小说书目》《小说书坊录》《中国小说戏曲版本知见录》《中国古代小说戏曲书影集》获取相关知识和信息。

第三，材料处理有纵、横两种方式。纵向上，以时间为断限，搞清每一种材料的时代归属，尤其要注意核实、对比和区分通俗小说的时代归属问题；横向上，以故事基本要素的断限，再留意每一要素的纵向时间轨迹变化，确定故事最初面目和继承、演变情况，力求从情节、人物、主题、环境、道具等各个方面勾勒故事变化痕迹。宁稼雨教授建议学生利用表格根据时代排列相关要素，使自己一目了然。

第三节"文化分析"相较前一阶段有了相当大的扩充，三个版本笔记的记载之间也有一定的出入，笔者归纳整理如下：

一、故事文化背景的梳理

二、深层思考

三、文化层面

（一）文学与社会历史的关系

（二）文学与社会政治的关系

（三）文学与社会宗教的关系

（四）文学与社会思想的关系

（五）文学与社会生活的关系

（六）文学精神的变化

四、流变全局的动态过程

这七年间，文化层面部分共涉及了六个角度，其中孙国江2006—2011年版笔记、李春燕2009年版笔记皆无"文学精神的变化"部分，韩林2010年版笔记无"文学与社会宗教的关系"部分，且"文学与社会生活的关系"部分更侧重于对文学与风俗关系的解析。笔者认为以上变动应该与听课学生的论文选题相关。对从事叙事文化学研究的学生们来说，文化分析向来是个"老大难问题"，学生往往束手无措，宁稼雨教授增补的这六个角度为学生提供了可按图索骥、逐一尝试的文化分析切入点。

就文学与社会历史的关系，宁稼雨教授提醒学生关注文本形态包含多少历史成分，特别是一些真实人物或事件在文学作品中的投影，分析其文学化幅度的多少及其背后的成因。就文学与社会政治的关系，他指出有两种可能：故事本身就是政治题材或故事表面上看不出政治色彩但实际上带有特定的政治意图，这些都是政治文化特别是制度文化在文学中的表现。一般而言，文人作品的政治主题相对隐蔽，通俗文本的表现有较大差异。就文学与社会宗教的关系，叙事文学特别是小说戏曲可以具象化地弥补专门性宗教研究之不足，可从宗教外在仪式、教义和教理方面予以关注、分析和判断。就文学与社会思想的关系，宁稼雨教授指出，思想文化角度在叙事文学的文化分析当中占据主导地位，要注意了解各个时期主流的社会思潮，如儒释道思想、隐逸思想、因果报应观念等，提前进行知识储备，如此方能从作品中挖掘社会思想存在的痕迹，做到游刃有余。就文学与社会生活的关系，鉴于叙事文学作品是作家现实生活的形象性表达，故要重视叙事文学作品对社会生活尤其是民俗风情的表达，思考风俗与思想、宗教、生活等方面的对应、关联和影响。就文学精神的变化，需要关注故事体裁与表述方式、描写方式、人物形象、叙事角度、叙事语言、情节结构、叙事功能甚至文学性、虚构性等方面的关系。宁稼雨教授还希望故事流变的动态过程能引起学生的充分重视，之所以如此一方面是因为从作品角度来看，故事从起点到终点的转折变化是动态的，可能有活跃、停滞、再活跃、再停滞的过程；另一方面从作家角度来看，作家思想的积淀、从思想形成到见诸文字也有一个动态变化的过程，部分作家思想甚至与社会思潮不同步，需要考察故事文本处于作家思想轨迹的哪一段落。

第四节"叙事文化学与比较文学分析"仍保留"影响研究"与"平行研究"的基本框架：

一、影响研究

（一）关于影响研究的类型和模式

1.正影响

2.反影响

3.负影响

4.回返影响

5.超越影响

6.虚假影响

（二）影响的对象和视角

1.影响研究关注对象的流动过程

2.流传学

（1）作品和作家的直接对应影响

（2）技巧和形式方面的影响

（3）内容和题材方面的影响

（4）形象方面的影响

3.媒介学

4.渊源学

（1）笔述渊源

（2）口述渊源

（3）印象渊源

（4）直线渊源

（5）整体渊源

二、平行研究

（一）主题学

（二）题材学

（三）文类学

（四）类型学

（五）比较诗学

"影响研究"部分对研究对象的流动性、六种类型和模式及流传学、媒介学、渊源学三种视角等一一进行了比较详细的介绍，剔除了1998年版笔记中对"单向影响"和"双向影响"的介绍，为解读材料提供了更多可资借鉴的思路。

总而言之，第二章作为课程主体，内容详尽。第二节是为了以教师讲授知识和学生自行实践的方式促使学生摸索文献实现"量变"，第三节和第四节是为了在前者的基础上实现"质变"，进一步激起学生的求知欲，促使学生寻求文化分析的多种角度和方式，主动思考和解决问题。整个第二章都旨在帮助学生明确叙事文化学的研究途径和方法，使学生通过材料搜集、真伪辨别、材料组织、问题解析等方面的训练，养成良好的学术规范，形成踏实、细致的学风。

五、关注个案研讨，为学生提供叙事文化学的研究支架

课程第三章"叙事文化学具体操作的方式和方法"是这一阶段课程建设的新增内容，主要分成"故事主题索引编制"和"部分作品的个案研究"两节，前者属于宏观操作和顶层设计，后者对年轻学人来说更为实用。

根据李春燕2009年版笔记和孙国江2006—2011年版笔记的记录，宁稼雨教授在《部分作品的个案研究》中为学生讲述了叙事文化学的分解步骤：

第一，区分和选择需要做研究的个案现象；第二，进行文献、文本材料搜集工作；第三，阅读和梳理材料；第四，进行文化、文学分析。针对故事遴选问题，他从文本数量、时代跨度、文体分布三个方面提出了一些具有可操作性的标准。他认为成型文本在三个以上、至少跨越二至三个朝代、以小说戏曲为主兼及史传的故事方能进入硕士毕业论文的研究视野，至于博士论文对故事体量应更为庞大。他同时提醒学生，在阅读和梳理材料的过程中，既要留意外显的表层结构的梳理——如故事情节、人物形象、背景等，也要关注内隐的意义层面的梳理——如宗教、士人心态、爱情婚姻观、文学观等，因之涉及故事如何呈现以及呈现出了何种文化意义，对故事所有相关问题都要一一细化、表格化，以便形成比较核心和集中的观点。

根据韩林2010年版笔记，宁稼雨教授2010年在第三章第二节又增补了论文框架结构方面的相关介绍。根据以往论文的写作路数，他提出中国叙事文化学的研究论文第一章一般为文献综述，可形成两个表格，第一个表格交代材料来源、依据、版本下落、出处、材料与故事本事的关联点、涉及的故事基本要素等；第二个表格客观描述故事的演变，增加或删减的故事要素，不涉及文化分析和文学形象分析。论文第二章之后，大体可采用两种模式编排章节，其一为按照问题模式划分章节，即每个文化分析的角度各成一章，每章之下以纵向的时间线索安排各节；其二为按照时间线索划分章节，主要朝代断限各成一章，每章之下再按照文化分析的角度设置各节。两种模式各有优长，学生应酌情采用。

显而易见，课程内容的第三部分旨在实现从"授人以鱼"到"授人以渔"的转变，目的是通过中国叙事文化学的个案研讨，指导学生确立毕业论文选题方向及具体研究内容，为学生提供叙事文化学的研究支架。

综合而言，2005—2011年中国叙事文化学课程的三版笔记，足以反映七年间中国叙事文化学课程的基本面貌，证明课程已经实现了由初具轮廓到做大做强的转变。虽然其主体仍是四个部分，但与1994—2004年相比，正如上文曾反复论及的那样，前半部分与后半部分的课程内容及课程功能有了明显分野。

此外，随着中国叙事文化学在学术界初露峥嵘，教师对学生提出了更高的要求——传承创新、追求卓越。因此，相较于1994—2004年，这一时期的中国叙事文化学课程显示出更加自信、更加自主、更加系统的面貌，在课程定位、课程内容、教学手段等方面都有了长足的发展，真正做到了以学术思想研究为切入点，以研究方法传授为重心，积极参与实践与注重学风建设并重，呈现出鲜明的以教学促科研的科教融合特色，成为中国叙事文化学的源头活水，有力地推动与提升了叙事文化学的研究。

2004—2011年课程教案节选

中国文学主题学，即叙事文化学，是对古代文学研究，尤其是对叙事文学在方法上做出新的思考和探索。改革开放以来，中国古代叙事文学的研究不断发展壮大，但也存在一些困惑——中国古代前人的研究如何突破，如何面对西方外来的研究方法等都面临着新的考验。

新中国成立到改革开放，古代文学的研究不仅以继承传统为基础，而且基本上是在意识形态笼罩下进行的。改革开放以后，随着西方文论的引进，古代文学的研究也出现了一些全新的视角，相当活跃丰富，同时也出现了一些问题——由于对西方文论不甚了解，存在生吞活剥、生搬硬套的现象。20世纪90年代后，由于意识形态方面和学术自身的原因，局面发生了变化，学术上的全盘西化和对外来学术的模仿受到重创。抛开意识形态的色彩，20世纪80年代的学术也有其积极的一面，即打破了新中国成立以后到20世纪80年代以来僵死凝固的研究模式。但在另一方面也存在食而不化的问题，甚至有些文章只是一些新名词的狂轰滥炸，可以说是贡献成绩和问题不足同时存在。在传统文学研究中，应将外来理论的应用落到实处，处理好体和用的关系。而在20世纪80年代的研究中，往往以西为体、以中为用，在中国的文学作品文学现象中寻找西方学术理念的例证，试图验证西方学术理念的合理性。

中国古代叙事文化学的研究，把中国传统的文献学研究方法、传统历史研究方法和西方主题学的研究方法结合起来，力图建构自己的文学主题学即中国叙事文化学的框架结构。其在借鉴西方主题学外壳的基础上，着重做以下两步工作：一是构建"中国叙事文学故事主题类型索引"，二是就主题类型索引中所涉及的重要作品做独立的个案研究。

西方主题学的研究是从17世纪格林兄弟开始的，当时只限于民间文学的研究领域。经过几代人的努力逐渐形成了世界民间故事主题类型研究和索引。同时又对若干民间故事做个案主题变化研究，找出在时间空间上曾经发生过的变化，揭示时间空间分布形态和形态变化的原因。中国古代的叙事文学和世界各地民间故事的流变具有相似性，这为中国主题学研究即叙事文化学研究运用西方主题学理论提供了依据。在中国古代的叙事文学中，同一单元的故事经过不同时间空间作家的改编，形成了不同的版本。同时中国古代叙事文学主题类型索引与西方主题学的"AT分类法"有很大的不同。首先，民间文学与叙事文学有着本质上的不同，不能用研究民间文学的方法来研究中国古代叙事文学。其次，在"AT分类法"中，其所关注和涉及的材料，以西方为主，对东方故事的了解和掌握情况远远不够。在个案研究上，中国传统的历史研究法，尤其是文史互证，为中国主题学研究积累提供了大量有利条件。20世纪二三十年代，以顾颉刚为代表的古史辨派，以及他们所做的对民间故事的挖掘研究，实际上与西方的主题学研究不谋而合，但仍是零散的、不成体系的。中国文学主题学力图形成体系，作为中国古代文学研究的突破口。

绪 论

一、叙事文学研究的基本角度和基本状况

以文本为研究对象，叙事文学作品的研究总体上可以分为以下三大部分：

（一）文本自身的研究

（二）"前文本"研究

指对文本产生之前的各种相关问题的了解研究。

（三）"后文本"的研究

与前文本的研究密切相关。

二、关于主题学

西方主题学的研究对于中国古代叙事文化学研究而言其局限在于：一

是中国文学主题学的研究即中国古代叙事文化学研究，在文本对象上和民间文学不同，前者以书面文学为主，后者的对象是非书面的、口头的；二是这些书主要以西方民间故事为主，对东方的，尤其是对中国的了解远远不够。

中国古代叙事文化学研究应该是"竭泽而渔"式的。从全局来看，尽可能地把叙事文学作品中的所有故事类型"一网打尽"。

第一章　叙事文化

一、关于"叙事"

广义的"叙事"是指一般的叙述事情，包括文学的、非文学的。狭义的"叙事"是指文学的叙事。

二、关于"叙事文学"

在文体方面，叙事文学是体裁概念，是指小说、戏曲，也包括一些史传文学、叙事性散文等。

叙事与文学的关系：狭义的叙事有限定性，它本身属于文学。苏联学者提出，在叙事中文学获得某种纯洁性，确证自己完全不受其他艺术的影响，显示自身的独特性。叙述故事把叙事文学作品与其他文学作品加以明确区分。叙事主要集中在小说戏曲这类文学作品中。叙事是时间的艺术，描绘时间的过程。叙事与文学最重要的关系就在于对时间的记叙表现，这里的记叙指的是书面记叙。在叙事形态的故事系列中，主要应关注对时间记叙的形态部分。在强调叙事的同时，还应注意的是，非叙事文学作品中，与叙事故事相关联的部分，即把该故事相关的材料"一网打尽"。例如《西厢记》，在历代诗歌典故中是以怎样的角度呈现的，作者是怎样处理该故事的。还应该扩展到史传部分，有的甚至还要兼顾对一些实物的考察，如"孟姜女"故事，与孟姜女相关的庙、碑刻、绘画有很多，也应该关注到这些。我们强调严格的文学上的叙事文学，但又不能让其束缚。

中国叙事文学主题学的研究范围。就个案研究而言，在总体上具备文学叙事的特征，有一定的规模。也就是说，在时间范围上不宜太集中，一定的时间跨度有利于主题学的分布研究，材料上有一定的数量；在文体上，例如小说戏曲至少各有一部作品，其他领域最好也有，如史传、野史、方志等。总之，顾及文体内外的关联，书面与口头文学的关联。

三、关于"叙事文化"

文化学的文学批评，"文革"前比较少。改革开放以后，文化学批评逐渐占据主导地位。但有些人也担心，过多的关注文化批评，会忽视乃至忽略文学批评。文学研究的方法应该是多元化的。传统学术的方法有两种：义理和考据。考据讲究材料的丰富、扎实、准确，义理要求对现象有观点，两者很难协调。在文学研究中，若缺少其中之一，或者会没有灵魂，或者会导致空虚。应该强调实事求是，从研究者研究对象的实际出发，每个研究对象都有自己的过程。在研究初期，应该对材料进行挖掘、梳理、把握，后期应该多角度、多层面地进行分析，掌握全局。文学的文化学研究是必要的。

第二章　叙事文化学的对象

第一节　主题类型的确立

汤普森、阿尔奈的《世界民间故事主题索引》"AT分类法"，所关注的是以西方为中心的民间故事，若采用此方法，距离中国古代叙事文学还有相当的距离。金荣华的《六朝志怪小说情节单元分类索引》的研究对象已经接近叙事文化学。

宁稼雨教授的原则是，充分参考借鉴"AT分类法"及金荣华的索引，重新另起炉灶，以中为体、以他为用。

第二节　文本的应用

当我们面对一个个案作品时，应如何做才能将对材料的挖掘达到"竭泽而渔"的境界呢？这是一个有关研究方法的问题，涉及文献使用的知识。

首先，我们从目录学入手，这有助于我们了解研究对象个案作品在历代目录中的位置。同时，我们也可以从中了解这一个案的作品在历史上的流传存佚情况。这里所说的目录既包括通常意义上的目录学著作，也包括那些具有目录学意义的典籍和著作，它们大致可以分为三类：第一，传统正史的艺文志、经籍志；第二，私家藏书目录或版本记录；第三，有目录学意义的其他文献材料。首先研究官修史志，要对它的全貌有个了解。哪些史书有艺文志，后人又有怎样的补充，清代学者对于史志有哪些贡献和研究，这些我们都要了解。

探究个案作品在书目中是否有记载，主要有两种办法。如果知道书名，可以直接检索；如果不知道书名，则需要知道史志书目中门类设置方面的规律和原则。在书目中，叙事文学作品一般入两类，一是子部，二是史部。子部下的小类中，首先是小说家，其次是子部儒家、杂家等。史部中，主要是正史、野史、杂史等。但是大部分白话和戏曲作品没有收入官修书目中，这就需要我们依托私家书目进行查找。私家书目是官修史志的延续，而又有作者个人的特色和偏好。

第三节　文化分析

梁启超的"五个W"：When、Where、Why、What、Who。从主题学到叙事文化学，给现象找钥匙。前一部分到表格为止是文献材料的整理工作，后一部分需要悟性与思辨能力，以及丰厚的文化储备。文化分析的开掘工作看不到尽头，尽可能从故事的演变挖掘涉及的文化背景，从思想文化的角度来关注它。这不仅涉及相关的文化学学术理论，而且涉及层面划分问题。

一、文学与社会历史的关系

在文本形态中包含着历史成分，特别是一些真实的人物或事件。如苏东坡和济公，以两人为文学题材进行传承、演变，在文学作品中能够找到参照的依据。对于流传本身，里面多少含有一些历史的影子。若直接对应会发现其和正史很接近。叙事文学里同样也包含一些与历史相关的内容。在充满文学色彩的文学作品中，其包含的投影式的反映、描绘的历史中笼统的社会现象，都具有一定的文学性。历史的文学化，在文学作品中担当着不同的角色——交代作品发生的时代情况、历史背景。

二、文学与社会政治的关系

制度文化更多关注政治文化在文学中的投影，文学与政治有着紧密关联。有些故事，题材本身就是政治题材，不能无视政治主题的存在，如《长恨歌》等；有些故事，从形态上看不出政治色彩，但作者却带有政治意图和目的进行创作。毛泽东："用小说进行政治活动是一大发明。"如《古镜记》《周秦行记》。推荐阅读：卞孝萱的《唐代小说与政治》。要求：了解政治事件，了解文学、政治、历史。文史研究，文史互证。在实践中分工越来越细，开始时别把范围划得太狭小。

三、文学与社会宗教的关系

叙事文学文本流传过程中传达出一种怎样的教义和教理？探究是哪种宗教思想影响的结果是十分有必要的。在关注文化分析时，也要注意文化演变的流动性，切忌将文化看作凝固不动的东西。其核心在于动态的关注和判断。在关注、分析、判断上发现价值，需要打破文本本身的局限，不分文体和时代，关注材料文化变迁上的流动性，着重关注教义和教理。对于宗教外在仪式方面的研究，仪式是构成宗教的重要方面，虽然从专门宗教内部很难看出一些形象的画面，但可以从叙事文学，特别是从小说戏曲中看到，如《金瓶梅》道场活动。对宗教的延伸：儒、释、道三家的相互关系。

四、文学与社会思想的关系

从文化角度分析文学作品重要方面。问题在于怎样从作品中挖掘社会思想的痕迹。一方面储备社会思想，另一方面要琢磨、分辨。

五、文学与社会生活的关系

在叙事文学作品中，要重视民俗风情。通过看思想、宗教、生活等方面是如何发生联系和影响的。如一个唐代文本故事，是怎么折射民俗风情的变化、关联是怎么对应的。因为形象性的来源是作家对现实生活的反映。

从民俗风情看时代性、历史性。相关历史知识要多了解。推荐阅读：《中华全国风俗志》（分省、分地区，横向空间为单位介绍)、《中国古代生活史》（系列作品，先秦两汉—清代，从细节入手，如穿衣、住房等）。

第四节　叙事文化学与比较文学分析

故事类型文本情况，从广义上和比较文学有密切关联。比较文学，是指将文学进行横向空间比较与纵向历时比较。对一个故事文本进行分析，涉及比较文学影响研究的相关知识。比较文学不仅跨地区，而且同一文本内部亦可比较。通过勾勒交代比较文学，找寻可借鉴的东西。

一、影响研究

影响研究指可跨地区、历史的作家作品相互关联的研究。法国学派通常采取这一方式。通过关注纵向的历时过程，探寻影响的效应、线索。

影响关注对象流动、走动过程。人们对行走对象观察角度不一样，结论亦不同。从三个角度来看：放送者：流传学；传递者：媒介学；接受者：渊源学。三者视角不同，从而形成独立价值的领域。

二、平行研究

平行研究是比较年轻的领域，20世纪30年代才出现，后成为比较文学的主流。平行研究与影响研究的区别：影响为纵向研究，平行为横向研究。分散在文学命题上，主要表现为主题、情节、风格特点等，在同一概念下呈现的对照性的结果，其中可能有交叉之处，需要关注哪些可为己所用。

第三章　叙事文化学具体操作的方式和方法

一、故事主题索引编制（以中为体，以西为用）

在吸收"AT分类法"基础上，根据现状，编制自己的故事主题类型索引，从自己的实际情况出发。

二、做部分作品个案研究

步骤：

第一，区分选择需要研究的个案现象，不是每个故事研究都需要做个案研究，唐代以前已收3000多个故事类型，有些材料有限，构不成演变过程，无研究价值。怎样的材料才能进入视野呢？

（1）从文本数量看，有一定规模、文本数量，成型文本应在三个以上。

（2）故事文本跨越时代，要有一定时代跨度，不少于二至三个朝代。

（3）文体分布上也要有一定跨度，应以小说、戏曲为主兼及小说、史传。

具备以上三个条件，至少可以做硕士学位论文。

第二，进行文献、文本材料搜集工作（前面已经详细谈过）。

第三，对材料阅读、梳理，分为两部分：一为结构层面梳理，二为意义层面梳理。注意表层结构梳理、故事情节、人物形象、背景等，形成条理化分析。

2012年课程课件节选

绪论

缘起：关于古代文学研究方法的思考

学术研究和学位论文的困境、研究方法、讨论问题的回顾

一、古代文学研究应注意的三个问题

（一）传统方法的研究范式（义理、考据）

（二）中西方研究的异同

文化的差异总会产生分歧，总体讲存在三种态势：彼此排斥、相安无事、兼而有之。

1.同：研究对象相同，如版本学研究等

2.异：意识形态、文化背景的差异

（三）正确处理方法问题的"体用"关系

对于研究对象——文学作品，我们应该视之为一个文本的固化现象。

文本的形成发生过程分三个阶段：文本生成之前—文本—文本生成之后。

1.文本研究

面对文本自身的研究，中西对此有着区别差异。

（1）中国传统研究可分为两种方法：

一是从文献学的角度，对文本自身的真实性做出判断，得出结论，力求接近文本自身真实原貌，尽量还原文本真实情况。这是一切研究的基础。主要是从校勘、版本等方面进行还原。

二是从文本鉴赏的角度对文本进行赏析，评价、品味、挖掘其中蕴含的深层含义和艺术韵味。这个传统方法由汉魏六朝的人物品藻引发开来。

（2）西方研究方法：

西方的文本研究，主要关注作品自身，如文字、韵律等问题，而很少关注作品意义以外的东西，仅仅是从文本自身来挖掘、欣赏，如新批评、形式主义批评等。

2.前文本研究（文本产生之前的相关研究）

前文本研究指的是文本形成之前，各种社会因素对文本所产生的作用和影响。有关前文本研究，可从两个角度来观察：

中国：一是从作者方面进行研究，研究作者和文本的形成是否具有直接关系，作者为什么写这部作品等问题，比如传统的"知人论世"。二是对于文本形成之前的源头的了解和研究，这在叙事文学研究中尤其值得重视。如诗词研究中的本事研究，小说、戏曲研究中的源流关系等。

西方：有关前文本的研究，对于中国的叙事文学主题学的研究有一些启示，比如荣格的"集体无意识说""积淀说"，研究看似没有关系的事件、因素和对作家作品潜移默化的影响。

对于作家影响的研究，比较文学、法国学派的渊源研究、影响研究都和前文本研究有关系。前文本研究关注的是文本生成的因素、渊源等。

3.后文本研究

与前文本的研究密切相关。"前文本""后文本"研究在中国一直为人所关注，研究前后文本的相互关联及其影响作用。西方的后文本研究与中国传统的后文本研究的区别在于——它注重文本接受者的作用，认为作品完成之后便与作者无关了。

后文本研究注重创作之后的渊源、关系，文本诞生后在一定程度上与文本原貌有所差异。

中国小说里的续书现象。古代小说往往会有系列和扎堆的情况，类似的如"世说体""聊斋体""阅微体"等。另外，一本小说成功，相关的改编和搬演也会随之而来，如三国、水浒戏之类。

西方的后文本研究，有很多问题可以借鉴和吸收。他们更加注意文本接受者、阅读者的主体作用，不去顾及作者原意，而是探究读者的作用。如阐释学、接受美学，都在这一领域对我们有着程度不同的启示作用。

……

三、从主题学到中国叙事文化学

（一）西方主题学研究

1.西方主题学的研究概况

西方主题学大概有一二百年的历史，西方主题学源于民间文学，指的是对民间文学的一种特殊研究方法。

民间文学口头传承的特点，造就了民间文学内容的多样性、复杂性，因此也有失真的、差误的地方。正因为民间文学有此特点，主题学研究的任务是弄清同一体裁的民间故事在不同的历史时期、不同的地域传承中产生的差异性，而这种差异性来自某种文化的制约性和当时的历史文化背景，不仅仅是口头传承本身的差异，而更多的是文化背景的制约。

主题学的研究任务：一方面弄清同一主题故事曾有着怎样的形态变化、时间空间上的变化。另一方面要学会分析产生这种变化，形成这种状况的背景和原因。在做好单个民间故事研究的基础上，梳理众多的民间故事，从而形成一个整体性的研究。

2.相关成果

汤普森、阿尔奈两人完成《世界民间故事分类学》，把世界民间故事分成几个大类，然后大类下再分成小类。借助不同模式，了解不同地域故事的流传。把每一种故事分成一个代号，带有符号的性质。这部经典著作所产生的分类法，简称为"AT分类法"。此外，还有"世界民间故事主题分类法"则更加细致。

3.主题学在中国民间文学研究中的应用

4.主题学研究的大致程序

5.主题学对于中国叙事文学研究的局限性

一是研究对象的差异。叙事文学在文本对象上和民间文学完全不同，前者以书面文学为主，后者的对象是非书面的、口头的。

二是这些书主要以西方民间故事为主，对东方尤其是中国的了解远远不够。

（二）中国叙事文学借鉴主题学的可行性

1."以中为体，以西为用"的需要

2.古代叙事文学作品的部分传说属性

3.演变形态的相似性

（三）中国叙事文化学的初步构想

1.中国叙事文学故事主题类型索引

2.个案故事的主题类型研究

第一章　叙事文化

第一节　关于叙事

一、叙事广义和狭义的概念

广义上，不需加以限定，范围较宽，叙事就是叙述故事。狭义上，叙事具有限定性。

二、叙事与非叙事文学的联系和区别

叙事文学特别关注时间流程，而诗词散文中的大部分作品以抒情为主，采用特定的心境角度，表现一种心理情感的释放，这需要我们自觉区分二者。

此外，对非叙事文学也要予以关注（首先，它起到对比、映衬的作用；其次，非叙事文学与某故事具有某种渊源关系；最后，叙事性文学与非叙事性文学的界限有时也比较模糊）。

对叙事文学概念的界定，涉及文学观念的宽严问题。所谓的叙事文学作品，如小说、戏剧、史传文学等，都有一个宽严的尺度。元杂剧、传奇类作品没有人质疑过它们是不是文学，《三国演义》《红楼梦》"三言二拍"亦是如此。但是文目小说不同，哪些文目是小说哪些不是，文人历来对此有不同的看法。

（一）很多笔记体作品沙中有金

（二）文言小说书目的收录标准

对于叙事文学范围的广狭宽窄这个问题，不能一刀切、绝对化，我们不需要在一本书是不是小说这个问题上纠缠，重要的是我们要挖掘那些有价值的作品，以使它们不会被遗忘。

（各种相关书目的大致对比）

第二节　关于叙事文学

一、叙事与文学的关系

狭义的叙事有限定性，它本身属于文学。苏联美学家卡冈《艺术形态学》："在叙事中，文学获得某种内在的纯洁性，确证自己完全不依赖于艺术的影响，显示它的特殊的自身的为它单独固有的艺术可能性。而在叙事文学内部，中长篇小说又成为叙事文学存在的理想形式。"

从文体方面看，叙事是一种体裁概念，指小说戏剧、叙事散文等，但不能简单划线。从文体看可能不属于叙事文体的诗词散文，以及其他文献或事物中的大量相关材料，需要做相应了解。

叙述是用书面的形式陈述一个故事；叙说主要是一种口头的语目表达方式。两者的差异在日常生活中也是存在的。同样叙述一个事件，一个人可以说得很文雅，也可以说得很口语化、民间化。但是，在文学的领域里，两者的区分是重要的，正是有了这种区分，也才使得小说成功地从它的胚胎中分离出来，成为一种文学的样式。

叙说文学因口头传承，使得其变异性较大，是随意性和变异性的结合；叙事则比较稳定（也有变化，如版本问题），相对叙说变化较少。

关于民间故事和小说，我们既要关注书面文学，又要看到口头传承的民间故事现象，从两方面出发，对具体的个案进行研究、考证，主题学研究就要从书面和口头两方面研究文本的变异现象。

第三节　关于叙事文化

一、欧洲的史诗文化和东方的史传文化的对比

二、叙事文学的文化蕴含

（一）对于叙事文学的个案单元（作品），首先要关注的是它的历史文化内涵问题，它所集结的文化要素是什么。这是文学自身的文化属性决定的。应该特别强调的是叙事文化的历史演变动态的流动性轨迹，因为历史是一个过程，历史的变化必然会投影到受它影响的个案作品上。

某一个叙事文学作品可能会经历漫长的历史过程，那么它的内涵必然会发生变化。我们从文化的角度审视它的时候，要关注它外部形态的变化，如文本文字的增删、人物的添加等，通过这些或大或小的现象把握它的原因。如我们熟知的"昭君故事"。当一个故事发生形态变化时，它本身的文学要素变化也要随之关注，如叙事文学语言的变化。

第二章　叙事文化学的对象

第一节　关于故事主题类型的确定

主题学：对主题学的研究首先要确定民间故事类型的分类，在此基础上对个案的主题演变做研究。

第二节　个案主题类型的确定与整理

一、个案故事类型的基本条件

就某一个案来说，要关注它的时空分布情况及背后的原因。具体应充分考虑其是否具备以下条件：第一，时间分布情况。这一点是充分考虑到主题学基本准则。主题学最关心的是文本在不同时间的分布情况，以及为何这样研究。第二，就是从空间上考虑文体的因素，对个案来说，文体分

布越广越多，对个案研究越有利。第三，是围绕故事的分布，参照有关的思想文化和艺术表现。

二、关于个案类型的选择和梳理

无论是在时间、空间还是在内涵思想上，我们应奉行一个总的原则：全局把握，总体驾驭。在此精神指导下，应注意的是，个案动态变化走势的动态过程，注意故事在发展的每一个阶段和前一阶段的差异。

第三章　个案故事的文献搜集

第一节　目录学与故事类型文献

目录学中多数是按书的性质来分类的，除帮助我们根据已知书目查询其下落外，还可以从该书所处类目的位置去旁及其他的同类书目情况，从而获得此书的有关信息。

从目录学的角度来看，关注到具体的个案时，最大可能地翻阅目录学著作，从书名中查找与研究个案相关联的作品的踪迹。

一、正史的目录学著作（主渠道）

正史的目录学著作需要关注的是和个案相关的目录学类目，在正史的艺文志、经籍志中，大概要参考两个方面的内容：一是子部，如小说家类、杂家类；二是史部的著作。

从《汉书》开始，我们应该对所有正史的经籍志、艺文志了解熟悉。另外，作补的也应关注。清代学者对经籍志、艺文志所做的研究考订，主要集中在《二十五史补编》（中华书局本）。

提示：使用时注意两点，首先，尽量使用中华书局标点本；其次，熟练使用四角号码。

二、带有目录学性质的笔记

（一）南宋（或说元代）罗烨《醉翁谈录》

主要记载南宋时说话、说书和当时勾栏瓦舍、说书人的情况，列举许多宋代说话话本的名录，这些原本绝大多数已佚失。对了解宋代话本的名称有很大的帮助。可以填补历史的传承，在演变过程中是很重要的，它是一个故事流传链条中不可或缺的部分。如所著录"莺莺六幺""赤壁鏖兵"虽以失传，但可了解相关故事的流变轨迹。

（二）元末明初陶宗仪《辍耕录》

全称《南村辍耕录》："凡六合之内，朝野之间，天理人事，有关于风化者，皆采而录之。"这部书记录了宋元时期的政治、经济、社会、文化等各个方面的史料，有掌故、典章、文物，还论到小说、戏剧、书画和有关诗词本事等方面的问题。其中相当篇幅记录了与说唱讲唱有关的故事，戏曲文学（院本、杂剧）中不乏某些故事类型的阶段印记。

（三）明代沈德符《万历野获编》

该书记述起于明初，迄于万历末年，内容包括明代典章制度、人物事件、典故遗闻、阶级斗争、统治阶级内部纷争、民族关系、对外关系、山川风物、经史子集、工艺技术、释道宗教、神仙鬼怪等诸多方面，尤详于明代典章制度和典故遗闻。其中不少有关小说戏曲的材料（名称和故事内容）。

三、明清时期小说戏曲书目

（一）明代晁瑮《宝文堂书目》

此书是以收录通俗白话小说作品著称的私人目录学著作，其中第三卷全是白话小说和戏曲作品的名录。20世纪50年代有排印本。

（二）明代高儒《百川书志》

较早收录古代白话小说与戏曲著作的私家目录。

（三）明代赵琦美《脉望馆书目》

与前两部性质相似，特点是以收录戏曲作品为主，是研究明代及明代以前戏曲目录的重要参考资料。

（四）《永乐大典索引》《永乐大典引书索引》

虽不是目录学著作，但收录大量戏曲小说作品。

（五）清代钱曾《也是园书目》《也是集》

设专门门类，戏曲小说部，其中所收十六种宋代词话名目，具有独特价值。

（六）清代钱曾《也是园古今杂剧考》

专收戏曲作品，且有考证。孙楷第整理。

（七）近代武进人董康《曲海总目提要》

作者据《乐府考略》和《传奇汇考》编定，共四十六卷，著录杂剧、传奇六百八十四种。《曲海总目提要》汇录了自元至清代乾隆年间近七百种戏曲剧目，叙述了它们的故事情节，并辑录了很多考证材料。它所叙述的作品，很多现已失传或为世所罕见，今人只能从中窥见大概。因此，《曲海总目提要》为今人研究古代戏曲提供了丰富的珍贵资料，成为便于查检的重要的工具书。书名虽为"曲海总目"，但所收剧目却远远不全，遗漏甚多；提要部分，疏于考证，剧名和作者，或张冠李戴，或主观误定；有的剧情介绍与原作相距很远，应用时都需加以考订。

四、现代人所著戏曲目录书

（一）傅惜华《元代杂剧全目》《明代传奇全目》《明代杂剧全目》《清代传奇全目》《清代杂剧全目》

以时代、戏曲剧种为线索，主要对各时期戏曲作品进行简单介绍。

（二）庄一拂《古典戏曲存目汇考》

收入作品较全，材料准确，有对故事源流的介绍。

（三）郭英德《明清传奇综录》

（四）李修生《古本戏曲剧目提要》

所收均为现存作品，有梗概介绍，无评价。

（五）王森然《中国剧目辞典》

收录作品较全，且包括许多地方戏剧目。

五、现代人所著文言小说书目

（一）袁行霈、侯忠义《中国文言小说书目》

有著录、版本，无提要。

（二）程毅中《古小说简目》

介绍从先秦到唐五代的小说著录和现存版本的情况，没有内容提要。

（三）李剑国《唐五代志怪传奇叙录》《宋代志怪传奇叙录》

（四）宁稼雨《中国文言小说总目提要》

六、现代人所著白话通俗小说书目

（一）孙楷第《中国通俗小说书目》

第一次建立了中国通俗小说书目的格局，但无内容提要。

（二）江苏省社科院文学研究所、江苏省社科院明清小说研究中心《中国通俗小说总目提要》

只收现存作品，在《中国通俗小说书目》的基础上加了每部书的提要。

（三）陈桂声《话本叙录》

主要收历代话本，有存书情况、梗概提要。

七、综合性的小说书目

（一）刘世德《中国古代小说百科全书》

百科全书体，有书目作用，收录文言、白话。

（二）刘叶秋等《中国古典小说大辞典》

不仅介绍小说作品，更有小说相关术语和学术成果的介绍。

（三）石昌渝《中国古代小说总目》

文言卷、白话卷和索引卷三卷。

（四）朱一玄、宁稼雨、陈桂声《中国古代小说总目提要》

第二节　索引与故事类型文献

一、索引概述

索引不是中国传统的排序方式，而是近现代以来随着西方文化的传入而引进的。索引和目录学查找是相辅相成的，但是二者又有很大的区别。

（一）哈佛-燕京学社引得编纂处的系列成果

1.索引的类型

类书索引、史传索引、集部索引、子书索引、论文索引。

2.索引的编制和查找方式编制方式

书名和篇名的索引、人名的索引、主题词的索引、全文的索引。

检索方式主要是"四角号码"，目前也有少部分用哈佛-燕京学社引得编纂处（以下简称燕京引得处），此外，还有音序、笔画方式。

3.关于类书的索引

（1）刘叶秋《类书简说》

介绍历代重要类书基本情况。

（2）胡道静《中国古代的类书》

只写到宋代，介绍的类书数量不如《类书简说》，但内容更深入。

（3）张涤华《类书流别》

颇具类书书目性质。

4.类书综合介绍

（1）唐代类书

①徐坚《初学记》

中华书局排印本，有专门的索引。

②欧阳询《艺文类聚》

上海古籍出版社排印本，作用集中于文学方面，有索引。

③虞世南《北堂书钞》

天津古籍出版社1988年影印本。《北堂书钞引书索引》日本山田英雄编著，由台湾文海出版有限公司印行。

④白居易、孔传《白孔六帖》

该书不完全是唐代的书，"白"是唐代，"孔"是宋代，此书性质和《北堂书钞》相近，无排印本，有四库本，无索引。

（2）宋代类书

①李昉《太平御览》

燕京引得处编有《太平御览引得》，包括篇目和引书索引。

②李昉《太平广记》

以小说为主，有中华书局标点本。

中华书局曾出版《太平广记索引》，包括篇名索引和引书索引。20世纪90年代又出了新版索引，加入了人名索引。

③吴淑《事类赋》

中华书局出版的程毅中的校点本后附有索引，包括篇名索引和引书索引。

④叶庭珪《海录碎事》

上海古籍出版社影印四库本，无索引；上海辞书出版社编有排印本和索引。

⑤佚名《锦绣万花谷》

上海古籍出版社影四库本，无索引。

⑥陈元靓《事林广记》

中华书局影印本有索引。

（3）明清类书

①解缙《永乐大典》

有《永乐大典引书索引》。

②陈梦雷《古今图书集成》

规模最大的一部类书，未见索引，但有电子版，一定程度上弥补了没有索引的缺憾。

③张英、王士禛等《渊鉴类函》

有影印本但无索引。

5.关于史传索引

主要是人物传记资料的索引，分两部分，一是正史的人物传记索引。二是正史之外的人物传记资料索引。可用来查：作家生平事迹、作品中的人物（如果是历史上真实存在的人物）。培养两个能力：给一个陌生书名，找到关于它的所有第一手资料；给一个陌生人名，找到关于他的所有第一手材料。

（1）正史部分

①张忱石、吴树平：《二十四史纪传人名索引》，中华书局1980年版。

②张忱石、吴树平：《二十四史人名索引》，中华书局1998年版。

（2）非正史部分

①"燕京引得处索引"，上海古籍出版社1986年版。

其中包括：《四十七种宋代传记综合引得》《八十九种明代传记综合引得》《三十三种清代传记综合引得》。

②傅璇琮：《唐五代人物传记资料综合索引》，中华书局1982年版。

③方积六、吴冬秀：《唐五代五十二种笔记小说人名索引》，中华书局1992年版。可与《唐五代人物传记资料综合索引》结合使用，但需注意本书中人物不全是历史人物。

④王德毅等：《宋人传记资料索引》，中华书局1988年版。

⑤王德毅等：《元人传记资料索引》，中华书局1987年版。

⑥台湾"中央图书馆"：《明人传记资料索引》，中华书局1987年版。

以上三种台湾学者所编的索引对传主的生平也进行了简要介绍，因此也具有人名词典的作用。

⑦王钟翰：《清史列传》，中华书局1987年版。该排印本附人名索引。

⑧何英芳：《〈清史稿〉纪表传人名索引》，中华书局1996年版。

（3）碑传部分

①赵超：《汉魏南北朝墓志汇编》，天津古籍出版社2008年版。

②洛阳市新安县千唐志斋管理所：《千唐志斋》，中国旅游出版社1989年版。

③周绍良、赵超：《唐代墓志汇编》，上海古籍出版社1992年版，下册有索引。

④周绍良、赵超：《唐代墓志汇编续集》，上海古籍出版社2001年版。

⑤钱仪吉等：《清代碑传全集》，上海古籍出版社1987年版。

（4）方志部分

①沈治宏、王蓉贵：《中国地方志宋代人物资料索引》，四川辞书出版社1997年版。

②高秀芳等：《北京天津地方志人物传记索引》，北京大学出版社1987年版。

（5）书注索引部分

①高桥清：《世说新语索引》，台湾学生书局1972年版。

②《〈水经注〉索引》

③萧统：《文选》，李善注，中华书局1977年版，后附索引。

附：年谱、家谱部分

①杨殿珣：《中国历代年谱总录》，书目文献出版社1980年版。

②谢巍：《中国历代人物年谱考录》，中华书局1992年版。

③来新夏：《近三百年人物年谱知见录》，上海人民出版社1983年版。

④国家档案局、南开大学历史系、中国社会科学院历史所图书馆：《中国家谱综合目录》，中华书局1997年版。

⑤上海图书馆、王鹤鸣等：《上海图书馆馆藏家谱提要》，上海古籍出版社2000年版。

（6）集部索引

①《全上古三代秦汉三国六朝文篇名目录及作者索引》，中华书局1965年版。该排印本后附索引。

②《先秦汉魏晋南北朝诗》，中华书局1983年版。该排印本附索引。

③《全唐诗》《全唐文》《全宋词》排印本后都附有索引。

④［日］斯波六郎：《文选索引：唐代研究指南特集》，李庆译，上海古籍出版社1997年版。

⑤冯秉文：《全唐文篇目分类索引》，中华书局2001年版。引到单篇作品名称，但须知具体篇名才能用。

⑥《宋代散文篇目索引》台湾出版。

⑦陆峻岭：《元人文集篇目分类索引》，中华书局1979年版。该书体例与《全上古三代秦汉三国六朝文篇名目录及作者索引》同。

⑧王重民、杨殿珣等：《清代文集篇目分类索引》，中华书局1965年版。

（7）论文索引

①中国人民大学复印报刊资料索引。

②CNKI期刊网。

③中国社会科学院历史研究所：《中国史学论文索引》，科学出版社1957年版。分有数编，其中第一编最有价值。书中的史学是广义的史学，也包括我们的文学史。

④辽宁大学中文系古代文学研究生：《中国古代文学资料目录索引》。该书可和中国人民大学复印报刊资料索引与CNKI期刊网参照使用。

⑤于曼玲：《中国古典戏曲小说研究索引》，广东高等教育出版社1992年版。该书内容，只收到1992年。

第三节　总集与故事类型材料

总集是集部以诗文为核心的集库，后来也包括小说，多数集中在文言小说，白话小说偏少一些。有些作品的总集和某些以小说为主的丛书界限不是很明显，应该多注意小说和戏曲的成分。

一、古代小说总集

（一）《异闻集》（参考《古小说简目》附录）

编者陈翰。《异闻集》原有十卷，已佚，现可以考知收入此书的唐人小说的代表作40余篇。《太平广记》所收的一部分唐传奇，很多是依据《异闻集》转录的；鲁迅《唐宋传奇集》所选唐人作品，有22篇曾见于《异闻集》，可见其选材较精。

（二）《丽情集》

编者张君房。《丽情集》二十卷，见《郡斋读书志》小说类著录。《类说》卷二九、《绀珠集》卷一一所摘《丽情集》和诸书所引佚文，共得遗文

42篇。今见遗文中，绝大部分是唐人作品，唐传奇中涉及情爱的名篇几乎都网罗在内。

（三）《绀珠集》

编者朱胜非（存疑）。文言小说选集，序文作于绍兴七年（1137），"不知起于何代"，但其时朱胜非尚在人世，作者存疑，朱胜非当在南北宋之交，河南人。此书不太容易见到，有四库本、宋代绍兴刊本、明刊本、晁公武、陈振孙收录。书中主要内容是摘录前代笔记小说作品和其他史传作品。对于摘录的每段文字都加标题，标明出处、著者，既有作者还有作品信息，作者不详注明阙名，具有辑轶作用，考证和研究价值。收录作品数量一百三十三种，附三种，共有一百三十六种。书中绝大部分是文言笔记，一半以上，已经失传，对于寻找亡佚作品很有帮助；对于考证作品、时代等也有参考价值。《绀珠集》带有一定的类书性质，是为了汇集词语和掌故，在编选文字时候，有相当的随意性。摘录文字并非照搬原文，而是大概摘引，比较简略。阅读时对其文字的准确性要审视。

（四）《类说》

编者曾慥。南北宋之间，大约绍兴六年（1136）成书，版本有明代天启刻本、宋刻本、四库本，均为六十卷本而《宋史艺文志》著录五十卷（卷数存疑）。《郡斋读书志》和《直斋书录解题》为六十卷。从体例上看，它把文言小说做了一些分类，即以书为单位来摘录一些作品内容、作者等。作者明确的，放在前面。有疑问者放前面，文学古籍刊行社有影印本。它和《绀珠集》的内容有相同的地方，搬来一些文字，增加到二百五十二种，收录范围更为广泛，"集百家之说"。除小说、笔记外，杂史、传说、佛典、道书、兵法、农书、饮茶、医术、花卉、文房四宝等均有收录，是带有百科全书性质的总集。它具有辑佚校勘价值，不足在于转引文字时对文字做了删改。如果现在要转引文字，需对照原书，并与他书文字相校勘才稳妥。文字转引也有错误，可相互参看。

（五）《绿窗新话》

编者皇都风月主人。该书收录多为文言传奇小说作品，文学价值较高。《醉翁谈录》提到此书，"引话底话，须还《绿窗新话》"。该书在说书、说话艺术的发展进程中所起的作用很大，不亚于《太平广记》。20世纪50年代由周夷点校版本体例分为上、下两卷，所收基本上是唐宋的传奇小说作品，也有少量诗话笔记作品，绝大多数作品，注明出处。书中共收录一百五十四篇，每篇重新拟定七字标题。所收故事多为历史上流传很广的爱情小说名篇，也有已经失传的宋代作品，如《王子高遇芙蓉仙》《芙蓉城传》等。其作品和"三言二拍"、《青琐高议》都有关联，有承前启后的作用，有一定的辑佚价值，是介于文言小说和白话小说之间的一条纽带。

（六）《青琐高议》

编者刘斧。宋志怪传奇小说选本，现存还有一些文献问题。《郡斋读书志》著录十八卷，《文献通考》前集后集各十卷共二十卷（卷数存疑）。该书版本有：明抄本、万历刻本。前集七卷，后集十三卷，别集七卷，共二十七卷。该书文献材料有很大的问题。所见版本卷次出入很大，上海古籍出版社程毅中标点本，附集录二十七卷之外的一些文字。目前所见版本不是原书原貌，书前序里提到，全书数百则故事，现在所见总数（程毅中标点本附集录二十七卷之外的一些文字）不过二百条。有理由推测，原书有相当规模。鲁迅认为误把《青琐摭遗》文字归入《青琐高议》，归为别集。但是《类说》收录《青琐高议》《青琐摭遗》，并把它们分门别类，所以鲁迅的说法不一定站住脚。

此书作于元祐三年（1088），收录署名作品十三篇。辑录前人作品，还有一部分经过刘斧改造和加工。依照题材分类，志怪、传奇是主要的题材内容，包括少量的诗文作品，还有少量的评议性文字。价值较高是宋代的传奇作品，大多是爱情、家庭题材。《谭意歌》《王幼玉记》《越娘记》等名篇在该书中首次著录。

体例上，与其他书都不一样，采用正、副二题，鲁迅认为此为元杂剧的题目正名的来源，从而进一步推测宋代人的说话艺术模式，是一个相互循环影响的关系。书录文字也有其特征，文字显得浅显，接近白话话本作品。同时文字骈散相间，文章体制对于研究小说文体有帮助。在文言小说的发展过程中起了很重要的作用。从一些个案故事的源流演变看，此书的中转纽带作用很明显。宋代文言小说选集很多从《青琐高议》中摘录，《分门古今类事》《夷坚续志》《湖海新闻》《说郛》《情史》《青泥莲花记》等书都从中摘录文字，可看到它们不同程度受到了《青琐高议》的影响。

《醉翁谈录》中提到过的作品都可以在《青琐高议》中找到。《青琐高议》有很多作品对后来的小说戏曲有直接的渊源传承关系，如《隋炀帝海山传》等被后来的白话小说改编使用。《流红记》《义蛇记》《韩湘子》等都有痕迹，这对研究很有裨益。

（七）《醉翁谈录》

编者罗烨。书中的内容有些属于作品性质，对了解故事变化源流有用。

（八）《清平山堂话本》《京本通俗小说》

宋元明话本集。使用时注意一本书要有时间问题，具体作品也要有时间问题。有的内容疑为后人伪作。

（九）"三言二拍"

注意使用谭正璧《三言二拍资料》。

二、今人编古代小说总集

（一）《古本小说丛刊》中华书局

选用重要小说的好的版本，收书二百多种，有些书的若干版本都一并收入。

（二）《古本小说集成》上海古籍出版社

收书二百多种，与《古本小说丛刊》有重复和交叉。内容主要以白话小说为主，也有少量的文言小说。

（三）《明清善本小说丛刊》台湾天一出版社

20世纪90年代编成，其规模和价值都相当大，包括文言和白话两部分，均收书两千余种，有珍贵的版本价值。

（四）《中国话本大系》江苏古籍出版社

专收话本小说，选用比较好的版本，有些是介于白话通俗小说之间的，如《绣谷春容》也编入其中。

（五）《中国古代珍稀本小说》春风文艺出版社

20世纪70年代末80年代初开始出版，先以单册形式发行，20世纪90年代重新汇编成正编十册、续编二十册的丛书，每册收书三五种。

（六）《明代小说辑刊》巴蜀书社

出过三辑，每辑四本，共十二本，主要收明代白话通俗小说。

（七）《古艳稀品丛刊》，台湾出版

（八）《思无邪汇宝》，法国国家科学研究中心、中国台湾大英百科股份有限公司

一些很珍贵的书如《姑妄言》皆收入其中。

（九）《中国小说史料丛刊》人民文学出版社

收书以白话为主，兼收文言，如《豆棚闲话》等。

（十）《全唐小说》《全唐五代小说》

1.山东文艺出版社，王汝涛编，作品都未交代出处，因此使用时很不方便。所收作品主要来自《太平广记》，因此尚有遗漏。

2.陕西人民出版社，李时人编。

三、戏曲总集

（一）《六十种曲》

主要收录传奇作品，范围是元明以来的作品，以明代为主，毛晋编。《古本戏曲丛刊》国家图书馆出版社，从"文革"前开始编撰。

（二）《缀白裘》

收录比较通俗的作品，也包括一些小调和民歌，中华书局有排印本。

（三）《盛明杂剧》

明代杂剧总集，20世纪50年代有影印本。

（四）《清人杂剧百廿种》

郑振铎编，共三辑。

（五）《元明杂剧》

清人编。

（六）《孤本元明杂剧》

"文革"以前由中华书局影印，大32开四大本。

（七）《新校元刊杂剧三十种》

元代刊印的作品，中华书局有排印本，1980年版。

（八）《杂剧选》（《脉望馆抄校本古今杂剧》）

明代藏书家赵琦美所编，大部分为抄本，大概有二百多种，都是元明时期杂剧。

（九）《古今名剧选合选》

明代孟称舜所编，近人吴梅也编有《古今名剧选》集子。

（十）《全元戏曲》

王季思主编，人民文学出版社出版。

（十一）《全元曲》

河北教育出版社出版，由徐征、张月中、张圣洁、奚梅编纂，内容包括杂剧和散曲。

第四节　丛书、类书与故事类型材料

一、关于古籍版本的查找顺序与方法版本遴选

（一）今人整理本—最早的单行原刻本—丛书本

1.《中国古籍善本书目》

此书有两个版本，一个是上海古籍出版社的首印本，因未设书名索引，故使用起来不太方便；另一个是线装书局的重排本，可以进行书名检索。

2.《四库简明目录标注》

此书交代书籍的版本，为清代乾隆以前的作品。

3.《贩书偶记》

孙殿起编，尤多清代乾隆以后的，对查清后期版本有重要价值，上海古籍出版社1982年版。

4.《贩书偶记续编》

由雷梦水整理。

5.《台湾"国立图书馆"善本书目》

据1948年正中书局版本影印。

（二）古籍丛书工具书与查找方法

1.《中国丛书综录》，上海图书馆编，中华书局1959年版、1962年版，上海古籍出版社1982年版。

共三本，可先从第二本开始用，有书名及作者索引。第一本，以丛书为单位排列，例如《百川学海》，记录其收哪些书，排列下来，包括馆藏单位；第二本，以书名为单位排列，记录哪些丛书收录该书。

2.《中国丛书综录补正》，阳海清编纂，蒋孝达校订，江苏广陵古籍刻印社1984年版。

3.《中国丛书广录》，阳海清编撰，陈彰璜参编，湖北人民出版社1999年版。

4.《中国丛书综录续编》，施廷镛编撰，北京图书馆出版社2003年版。

二、以小说为主的丛书

（一）《古今说海》明人陆辑编

基本上是古代文言小说丛书，有线装本也有排印本，收作品一百三十多种，与前面所说《绀珠集》《类说》相比，此书所收书都是原书原貌，很少删改。

（二）《虞初志》明人所编，作者存疑

上海书店有排印本。此书问世之后，在小说史上出现了"虞初系列"小说，都是以模仿《虞初志》的规模、体制，如《虞初新志》《广虞初志》《虞初续志》等。以上图书在20世纪80年代上海书店都曾影印过，但从后来九种的编纂来看，编者的文体概念十分模糊，收入了很多难以说是小说的作品。

（三）"顾氏"系列

指明人顾元庆所编的几部重要小说丛书，包括：

《顾氏文房小说》，收四十多种文言小说，都是比较好的版本，且经过作者校勘，大部分为单篇传奇，也有成本的书的节选，刊于嘉靖年间，

1935年商务印书馆影印过。

《广四十家小说》，相对于《顾氏文房小说》所收四十种而言，同样收书四十种，以汉唐以来文言小说为主，元明以前重要的文言小说收入了不少，如《神异经》《绿珠内传》等。

《顾氏明朝四十家小说》，在前面两部的基础上收录以明代为主的作品。"顾氏"系列是我们查找汉唐以来文言小说的重要版本。顾元庆以后，又有袁褧将《广四十家小说》和《明四十家小说》合刊，称为《前后四十家小说》。

（四）《烟霞小说》明人范钦编

主要收文言小说作品，范围是明代以来的吴中地区的名人轶事，规模不大，具体面目可以参考《丛书综录》，有一些作品不见于其他书，另外一些书和其他所收的文字上有差别。

（五）《稗海》明人商濬编

主要是以文言小说为主，范围是从六朝到宋元的小说作品，收四十多种，题材大概是志怪、志人小说，但有些书的收录存在问题，如将唐代八卷本《搜神记》误入干宝《搜神记》，还有许多作者名字有错误，因此使用的时候需要注意。

（六）《合刻三志》明人冰华居士编

主要收魏晋以来的志怪小说，其中很多是改编和摘录，但是有很多稀见书的版本只有《合刻三志》中有子目。此书只有一套，藏于中国科学院图书馆，《丛书综录》上面可以查到篇目。

（七）《笔记小说大观》（四种）

1.最早为民国初年上海进步书局所编，收书二百多种，每部书前有提要，有一定的文献价值，但不足之处在于错误较多，如其中的《夜雨秋灯录》就是一个只有原书三分之一左右篇幅的简本。20世纪80年代中期，广陵刻印社影印过此书。

2.台湾新星书局出版，收书两千多种，但所有的书都没有交代版本出处，而且所收书大部分都是常见书。

3.河北教育出版社出版的《历代笔记小说集成》在规模上和台湾那套差不多，收书两千多种，采用影印的方式，保留了原貌。此套书的问题一方面在于编者小说观念和界限淡薄，收书标准比较宽泛，许多不是小说的作品也收入其中；另一方面，其中许多书在版本上很有价值，如很难见到的《在野迻言》即在其中。但是其中唐宋部分的书大量影印《四库全书》，令整套书失色不少。

4.上海古籍出版社出版的断代的《笔记小说大观》，为标点本，收录常见书，但校勘工作做得比较潦草。

（补充笔记知识：笔记小说既是一种文体名称，也是一种书籍分类方式，晚明小品发展来的随手而记的文体。刘叶秋《历代笔记概述》中将其分为三类：小说性质的笔记，例如《搜神记》《世说新语》；野史性质的历史琐闻；学术性、考辨性的文体。）

（八）《古今说部丛书》民国初年所编

和进步书局《笔记小说大观》规模差不多，收书二百多种，有一定的版本价值，20世纪80年代上海文艺出版社影印过。

（九）《说库》民国时期编

收书二百多种，每部书前面有简介，收书范围和《笔记小说大观》《古今说部丛书》有重叠，最初为巾箱本，20世纪80年代浙江古籍出版社影印了此书。

（十）《晋唐小说畅观》

所收为晋代到唐代的文言小说，版本价值较高。

（十一）《唐人说荟》又名《唐代丛书》

主要收唐代小说，量较大，收书较多，但版本不佳。

（十二）《宋人小说》

商务印书馆以涵芬楼的名义影印的宋代文言小说，数量有限但价值较高。

（十三）《清代笔记丛刊》又名《清人说荟》

可补《笔记小说大观》收书之不足，版本相对较好，小说性质笔记较多，线装书局刊印。

以上丛书，大部分都可以在《丛书综录》上查到详细的子目。而关于小说、戏曲的丛书远远不止于此，有些丛书并非专收小说，如《百川学海》

《学津讨源》《津逮秘书》《涵芬楼秘籍》等，实际上其中有很多小说作品。

第四章　故事类型的文化批评

第一节　叙事文化学的文化分析

一、文化分析的基本准备

文化分析应该建立在研究对象的已有历史材料的确认和梳理上。

（一）材料年代的考订确认（这是基础和前提，需慎之又慎）

凡是转引的材料要特别注意其成书的年代，例如《太平广记》收录的唐传奇应看作唐代材料，而非宋代。

（二）故事类型文化背景的一般梳理

从形态观察入手，在充分的文献资料依据基础上，对个案故事进行表格式线索梳理：

一是有关个案故事外在形态变化的解释图，横向为该故事类型的各构成要素，如情节、人物，纵向为该个案故事各文献材料的时间排列；二是个案历史文化内涵的演变线索；三是文学载体特定的艺术表现方式的演变轨迹。

（三）文化分析的角度简介

1.故事与历史相关记载的关系

注意作为文学的故事，与历史记载多大程度上吻合，以及文化渗透的幅度和不同时代的创作者及其本人经历的关系。

2.故事和政治的关系

有相当一部分小说和文学作品与政治事件有关系。

故事类型的流变，如果与某一政治文化侧面有关，则要观察该侧面在该故事类型中的投影。用故事流变解读政治文化流变，要积极辨认，但不能太牵强，如《周秦行纪》。通俗文学作品的政治表现可能要外露些，文人作品则相对隐晦些。参见卞孝萱：《唐人小说与政治》，鹭江出版社2003年版。

3.故事与思想宗教的关系

故事和思想或宗教等意识形态方面的关联需要具体的把握，有无关系及程度不同，有可能在文人笔下问题突出，也可能走到民间市井的时候问题又会淡化。在内容里有哪些涉及思想、宗教、文化的内容。

4.故事与社会生活的关系

故事和社会生活尤其是民俗风情故事中表现普遍且值得我们关注的问题个案故事本身的发生年代都是固定的。卓文君的故事发生在汉代，但却有不同的人去写，风俗民情就会表现不同。作家往往根据自己的生活经验写到作品里去。这些社会生活习俗对于这个文本的这个时代的主题变化有什么作用。社会生活历史的背景常识有相应的了解，应知道到哪里去找这些东西。参见《中华全国风俗志》《中国古代生活史》《风俗史》。

首先对这些问题最好的理想状态是做好充分的积累，梳理好内容与文化方面的关系。其次有些了解但不够清楚，通过一些渠道能找到相应的参考材料。

5.故事所体现出的文学要素的变化

各种文学体裁，表述描写方式的变化、人物形象、情节结构等，需要找出这些要素的流变轨迹。

（四）文化分析的注意事项

1.把握全局的动态过程：研究从最初到后来的动态发展过程。

2.有的故事在某个历史阶段的变化停滞了，后来又复活或就此打住，应将这种现象也看作一个值得探讨的现象去研究。

第五章　叙事文化学与比较文学

比较文学中两大学派，即平行研究与影响研究都可借鉴。其中后者对叙事文化学更有意义。因为后者本身是纵式研究，叙事文化学也是纵向研究。

第一节　影响研究与叙事文化学研究

一、影响研究

把时间上两种及其以上的作家作品（民俗文学思潮）作为研究的视角，

与叙事文化学相似。

（一）类型和模式

正影响：前后作品之间的积极作用，如吸收、借鉴、正面、积极、肯定。例如《莺莺传》和董西厢、王西厢，个案故事发展中主要关注正影响发生的认知过程。

正影响：正面积极的影响。如佛教对中国的影响、汉唐文化对东亚的影响。

反影响：不是肯定式接受，而是通过批评否定，达到肯定自己的文学传统。造成意识形态的否定的原因是，缺乏了解异民族文化，容易否定别人肯定自己。例如张艺谋对于传统中丑陋、阴暗的反映，吸引了西方的关注，以为这就是"中国面目"。

负影响：反影响否定别人，肯定自己；负影响否定自己，肯定别人，夸赞别人。

回返影响：吸收别国，产生影响，又返回。如比较先锋的诗歌理论和批评，意象派的源头是西方吸收唐李杜影响而来，又回返中国产生影响。如叶嘉莹延续此路。

超越影响：影响范围、力度，在国内国外形成很大反差。本民族了解程度远不及在外国的程度。如寒山诗影响在日本远超中国。墙内开花墙外香，例如寒山诗在日本，《剪灯新话》在东南亚、越南等。

虚假影响：产生虚假，造成误导。在文化文学传播过程中，某些学者的本意是想介绍某种文化文学，但他本人并非真正了解，造成某种误导，产生了虚假影响。例如高罗佩，荷兰汉学家，虽然他对性文化有深入研究，却说忽必烈的女儿嫁给了李白。

单向影响：单方面输出或输入；双向影响：有互动。

（二）对象和视角

在这个影响的现象发生过程中，不同的角度可能会得出不同的判断来。比较文学研究的目的在于刻画出经过路线，被遗忘的文学影响被移到语言学之外。

1.放送者、传递者、接受者

以放送者为研究对象，叫流传学；以传递者为研究对象，叫媒介学；以接受者为研究对象，叫渊源学。

（1）流传学以放送者为起点，接受者为终点，探讨一个作家作品、文学现象在不同的时间空间所产生的影响。以放送者为核心。

总体影响：放送者和接受者产生的总体上的过程和影响。（中国古代文学对其他国家文学的影响）把它作为参照的背景。

个别影响：作家、作品对接受者个别的直接的影响，例如《莺莺传》。

技巧影响：作为文学的放送者其文体形式技巧对作家作品产生的影响，如世说体。

内容影响：放送者对作品的主题题材及它的思想内容对接受者产生的影响。这里不是完整的故事影响，尤其是长篇作品，有可能是局部的，例如唐明皇的故事，《隋唐演义》《长生殿》中的唐明皇故事是吸收了角度不同的各种故事集合而成，名字也可能发生了变化。

形象的影响：从最初的形象到后来流变之后所产生的变化，是需要大力关注的。（《浮士德》唐璜）相当一部分是形象的个案。尤其是以一两个人物为核心的故事主体，当人物是真实历史人物时，要特别注意正史记载。

（2）媒介学以传递者为对象，产生的方法途径、手段及它们的因果规律。中介居于中间法国学派非常关注影响过程的途径，关注传递者。各种文学现象传递产生同类的事实联系。把国家民族的文化传播于时代、国家，同类的联系。具体的媒介，包括翻译、改编、借用、模仿、演出等，随着社会发展，传播途径有所变化。

个人媒介：接受者的国家、民族放送者的国家、民族第三国的国家、民族、译者的影响。

环境媒介：超越国家地区、民族的学术性的媒介团体。（国际会议沙龙）直接的交流碰撞对效率的影响更大。

文字材料媒介：文学翻译和文字推进。

（3）渊源学以接受者为角度。注意放送者有哪些，接受、放送者的因果关系。

①笔述渊源最普遍的方法，是从接受者入手，看和放送者在文字上有哪些相一致、类似的东西。文字渊源关系：董西厢、王西厢，文字的关联。个人直接表述，作为接受者，他个人直接的表述，吸收采纳了什么情节。牡丹亭标明哪些情节从何而来：第三者的发现，作者以外，第三人指出从哪里来的溯源。《三言二拍资料》，就是说明了文字来历，勾勒了故事渊源。

②口述渊源类似于民间文学采风，后成为一种传播的方式，以口头传承的方式将流传的故事记录下来，是一种口述传承的方式。六朝志怪、志人小说，是社会上流传的故事被记录下来，作家还有意把口述渊源的来历进行了交代。白话小说更普遍，把口头传承的作品改编成故事，如《聊斋志异》。

③印象渊源与前两者相比，稍微模糊笼统些。在作家营造的气氛中，分析印象上的渊源的成因。根据印象创作作品，对印象渊源的把握，追溯困难些，不清晰。

《西厢记》与"韩寿偷香"里的"翻墙"故事就存在这种印象渊源。有时候作者未必直接采用故事，而可能作为一种印象来移用。"故宫印象"就是某种文化，文学作品氛围帮助作家产生创作灵感。

（4）直线的方式孤立的直接的关系，强调的是故事与故事之间直接可以找到的渊源。

（5）集体渊源与印象渊源有些关联，但是角度不一样。受的不是一个国家的影响，而是许多民族、国家的作品的影响。具体的文学作品的现象，集体的面更宽广一些，是继承吸收借鉴的关系。以一个作家或一个作品为一个中心点探讨一下此作家作品受到哪些其他国家、民族等各种现象的影响。莎士比亚的作品就受到很多方面的影响。

比较文学跨地域、民族、国家的更大的影响关系的研究。

作为一个接受者，我们的叙事文学作品里受到哪些其他民族、其他地区的影响。例如：佛经故事对小说戏曲的影响。《剪灯新话》对朝鲜、东南亚等地产生的影响。可参考钱锺书《管锥编》、陈寅恪《金明馆丛稿》、季羡林《中印文化关系史论文集》、杨宪益《译余偶拾》。

第二节　平行研究与叙事文化学研究

平行研究相对晚一些，发源于美国。表面上看起来无直接关系的不同时期、民族的文学作品在主题、题材、文体、情节、人物形象、风格特点等各种文学要素实际存在可共同追寻的相似、相异的地方，通过这些异同的分析，发现带有某种规律性的影响。20世纪30年代出现，六七十年代基本成为比较研究的主流。最初面对民间文学，口头传承，形态多样性、不确定性为主题学研究提供了基础与前提。纳入比较文学后，研究对象得以扩展，包括了书面文学，这是主题学的一大变化与飞跃。

书面文学对民间文学中的主题学研究存在借鉴的一面：研究方法的总体格局主要源于民间文学之研究；借用民间文学研究方法，应用于书面文学领域。

民间文学领域的主题学：刘守华；比较文学领域的主题学：王立《中国文学主题学》，我们与王立的区别在于后者更关注研究意象主题，如复仇、侠、死亡等意象，在材料处理上无须穷尽材料。

同一题材在不同民族、地域呈现出的不同形态。其文学性研究还有待开掘，关注焦点不应在史前时期，而应在产生神话土壤已不复存在的文明时期。主题学与题材学的区别，在比较文学内部集中在民间文学领域的神话、民俗方面。比较神话学的前景和趋势，更多着眼于神话、传说、民间故事的相同题材的辨析上。

前景还是相当可观的，应强调注意的是神话学研究并非新的研究，应从以往那种更多侧重于文化人类学、考古学研究转移到文学研究方面。

现在从文学、叙事文化学的角度关注的话，应打破以往的定势，更多从文学方面来关注。

附：关于叙事文化学故事主题类型学位论文的基本框架

对象界定：该对象的研究现状，明确逻辑的目的归属，有价值有意义。

绪论：研究缘起。

第一章是文献综述，按照文献学的写法，材料出处要有根有据，版本、时间、流传情况都要有。例如某故事出自某书，除了介绍这本书，还要说明其中哪些故事有关联，对大致的情节要素变化做一个提要。

第二章开始可以采用两种模式：

第一种是按问题性质划分，例如道教、士人心态、婚姻爱情等，章节下应按朝代纵向排列；第二种是按纵向时代线索划分，章节下应是问题的线索。

2006—2011年硕博士课堂笔记节选

孙国江

绪论

一、叙事文学研究的基本角度和基本状况

以文本为研究对象，叙事文学作品的研究总体上可以分为以下三大部分：

（一）文本自身的研究。此方面中西方皆关注，只是切入的角度视点不同。中国传统的文本研究主要从以下两个角度切入。一是文献研究。从文献学的角度，对文本自身的真实性做出判断，得出结论，力求接近文本自身真实原貌，尽量还原文本真实情况。这些大致属于古籍整理工作，是一切研究的前提和基础。二是从文本鉴赏的角度对文本进行赏析，评价、品味、挖掘其中蕴含的深层含义和艺术韵味。这是中国古代具有悠久传统的方法，是由汉魏六朝的人物品藻申发开来的。西方的文学作品文本研究，主要关注作品自身，如文字、韵律等问题，而不去关注作品意义以外的东西，仅仅是从文本自身来挖掘赏析。

（二）"前文本"研究。是指对文本产生之前的各种相关问题的了解研究。中国古代的此方面研究主要从以下两个方面切入。一是从作者方面进行研究，研究作者和文本的形成是否具有直接关系，作者为什么写这部作品等问题。二是对于文本形成之前的源头的了解和研究。这在叙事文学研究中尤其值得重视。西方有关前文本的研究，对于中国的叙事文学主题学的研究有一些启示，比如荣格的"集体无意识说""积淀说"，对于作家影响的研究；比较文学、法国学派的渊源研究、影响研究都和前文本研究有关系。

（三）"后文本"的研究。与前文本的研究密切相关。"前文本""后文本"研究在中国一直为人所关注，研究前后文本的相互关联及其影响作用。西方的后文本研究与中国传统的后文本研究的区别在于——它注意文本接受者的作用，认为作品完成之后便与作者无关了。我们也可以从此角度理解一个文本的制造者改变前人作品的动因——他有自己的理解。

二、关于主题学

西方主题学的研究的重要书籍有：汤普森、阿尔奈《世界民间故事分类学》（在其中提出了"AT分类法"）和《世界民间故事主题分类法》；丁乃通《中国民间故事类型索引》《中国民间故事主题类型索引》；顾希佳《中国古代民间故事类型》。

这些都是主题学研究、民间故事研究中的重要工具书。对于中国古代叙事文化学研究而言其局限在于：一是中国文学主题学的研究即中国古代叙事文化学研究，在文本对象上和民间文学完全是两回事，前者以书面文学为主，后者的对象是非书面的、口头的；二是这些书主要以西方民间故事为主，对东方、中国的了解远远不够。

中国古代叙事文化学的研究应该是竭泽而渔式的。从全局来看，尽可能地把叙事文学作品中的所有故事类型"一网打尽"。

中国古代叙事文本化学相关的参考书目：

《先唐叙事文学故事主题类型索引》宁稼雨

《主题学研究论文集》陈鹏翔（台湾东大图书公司）

《世界各国民间故事类型索引述评》，《刘魁立民俗学论集》刘魁立

《三言两拍资料》谭正璧

《话本小说概论》胡士莹

《古典戏曲存目汇考》庄一拂

第一章　叙事文化

第一节　关于"叙事"

广义的"叙事"是一般的叙述事情，包括文学的、非文学的。狭义的"叙事"是指文学的叙事。

西方学者华莱士·马丁在其《当代叙事学》中说："叙事是一个未来的计划，或对未来的计划。"作为文学的叙事，是根据生活现象，进行虚构性、想象性的过程。国内学者一般认为叙事是采取特定的言语表达方式来讲述一个

故事。"特定的言语"是指文学的语言。而任何一种叙事文体都具有故事性，区分故事是文学的还是非文学的，就得看它是否具有"特定的言语表达方式"。仅就故事而言是区分不开文学与非文学的。以"特定的言语"加以区分，至少是在理论上可以成立的。还要注意的是，文学内部叙事性文学和抒情性文学也是有区别的。文学意义上的故事具有虚构的情节，具有相对完整的时间流程。对于中国古代许多叙事文学作品，需要仔细划清，但不宜一刀切。从中国古代叙事文学作品发展的过程来看，它是一个渐变的过程。中国古代的小说是多种文体体裁样式逐渐变化运动的结果。对于古代叙事文学作品的界限的把握态度要客观，中西小说的重要区别在于，中国古代的小说按语言分为两个系统，即文言与白话。白话小说由于自身的文体特征不易产生问题。文言小说的文体区别分歧较大。程毅中的《古小说简目》收小说止唐五代，选择标准较严，偏重文学性。对于古代小说，应该本着"前宽后严"的标准，对早期文言作品应该放松一些。袁行霈、侯忠义的《中国文言小说书目》，收书很多，要求较宽，原则是客观化，把历代书目中所设立的小说家栏目中所收入的书全部包括。这两种标准存在的问题是，按古人的观念标准，小说书目所收入的小说与现代的小说概念毫无关系，且在历代书目之外，有相当一部分作品具有今天所谓小说的属性、价值。20世纪90年代初的《中国古代小说百科全书》选书的标准，较袁本严，较程本宽，但仍有大量小说被拒之门外。宁稼雨教授的《中国文言小说总目提要》，在袁行霈、侯忠义本的基础上，以古人的小说概念为基础，以今天的文体概念为衡量标准，且将未收入正文的作品收入附录，编为"剔除书目"。体制为：对小说做简单的提要，说明版本，作者，流传及影响。在小说的取舍上采取这样的态度——不在一本书上做纠缠，主要是看书中有哪些具有小说性质的故事。如《齐东野语》，70%的内容不能算是小说，但其中有一些流传很广的故事，如"王魁负心"、陆游与唐婉的故事等。

第二节　关于"叙事文学"

在文体方面，叙事文学是体裁概念，是指小说、戏曲，包括一些史传文学、叙事性散文等。

叙事与文学的关系：狭义的叙事有限定性，它本身属于文学。苏联学者提出，在叙事中文学获得某种纯洁性，确证自己完全不受其他艺术的影响，显示自身的独特性。叙述故事把叙事文学作品与其他文学作品加以明确区分。叙事主要集中在小说戏曲这类文学作品中。叙事是时间的艺术、描绘时间的过程。叙事与文学最重要的关系就在于对时间的记叙表现。这里的记叙指的是书面记叙。在叙事形态的故事系列中，主要应关注对时间记叙的形态部分。在强调叙事的同时，还应注意的是，非叙事文学作品中，与叙事故事相关联的部分。即把该故事相关的材料"一网打尽"。例如《西厢记》，在历代诗歌典故中是以怎样的角度出现的，作者是怎样处理该故事的。还应该扩大到史传部分，有的甚至还要兼顾一些实物的考察，如"孟姜女"故事，与孟姜女相关的庙、碑刻、绘画有很多，也应该关注到。我们强调严格的文学上的叙事文学，但又不能将其束缚。

叙事与叙说的关系：叙事是书面文学的现象，用文字记载故事。叙说是口头表达，例如民间故事。它们的共同点是，都是对时间过程的描述，是时间的艺术。不同点在于，记录和流传的形态不同。更应该注意的是两者的相关性，形态流传上都具有不确定性、变异性。民间文学，以口头传承，由于不同空间的流传，造成了语言上的模糊性。叙事文学较之具有稳定性。叙事文学作品中有很多与民间故事相类似的故事，在不同的时代作者那里有不同的变化。应该对民间文学给予重视。许多书面形态的文学作品本身便是口头故事的文字记录。如洪迈的《夷坚志》，在很多故事的后面都注明某某于某地听到此故事。

中国叙事文学主题学的研究范围。就个案研究而言，在总体上具备文学叙事的特征，有一定的规模。也就是说，在时间范围上不宜太集中，一定的跨度有利于主题学的分布研究，材料上有一定的数量，文体上，小说戏曲至少各有一个作品，其他领域最好也有，如史传、野史、方志等。总之，顾及文体内外的关联，书面与口头文学的关联。

第三节　关于叙事文化

文化学的文学批评，"文革"前比较少。改革开放以后，文化学批评逐渐占据主导地位。但有些人也担心，过多地关注文化批评，会忽视乃至忽略文学批评。文学研究的方法应该是多元化的。传统学术的方法有两种：义理和考据。考据讲究材料的丰富、扎实、准确。义理要求对现象有观点。两者很难协调。文学研究中，缺其中之一，或者会没有灵魂，或者会导致空虚。应该强调实事求是，从研究者研究对象的实际出发，每个研究对象都有自己的过程。研究初期，应该对材料进行挖掘梳理把握，后期应该多角度多层面的进行分析，掌握全局。文学的文化学研究是必要的。

第二章　叙事文化学的对象
第一节　主题类型的确立

汤普森、阿尔奈的《世界民间故事分类学》可以作为借鉴。在中国，民间故事的主题分类可以参看丁乃通和来保群的分类。只是此二者也是采用汤普森、阿尔奈的"AT分类法"。20世纪70年代，台湾学者金荣华的《六朝志怪小说情节单元分类索引》，是第一本以书面叙事文学为内容的主题索引。

"AT分类法"，所关注的是以西方为中心的民间故事，若采用此方法，距离中国古代叙事文学还有相当的距离。金荣华的《六朝志怪小说情节单元分类索引》的研究对象已经接近叙事文化学。他采取的是中国古代类书的分类方法，如分为天、地、人、日、月、星辰等门类。优点是注意到不能全盘西化；存在的问题是，依照类书的分类原则进行分类，采用的都是名词性的词组，与我们所要达到的目的是有距离的。我们要体现叙事文学的品格——情节，名词性的词组是不足以表达的，需要的是动词性或动词形态的词组或名称。金荣华的《六朝志怪小说情节单元分类索引》依据的材料也是有限的，收入二十多种六朝志怪小说，不太全面，而且完全没有收入志人小说。

宁稼雨教授的原则是，充分参考借鉴"AT分类法"及金荣华的索引，重新另起炉灶，以中为体、以他为用。分为六大类：自然类（体现自然现象的故事，一定程度上参考吸收传统类书的分类体制）、器物类（以器物为主题的故事）、动物类（借鉴吸收"AT分类法"，民间故事中的动物类多，叙事文学中较少）、人物类（须具备两个条件，人物多半是指真实历史人物或虚构人物，情节是现实性的，以区别于超现实）、神怪类（与人物类相区别，在中国叙事文学作品中比较多）、事件类（是指前五类中有相互交叉情况的，涉及不止一个对象范围）。大类下又有若干小类，收入故事三千多个。借鉴"AT分类法"，对每个故事进行编号，每个故事有自己的故事名称，将故事分成几个基本要素，用这几个基本要素描述故事的梗概，同时还说明故事的材料的出处有哪几个，和故事相关的故事有哪些，有关的论著论文有哪些。

第二节　文本的应用

当我们面对一个个案作品时，如何才能对材料的挖掘达到竭泽而渔，这是一个关于方法的问题，涉及文献使用的知识。首先，我们从目录学入手，这有助于我们了解研究对象个案作品在历代目录中的位置。同时，我们也可以从中了解这一个案的作品在历史上的流传存佚情况。这里所说的目录既包括通常意义上的目录学著作，也包括那些具有目录学意义的典籍和著作，他们大致可以分为三类：一是传统正史的艺文志、经籍志，二是私家藏书目录或版本记录，三是有目录学意义的其他文献材料。首先看官修史志，对它的全貌要有个了解。哪些史书有艺文志，后人又有怎样的补充，清代学者对于史志有哪些贡献和研究，这些我们都要了解。

想要知道个案作品在书目中是否有记载，有两个办法。如果知道书的名字，可以直接检索；如果不知道书名，则需要知道史志书目中门类设置方面的规律和原则。在书目中，叙事文学作品一般入两类，一是子部，一是史部。子部下的小类中，首先是小说家，其次是子部儒家、杂家等。史部中，主要是正史、野史、杂史等。但是大部分白话和戏曲作品没有收入官修书目中，这就需要我们依托私家书目。私家书目是官修史志的延续，而又有作者个人的特色和偏好。

第一部分：关于小说、戏曲方面的目录书

下面我们重点介绍和叙事学有关的作品和典籍，首先是三本目录学著作：

1.《醉翁谈录》此书介绍勾栏生活，同时记载了很多失传和亡佚的话本名目。为我们今天了解宋代通俗文学，尤其是白话小说的情况提供了很多重要的线索和材料。此书通常认为是宋代的罗晔所著，但近年来有些学者据日本原书提出疑问，认为可能是元代人的作品。

2.《辍耕录》全称《南村辍耕录》，元末明初陶宗仪所作，虽然是一部笔记书，但收录了许多讲唱文学作品，特别是院本和杂剧的名称。

3.《万历野获编》明沈德符著，也是笔记，但有相当一部分内容提到了讲唱文学，小说话本的名称、名录。

下面介绍专门性的小说目录学著作：

1.《宝文堂书目》明晁瑮作，是他的私人藏书目录，里面收录了相当多的小说戏曲作品，其中有三卷全部都是白话小说和戏曲作品。

2.《百川书志》明高儒作，同样是收录了许多小说和戏曲作品。

3.《脉望馆书目》明赵琦美作，收录了很多戏曲作品，是我们了解明代和明代以前的戏曲作品的相当重要的目录书。

4.《永乐大典》收录了很多白话小说和戏曲作品，其中很多引书都已亡佚，幸有此书得以保存佚文。有《永乐大典戏文三种》，为后人所编。

5.《也是园书目》清钱曾作，以收录白话小说著称，专门列有戏曲小说部，其中有十六种宋代的词话，现都亡佚。

6.《曲海总目提要》是一部规模较大的收录戏曲作品的目录，介绍了故事的梗概，有简单评介，惜收书不全。

7.《元代杂剧全目》《明代传奇全目》《明代杂剧全目》《清代传奇全目》《清代杂剧全目》皆为近人傅惜华所作。

8.《古典戏曲存目汇考》近人庄一拂所作，收录作品较全，参考价值较大。

9.《明清传奇综录》北师大郭英德所作，主要收传奇作品，就传奇作品来说很全。

10.《古本戏曲剧目提要》李修生著，主要收现存的戏曲作品，介绍情节内容的梗概。

11.《中国剧目辞典》王森然著，收录作品较全，且包括许多地方戏剧目。

下面介绍小说方面的目录书：

1.《古小说简目》程毅中著，介绍从先秦到唐五代的小说著录和现存版本的情况。

2.《中国文言小说书目》袁行霈、侯忠义主编，从时间断限上看此书一直收到近代，主要是汇集各家著录中小说家的内容。

3.《中国文言小说总目提要》宁稼雨著，以《中国文言小说书目》为基础细加删择，范围从古代到近代，体例上介绍作者、内容梗概和版本源流。

4.《唐五代志怪传奇叙录》《宋代志怪传奇叙录》李剑国著。

5.《中国通俗小说书目》孙楷第著，第一次建立了中国通俗小说书目的格局，体例上不带提要。孙氏又有《日本东京所见小说书目》和《日本东京大连图书馆所见中国小说书目提要》。

6.《伦敦所见中国小说书目提要》柳存仁著。

7.《中国通俗小说总目提要》萧相恺、欧阳健著，是在孙书的基础上加了每部书的提要，主要是内容的介绍。

8.《话本叙录》陈桂声著，介绍通俗小说中章回体以外的话本。

9.《中国古代小说百科全书》刘世德主编，在书的条目选择上略显严格。

10.《中国古典小说大辞典》刘叶秋、朱一玄、姜东富、张有谦等主编，不仅介绍小说作品，更有小说相关术语和学术成果的介绍。

11.《中国古代小说总目》石昌渝主编，包括三卷，分别是文言卷、白话卷和索引卷，其中索引卷是把文言和白话两卷中的书名、人名做出索引。

12.《中国古代小说总目提要》朱一玄、宁稼雨、陈桂声主编。

第二部分：关于索引

索引是从西方借鉴来的书籍编纂方式。索引的种类很多，既有专门一本书的索引，也有某一类别的书的索引。其编纂的方式，有的是专门的索引书，有的是附于某书后面作为附录。使用索引的时候，要求我们能够掌握好四角号码的使用方面，便于我们查找。

关于类书的索引：对于类书的作用，需要我们引起高度重视，不会使用类书，也就不会做学问。可以帮助我们了解类书的源流体制的著作有：

1.《中国古代的类书》胡道静著，此书只写到宋代。

2.《类书简说》刘叶秋著。

3.《类书流别》张涤华，此书后边有很大的篇幅带有类书辞典的性质，收书较全。

我们需要用到的主要类书及其索引有：

1.《初学记》唐徐坚等编，中华书局排印本有专门的索引，分两部分，第一部分是词目索引，第二部分是引书索引。

2.《艺文类聚》上海古籍出版社的排印本后面附有词目和引书索引。

3.《北堂书钞》天津古籍出版社的排印本附有索引，但不完善。日本人另编有此书的引书索引。

4. 《白孔六帖》没有排印本和索引。

5. 《太平御览》燕京引得处编有《太平御览引得》，包括篇目和引书引得。

6. 《太平广记》燕京引得处编有引得。中华书局另编有《太平广记索引》，包括篇名索引和引书索引。20世纪90年代又出了新版索引，加入人名索引。

7. 《事类赋》中华书局出版的程毅中的校点本后面附有索引，包括篇名索引和引书索引。

8. 《海录碎事》上海辞书出版社编有排印本和引书索引。

9. 《锦绣万花谷》上海古籍出版社影印四库本，无索引。

10. 《事林广记》中华书局影印本。

11. 《永乐大典》有《永乐大典引书索引》，尚未见篇名和人名索引。

12. 《古今图书集成》。

13. 《渊鉴类函》更偏重于文学和文化方面。有影印本但无索引。

关于史部的索引，主要是人物传记资料的索引，我们分两部分来看：一部分是正史的人物传记索引。作者在正史中有传记的，可使用中华书局编的《二十四史人名索引》，只要在二十四史中出现的就可以索引到。中华书局曾以单史的形式编过索引，后来又出了全史的《二十四史纪传人名索引》。另一部分是正史之外的人物传记资料索引。燕京引得处编过宋、明、清的人物传记资料索引，但时代断限和所依据的材料都很有限。下面我们介绍新近编成的可以利用的检索人物传记的工具书：

1. 《唐五代人物传记资料综合索引》傅璇琮主编。

2. 《唐五代五十二种笔记小说人名索引》可与上面的书结合使用，但需注意本书中人物不全是历史人物。

3. 《宋人传记资料索引》台湾王德毅主编，材料的丰富性远超过引得处所编。

4. 《元人传记资料索引》台湾王德毅主编。

5. 《明人传记资料索引》也是台湾学者编的，中华书局翻印过。

以上三种台湾学者所编的索引把传主的生平也进行了简要介绍，因此又有了人名词典的作用。

6. 《清史列传》中华书局排印本后所附人名索引。

除了这些综合性的索引之外，还有一些专门性的索引，例如方志的人名索引：

7.《中国地方志宋代人物资料索引》四川辞书出版社出版。

此外，还有一些分地区的人名索引，如北京、天津地区人名索引等；还有一些专书的人名索引，如"世说新语人名索引""水经注人名索引"等。

还有一些关于年谱方面的工具书：

8.《中国历代年谱总录》书目文献出版社。

9.《中国历代人物年谱考录》中华书局。

10.《近三百年人物年谱知见录》来新夏编。

以上是史部的索引，下面来看集部的索引：

1.《全唐文篇目分类索引》按类别分目。

2.《元人文集篇目分类索引》"文革"以前编成。

3.《清人别集总目》。

一些规模较大的集子后附有索引：

4.《全上古三代秦汉三国六朝文》中华书局排印本后附索引。

5.《先秦汉魏晋南北朝诗》排印本也附索引。

6.《全唐诗》《全唐文》《全宋词》排印本后都附有索引。

关于论文的索引，用得最多的是"人大复印资料索引"，图书馆二楼检索室有检索版。期刊网是我们常用的，但其所收论文时间相对较晚，一些早期开创性的经典论文在人大资料和期刊网上都是检索不到的。下面我们介绍一些论文检索的工具书：

1.《中国史学论文索引》社科院编，分有数编，其中第一编最有价值。这里的史学是广义的史学，也包括我们的文学史。

2.《八十年来史学书目》中华书局编。

3.《中国古典文学研究论文索引》中华书局编。

4.《中国古代文学资料目录索引》辽宁大学编。

通过这些索引，再加上期刊网，基本上可以解决我们的问题了。

索引是研究者入手的重要途径，节省了我们的翻检之劳，所以大家要多去发现和掌握。

第三部分：与叙事文学有关的总集

总集是指以诗文为主的集部的作品集，由于历史的原因，传统的集部很少收小说和戏曲。我们这里所说的主要是带有叙事文学性质的总集。

1.《古小说钩沉》鲁迅，主要是编辑亡佚的作品。

2.《唐前志怪小说辑释》李剑国编，是个选本。

3.《古小说丛刊》丛书，后改名《古体小说丛刊》丛书，中华书局出版。

4.《唐宋传奇集》鲁迅，是个选本。

5.《唐人小说》汪辟疆，也是个选本。

6.《全唐小说》王汝涛编，作品都未交代出处，因此使用时很不方便。所收作品主要来自《太平广记》，因此尚有遗漏。

7.《全唐五代小说》上海师大李时人编，陕西人民出版社出版，分五大册，大32开。

从唐代开始，小说创作出现高潮，出现了许多汇集小说作品的总集，但现在都已经亡佚。程毅中先生的《古小说简目》中列举了《异闻集》和《丽情集》等。六朝时也有几部书都叫《异闻集》，因此我们在使用的时候应该注意甄别。

宋代的小说总集有：

1.《绀珠集》朱胜非编，是文言小说的选本。其序写于宋绍兴七年，因此应该是南北宋之交编成。有宋绍兴刻本，北图影印过这个本子。又有明刊本和四库本。此书的主要内容是摘录前代的文言笔记小说，包括史传作品。每一条故事都加上标题，并注明出处。这对我们辑佚的工作有很大帮助，引书中所收一半以上作品都已亡佚。《绀珠集》带有类书性质，是为了汇集掌故和词语，因此引用的语句上往往与原书有出入。

2.《类说》曾慥编。其编纂时间、性质和规模与《绀珠集》很相似，成书大约是在绍兴六年，有宋、明刻本和四库本。上海文艺曾经影印过四库本。所收书数量在二百五十多种，几乎比《绀珠集》多一倍，以小说为主，兼收杂史、佛典、道书、农书、花卉、茶道等，因此在校勘、辑佚方面的作用较大，但《类说》也同样存在着文字上与原书相比失真的现象。

3.《绿窗新话》皇都风月主人编，这可能是历史上最早使用笔名的，其收书范围主要是文言传奇小说，在历史上起到了和《太平广记》同样重要的作用，《醉翁谈录》即将其与《太平广记》并举，认为是说书艺人的必备书。20世纪50年代周夷出过点校本。此书所收大部分为唐宋小说精品，共收一百五十四篇传奇小说，其中相当一部分作品已经佚失。《绿窗新话》是小说传承的重要一站，是我们主题学研究需要重视的一部作品集。明清小说中以爱情为主的《剪灯》系列，《国色天香》等皆可溯源于《绿窗新话》。

4. 《青琐高议》刘斧编。是宋代志怪传奇小说的选本，在历史上的著录和现存版本有较大出入，《郡斋读书志》著录此书有十八卷，《文献通考》著录二十卷，明抄本和万历刻本为前集七卷，后集十三卷，别集七卷，共二十七卷。程毅中先生曾经点校此书，在二十七卷之外又辑补了许多不见于二十七卷的备目。其序称书中有数百条故事，但实际所见不足二百条，因此据推测原书规模应更大一些。鲁迅认为别集是误收了明人的《青琐摭遗》，但《青琐摭遗》主要引文见于《类说》，而《类说》分二书很细，并无混淆。此书成书于元祐三年，所收作品大多为宋代传奇小说，其中有署名的作品十三篇，此外都无署名。主要是志怪传奇，又杂有少量的诗文和议论性作品。其中价值较高的是一些宋代爱情和家庭题材作品，有些名篇首见于是书，如《谭意歌》《越娘记》等。从主题学的角度来看，此书也是故事演变过程中的一个重要阶段，其在宋和宋以后的小说选本的发展中影响很大，宋以后的小说丛书、类书多引此书，如《续夷坚志》《情史》《说郛》等。《醉翁谈录》中所提到的作品也有相当一部分见于此书。

5. 《醉翁谈录》罗烨。对于我们的主题学研究来说，此书的价值是多方面的，其中的作品也是我们了解故事流传的重要文献。因为前面已经介绍过，这里就不多说了。

宋代以后总集性质的小说作品集：

1. 《清平山堂话本》是我们了解宋代以来说话说书艺术的重要材料版本，我们现在看到的本子其成书应在明代，但其中所收故事不一定都是明代的，具体的情况可参看胡士莹《话本小说概论》、程毅中《宋元话本》中的相关考证。

2. 《京本通俗小说》从书的内容上来看，与《清平山堂话本》是同样的性质，"京"代表宋代京都的意思，一直被认为是宋代的作品，但近些年来有人提出疑问，因为此书是晚清才出现的，之前的所有文献材料均未提及。

以上二书是我们了解宋元以来白话通俗小说的最重要的文献，与"三言二拍"相对比可以看到很多故事的发展变化情况。

近代到当代所编的小说总集性质的书：

1.《古本小说丛刊》中华书局编，选用重要小说的好的版本，收书二百多种，有些书有几个版本都一并收入。

2.《古本小说集成》上海古籍出版社编，也收书二百多种，与《古本小说丛刊》有重复和交叉。主要以白话小说为主，也有少量的文言小说。

3.《明清善本小说丛刊》台湾天一出版社编，20世纪90年代编成，其规模和价值都相当大，包括文言和白话两部分。

4.《中国话本大系》江苏古籍出版社编，专收话本小说，选用比较好的版本，有些是介于白话通俗小说之间的，如《绣谷春容》也编入其中。

5.《中国古代珍惜本小说》春风文艺出版社编，主要使用原大连满铁图书馆的藏书，20世纪70年代末80年代初开始出版，最初以单册形式发行，20世纪90年代重新汇编成正编十册、续编二十册的丛书，每册收书三五种。

6.《明代小说辑刊》巴蜀书社编，出过三辑，每辑四本，共十二本。主要收明代白话通俗小说。

7.《中国古艳稀品丛刊》。

8.《思无邪汇宝》法国陈庆浩、中国台湾陈益源主编，影印加排印，有些很珍贵的书如《姑妄言》皆收入其中。

9.《古小说丛刊》，中华书局从20世纪70年代陆续出版的一套丛书，以文言笔记小说为主，如《集异记》《宣室志》皆收入其中，后改名为《古体小说丛刊》。用的时候需注意，此丛书中同一书因出版时间的不同在版本上也是有差异的。

10.《小说史料丛刊》人民文学出版社，大约从20世纪70年代末80年代初开始发行，以排印点校的形式出版，以白话为主，兼收文言。

下面我们来看看戏曲方面的总集或总集性质的书：

1.《古本戏曲丛刊》中华书局，从"文革"前开始，出到了第五辑。

2.《古名家杂剧四十种》《续古名家杂剧二十种》前者以元代为主，后者元明兼收，是比较早的线装本子。

3.《孤本元明杂剧》"文革"以前中华书局影印，大32开四大本。

4.《元刊杂剧三十种》是确定的元代刊印的作品，中华书局有排印本。

5.《杂剧选》（《脉望馆抄校本古今杂剧》）明代藏书家赵琦美所编，大部分为抄本，大概有二百多种，都是元明时期杂剧。

6.《古今名剧选合选》明代孟称舜所编，近人吴梅也编有《古今名剧选》集子。

7.《元曲选》《元曲选续编》。

8.《全元戏曲》王季思主编，人民文学出版社出版。河北教育出版社也出过一套《全元曲》，包括杂剧和散曲，由河北师范大学的徐征、张月中、张圣洁、奚海主编。

9.《六十种曲》主要收传奇作品，范围是元明以来的作品，以明代为主，毛晋编。

10.《缀白裘》收比较通俗的作品，也包括一些小调和民歌，中华书局有排印本。

11.《盛明杂剧》明人自己所编明代杂剧总集。

12.《清人杂剧百廿种》郑振铎编，共三辑。

近些年，各个出版社还出版了许多戏曲方面的大型的总集、丛书。前面我们在索引的部分介绍了一些丛书和类书，丛书是我们在面对古代文献典籍时肯定会遇到的，有时由于对于丛书的不了解，可能会给我们文献的使用带来麻烦。知道一本书的名字，如何去查找版本线索呢？首先，我们应该找这部古籍的今人整理本，因为大多时候，整理人需要看过这部书的所有本子才能整理出相对可靠的本子。如果没有今人整理本，我们可以选择前人的整理本或刻本、抄本，即单行本、单刻本。如果以上二者都没有，那么第三步我们应该去找丛书本，很多时候我们的文献都要依赖丛书，因此在丛书方面应该多下功夫，关于此有几部重要的工具书：

1.《中国丛书综录》《中国丛书综录补正》《中国丛书综录续编》对于这几本书，其特点、内容和使用方法都需要我们非常熟悉。就《中国丛书综录》

来说，要查一本书，应该从第三本"索引"部分开始，查到的两个数字分别指目标在前面两册中的位置，第二册中列有收有该书的丛书的名字。

2.《丛书集成初编目录》

当然，如果一本书用以上的方法都没有找到，那只能选择辑佚。

下面我们来看看以小说为主的丛书：

1.《古今说海》明人陆辑编，基本上是古代文言小说丛书，有线装本也有排印本，收作品一百三十多种，与前面所说《绀珠集》《类说》相比，此书所收书都是原书原貌，很少删改。

2.《虞初志》明人所编，题汤显祖，所收作品主要是唐代以来的传奇小说，以优秀爱情题材传奇小说名篇为主。20世纪80年代上海有排印本。此书问世之后，在小说史上出现了"虞初系列"小说，都是以模仿《虞初志》的规模、体制，如《虞初新志》《广虞初志》《虞初续志》等，80年代上海书店都曾影印过，但从后来几种的编纂来看，编者的文体概念十分模糊，收入了很多难以说是小说的作品。

3."顾氏"系列，指明人顾元庆所编的几部重要小说丛书，包括《顾氏文房小说》，收四十多种文言小说，都是比较好的版本，且经过作者校勘，大部分为单篇传奇，也有成本的书的节选，刊于嘉靖年间，1935年商务印书馆影印过；《广四十家小说》，相对于《顾氏文房小说》所收四十种而言，同样收书四十种，以汉唐以来文言小说为主，元明以前重要的文言小说收入了不少，如《神异经》《绿珠内传》等；《顾氏明朝四十家小说》，在前面两部的基础上以明代为主。"顾氏"系列是我们查找汉唐以来文言小说的重要版本，顾元庆以后，又有袁褧将《广四十家小说》和《明四十家小说》合刊，称为《前后四十家小说》。

4.《烟霞小说》范钦编，主要收文言小说作品，范围是明代以来的吴中地区的名人轶事，规模不大，具体面目可以参考《丛书综录》，有一些作品不见于其他书，另外一些书和其他所收的文字上有差别。

5.《稗海》商濬编，主要是以文言小说为主，范围是从六朝到宋元的小说作品，收书四十多种，题材大概是志怪、志人小说，但有些书的收录存在问题，如将唐代八卷本《搜神记》误入干宝《搜神记》，还有许多作者名字有错误，因此我们使用的时候需要注意。

6.《合刻三志》主要收魏晋以来的志怪小说，其中很多是改编和摘录，但是有很多稀见书的版本只有《合刻三志》中有。此书只有一套，藏于中国科学院图书馆，《丛书综录》上面可以查到篇目。

7.《笔记小说大观》叫这个名字的书有四种，最早的是民国初年上海进步书局编的，收书二百多种，每书前有提要，有一定的文献价值，但不足之处在于错误较多，如其中的《夜雨秋灯录》就是一个只有原书三分之一左右篇幅的简本。20世纪80年代中期，广陵刻印社影印过此书。第二种是台湾新星书局出的，收书两千多种，但所有的书都没有交代版本出处，而且所收书大部分都是常见书。第三种是河北教育出版社出的一套《历代笔记小说集成》，规模上和台湾那套差不多，收书两千多种，采用影印的方式，保留了原貌。但此套书的问题在于编者小说观念和界限淡薄，收书标准比较宽泛，许多不是小说的作品也收入其中，但另一方面，其中许多书在版本上很有价值，如很难见到的《在野迤言》即在其中。但是其中唐宋部分的书大量影印《四库全书》，令整套书失色不少。第四种是上海古籍出版社出的断代的《笔记小说大观》，为标点本，收常见书，但校勘工作做得比较潦草。

8.《古今说部丛书》，民国初年所编，和进步书局《笔记小说大观》规模差不多，收书二百多种，有一定的版本价值，20世纪80年代上海文艺出版社影印过。

9.《说库》，民国时期编，收书二百多种，每书前面有简介，收书范围和《笔记小说大观》《古今说部丛书》有重叠，最初为巾箱本，20世纪80年代浙江古籍出版社影印了此书。

以上是规模较大的丛书，下面再介绍几种线装刻本：

10.《晋唐小说畅观》，所收为晋代到唐代的文言小说，版本较好。

11.《唐人说荟》，又名《唐代丛书》，主要收唐代小说，量较大，收书较多，但版本不佳。

12.《宋人小说》，商务印书馆以涵芬楼的名义影印的宋代文言小说，数量有限但价值较高。

13.《清代笔记丛刊》，又名《清人说荟》，可补《笔记小说大观》收书之不足，线装书局刊印。

以上我们介绍的丛书，大部分都可以在《丛书综录》上查到详细的子目。而关于小说、戏曲的丛书远远不止于此，有些丛书并非专收小说，如《百川学海》《学津讨源》等，其中实际上有很多小说作品。

关于查找书的版本，重点在于方法，尤其是查找一部古书未经整理的单印本、单行本，下面我们介绍一些相关的工具书：

1.《中国古籍善本书目》，此书有两个版本，一个是上海古籍出版社的首印本，因未设书名索引，因此使用起来不太方便；另一个是齐鲁书社的重排本，可以进行书名检索。

2.《贩书偶记》，孙殿起编，所收为乾隆以后各种古籍的单行本，又有《贩书偶记续编》，为其徒雷梦水所编，查找单行古籍版本，这两本书很重要。

3.《增订四库简明目录标注》和《四库全书总目提要》不同，此书主要介绍《四库》所收书的版本。关于《四库》，近年来整理的《四库存目丛书》《四库禁毁丛刊》《四库未收书辑刊》等可与《四库》相补充使用。

另外，清代藏书家的私家目录、图书经眼录也可以帮助我们查找单行古籍。

最后我们再介绍一些关于古籍版刻方面的专门书籍：

1.《中国版刻综录》。

2.《明代版刻综录》，江苏广陵古籍印刻社编，所收书的版刻材料并不全，但可以帮助我们了解一些大的书坊都刻过什么书。

3.《增补中国通俗小说书目》，包括了除七大部之外目前所有我们能掌握的小说版本。

4.《小说书坊录》，辽宁图书馆王清原等合编，以刻印小说的书坊为对象，考察历史上某一书坊刻印过哪些小说，也可以查找某一小说在哪些书坊被刻印过。

5.《中国小说戏曲版本知见录》，书目文献出版社出版，把一些书的重要版本的页面影印下来，对我们了解小说戏曲版本的原始情况有很大帮助。

6.《中国古代小说戏曲书影集》，黄山书社出版。

以上，关于文献材料的部分我们暂且告一段落。那么当我们通过各种渠道找到了这些材料后，我们怎么去处理这些材料呢？

我们要根据选题对材料进行划分，从纵向上，以时间为断限，把每一种材料的时代归属搞清楚。叙事文化学的一个重要的命题就是按照时代的不同来分析故事的流传，但是需要注意的是一些小说，特别是通俗小说的时代归属很麻烦，这就要求我们要进行核实、对比、区分，准确划分其时代归属。横向的梳理，要深入到选题、故事的内部当中，分析构成这一故事的基本要素，比如在情节方面有哪些变化，在人物方面有哪些变化，在每一个要素下边，还要特别注意纵向的时间轨迹变化，最初的情节是什么样的，后来的哪些是继承，哪些是演变。根据不同的情况，可以从情节、人物、主题、环境等各个方面找到变化的痕迹。这里，我们最好可以做一个表格，把情节、人物等各个环节根据时代进行排列，就可以使自己一目了然。

2009年博士课堂笔记节选

李春燕

第三节　文化分析

梁启超的"五个W"：When、Where、Why、What、Who。从主题学到叙事文化学，给现象找钥匙。前一步到表格为止是文献材料的工作。后一部分需要悟性与思辨能力，丰厚的文化储备。文化分析看不到尽头，仍要开掘。尽可能从故事的演变挖掘涉及的文化背景，从思想文化的角度来关注它，涉及相关的文化学学术理论、层面划分问题。

几种划分的角度和办法：

两分法：物质、精神。三分法：物质、精神、制度文化。从一般习惯讲，制度文化和故事形态关系不大，如中央部门构成、官员设置变化。四分法：物质、精神、制度文化、风俗文化。其中风俗文化更重要。在叙事文学中表现更充分，如巴尔扎克小说是风俗史。如何解释社会风俗的面貌和变化，如对场面的描写，时代不同，风俗不同。具体到某一故事类型的时候，可能会复杂一些。这几个方面：跟伦理相关多一些、跟情爱文化相关多一些、跟宗教文化多一些。自唐代开始，俗讲到变文，关注大的方面。

这就要求我们关注动态变化，大致从以下五个方面入手：

一、文学与社会历史的关系

文本形态中有多少是历史成分，特别是一些是真实的人物或事件，如苏东坡和济公。以两人为文学题材传承、演变，找到参照的依据。流传本身，里面有多少历史真实的影子。直接对应。可能和正史很接近。叙事文学里有多少和历史相关内容。文学色彩中的文学作品，投影式的反映，历史里笼统的社会现象，完全文学化了。历史的文学化，担当不同的角色——作品发生的时代情况、历史背景。

二、文学与社会政治的关系

制度文化更多关注政治文化在文学中的投影，和政治有紧密关联。有些故事题材本身就是政治题材，不能无视政治主题的存在，如《长恨歌》等；还有一种情况，从形态上看不出政治色彩，但作者有政治意图和目的。毛泽东："用小说进行政治活动是一大发明。"如《古镜记》《周秦行记》。推荐：卞孝萱的《唐人小说与政治》。了解政治事件，了解文学、政治、历史。文史研究，文史互证。分工越来越细，别把范围划得太狭小。

三、文学与社会宗教的关系

叙事文本流传过程中传达出一种怎样的教义和教理？完全有必要查是哪种宗教思想影响的结果。关注文化分析时，也要注意文化演变的流动性，切忌看作凝固不动的东西。核心在动态的关注和判断。关注、分析判断上的价值。需要打破文本本身局限，不分文体和时代，关注材料文化变迁上的流动性。需要关注的地方：教义和教理。宗教外在仪式方面的东西，仪式构成宗教重要方面，从专门宗教内部很难看出一些形象的画面，但可以从叙事文学，特别是小说戏曲中看到。如《金瓶梅》道场活动。对宗教有了解：儒释道三家的相互关系。

四、文学与社会思想的关系

从文化角度分析文学作品重要方面。问题在于怎样从作品中挖掘社会思想的痕迹。一方面储备社会思想，另一方面要琢磨、分辨。

五、文学与社会生活的关系

在叙事文学作品中，要重视民俗风情。看思想、宗教、生活等方面如何发生联系和影响。如一故事，唐代文本，怎么折射民俗风情的变化。关联是怎么对应的。形象性来源是作家现实生活的反映。

从民俗风情看时代、历史性。相关历史知识要多了解。推荐：《中华全国风俗志》，上海文艺（分省、分地区，横向空间为单位介绍）；《中国古代生活史》（系列，先秦两汉－清代，从细节入手，如穿衣、住房等）。

第四节　叙事文化学与比较文学分析

故事类型文本情况。从广义上和比较文学有密切关联。比较文学，横向空间比较与纵向历时比较。对一个故事文本分析，和比较文学影响研究相关。比较文学不仅跨地区，同一文本内部亦可比较。勾勒交代比较文学，找寻可借鉴的东西。

一、影响研究

指可跨地区、历史的作家作品相互关联的研究。法国学派采取这一方式。关注纵向的历时过程。影响的效应、线索。

（一）关于影响研究的类型和模式

1.正影响

指文学、文化在产生影响过程中积极的态势被接受过程。如佛教影响、汉唐文化对东南正影响。

2.反影响

不是肯定式接受，而是批评否定，肯定自己的文化效应。表现为隔阂、对立。如西方对中国人权的指责；"文革"时，批驳苏联修正主义等。

有时不能把问题简单化。西方人对中国误解，如张艺谋电影对中国社会阴暗面的表现，造成反影响可能要素。

3.负影响

否定自己来肯定别人。"五四"打倒孔家店，迎接德先生、赛先生。

4.回返影响

指某种文化在外面转了个圈又回来，但与最初状态不一样，有变化、升华。如意象派受李杜影响，而又作为西方理论回返中国。

5.超越影响

影响的范围和力度超越了自身。如寒山诗在文学史上不大提起，但在日本影响显赫。中国文学作品在外国：《平山冷燕》《好逑传》。

6.虚假影响

在文学、文化影响过程中出现的误读现象。介绍的东西不准确，有硬伤。高罗佩在西方被认为是"中国通"，其实他对中国文化史识、背景了解很不够。

另有影响互动、单向、反双向等。

（二）影响的对象和视角

1.影响关注对象流动、走动过程。人们对行走对象观察角度不一样，结论亦不同。从三角度来看：

放送者：流传学。

传递者：媒介学。

接受者：渊源学。

三者视角不同，形成独立价值的领域。

2.流传学，以放送者为对象，放送者为起点，接受者为终点。置放在叙事文化学中，故事源头在哪里，走向何方，流到何处。走向过程中，不仅是起点、流动的问题，而且有哪些具体层面，要具体化。产生的流传过程中，一些具体影响点是什么。作家、作品直接影响。如以《莺莺传》为起点，《莺》为放送者，流传的起点。到了"董西厢"，在流传过程中，技巧、形式方面成功、定型，无形中成了影响放送者、范式、楷模。又如"世说体"现象，以门类划分类别，被后世作品追寻、模仿。如"虞初""剪灯""聊斋"系列等。同时有相当一批经典作品续书现象，如《水浒传》《西游记》。内容和题材的影响：放送者思想、题材为后代模仿，思想前后继承，题材发生影响，不见得思想同时发生影响，如《水浒传》的续书《荡寇志》题材类似，思想迥异。另外有思想总体接近，也有区别。如《莺莺传》的流传，题材被借鉴，不一定思想完全照搬。形象方面，产生怎样演变，如浮士德的形象皆在变化，可能产生变化的趋向。

3.媒介学，以传递者、中间环节为审视对象，受到法国学派特别关注。影响的过程和途径，着眼点，文学现象产生过程中影响如何实现。关注媒介的实体。所谓媒介的点，借鉴，处于中间环节的中介过程，对源头吸收了什么，如何承上启下，调整的趋向、迹象。搞清楚入口是什么，出口是什么，传递也就把握比较清楚。

4.渊源学，以接受者为对象。从几个角度关注：

(1) 笔述渊源，最直接，影响最大的方面。从一个作品的文字入手，往前进，前面哪些文字与之关联，如《西厢记》的演变。演变、变化中文字的追溯可能是最重要的，可作为文字笔述渊源的参考材料。找出文字上渊源关系。文字材料入手，作为一个接受者，主动交代。如汤显祖《牡丹亭》源于何处。不光看文本、序跋、前言、后记可能相关。唐代到清代的大量笔记，慢慢翻，如《国学宝典》《四库全书》电子版可搜，但仍需慎重。《四库全书》基本不录小说，《国学宝典》亦不全。

（2）口述渊源，民间文学渊源，与笔述交融。笔记小说很多是作者采风记录，眼见耳听传闻的产物，如《夷坚志》每篇末尾交代来源、出处，如同田野调查，用笔记录口述源头。还需注意有些作家交代听于某某，如《聊斋志异》即为此。口述是故事流传的重要分布点，但有些点易被忽略。

（3）印象渊源，故事接受者难找到印象轨道。潜移默化，可能与集体无意识有关，也可能与文化氛围有关。用绘画术语说，非工笔方式，而是写意方式。

（4）直线渊源。

（5）集体渊源，即整体渊源。文学的时代、民族等对某作家的渊源关系。可视为背景考察。对比较文学来说，特别重要，但对本学科关系一般。影响研究的成果、范例可借鉴，钱锺书《管锥编》可提供有价值的观点材料。季羡林《中印文化关系史论文集》。杨宪益《译余偶拾》以中国人自己眼光审视西方作品，关注相似点。

二、平行研究

比较年轻的领域。20世纪30年代才出现，后成为比较文学的主流。平行研究与影响研究的区别：影响为纵向研究，平行为横向研究。分散在文学命题上。主题、情节、风格特点等，在同一概念下呈现的对照性的结果。可能有交叉之处。关注哪些可为己所用。

（一）主题学

产生于19世纪，研究范围在民间文学领域。同一思想对此的比较研究。概念提出的多是母题、主题（战争主题、复仇主题）。主题学有巨大方法论启示，但须注意变化、区别在哪里，对一系列现象观察、把握。对西方理论、概念的东西，避免"西体中用"，而是应"中体西用"。主题学在主题下寻找材料，但材料无量的标准。我们的研究则落脚点在个案作品系列上，而不是某个笼统的主题上，目标明确，材料可能穷尽。如王昭君故事的材料，须找到所有材料，文学、非文学等材料集齐。符合"以中为体"传统，材料准备更扎实、更全面。不仅从主题学上是个巨大变化，而且跨越文体研究界限。以往研究太单一，如小说研究即为小说研究。而主题学方法的引入则可带来挑战性的变化。

（二）题材学

和主题学一样，集中在民间文学领域。相同题材的辨析，集中在神话学、民俗学方面，这与我们就同一题材的关注有直接关系。但区别、变化在哪里？前者的研究视野、范围在民间文学。而我们的范围更扩大：以书面文学为主的叙事文学的故事上。此为以中为体的证明。如从神话学来看，传统神话学从民俗学、文化学、人类学角度关注，关注人类早期生存状况。但现在产生变化，关注文本的东西，更重要的是吸收西方原型批评一些有启发的东西。传统观点认为神话产生的时代遥远，神话产生土壤不复存在。但原型批评提出"神话的移位"，看到大量神话的原型以移位的形式在后世的文学作品中复活。以往神话研究集中在前面，后面产生只不过影响产物而已，严格说不是文学研究。现把焦点后移，以神话题材为题材的文学作品，视为重心，转到文学研究上来。

（三）文类学

文学中相同文体种类关联研究。从西方看，文体关注，创作方法类型，和作品关联方式，和叙事文化研究关系很大，如对"世说体"小说的关注。

（四）类型学

作家类型、故事情节类型、规律性关联。

（五）比较诗学

第三章　叙事文化学具体操作的方式和方法

落实到具体操作方式应怎样，两个主题部分。

一、故事主题索引编制（以中为体，以西为用）

吸收"AT分类法"基础上，根据现状，编制自己的故事主题类型索引，从自己实际情况出发。

二、做部分作品个案研究

步骤：

（一）区分选择需要研究的个案现象，不是每个故事研究都需要做个案研究，唐代以前已收三千多个故事类型，有些材料有限，构不成演变过程，无研究价值。怎样的材料才能进入视野？

1.从文本数量看，有一定规模，文本数量，成型文本应在三个以上。

2.故事文本跨越时代，要有一定时代跨度，不少于二至三个朝代。

3.文体分布上也要有一定跨度，应以小说、戏曲为主兼及小说、史传。具备三个条件，至少可以做硕士论文。

（二）进行文献、文本材料搜集工作（前面已经详细谈过）。

（三）对材料阅读、梳理。分两部分，一为结构层面梳理，二为意义层面梳理。表层结构梳理，故事情节，人物形象，背景等，条理化。最早情节怎样，后来情节异同，理出来，细化。比较好的办法是制成表格，比较清晰。内隐意义层面梳理，涉及怎样文化意义的呈现，如跟宗教等有关，理出来，也列表格，从内外格局分解清楚。这一阶段是进入正规研究状态，对相关材料、问题综合考虑，更核心，更集中，需要我们弄清中心观点是什么？找到灵魂的东西统摄全文。然后进入写作状态（不一定截然分开，交叉进行），研究实践方式。

2010年博士课堂笔记节选

韩林

第一章　叙事文化（略）

第二章　主题学与叙事文化学（略）

第三章　文化分析

一、材料梳理

每一材料年代的鉴定是历史文化分析的前提；

同一材料被后人不断采用，如《太平广记》《绀珠集》中材料属何时代，宋代《丽情集》中作品多半是唐五代。

二、故事文化背景

梳理思考切入的角度：

从微观具体材料出发；

从宏观整体出发看，相应文化史论著（偏重思想文化），按文化层面划分（物质、制度、行动、思想）。

三、深层思考

深入到上述层面之内，不要孤立割裂几个文化侧面之间相通点、联系。

四、文化层面

历史相关记载、故事与历史记载的关系二者吻合度、离异度，文学化的幅度问题，文化渗透的幅度。如，道教、帝王政治；不同时代作者历史状况。（元稹写成始乱终弃因科举制高；董西厢出走因市民需求）

政治：卞孝萱《唐代小说与政治》：个案作品故事类型流变在某政治文化突变的投影。

第四章　个案处理

一、故事遴选

1.排除影响大，研究多，短期难突破，如孟姜女、王昭君、西厢记。

2.排除故事太小，过于单薄（时间跨度，文类跨度），文体以小说，戏曲为主。

时间跨度：三个或以上朝代为基础。

文体方面：小说戏曲必须都有。

二、收集材料

三、梳理材料

纵向：先后时代顺序　归时代顺序非常重要。

横向：构成要素做表格1（人物，情节，结局）个别人物后起，在何时出现。

四、文化文学分析

做表格2，在不同时期涉及哪些文化问题，如宗教、士人心态、爱情婚姻观、文学。

五、论文框架结构

一、范围界定，对象厘定

二、研究现状

明确逻辑归属及落脚点在哪儿，包括哪些层面的研究，这些层面前人做到什么程度，通过写现状把论文创新点体现出来，如共五个层面，前三个已研究好；在此基础上挖掘本文的创新点。

三、选题的价值和意义

论文结构

第一章文献综述：

文献学写法不涉及文化分析：文学形象分析、材料来源依据、书本下落出处、此则材料与本故事的关联点

如：笔记，介绍书目信息、作者、出处、版本、存佚，书中与本故事关联的材料：此则材料涉及本故事的相关信息（使用第一个表格），此则材料与

前一则材料相比发生的变化（不要分析，客观描述即可）。

第二章以后

两种模式：按问题性质划分章节，如道教、士人心态、爱情婚恋等；
按时间顺序叙述主题演变。

学 位 论 文

持续发力　崭露头角

——2005—2011 年间的中国叙事文化学
个案故事学位论文实践探索

李春燕

一、个案研究学位论文概述

2005 年至 2011 年的六年间，是中国叙事文化学研究持续发力、崭露头角的时期，共完成个案故事研究硕、博士学位论文三十多篇。这些成果，以南开大学宁稼雨教授指导弟子完成的二十三篇博士、硕士学位论文为主要构成，还包括山西大学、四川大学等高校研究生的《薛家将故事的演变及其文化解读》《颜回故事的流变及其原因》等十余篇硕士学位论文。本时段的研究成果表明，中国叙事文化学个案故事研究在宁稼雨教授倡导、南开大学学生实践的基础上，已向外辐射，在学界产生了积极的影响。

2005—2011 年时段，南开大学硕士、博士研究生完成的个案研究学位论文，基本情况如下：

2005—2011 年中国叙事文化学硕士学位论文一览表

论文题目	作者	完成时间
《谢小娥故事演变及其文化意蕴》	南开大学 2003 级硕士研究生芦洋	2006 年
《"红叶题诗"故事情节演变及其文化意蕴》	南开大学 2003 级硕士研究生李波	2006 年
《墓树的文学意义和文化内蕴》	南开大学 2003 级硕士研究生聂颖	2006 年
《盼盼故事的演变及其文化内涵》	南开大学 2003 级硕士研究生李春燕	2006 年

论文题目	作者	完成时间
《萧史故事演变及其文化意蕴》	南开大学2004级硕士研究生李颖	2006年
《柳氏故事文本演变及文化意蕴》	南开大学2005级硕士研究生杨丽花	2007年
《红线女故事的演变及其文化内涵》	南开大学2005级硕士研究生李冬梅	2007年
《黄粱梦故事的演变及其文化内涵》	南开大学2006级硕士研究生孙国江	2008年
《柳毅故事的流传演变及其文化内涵》	南开大学2006级硕士研究生张春霞	2008年
《朱买臣休妻故事的文本演变及其文化内涵》	南开大学2007级硕士研究生陈婷	2010年
《胭脂记故事的演变及其文化内涵》	南开大学2007级硕士研究生李振晶	2010年
《乐昌分镜故事的文本演变及其文化内涵》	南开大学2007级硕士研究生吴志蕊	2010年
《杜子春故事的文本嬗变及其文化意蕴》	南开大学2008级硕士研究生王利民	2011年
《"风尘三侠"故事的文本演变及其文化内涵》	南开大学2008级硕士研究生魏波	2011年
《古代文言小说中异类女性形象的演变》	南开大学2009级硕士研究生张树杉（在职）	2011年

2005—2011年中国叙事文化学博士学位论文一览表

论文题目	作者	完成时间
《先秦至唐五代文学中的超现实之婚恋遇合及其意蕴》	南开大学2004级博士研究生洪树华	2007年
《嫦娥、羿神话的文学移位及其文化意蕴》	南开大学2005级博士研究生赵红	2008年
《中国古代"恶神"神话的演变及其文化意蕴》	南开大学2005级博士研究生颜建真	2008年
《东坡故事的流变及其文化意蕴》	南开大学2006级博士研究生郭茜	2009年
《济公故事演变及其文化阐释》	南开大学2006级博士研究生吕堃	2009年
《汉武帝故事及其文化阐释》	南开大学2007级博士研究生刘杰	2010年
《大禹传说的文本演变与文化内涵》	南开大学2008级博士研究生孙国江	2011年
《唐明皇故事的文本演变与文化内涵》	南开大学2008级博士研究生李春燕	2011年

　　宁稼雨教授探索"科研、教学、论文、推宣四位一体的研究生培养模式"，致力于学生研究成果的推介宣传，并联系期刊、创设专栏。早在2001

年，南开大学 1998 级硕士研究生梁晓萍相继发表个案故事研究论文《秋胡故事解析——兼论中国古代女性在婚姻中的自主地位》[第一作者宁稼雨，《天津大学学报（社会科学版）》2001 年第 2 期]和《韩凭夫妇故事流变中的文人旨趣》[《盐城师范学院学报（人文社会科学版）》2001 年第 3 期]。牛景丽的《人境·仙境·心境——桃源故事的流变及其文化意蕴》（第一作者宁稼雨）发表于《宁夏师范学院学报》2007 年第 2 期。随着成果的积累和影响力的扩大，《厦门教育学院学报》于 2009 年第 1 期、第 2 期开辟"中国叙事文化学研究"专栏，其中刊登的《中国古代时差故事源流探析——兼论古代道教相对时空观》《艳遇西施故事的流变及其深层文化心理》《红线女故事演变及其文化意蕴》《绿珠故事的演变及其文化内涵》《燕子楼故事的演变与思慕美人情结》《"红叶题诗"故事演变及其文化意蕴浅析》等六篇论文，均为宁稼雨教授指导的硕士生在 2001—2007 年期间完成的个案故事研究学位论文成果。

专栏发表个案故事研究论文，这对中国叙事文化学研究扩大影响起到了积极作用。21 世纪以来，高校硕士研究生的个案故事研究学位论文逐渐增多。这些文章就某一个案故事进行演变研究，在涉及文献的时代跨度、文体种类，以及对文化分析的重视程度上，与南开大学宁稼雨教授团队的个案故事研究有一定差别，但也具有参照意义，能够凸显中国叙事文化学个案研究的特色及影响。

2005—2011 年个案故事研究硕士学位论文举要

论文题目	作者	所在学校	完成时间
《"猴玃抢妇"故事的源流及演变——兼论魏晋志怪中的"异类婚媾"故事》	王雅荣	南京师范大学	2005 年
《"薛家将"故事的历史演变》	胡乐飞	上海师范大学	2005 年
《薛家将故事的演变及其文化解读》	柳杨	山西大学	2006 年
《"杨家将"故事演变研究》	万甜甜	上海师范大学	2007 年
《颜回故事的流变及其原因》	丁奕	四川大学	2007 年
《论嫦娥奔月神话的文本流变》	刘术人	东北师范大学	2008 年
《从历史到传说：先秦两汉伍子胥故事的流变》	孙莹莹	北京大学	2008 年

论文题目	作者	所在学校	完成时间
《〈夷坚志〉故事流变考述》	张大江	河北师范大学	2008年
《崔府君故事流变论考》	张冬冬	河北师范大学	2010年
《"刘全进瓜故事"演变研究——以戏曲文本为中心》	赵毓龙	辽宁大学	2010年

二、个案研究学位论文选题分析

2005—2011年时段个案研究学位论文选题方面最大的发展和变化，是宁稼雨教授团队出现了八篇博士论文选题，这使得个案选题在文本材料的时间跨度、文体种类、丰厚程度，以及文化内涵的丰富程度方面，有了飞跃式的提升。在选题内容上，延续上一时段的以人物选题为主，博士论文选题集中在神话传说和历史人物身上，出现了帝王故事选题；硕士论文选题集中在文学人物研究，多选唐代小说中的故事。

（一）选题内容与入类情况分析

关于个案故事选题分类及研究对象的层级，宁稼雨教授指出："叙事文化学的对象层级分为四个级别，最高一级是宏观大类，分为'天地''神怪''人物''器物''动物''事件'六类；最低一级为具体的个案故事，中间则是从大类向个案具体故事过渡的层级。"①按照以上标准，2005—2011年时段的学位论文选题，以个案故事研究为主（十九篇），存在少量的故事类型研究选题，如博士学位论文中的"超现实之婚恋遇合"选题，包含人神（仙）、人鬼（魂）、人与精怪之间的婚恋遇合；"恶神"神话研究包括蚩尤、共工、刑天、鲧等个案故事；硕士学位论文中的"异类女性形象"选题，包含仙女、妖女、鬼女等三种主要类型；"墓树"选题偏重于意象故事类型研究。

就占多数的个案故事选题而言，硕士学位论文选题包含的个案故事情节单元相对简单，如胭脂记故事，首见于《幽冥录》卷一，在《先唐叙事文学故事主题类型索引》（以下简称《索引》）中被列入"人物"类，

---

① 宁稼雨：《随孙国江走进六朝志怪小说》，《博览群书》2021年第7期。

C120204（人物—婚爱—还魂—卖胡粉女情唤夫魂）；萧史故事首见于《列仙传》卷上，在《索引》中被列入"事件"类，F010401（事件—人神关系—成仙—萧史弄玉升仙）。从选题内容看，硕士学位论文婚恋题材研究占比最大，如朱买臣休妻、胭脂记、萧史、乐昌分镜、柳毅、柳氏、红叶题诗、盼盼故事等。同时出现了侠义复仇、人生体验题材选题。

博士论文选题入类情况则较为复杂。2005—2011年时段的博士论文选题分为神话传说人物（嫦娥羿神话、恶神神话、大禹传说）、帝王（汉武帝故事、唐明皇故事）、历史名人（东坡故事、济公故事）三大类。从具体的主题类型区分看，个案故事均由若干故事群构成，涉及的情节单元较多。如汉武帝故事，包括汉武帝求仙，汉武帝与李夫人、钩弋夫人故事等多个情节单元，对应《索引》中的多个大类故事，如B060402（神怪—神异—神人—钩弋夫人神祠）、B070406（神怪—鬼魅—现形—汉武帝现形遗物）、C120401（人物—婚爱—思念—汉武帝思念李夫人）、F010202（事件—人神关系—政治关系—武帝向王母请不死之药）等；大禹传说选题，包括A011001（天地—起源—沟渠—禹尽力沟洫）、B010304（神怪—起源—神源—涂山氏生启）、F020301（事件—天人关系—人与水—鲧禹治水）等多个情节单元。

整体而言，博士论文选题规模大，考查神话向文学的移位、历史与文学的互动，在天地、神怪、人物、器物、动物、事件六个大类中，至少涉及三类；硕士学位论文选择则多选取文学典故或文学人物故事，涉及的大类单一，以人物、事件类为主。

（二）选题特点分析

"不是所有的主题类型都具有个案研究价值。我把具有研究价值的个案故事类型大致限定了三个方面的条件：其一，在文本的分布上应该有一定的数量规模，一般来说应该不少于三五个带有故事性的文本；其二，在文体的分布上应该不少于三种，其中至少有两种的叙事性故事文本；其三，在时间的跨度上应该不少于三个朝代。如果能同时具备以上三个条件，那么该个案故事主题类型系列足可以构成一个值得关注研究的个案对象。"①
在此标准指导下，本时段的学位论文选题，以学术价值为考量，逐渐形成
了"三种规模"和"四大系列"的初步区分。

1. 选题规格体量上：大、中、小三种规模俱全

个案故事研究价值的判定，以文本流传的时间跨度、题材覆盖面，以
及个案故事类型的文化意蕴构成情况作为依据，可分为大、中、小三种规
模，基本可对应博士、硕士、学士学位论文选题的要求。

博士学位论文选题都是大型规模故事，如嫦娥神话选题，流传时间长，
文本材料丰富，文本流传的覆盖面广；大禹传说选题，影响大，产生早，
文化意蕴涉及方面广。本时段的博士学位论文选题，有如下特点：第一，
时间年代跨度长（四个朝代以上），这一时期的选题，文献材料朝代跨度都
在四个以上，嫦娥神话、大禹传说等自不待言，汉武帝故事历经汉、魏晋
六朝、唐宋元明清，唐明皇故事经历了唐宋元明清，东坡、济公故事流传
均有宋元明清的时代跨度，至今仍有影响。第二，文本题材覆盖面宽（小
说戏曲和诗词散文各种文体均有，其中小说和戏曲的完整作品时间跨度不
少于两个朝代，各三件作品，其他文体作品多多益善），时间跨度、文体覆
盖面是文化底蕴的保障，流传时间久，作品类型丰富，故事的文化内涵才
能深广。如唐明皇故事，唐五代的文献载体以文言笔记、传奇小说和叙事
诗为主，兼及历史典籍、文赋绘画，相关作品在百种以上；宋元文献材料
以小说、杂剧为主，著录戏曲作品在二十种以上；明代材料以戏曲、小说
为主，戏曲至少十二种，小说八种以上；清代材料以小说、戏曲为主，兼
有民间曲艺等，著录的戏曲二十余种，子弟书约十五种，小说三种，方志
一种，相关诗词约二百五十首。此中有《长恨歌》《长恨歌传》《梧桐雨》
《长生殿》等经典文学作品。

硕士学位论文一般为中型规模选题。本时段选题，个案故事产生的年
代集中于唐代，多为唐传奇名篇，如柳毅故事、柳氏故事、谢小娥故事、

---

① 宁稼雨：《故事主题类型研究与学术视角换代——关于构建中国叙事文化学的学术设想》，
《山西大学学报（哲学社会科学版）》2012年第3期。

杜子春故事、红线女故事、风尘三侠故事等。上述选题故事都有一定知名度，流传文本都经历了四个朝代以上，情节相对集中，在故事延展力、现存文本数量上不及大型选题。如朱买臣休妻故事，初见于《汉书·朱买臣传》，此后至中唐仅在史书和方志中被提及，晚唐有诗文作品；宋元明清戏曲作品著录有十部，小说作品有三部以上；戏曲多散佚，完帙仅《朱太守风雪渔樵记》杂剧和《烂柯山》传奇。故事内涵文人仕宦与婚变主题，演变过程中受贞节观念、大团圆观念影响，文化意蕴较为丰富。

小型规模选题要求个案故事有一定的时间跨度和一定的文本体裁覆盖面。宁稼雨教授指导的本科生论文或研究生的课程论文属于此种规模，如2008级博士生雷斌慧的《王魁故事演变及其文化阐释》（后发表于《名作欣赏》2013年第11期），李春燕的《"人面桃花"故事的演变与文化内涵》[后发表于《九江学院学报（社会科学版）》2012年第2期]等。

2.选题内容上：四大系列初步形成

从选题内容看，本时段个案故事逐渐形成四大系列，即神话故事系列、帝王故事系列、历史名人故事系列、文学人物故事系列。对比硕士、博士论文选题内容可知，博士论文选题聚焦于神话、历史人物故事研究，硕士论文多研究文学人物故事。

对于个案故事研究能否撑起博士学位论文的规模，宁稼雨教授学生的实践探索经历了四级跳，即文学主题类型研究（2004级博士生的"超现实之婚恋遇合"选题）—个案故事类型研究（2005级的"恶神"神话选题）—两个人物的故事研究（2005级嫦娥、羿神话选题）—单个人物的个案故事研究（2006—2008级的东坡、济公、汉武帝、唐明皇故事以及大禹传说选题）。在此过程中，"题材选择体现出发展性：既有传统神话学题目，如嫦娥、后羿、恶神研究之类；也有神化的圣人传说故事研究，如《大禹传说的文本演变与文化内涵》；还有超越神话学的题目，如《唐明皇故事的文本演变与文化内涵》《武则天故事的文本演变与文化内涵》"①。神话、历史人物选题的故事演变，在时间跨度、文本丰富性上达标，最重要的是，

---

① 董国炎：《谈叙事文化学研究的推进》，《天中学刊》2012年第6期。

神话、历史人物故事的文学演绎，内蕴的社会政治、历史文化、思想审美内涵丰富，可以做纵向和横向的剖析，在文化分析上足以支撑起博士学位论文的规模。

硕士学位论文选题偏重于文学人物故事，本时段硕士论文选题多出自唐传奇名篇，如黄粱梦、柳毅、柳氏、谢小娥、风尘三侠故事分别出自唐传奇《枕中记》《柳毅传》《柳氏传》《谢小娥传》和《虬髯客传》。文学典故中的人物故事，有"红叶题诗""乐昌分镜"、燕子楼故事等，也出自唐人的诗集诗话，在文学、审美方面可做文化意蕴的分析。

三、个案研究学位论文写作模式分析

通过上一时段的摸索实践，中国叙事文化学个案研究学位论文形成了"文学文献+文化分析"的写作模式：首先，论文题目命名上，一般包含"个案故事""演变"以及"文化内涵"等相关字样；其次，在论文引言或绪论中，有对这一研究模式的表述；最后，论文结构安排上，或以文化分析主导，或以故事演变阶段主导，研究重视文献基础，突出动态视角，强调个案故事主题在不同时代的文本演变，重点分析不同时代文本在相应文化主题演变中的作用和影响。本时段的学位论文写作，对"文学文献+文化内涵"模式进行了充分实践，在文献梳理和文化分析等方面有了进一步的细化和完善。

（一）硕士论文文献梳理章节的写作模式分析

本时段的硕士学位论文写作模式定型。个案故事演变研究，均采用文化分析主导型的结构，文献梳理占一章篇幅，文化分析普遍有三章的规模。文献梳理章节的设置，大体分为以下两种情况：

第一种最为常见，在梳理故事生成演变时列举文献，对故事内容进行不同程度分析。具体处理上，按照时代进行文本流传演变分期，设立小节。如《朱买臣休妻故事的文本演变及其文化内涵》第一章共三节，分汉、唐宋元、明清三个时段，梳理故事在缘起、发展、繁荣期的文本；《谢小娥故事演变及其文化意蕴》分唐、宋元明、清三个阶段，列为故事的初步流传期、发展期和变异期；按照收集到文本的实际情况描述，如红线女故事文

本流传唐为起源期、宋元为低谷期、明清为繁荣期；必要时打破朝代界限，如黄粱梦故事演变魏晋至唐为生成期，北宋到明前期为嬗变期，明中后期到清为高潮期。

第二种是在历代文本梳理之外，加上对演变轨迹的概括或分析。如《"红叶题诗"故事情节演变及其文化意蕴》一文，第一章的前四节为历代文本流传的整理，第五节为各时期文本情节要素演化轨迹分析。或将文献梳理章直接分为文本流传和故事演变两个小节，如《盼盼故事的演变及其文化内涵》首章的第一节整理关盼盼燕子楼故事的文本流传情况，第二节从情节演变、人物形象嬗变两条线索归纳盼盼故事的演变轨迹。《萧史故事演变及其文化意蕴》首章第一节为演变概说，分别从文本形态演变、内容主旨发展演变方面论述，第二节列具体各时代的文本。

（二）博士论文文献梳理章节的写作模式分析

本时段出现的个案故事研究博士学位论文，在选题和论文结构模式上，经历了两届学生的探索，从2006级博士生的东坡故事、济公故事研究开始，到2008级大禹传说、唐明皇故事研究论文的完成，标志着博士学位论文"文学文献+文化分析"写作模式的定型。

在文献梳理方面，2004、2005级博士生的毕业论文，在框架设置上，或不单列文献章，或以极小篇幅列文献节，或以全篇过半的篇幅列文献编。如《嫦娥、羿神话的文学移位及其文化意蕴》以故事演变阶段架构全文，没有单章列故事文献梳理；《先秦至唐五代文学中的超现实之婚恋遇合及其意蕴》中，第一章超现实之婚恋遇合概论，前两节是解题工作，第三节超现实之婚恋遇合的故事梳理，分先秦至汉魏六朝、唐五代两大部分，列举篇名，确定了研究的文献规模为大约三百则故事；《中国古代"恶神"神话的演变及其文化意蕴》一文分上下编，上编分节梳理蚩尤神话、共工神话、刑天神话、鲧神话的文献，几乎占了论文一半的篇幅。

2006—2008级博士生的学位论文，都有单章梳理文献。在节的设置上，均按照时代进行文本流传演变分期。因故事体系大、涉及文本数量多，文献梳理章大多进行文献的题录，排列顺序分为两种情况：一是按照朝代列，下分文类，如《东坡故事的流变及其文化意蕴》第一章的四节分别列宋元明清四个朝代的东坡故事文献，宋、明、清三代文献，又按实际情况分为诗话、小说、戏剧等若干类；《汉武帝故事及其文化阐释》第一章文献叙录，分三节列隋前、隋唐五代、宋元明清的相关文献，下分历史典籍、诗歌、小说戏曲等若干文类。二是按照文类列，下分时代，如《济公故事演变及其文化阐释》第一章济公文献综述，下面三节分别列宗教典籍、文人文学和俗文学中的济公文献。

（三）学位论文文化分析章节写作模式分析

本时段的学位论文写作，都把文化分析当作个案故事研究的重点，在篇幅上至少占全文的50%以上。分析所涉文化主题普遍有三个以上。具体主题，有政治文化、宗教文化、爱情文化、市民文化、侠义文化，以及雅俗之变、士人心态等，分布广泛。详见下表：

2005—2011年时段学位论文文化分析所涉主题情况统计

论文	文化分析涉及相关主题				
《先秦至唐五代文学中的超现实之婚恋遇合及其意蕴》	宗教文化	性文化	巫术文化		
《嫦娥、羿神话的文学移位及其文化意蕴》	伦理文化	神仙思想	情爱主题		
《中国古代"恶神"神话的演变及其文化意蕴》	历史意识	君主专制	宗教信仰		
《东坡故事的流变及其文化意蕴》	士林文化	市井文化	历史与文学	传播与接受	
《济公故事演变及其文化阐释》	雅俗文化	宗教信仰	历史与文学		
《汉武帝故事及其文化阐释》	求仙文化	遐方异国	帝妃爱情	王权政治	
《大禹传说的文本演变与文化内涵》	伦理文化	历史地域文化	仙话文化	符瑞文化	政治文化
《唐明皇故事的文本演变与文化内涵》	帝妃爱情	释道关系	道教文化	梨园文化	
《谢小娥故事演变及其文化意蕴》	谶语文化	妇女贞节观念	易装文化		

论文	文化分析涉及相关主题			
《"红叶题诗"故事情节演变及其文化意蕴》	宫怨主题	媒妁信物文化	婚姻天定思想	
《墓树的文学意义和文化内蕴》	礼仪制度文化	心、物关系	死亡意识	
《盼盼故事的演变及其文化内涵》	思慕美人情结	恩报文化	燕子意象	
《萧史故事演变及其文化意蕴》	修道主题	爱情主题		
《柳氏故事文本演变及文化意蕴》	女性贞节观	文士仕宦观	明代崇道思想	
《红线女故事的演变及其文化内涵》	中央集权制	道教文化	善恩报应观念	侠义文化
《黄粱梦故事的演变及其文化内涵》	梦文化	道教文化	士人精神	
《柳毅故事的流传演变及其文化内涵》	人神恋	婚姻观念	龙文化	
《朱买臣休妻故事的文本演变及其文化内涵》	贞节观念	士人仕宦心态	团圆观念	
《胭脂记故事的演变及其文化内涵》	死亡文化	女性社会生活	"文人化"	
《乐昌分镜故事的文本演变及其文化内涵》	皇族爱情	历史政治文化	"破镜"信物文化	
《杜子春故事的文本嬗变及其文化意蕴》	轮回转世观念	悟道、考验主题	梦幻主题	
《"风尘三侠"故事的文本演变及其文化内涵》	女性观	侠文化	士人心态	

在论文整体结构安排上，形成了基本模式：第一章梳理文献，后面的第二至五章为不同文化主题影响下的故事演变分析，各文化主题并列分章。具体到文化分析章内，也逐渐形成一种写作模式，普遍就横向的文化主题进行时代纵深分析，即先横后纵：确定文化主题后，第一节为本主题溯源，在此基础上，分析在这一主题影响下，个案故事表现出的变化，按时代分阶段呈现出来，以此后面设立小节。如汉武帝故事、朱买臣休妻故事的文

化分析都是如此，这样可以确保文化主题贯穿整个故事演变的始终。到2011年完成的学位论文大禹传说、唐明皇故事、杜子春故事、"风尘三侠"故事研究中，文化分析章节的结构已经非常整齐。文化分析模式的规范对于确定选题、开展个案研究，顺利完成学位论文，具有重要意义。

（四）论文题目和附录设置的分析

本时段中2010、2011年完成的学位论文，题目上的变化是在"演变"之前加入"文本"二字，意在强调研究的文学本体性。在"文学文献+文化分析"写作模式中，沟通文献、文化的桥梁，是文本故事。为更好实现这个衔接，要梳理个案故事在情节、人物、意象等方面的演变轨迹。本时段论文，故事演变轨迹更多是隐含到文献梳理或文化内涵分析中，其显性表现在部分硕士学位论文的附录中，如《谢小娥故事演变及其文化意蕴》文末附录谢小娥故事演变情况，《乐昌分镜故事的文本演变及其文化内涵》附录一为乐昌分镜故事文本嬗变一览表、附录二为乐昌分镜在戏曲中的存目情况，《朱买臣休妻故事的文本演变及其文化内涵》附录一为朱买臣休妻故事的现存文本情况、附录二为朱买臣休妻故事主要文本内容要素简述。博士论文所选故事一般由若干故事群组成，本时段的文章尚未出现梳理各个故事系统演变轨迹的章节，在今后的写作中，有必要强调故事演变轨迹的归纳梳理，以便紧扣研究的文学本体，同时有利于文化内涵的提炼。

四、学位论文写作模式展望

2005—2011年时段是"文学文献+文化分析"模式在博士论文写作中的尝试期，实践表明，这一模式在博士论文写作中得到了良好适应，并被不断细化、完善，取得了丰富的研究成果，获得了学界的关注与认可，这对于转换研究视角、拓展研究思路，发现古代文学研究学术增长点，意义重大。总结成绩，发现不足，找出努力的方向，研究者不断增长学识、坚定自信，最大限度发挥"文学文献+文化分析"写作模式的优势，中国叙事文化学研究必将迎来全面繁荣的新阶段。

第一，研究过程中动态视角的贯彻。

"文学文献+文化分析"这一学位论文写作模式，最大的特点是确定选题、进行研究时的动态视角。这需要研究观念的转换。传统的古代文学研究，普遍关注断代文学史、文体史和作家作品研究。立足于传统，中国叙事文化学以通观思维进行个案研究，关注故事主题类型、文本流传以及文化影响。这一研究视角的转换，有益于开启研究思路、获得有价值的选题，对于人才培养，具有至关重要的意义。

如宁稼雨教授所指导的第一篇博士学位论文《先秦至唐五代文学中的超现实之婚恋遇合及其意蕴》，在研究内容、研究对象的时间跨度上体现了动态视角——打破朝代分割、文体界限，围绕"超现实婚恋遇合"这一故事类型展开研究。"早在2002年我就有'人神（仙）之恋'科研选题的想法。随着读书范围的扩展，我对唐前诗赋、魏晋南北朝志怪及隋唐五代志怪传奇中的人与异类、异类与异类之间的超现实婚恋遇合产生了浓厚的兴趣"[1]，洪树华博士将个人的科研兴趣与中国叙事文化学研究精神结合，2007年完成博士论文后，2008年获批教育部人文社会科学研究规划基金项目"宋前文学中的超现实婚恋遇合研究"，2011年出版专著。2005—2015年间，围绕"超现实婚恋遇合"主题，洪博士共发表论文十多篇，并于2018年获批国家社科基金规划项目"超现实婚恋遇合在宋代小说中的传承及其意蕴研究"。

第二，论文写作模式的延展力。

"文学文献+文化分析"的论文写作模式具有延展性，它不仅适用于个案故事研究，还可以拓展到其他层级的叙事文学故事类型中。孙国江博士在宁稼雨教授指导下先后完成学位论文《黄粱梦故事的演变及其文化内涵》和《大禹传说的文本演变与文化内涵》，在熟练运用"文学文献+文化分析"写作模式的同时，他深得叙事文化学研究方法的精髓，将之应用到六朝志怪小说的故事类型研究中，于2015年获批国家社科基金青年项目"六朝志怪小说的故事类型及其文化意蕴研究"，2021年出版的专著《六朝志怪小说的故事类型及其文化意蕴研究》中，第一章为文献梳理，对六朝志怪小说进行作品题录、故事类型划分，第二到六章则针对不同故事类型进行文化

---

① 洪树华：《宋前文学中的超现实婚恋遇合研究》，齐鲁书社2011年版，第412页。

意蕴分析，贯彻了"文学文献+文化分析"的写作模式。

第三，对"文学"与"文化"的精深把握。

"文学文献+文化分析"的论文写作模式，是对中国叙事文化学研究方法的精炼和概括，重点在于对"文学"与"文化"的把握。掌握了这一研究方法，宁稼雨教授团队在学位论文写作过程中，不断有文献考证、故事演变、文化主题分析方面的成果涌现，本时段共发表核心期刊论文二十多篇。王平教授指出："中国叙事文化学通过分析故事主题类型各要素在不同体裁、不同文本中的形态演变，以及在不同历史环境下的不同表现，可以窥见该故事受到时代因素的影响而发生的变异，最终提炼出贯通该故事全部材料和要素的核心灵魂，体现出文化对文学价值和审美价值的某种规定性。这样一来，叙事文学作品的时代价值和文化价值就得到了充分的彰显，这也正是中国叙事文化学的意义所在。"① 从提升空间看，本时段学位论文写作存在文化分析上的生硬、以偏概全之处，或论述浮泛的问题，引发学者担心"在这种动辄数百年的时空变化中，尽管可以找到若干规律性的东西，却忽略了很多具体的小时期乃至个体的独特性"②。笔者认为，这并不是研究方法、写作模式的问题，而是因为入门级研究者在文本处理、文化分析上存在用力、见识或判断的不足。在今后的实践中，研究者应注意以下方面：第一，夯实基础，在充分学习文学史、文体史和作家作品的基础上，培养文学鉴赏力，善于把握作品的文学、审美价值；第二，厚植文化底蕴，加强对中国历史、哲学的学习，对更多文化专题作精深的考察，力图达到宏观把握与细部准确性的完美统一；第三，研读中国叙事文化学理论文章，揣摩个案研究范文，前者可看《中国叙事文化学研究文丛》，后者有宁稼雨教授的《文学移位：精卫神话英雄主题的形成与消歇》《女娲女皇神话的夭折》等文章。

---

① 王平：《中国叙事文化学的研究对象、方法与意义》，《天中学刊》2017年第3期。

② 张培峰：《关于叙事文化学研究的若干思考——以"高祖还乡"叙事演化为例》，《天中学刊》2016年第6期。

学位论文目录

2005 年

无

2006 年

一、南开大学学位论文

（一）硕士学位论文

1.李波：《“红叶题诗”故事情节演变及其文化意蕴》（附节选）

2.芦洋：《谢小娥故事演变及其文化意蕴》（附节选）

3.聂颖：《墓树的文学意义和文化内蕴》

4.李颖：《萧史故事演变及其文化意蕴》（附节选）

5.李春燕：《盼盼故事的演变及其文化内涵》（附节选）

二、其他学校学位论文

（一）硕士学位论文

柳杨：《薛家将故事的演变及其文化解读》，山西大学

2007 年

一、南开大学学位论文

（一）博士学位论文

洪树华：《先秦至唐五代文学中的超现实之婚恋遇合及其意蕴》（附节选）

（二）硕士学位论文

1.杨丽花：《柳氏故事文本演变及文化意蕴》

2.李冬梅：《红线女故事的演变及其文化内涵》

二、其他学校学位论文

（一）硕士学位论文

丁奕：《颜回故事的流变及其原因》，四川大学

2008 年

一、南开大学学位论文

（一）博士学位论文

1.赵红：《嫦娥、羿神话的文学移位及其文化意蕴》

2.颜建真：《中国古代"恶神"神话的演变及其文化意蕴》（附节选）

（二）硕士学位论文

1.孙国江：《黄粱梦故事的演变及其文化内涵》（附节选）

2.张春霞：《柳毅故事的流传演变及其文化内涵》

二、其他学校学位论文

（一）硕士学位论文

1.刘术人：《论嫦娥奔月神话的文本流变》，东北师范大学

2.孙莹莹：《从历史到传说：先秦两汉伍子胥故事的流变》，北京大学

3.张大江：《〈夷坚志故事〉流变考述》，河北师范大学

2009 年

一、南开大学学位论文

（一）博士学位论文

1.郭茜：《东坡故事的流变及其文化意蕴》（附节选）

2.吕堃：《济公故事演变及其文化阐释》（附节选）

2010 年

一、南开大学学位论文

（一）博士学位论文

1.邵颖涛：《冥界与唐代叙事文学研究》（附节选）

2.刘杰：《汉武帝故事及其文化阐释》（附节选）

（二）硕士学位论文

1.李振晶：《胭脂记故事的演变及其文化内涵》

2.陈婷：《朱买臣休妻故事的文本演变及其文化内涵》

3.吴志蕊：《乐昌分镜故事的文本演变及其文化内涵》

二、其他学校学位论文

（一）硕士学位论文

张冬冬：《崔府君故事流变论考》，河北师范大学

2011 年

一、南开大学学位论文

（一）博士学位论文

1.李春燕：《唐明皇故事的文本演变与文化内涵》（附节选）

2.孙国江：《大禹传说的文本演变和文化内涵》（附节选）

（二）硕士学位论文

1.王利民：《杜子春故事的文本嬗变及其文化意蕴》

2.魏波：《"风尘三侠"故事的文本演变及其文化内涵》

3.张树杉：《古代文言小说中异类女性形象的演变》

"红叶题诗"故事情节演变及其文化意蕴（附节选）

2006年南开大学硕士学位论文　李波

摘要

　　"红叶题诗"故事是中国文学史上具有独特魅力和深远影响的爱情故事。这一故事借流水寄情、谱真挚爱情，以其鲜明生动的意象、浪漫巧合的情节，令后代人一直津津乐道，成为中国文学史上经久不衰的传统题材。

　　概括来看，本文以"红叶题诗"故事的情节演变为研究对象，分为绪言、主体、结语三大部分来展开论述。第一部分为绪言。文学史上，"红叶题诗"的故事情节不断衍变，就像一棵根基于传统文化沃土之中的大树，不断加以滋养，遂不断得以繁茂。"红叶题诗"故事的文本形式较为多样化，以小说、诗词、戏曲等诸多文学形式流传后世。为深入了解和把握"红叶题诗"故事在各个历史时期的情节演变及其文化内涵，本文除运用传统的文学研究方法之外，还采用了主题学、文化人类学的研究方法，以时间为线索，围绕"红叶题诗"传情的主题故事进行研究，即故事文本从唐代开始，历经五代、两宋、元明、清代至新中国成立以后，一直以多种艺术形式得以流传，到现在仍活跃在戏曲舞台上。在这样久远的艺术生命力中，本文着力探索其时代演变轨迹，阐释其

---

　　*本部分选录论文为该时段较具代表性的学位论文作品，为全面展示中国叙事文化学发展脉络，依照时间顺序和作者所属院校情况进行排序。

深刻的社会文化内涵。

第二部分是结合故事文本的演变情况进行文化分析，是文章的主体部分，分为四个章节展开。第一章是论述"红叶题诗"故事的文本流传情况，并围绕其具体情节要素演变进行解读和分析。"红叶题诗"故事文本经历了由简到繁的演变过程，本文大致从唐五代、宋代、元明、清代至新中国成立以后这四个时期具体叙述其文本的流传情况。小结部分则着眼于对各时期文本情节要素的演化轨迹进行归纳分析。第二章是从"红叶题诗"故事文本来看其"宫怨"主题的文化内涵。"宫怨"主题自有其深远的历史渊源，本文主要通过分析其表现在文学作品中，以宫怨诗的创作为代表，展现其演变轨迹，进而分析"红叶题诗"故事中始终贯穿的这一文化主题。第三章从"红叶题诗"故事以红叶为媒、以赋诗传情、有情人终成眷属的角度，概述其文本所涉及的"媒妁""信物"传统文化习俗的渊源，并结合"红叶题诗"故事来看，在不同时期，不同文本中所体现出的传统习俗要素动态演化的轨迹，分析其内涵的传统文化意蕴。第四章，从"红叶题诗"故事来看，其文本所体现出特有的婚姻"天定"思想。概述"姻缘天定"婚恋观之思想渊源，并结合故事文本进行具体的文化分析。最后是文章的结论部分，即从主题学的角度，再次对"红叶题诗"故事的文本演变轨迹进行了梳理，并结合故事文本做进一步总结性的文化内蕴的剖析、梳理和归纳。

目录

绪言
第一章 "红叶题诗"故事的文本流传情况及情节解读
第一节 唐五代时期红叶故事的文本流传情况

第二节 宋代时期红叶故事的文本流传情况

第三节 元明时期红叶故事的文本流传情况

第四节 清代至新中国以后红叶故事的文本流传情况

第五节 小结——各时期文本情节要素演化轨迹分析

第二章 深宫索居题红怨，折射出卑微宫女的命运与心态

第一节 宫怨诗歌溯源

第二节 从宫怨主题来看红叶题诗故事

第三章 红叶良媒，赋诗传情，有情人终成眷属

第一节 媒妁文化之情节渊源

第二节 信物文化习俗之概述

第三节 "红叶题诗"特有的媒妁信物文化意蕴

第四章 "红叶题诗"故事体现出特有的婚姻"天定"思想

第一节 "姻缘天定"婚恋观溯源

第二节 "红叶题诗"故事中的婚姻"天定"思想

结语

在中国文学史上，"红叶题诗"是一个经久不衰的传统题材，故事以红叶为媒，以宫诗传情，通过文人与宫女原本相隔遥遥，却以巧合、偶遇的浪漫方式，展开了一段传奇的爱情故事。这一故事，在唐五代、宋、元、明、清至新中国成立以后都有小说、诗词、戏曲等题材的创作与改编，构成了一道独特的文学与文化现象。

本篇论文，就旨在对"红叶题诗"故事在各个历史时期的流传演变情况及其文化意蕴进行深入的研究和探讨，具体拟从文学史上，"红叶题诗"故事的文本流传、演变趋势解读、情节形成原因及其历史文化内涵等几个角度进行观照，结合不同时代的文化背景，提出一些看法。"红叶题诗"故事，其源头，可以说，始见于唐五代的"红叶题诗"小说，在以宫女为题材的小说中，"红叶题诗"故事以其独特鲜明的意象，幽怨离奇的基调，散发出久远的魅力和亘古的芬芳，成为中国文学史上一道亮丽的风景，并由

此而辉耀千古、历代不衰。概括来看故事的发展脉络。红叶题诗的文本流传，初见于唐末孟棨的《本事诗》，其《情感》卷载有顾况事，但只记有顾况两次拾红叶事，并未涉及婚恋情节。后有范摅《云溪友议》卷下载有《题红怨》，增加了人物卢渥，情节逐渐趋于复杂。陆龟蒙《小名录》载贾全虚事，其《姬侍类偶》卷下有《凤儿题诗》一则，刘山甫《金溪闲谈》载有李茵事。五代时期，孙光宪《北梦琐言》卷九载有《云芳子魂事李茵》，从孙光宪的《李茵》开始，情节细密起来，增加了僖宗幸蜀、内官田大人相逼、路遇道士、云芳子做鬼自陈、赋诗作别等情节，成为人鬼恋的故事，更富传奇色彩。五代后蜀全（一作金）利用所撰《玉溪编事》也载有"红叶题诗"的故事，故事主角又新出现了侯继图，情节也与前三事大有区别，但仍然保留"叶上题诗"这一共同点。到宋代，"红叶题诗"故事的文本形式更为多样，有北宋魏陵人张实的传奇小说《流红记》，将前代于祐、顾况两个故事缀合而成。刘斧的《青琐高议》绪言、王铚的《补侍儿小名录》中也都有记载。南宋皇都风月主人《绿窗新话》上卷载有《韩夫人红叶题诗》一则，计有功《唐诗纪事》卷五十九载卢渥事。《太平广记》中记载有顾况事。除小说外，宋代还有以周邦彦的词两首为代表的化用"红叶题诗"典故的诗词作品：《扫花游》和《六丑·咏落花》两首。记有"红叶题诗"事："随流去，想一叶怨题，今到何处"，"漂流处、莫趁潮汐。恐断红上有相思字，何由见得"。元明两代，"红叶题诗"故事的文本以戏曲为主，有白朴《韩翠颦御水流红叶》杂剧存有残折（《录鬼簿》卷上著），另有三本有著录但已亡佚：李文蔚的《金水题红怨》、无名氏的《红叶传情》《红叶题情》。有王骥德《题红记》（《古本戏曲丛刊》二集载），冯梦龙《情史类略》卷十二"情媒"类载《于佑》篇。另有李长祚的《红叶记》今佚，王炉烽《红叶记》、祝长生《红叶记》只存残折。而以王骥德《题红记》最为著名。戏曲外，明代冯梦龙《情史》卷二"情缘类"有《侯继图》，完全采自后蜀·全（一作金）利用所撰的《玉溪编事·侯继图》故事，只是文字略加改动。冯梦龙《醒世恒言》第十三卷《勘皮靴单证二郎神》中，也节引有"红叶题诗"故事，表达了同样的宫怨主题。清代至新中国成立以后时期："红叶题诗"故事在清代至民国时期，少有代表性作品，只以民间文艺、蒙学读物等形式流传。新中国成立以后，该故事情节深受戏曲舞台的青睐，地方戏琼剧改编剧本《红叶题诗》是其代表作品，流传至今，仍然在戏曲舞台上传唱，见证了它旺盛的艺术生命力。

纵观该故事情节主要演变轨迹，可以发现：首先，以时代来看，"红叶题诗"故事情节不断演变，其文本内容逐渐丰厚，人物角色、时代背景、故事结局、传情题诗等不断演化，其发展脉络就像一棵深植于传统文化沃土之中的大树，不断地折射着不同时代各异的文化习俗。其次，以文本形式来看，"红叶题诗"故事的文本体裁多样化，涉及小说、诗词、戏曲等诸多文学形式，体现了同一故事主题时代性的动态发展轨迹。

谢小娥故事演变及其文化意蕴（附节选）

2006年南开大学硕士学位论文　芦洋

摘要

　　论文分为故事演变和文化分析两个部分。其中，"谢小娥故事"演变情况是第一章，研究"谢小娥故事"发展的基本情况，作为文化分析的基础。

　　大致分为以下几个环节：

　　一、唐代，"谢小娥故事"的出现期：它可能源于民间，经过文人加工，形成了完整的文学故事。

　　二、宋、元、明，"谢小娥故事"的发展期：正史、方志、文学作品都有反映，而角度不同。

　　三、清代，"谢小娥故事"的变异期：开始借助谢小娥本事表达自己的观点。

　　第二章谶语文化：这是最重要的文化因素。从唐代到清代，故事的许多因素都发生了变化，只有故事中的谶语从头到尾没有变化，这本身就是一个值得思考的问题。这一部分将作为文化分析的重点。

　　第三章忠孝、贞烈的观念：谢小娥故事之所以广为流传，一个重要的原因就是它符合传统儒家文化的道德规范。但是，各个不同的文本所反映出的问题却不能简单化，而是要具体分析。

　　第四章易装文化：从北朝《花木兰》开始，到谢小娥故事产生，有许多为我们熟知的"女扮男装"人物，它们对"谢小娥"有什么启发？在谢小娥故事演变的过程中，这个因素同样不可忽略。

在文章的写作过程中，需要注意的一点是：文学是一个动态的发展过程，作者想极力做到的是：迫近一种动态发展链条上真正的文学本体图景，达到历史与逻辑、审美和文化完美结合的综合性研究。

目录

引言

第一章 谢小娥故事演变情况

第一节 唐代——谢小娥故事初步流传

第二节 宋元明——谢小娥故事发展期

第三节 清代——谢小娥故事变异期

第二章 谢小娥故事中谶语文化分析

第三章 谢小娥故事中妇女贞节观念的不断强化

第四章 谢小娥故事中易装情节对女扮男装母题的丰富

结语

一、谢小娥故事演变研究现状

对于谢小娥故事演变的梳理，许多前辈学者都有论述。王梦鸥《唐人小说研究》集四有《谢小娥故事正确性之探讨》，王先生的这篇论文是较早对谢小娥故事进行研究的文章。这时的研究处于草创阶段，故事的演变也只局限于唐宋两个朝代的三个文本。但王先生对谢小娥故事的研究重点并不在于此，关于故事演变只是捎带点出，不能求全责备。之后对谢小娥故事演变的研究日益臻备，形成了几种有代表性的观点。由这几种观点得到

202

以下结论：首先，谢小娥故事演变的一些文本事实清楚没有争议，比如凌濛初《拍案惊奇》卷十九和王夫之的《龙舟会》。其次，有些文本还存在争议，比如《庚娘》《商三官》还都是一家之言。为什么会有这样的分歧呢？我们认为是标准不同导致意见不统一。在这篇文章里，作为研究的基础，谢小娥故事的演变脉络是绕不开的问题。所以有必要先讲一下自己的标准。如果仔细研究一下上面几位先生谈到的谢小娥故事演变文本，就会发现可以分为以下几种情况：第一，保留谢小娥故事基本人物、情节进行再创作的作品。第二，不同时代原文摘引的或差别不大的作品。第三，只套用复仇主题，人物、情节都有较大改观的作品。我们准备将第一种情况作为重点研究对象，第二种文本作为一个参考，而第三种文本不在研究的范围内。理由是，第一种文本比较典型，学界的分歧不大，所以重点研究；第二种文本可能存在一种情况那就是两个相同文本之间有一定时间跨度，一个文本在唐代出现，明代又出现转引，可能有研究的价值，特别是对于文化研究，所以作为第一种文本的参考；第三种文本外延太大不容易把握，所以割爱。

按照以上的标准将谢小娥故事演变情况做一表格，详细内容后详述。

二、本文所采取的研究方法

通过以上我们对现有谢小娥故事演变研究的梳理可以看出，大部分的研究成果仅仅局限于文献学的层面上，焦点在故事源流推溯、版本演变等考据内容。我们知道对一个故事流传的研究不能仅仅局限在这个层面上，仅就不同文本来说，不同的时代相同的故事因素都会演变出不同的情节来，为什么会有这样的变化？要回答这个问题就不能仅着眼于文本考订，而要从一个时代特定的文化背景入手，联系当时社会的思潮以及在这种思潮下生活的人们的行为习惯等等，已有的谢小娥故事研究并不是全方位、多侧角的，这就给我们留下了许多研究的空间，我们应该好好利用已有的文本考订资料在这个基础上对谢小娥故事做更深入、更周到的探讨。本文采用主题学的研究方法，从文学、文化角度研究谢小娥故事的产生、发展、流变并分析其文化意蕴。主题学（stoffkunde 德文），英语国家常用的是"题材史"（stoffgeschichte），是产生于19世纪中叶德国民间故事研究领域的一种理论方法。20世纪传入我国后，立刻引起了学者的关注，并马上运用到对中国古代文学研究的范畴中来，取得了一定的成绩。20世纪80年代以来，这种研究方法更是在比较文学、民俗学、神话学、文化人类学等学科被广泛运用。主题学方法对现有文学史个案集锦式结构体例，有根本上的突破。它展示的不是既有的常识性的编年鉴赏评价判断，而可能是一种动态发展链条上真正的文学本体图景，近乎历史与逻辑、审美和文化的综合性研究。它集中体现了一种跨文体、跨学科、跨文化的文本审视眼光。所以，笔者以主题学为研究方法，以中国古代叙事文体为研究对象，按历史发展的时间为线索，以"谢小娥"故事的流传演变以及在流传、演变过程中显现的文化意蕴为落脚点完成对谢小娥故事的考察。对于某一题材进行主题学梳理在20世纪二三十年代已经有许多前辈学者进行了有益的探索，赵景深、钱南扬、顾颉刚是其中的代表，他们的《孟姜女故事研究集》《祝英台故事集》等都是对主题学研究方法运用于文学研究的有益尝试，但当时的研究大多局限于民间文学范畴。本文就是在这样的基础上做有益的探索，由于谢小娥故事本身的影响远不如许多故事，那么对它的研究肯定不能跨越文学史已有的界定，如果强说本文能为古典文学研究做出何等贡献，那是连笔者自己都不肯承认的，只不过谢小娥故事作为一个从唐代肇始一直流传下来的故事文本，它的存在本身就能说明很多问题，笔者只能期望通过笔者的努力让原本已有的研究更加丰厚。作为一个个体，笔者的研究不能说有多大价值，只希望能够为运用主题学这种方法研究古典文学站一旗角，呐喊助威。

墓树的文学意义和文化内蕴

2006年南开大学硕士学位论文　聂颖

摘要

　　本文以墓树的文化文学意蕴为研究对象，分为三个部分。

　　第一部分中的绪言介绍了研究对象——墓树的概念、范围。主要部分是第二章，本章搜集了与墓树有关的记载和作品，从中归纳出墓树文化文学意蕴的系统性和发展演变轨迹：先秦至唐前是形成期，墓树的礼仪色彩、感伤色彩、墓上连理树故事在这时得以确立；唐宋时期，墓树的意蕴继续发展，感伤色彩中增添了怀古内容，心物关联的意味也更明显，这时的墓树整体文化意蕴中，文学性起了主导的作用；发展到元明清时期，除了墓上连理树故事对墓树文化文学整体意蕴有所发展外，其他方面逐渐衰落，过了这个时期，墓树的文化文学意蕴便宣告终结。

　　第二部分是论文的主体，包括对墓树文化文学意蕴各个方面的具体分析阐释。礼仪色彩是墓树整体文化意蕴的基础和源头，它与伦理制度、丧葬制度、植物文化有密切的关联，直接影响了墓树其他方面的文化文学意蕴。墓树所体现的心物关联的思维，是其文化文学意蕴的核心部分，松柏、白杨等都有相对固定的文化文学色彩，人的心灵、气质、情感和墓树相互感应、相互关联，是墓树文化意蕴所体现的文化心理，而这种文化心理，又出之以文学化的意象、体裁和情感。

墓树的死亡意义，体现了中国古代对死亡的认知和感受，偏重于伤感、幻灭、消沉和洒脱。最后对墓上连理树的分析，表现出这类型的故事更像是墓树各方面文学文化意蕴的集中和加强，也可以看作是对全文的总结和深化。

　　最后是结语部分，着重指出墓树的整体文化意蕴虽以文学意义为主，却更是一个系统性的整体，不应绝对区分其文学意义和其他文化意蕴。同时，以心物关联为核心的墓树的文学文化意蕴，体现的是古代特有的心理，对此不应以现代化的目光简单理解和加以绝对化的判断。

目录

第一章 引言

第二章 墓树文化文学意蕴的发展演变

第一节 先秦至唐前的墓树——墓树基本意蕴的形成

第二节 唐宋时期的墓树——文学化生存

第三节 元明清的墓树——连理树故事的深化与墓树意蕴的终结

第三章 墓树的礼仪制度意义

第一节 墓树礼仪制度的起源、表现

第二节 墓树礼仪色彩的作用

第三节 墓树的礼制色彩和其他文化文学意蕴的联系

第四章 墓树——"心"与"外物"的关联

第一节 松柏墓树的典型性与特异

第二节 "物"与"心"的交汇

第三节 文学意蕴为主的心物关联

第五章 墓树与死亡意识

第一节 汉代之前的死亡意识与墓树

第二节 伤感、幻灭意识与墓树

第三节 唐代及其后世的死亡观念与墓树

第六章 墓上连理树故事类型的分析

第一节 连理树的文化文学意义

第二节 "韩凭夫妇"——墓上连理树故事类型的分析

第七章 结语

萧史故事演变及其文化意蕴（附节选）

2006年南开大学硕士学位论文　李颖

摘要

　　本文以西方主题学方法为视角，遵循接受美学的观点，梳理中国古代萧史故事在各个时代不同文献的存在状态，对其故事的演变进行纵向和横向的考察，从而挖掘出萧史故事所蕴含的两大基本意向即修道主题和爱情主题，并结合特定文化背景和时代背景下人们在人物形象的创作和接受的心理机制，揭示中国道教文化尤其是神仙信仰与中国传统文化心理的同步发展关系。

目录

序言
第一章 萧史故事的演变情况
第一节 萧史故事演变情况概说
第二节 萧史故事的流传情况及时代特征
第二章 萧史故事中的修道主题
第一节 修道主题概说
第二节 萧史故事中修道主题的演变
第三节 从文人的道教意识看萧史故事的历久弥新
第三章 萧史故事中的爱情主题

第一节 人仙恋故事基本概说
第二节 萧史故事中爱情主题的演变
结语

"秦娥嫁萧史，新起凤凰宫。吹箫白日上，携手彩云中，一别人间去，千秋乐未穷。"美妙的诗句总能带给人无限的遐想及向往，萧史与弄玉的爱情故事也是在人们的遐想与向往中成为千古传唱的佳话。

萧史故事最早见于汉末刘向《列仙传》，历经千年历史文化长河的洗涤，萧史故事不断出现在宗教书籍、文人笔记、诗词、戏曲中，成为人们所熟知的道家神仙典故，这与人们对萧史故事的接受是密不可分的。而这种接受正是对其所表现的浪漫飘逸的爱情和圆满成仙的故事内容的肯定。因此，在一千多年的流传过程中，萧史故事虽然经历了很大的发展变异，但在其中萧史弄玉双双得道成仙的基本故事情节却始终传承不变。在人们解读萧史故事的过程中，修道与爱情这两大主题，也一直是人们所关注的焦点。而伴随着这两大主题的延续，表现萧史故事的文学样式也日渐丰富，除了最早的宗教典籍，萧史故事很快便成为文人笔记的一类素材，伴随明清戏曲、白话小说及民间说唱文学的兴盛，它又逐渐进入这些为世人所喜爱的通俗文学样式中，在这些文学样式的流变中，萧史故事的历久弥新的完美爱情故事满足了不同时代、不同阶层人们的欣赏要求。

"主题学"源于19世纪德国学者对民间传说和神话故事的研究，它最早是纯粹的题材积累，格林兄弟（Jacob Grimmand Wilhelm）始开此端，他们所发表的《格林童话集》是闻名于世的德国民间故事记录，在民间故事的搜集史上开始了一个新的历史阶段。1968年前后，德国的弗伦泽尔（E. Frenzel），美国的哈利·列文（Harry Levin）等人开始将其引入比较文学的研究范畴。所谓"主题学研究"，是指对个别主题，母题，尤其是神话人物（广义）主题做追根溯源的工作，并对不同时代作家如何利用一个主题或母题来抒发积愫以及反映时代做深入探讨。

本文所采用的就是主题学的研究方法，将萧史故事的演变作为研究对象，对汉以来诗文、笔记、小说、戏曲等各种文学体裁中见诸文本的萧史故事及相关文献资料进行了较为系统的梳理，从而对萧史故事所蕴含的两重主题——修道、爱情随时代发展而逐渐演变的情况进行分析，探究潜在萧史故事中的各个不同时期不同人民的社会文化心理，也就是说其侧重点不在探讨作品本身所具有的意义，而在于通过同一主题在不同时代不同作家的处理来探究特定历史时期的审美时尚和作家群及读者群的欣赏趣味。

按照"接受美学"的观点，文学创作的完成仅仅处于文学活动的中途，文学接受才是文学活动的终结，一项特殊的审美与文化的精神活动，是读者与具体作品碰撞、沟通、契合的双向互动过程。也就是说，萧史故事的演变不仅仅取决于作家给定的文本意义和内涵，而且更在于作品在广泛的流传过程中读者的接受和再创造。

本文试图以主题学的研究方法为主，并结合接受美学的研究思路，在对萧史故事演变做纵向和横向的考察的基础上，从文化心理角度，管窥特定文化背景和时代背景下人们在人物形象的创作和接受中的心理机制，并揭示中国道教文化与中国传统文化心理的同步发展关系。

盼盼故事的演变及其文化内涵（附节选）

2006年南开大学硕士学位论文　李春燕

摘要

　　关盼盼燕子楼故事是一个美女报恩守节的故事，它很受文人的青睐，在诗歌、小说、戏曲、方志等领域都有文本流传。文本呈多样化的特点，且跨越唐宋元明清几个朝代，故事情节不断发展，人物形象也随之发生嬗变。盼盼成为忠贞妓女的代称，燕子楼成了怀金悼玉的悲情所在，而后人的燕子楼诗则以更精炼的形式传达了其中的文化信息——对爱情的忠贞、知恩报恩的品格和美人独守空房的相思寂寞。

　　作为一个美女故事，盼盼故事的演变受文人心态的影响，其中思慕美人情结推动了故事情节的发展和盼盼形象的嬗变。而文人心态也一直在内在审美情趣和外在伦理要求中寻求平衡点，文人一方面赋予思慕的美人以才华、忠贞等各种美德，同时又企图拉近与佳人的距离，两种心理趋向在人鬼恋形式的小说中合流，文人内在的审美情趣受到了传统道德的束缚，思慕美人情绪偃旗息鼓，文人陷入久久的惆怅。最终，礼教战胜文人的思慕情绪，盼盼故事以"历劫"母题阐释，盼盼形象以忠贞得到高扬，消解了文人思慕和由此产生的感伤情绪，文人心态陷入人生空幻的宿命论。

　　本文运用主题学的研究方法，分析文人心态在平衡自身欲求和外在伦理上，给盼盼故事的情节发展和形象演变带来的特色。具体而言，是文人如何在思慕美人情结和恩报文化中寻求平衡点，以阐释盼盼故事。

本文共包括五个方面的内容，简要概述如下：

引言部分回顾了盼盼故事的研究现状，简要分析了盼盼故事的特点，提出了有待解决的问题，并介绍本文将采用的几种研究方法。

第一章是盼盼故事的文本状况和演变轨迹。文本状况从横向按文体分为诗词诗话、小说、戏曲、方志四个方面，概览式地列举了所存文献，以此可见盼盼故事的全貌。演变轨迹从纵向着眼，梳理出盼盼故事的情节流变和形象嬗变，以便从动态视角研究盼盼故事的文化内涵。

第二章分析文人的思慕美人情结与盼盼故事的关系。第一节梳理思慕美人情结文化内涵的演变，美人从作为文人的政治理想，以至于性爱理想，再到理学加强期的道德理想，文人的思慕表现出了阶段性的特色。第二节分析思慕美人情结对于盼盼故事情节的推动和形象塑造的影响，盼盼故事中文人心态处于以美人作为性爱理想向道德理想的转变期，文人在平衡内在欲求和外在要求上出现矛盾，产生了巨大的心理创伤，表现在人鬼恋方式上，艳遇香魂是一枕未遂的游仙梦。

第三章分析恩报文化与盼盼故事的关系。盼盼故事是一个女性报恩守节的故事，因而首节梳理了女性报恩文化内涵的演变，从作为人伦要求的贞节报夫到理学加强期的妓女守节，再到以轮回因缘阐释报恩，流向人生空幻，女性报恩的文化内涵表现出道德色彩和宗教色彩融合的特点。第二节即归纳盼盼报恩的内涵演变，从不同时代文人对盼盼行为的评价，总结出这样的演变轨迹：忠义报主—守爱情贞节—谪凡花神的凤劫。

第四章为燕子意象与盼盼故事。盼盼故事的三个构成要件是：盼盼的报恩守节、燕子楼古迹和燕子楼诗，燕子意象贯穿三者，成为盼盼故事的文化灵魂。本章在梳理了燕子意象内涵演变之后，看到了盼盼际遇与燕子意象的合拍之处，即忠于爱情、以死报知音，同时又有思妇怀远和时空慨叹的伤感，燕子楼诗形成"燕子楼"典故，作为盼盼故事的诗化形式，包蕴了以上的内涵，燕子楼遗迹又以实物凝聚了此种文化精神。燕子楼遗迹和燕子楼诗定格在历史和时空中，以另一种方式讲述着盼盼故事。

结语部分总结并简述了各部分的观点，指出了盼盼故事具有独特性的原因，即文人对盼盼故事原型"家妓念旧不嫁"的阐释上，体现出内在思慕情结和外在伦理道德要求的矛盾，文人很难单纯按一种意图抒写盼盼故事，两种心理倾向的交织，构成了既矛盾复杂，又乱中有脉络的盼盼故事。而本文的写作目的，即是以动态的视角，揭出团团交织的矛盾，通过文化分析理清脉络，呈现一个条分缕析的盼盼故事。

目录

引言
第一章 盼盼故事的文本流传及演变轨迹
第一节 盼盼故事的文本流传情况
第二节 盼盼故事的演变轨迹
第二章 思慕美人情结与盼盼故事
第一节 思慕美人传统及其演变发展
第二节 思慕美人情结与盼盼故事
第三章 恩报文化与盼盼故事
第一节 女性报恩文化内涵的演变
第二节 盼盼报恩的内涵嬗变
第四章 燕子意象与盼盼故事

第一节 燕子意象文化内涵的演变

第二节 燕子意象与盼盼故事

结语

附录：燕子楼诗词

盼盼故事是一个偏于女性爱情题材的故事，在知遇情结和报恩行为上，和绿珠故事有相似之处，而妓女有才、妓女守节的情节板块，透射了始于唐代的名妓文化现象，同时又开了明清杜十娘、玉堂春等妓女守爱情贞节的先河。后人在处理这个美女故事时，以艳遇鬼魂方式出现的文本，体现思慕美人情结，又与西施故事有吻合之处。妓女守节和中国传统的恩报文化有合拍之处，也有自身的特色。盼盼故事在情节演变上使用了人鬼恋的方式，但是最终还是要受盼盼形象的约束，是表现文人思慕美人情绪的一枕游仙梦。

盼盼故事有自身的独特性。首先，在评论倾向上观点比较集中，以同情为基调，有赞扬和感伤两种情绪，在所有的文本中，盼盼始终是一个正面的可敬形象，没有被戴上"女祸论"的帽子，这与西施、绿珠以及其他美女故事不同。

其次，诗性文本，燕子意象成为盼盼故事的文化灵魂。盼盼自己能诗，又与大诗人白居易诗歌唱和，后世大量的燕子楼诗，使得这一故事呈现出抒情性强、情节性相对较弱的趋势。从盼盼独居写起，重点在美人独处的内心哀苦，因而后人利用这一题材时，也多以抒发感慨为重点，情节的增益和枝蔓并不多。

再次，伤感情调，佳人独处，故事中的情绪都是文人揣测出来的。故事的形成和演变，都受文人思慕美人心态的推动，盼盼形象被赋予了美丽、才华和节操，是一个可怜、可爱、可敬的形象。文人思慕美人，企图不断拉近与佳人的距离，在情结流变上出现了艳遇鬼魂的人鬼恋方式，但是盼盼始终是一个令人敬而远之的美女。这造成了"企慕情境"，佳人永远是在水一方，形式上的拉近反而更能意识到实际的距离，故而产生了长久的喟叹，形成了伤感的情调，并有一种神秘的气息。

盼盼故事之所以不同于西施、绿珠故事，也不同于明清妓女守爱情贞节的故事。首先取决于其产生的环境，在唐代，士子们诗酒风流成为一种风气，随之出现了很多有才华的风尘女子，她们可以与士大夫切磋诗文。佐酒陪欢之余，士人和风尘女会产生一些惺惺相惜的情感。而在婚嫁自由的唐代，盼盼却没有改嫁。据此，将盼盼想象为一个"痴情女"是可以成立的，她的不改嫁就是出于情感，而不是出于道德。

同时，我们应该看到，作为一个被美化和拔高的形象，盼盼本来的社会地位被人们不断淡忘，这样做出的评价难免有高调之嫌。唐朝盛行妓乐，贵族富户家中大多蓄养歌舞家妓，供主人娱乐玩赏。纵观家妓的历史，这些色艺双全的薄命女子们，是家主的私有财产和专有玩物，或打或骂，或宠或爱，或虐杀或赠人，全凭家主意愿。红颜易老，恩宠无常，唐诗中有很多专咏"爱妓换马"的诗，以为豪侠之举。另外，家妓虽非良家女子，她们是主人的私有财产，非经主人许可，他人不得染指，因此要比良家女子受更多道德的束缚，坚守贞节（《东轩笔录》卷七记载，杨绘的家妓被胡师文狎戏，无所不至。杨妻在屏风后看到了，深以为耻，不好向客人发作，就呼妓入而挞之。参见魏泰：《东轩笔录》，李裕民点，中华书局1983年版）。唐代还有主人死后子孙争卖其姬妾以换钱财的风气（李谔《论妓妾改嫁书》，抨击这种做法，参见《全唐文》中华书局1983年版），在这样的背景下，关盼盼在主人死后能够独居小楼，独守贞洁，在士人看来这是应该的；在关盼盼，能够有这个权利，也该是她的幸运。盼盼虽然生在婚嫁风气自由的唐代，但是妓女的身份让她无权享受这种权力，痴情或者报恩，对她来说，只是一种生存的方式。

盼盼悲哀在于她的家妓身份，盼盼的悲剧在于她没有看清自己的身份，社会名流的评价对其声誉有很大影响，然而十年的独守空房并没能得到白居易的同情。白居易自己也蓄养了很多家妓，还有"莫养瘦马驹，莫教小妓女"的诗句，在深受等级观念影响的诗人心里，家妓不过是玩物，家妓卑微的观念是根深蒂固的。

盼盼的形象不断被提升，逐渐集美女、才女、贞女于一身。拔高的过程，一方面透露了文人思慕美人、渴望兼美的心理动机；另一方面，又是封建伦理道德对于盼盼故事按需要做的发挥。关盼盼不过是一个家妓，文人拔高她成为才貌双全的女子，使人不由得思慕；而贞女的形象，又让人对她敬而远之。这就使关盼盼形象内在有一种矛盾，使得文人对她"可远观而不可亵玩"。《钱舍人题诗燕子楼》鲜明表现了这一矛盾，最终使人有一种"无缘佳人"的伤感。

总之，关盼盼只是燕子楼中念尚书旧情而不嫁的那一个，她只是一个平凡的家妓，受宠失主的家妓。道德家为她涂抹上道德的光环，解释她的不嫁是为了报恩，为了忠、为了节、为了义，将她拔高为贞女、烈女。文人将她描绘成兼具才华与美貌的佳人，当作知己，梦魂相见的对象，想着她的委屈，安慰她的孤独。不管是思慕美人，还是但传美人心，都是后人的揣测。文人在创作中达到自我的满足、道德的满足和欲望的满足。

盼盼故事在流传过程中，咏燕子楼和吊盼盼的诗歌作品不断强化了燕子意象，形成了"燕子楼"典故——代表忠贞的爱情和香消玉殒的伤感，又彰显了报恩的主题，在某种意义上丰富了燕子意象。燕子楼又物化了这种情感，成为文化蕴含深厚的遗迹。此时关盼盼、燕子和燕子楼形成了一种内在的文化关联，寓意着爱情、忠贞、伤感等多种思想意蕴。而盼盼故事的最大特色就是"燕子楼"典故的形成，寄予了人们对美的消逝的伤感情绪，千载之下，我们凭栏而吊，燕子楼空，佳人何在，这是怎样的悲哀。个人的感情被历史无情地践踏，而文字能够记载，这千载共通的，是对美的追思和香消玉殒的扼腕叹息。

让人欣喜的是，盼盼并没有被后人遗忘，《关盼盼魂断燕子楼》《是谁逼死了关盼盼》等文章，以或激愤或冷静的笔调表达着后人对盼盼的同情和怀念。而关盼盼也将被写入电视剧，用现代化的传媒方式"为我们演绎了一个极其哀婉动人而又起伏跌宕的爱情故事，塑造了一个非凡女子……琴师之女关盼盼与封疆大吏之子张某相爱，但是他们的结合却经历了太多的劫难：豪强相逼，宵小觊觎，命运多舛，妒网重重。一个多才多艺、桃羞杏让的红颜竟不得不沦落烟花，一个冰清玉洁、痴情专一的贞妇竟只好孤守空楼。把美好的东西毁灭给人看固然是悲剧手法，但作者之巧妙恰在于他昭示了毁灭之中的希望，将一个古老的故事赋予了新鲜的人文关怀"……

薛家将故事的演变及其文化解读

2006年山西大学硕士学位论文　柳杨

摘要

　　薛家将故事历经千年流传，家喻户晓。于小说、戏曲、说唱等诸多体裁文学作品中，皆屡见不鲜，为俗文学中颇具代表性之作，值得加以深入研析。

　　本文共三章，首章考求薛家将故事之历史渊源，就相关史料勾勒出薛家将真实形貌。以史实本事与定型故事互为比照，通过其对史料之取舍、改造，剖析其中所反映的民间史观。

　　第二章纵向梳理薛家将故事经由各代之流传过程，并就其社会背景、主题变迁等加以研述：宋元之际，薛家将故事初具雏形，内容简略，主题单一；明代薛家将故事内容大为扩充，主题多元；殆至清代，薛家将故事最终完备，形成"征东""征西""反唐"等一整套蔚为大观的"薛家将小说"系列，主题亦得以固化。

　　第三章则对薛仁贵故事中所反映的世俗文化精神加以解读。举凡忠义观念、功利观念、女性观念等，发掘其中所反映出的民间心态、生成原因和文化内涵。薛家将故事等俗文学作品之所以广为流传，大受欢迎，就在于其迎合了底层民众的审美趣味与价值观念。其所承载的世俗文化迥异于上层精英文化，乃是最具生命本真的原生形态，为中国传统文化重要组成部分。需从客观公正的角度加以正视。

目录

引言

第一章 薛家将故事源流及其民间史观

第一节 薛家将故事史实考辨

第二节 薛家将故事之民间史观

第二章 薛家将故事的流传与主题变迁

第一节 薛家将故事的草创及主题初构

第二节 薛家将故事的因革及主题重塑

第三节 薛家将故事的定型及主题固化

第三章 薛家将故事的文化解读

第一节 薛家将故事的忠义观

第二节 薛家将故事的功利观

第三节 薛家将故事的女性观

结语

先秦至唐五代文学中的超现实之婚恋遇合及其意蕴（附节选）

2007年南开大学博士学位论文　洪树华

摘要

　　超现实之婚恋遇合是先秦至唐五代文学，尤其是志怪传奇中反复出现的题材。本文以先秦至唐五代文学中的人与异类超现实之婚恋遇合为研究对象，全面考察先秦汉魏六朝辞赋、志怪和隋唐五代志怪、传奇中的人神（仙）、人鬼（魂）、人与精怪之间的婚恋遇合。先秦诗歌浸染了巫风的性恋色彩，诗歌的感生神话和辞赋蕴含着人与神等异类之遇合，先秦的人神恋具有异类形象的虚幻性和遇合的非直接性等特点。魏晋南北朝志怪中的超现实之婚恋遇合有着深刻的思想根源和社会现实的因素，表现形态发生了变化，具有异类形象的显现与婚恋遇合的直接性等特点，人与异类婚恋遇合呈现出新的现象，"洞穴仙境"中的人仙婚恋包含着性意蕴。在唐代，超现实之婚恋遇合有着更多的社会现实背景：人与异类婚恋遇合折射出唐代文人婚恋现象；由于道教思想的深刻影响，人与异类婚恋遇合往往因巫术的干扰而被迫分离。本论文旨在通过大量文本的解读和分析，全面认识先秦至唐五代文学中的人与异类之婚恋遇合，把握超现实之婚恋遇合的叙事模式及其文化意蕴。本论文各章节安排如下：

　　第一章对超现实之婚恋遇合进行总体说明。本章作为论文的开端，围绕论文的选题，展开对超现实、婚恋遇合以及神、仙、鬼、怪等异类对象的阐释，并对文本材料所涉及的时段即先秦至隋唐五代，以及文体即辞赋、志怪传奇的分布情况做了说明。

第二章分析了唐前诗赋中的超现实之婚恋遇合的萌芽或表现。辞赋中的人神恋具有异类形象的虚幻性、遇合的非直接性等特征。着重从《诗经》《离骚》《九歌》分析巫风的性恋意蕴，从《诗经》的某些感生神话和先秦至汉魏六朝的辞赋分析人与神等异类之间接遇合。

第三章以魏晋南北朝叙事文学中的超现实之婚恋遇合为研究对象，全面叙述和扫描人神（仙）、人鬼（魂）、人与精怪之婚恋遇合，总结某些故事的情节模式，分析人神（仙）、人鬼（魂）、人与精怪婚恋遇合产生的因素，解读"洞穴仙境"中的人仙婚恋的性意蕴，挖掘封建社会里的男子的性意识，并和先秦的人神恋比较，指出魏晋南北朝志怪中的婚恋遇合的表现形态发生了变化，具有异类形象的显现与婚恋遇合的直接性等特点。由于巫风的遗留，道士或术士施行巫术消除鬼魅惑人的影响。

第四章以隋唐五代叙事文学中的超现实之婚恋遇合为研究对象，对人神（仙）、人鬼（魂）、人与精怪婚恋遇合做了全面叙述，分析某些故事的情节结构和类型，并与魏晋南北朝志怪中的人与异类婚恋遇合做比较，指出某些题材的继承性和叙事结构的相似性。从人与仙、人与鬼、人与精怪婚恋遇合来分析唐代文人与妓女性恋现象，从超现实之婚恋遇合的分离结局分析巫文化的影响。

总而言之，本论文是以先秦至隋唐五代文学，尤其是志怪传奇为文本材料的立足点，对志怪传奇中的超现实之婚恋遇合进行全面考察和分析，力图从先秦、汉魏六朝和唐五代的人与异类婚恋遇合中挖掘性文化、巫术等文化意蕴。

目录

绪论

第一章　超现实之婚恋遇合的概论

第一节 超现实之婚恋遇合的概念阐释

第二节 婚恋遇合的异类对象的说明

第三节 超现实之婚恋遇合故事的文献梳理

第二章 超现实之婚恋遇合与唐前诗赋文学

第一节 巫风的虚幻的性恋意蕴

第二节 人与异类的间接遇合

第三章 超现实之婚恋遇合与魏晋南北朝叙事文学

第一节 超现实之婚恋遇合故事的概述

第二节 超现实之婚恋遇合的表现形态的变化

第三节 人与异类婚恋遇合的新现象

第四节 巫术消除鬼魅惑人的影响

第四章 超现实之婚恋遇合与隋唐五代叙事文学

第一节 超现实之婚恋遇合故事的概述

第二节 人与异类婚恋遇合的折射

第三节 巫术对超现实之婚恋遇合分离结局的影响

结语

超现实之婚恋遇合是先秦至唐五代文学，尤其是志怪传奇的重要题材。人与神（仙）、人与鬼（魂）、人与精怪之婚恋遇合构成了超现实之婚恋遇合的三大组成部分。无论是人神（仙）、人鬼（魂），还是人与精怪之婚恋遇合，都是超越现实的。所谓超现实之婚恋遇合，首先因为故事中的神、仙、鬼、魂、精、怪等是现实社会不可能存在的，是古代人们想象或幻想而来的。另外，这样的婚恋遇合是奇异荒诞的，如果一方是人间男子，那么另一方必是女性的神、仙、鬼（魂）及精、怪、妖、魅等；如果一方是人间女子，那么另一方必是男性的神、仙、鬼（魂）、精、怪、妖、魅等。

在现实生活中，这样虚幻怪诞的婚恋遇合是不可能发生的。综观本论文的研究，主要表现在以下几点：

1.对唐前诗赋文学中的超现实之婚恋遇合的分析。从《诗经》和楚辞看巫风的虚幻的性恋意蕴，从《诗经》的感生神话看人与异类的间接遇合，从赋体文学分析封建文人有着梦遇神女的浓厚情结。这种梦遇神女情结的原因在于封建文人对美的眷恋，对性的渴望。诗赋中的人神之恋具有异类形象的虚幻性、遇合的非直接性等特点。

2.对魏晋南北朝志怪中的人与异类婚恋遇合的新现象的研究。笔者发现"洞穴仙境"反复出现在魏晋南北朝志怪中，运用弗莱、荣格的原型理论分析"洞穴仙境"意象，透视其中蕴含的人仙婚恋，指出魏晋南北朝志怪小说中反复出现的洞穴仙境的人仙婚恋，从精神分析学意义上说就是"情结"，它是无意识中的性冲动由于受到压抑和束缚、被囚禁在人的内心深处，积聚日久而形成的。这样的人仙婚恋，表现了当时人们在封建礼教压抑下的自然人性的欲望。

3.分析魏晋南北朝志怪中的超现实之婚恋遇合的表现形态的变化。先秦的人神之恋具有神灵的形象的虚幻性、遇合的非直接性等特征。到了魏晋南北朝，人与异类婚恋遇合的形式和结构已趋成熟，显示了一些本质的变化，体现了异类形象的显现与婚恋遇合的直接性等特点，并指出异类男性和许多异类女性在遇合上往往积极主动。

4.对唐代志怪中的超现实之婚恋遇合的意蕴的透视。唐代志怪中的人与鬼、人与仙、人与精怪之间性爱的主动角色发生了明显变化，人间男子更多表现出主动挑逗的姿态，这种变化折射出唐代文人与妓女性恋现象。由于巫术能役使鬼神、驱邪治病等功效，人与异类婚恋遇合常因道士或术士施行巫术或者法术而被迫分离，所以从唐代志怪中的人与异类婚恋遇合分离结局看出巫术文化的影响。

总之，本论文追踪先秦诗歌中超现实之婚恋遇合的最初表现，挖掘魏晋南北朝辞赋中的文人梦遇神女的情结，对魏晋南北朝至唐五代小说中的超现实之婚恋遇合做了系统的梳理，总结了某些情节类型与模式，分析超现实之婚恋遇合的表现形态的变化，解读"洞穴仙境"中的人仙婚恋的性意蕴，从唐代的人与异类婚恋遇合的分离结局看巫术文化的影响，等等。这是一次比较全面考察和分析，这样做有利于全面理解先秦至唐五代文学，尤其是志怪传奇中的超现实之婚恋遇合，了解超现实之婚恋遇合的特点、情节模式以及文化蕴涵，从而摒弃了学术界某些片面的结论。

不过，需要指出的是，原来论文的选题是"先秦至宋代文学中的超现实之婚恋遇合及其意蕴"，计划把先秦汉魏六朝辞赋、志怪、隋唐五代文言小说、宋代文言小说都纳入取材和研究的范围内。可是考虑到选题过大，涉及作品太多，其中汉魏六朝志怪中的相关作品就有一百三十多篇，隋唐五代志怪传奇中的相关作品约一百九十篇，宋代文言小说中的相关作品就达二百六十多篇。由于时间和精力有限，宋代文学中的人与异类婚恋遇合故事就未能纳入本论文的研究视野。

另外，唐代杜光庭编撰的小说如《墉城集仙录》《神仙感遇传》《仙传拾遗》等集中的遇仙及人仙恋爱的故事浸染了浓厚的道教思想色彩，未能全部纳入本论文。再者，未能纳入本论文研究的话题还有从比较角度看超现实之婚恋遇合。人神（仙）、人鬼（魂）、人与精怪之婚恋遇合构成了超现实之婚恋遇合的三大部分，这三大部分有无异同之处，这是值得深思的话题。

上述这些话题都未能进入本论文的研究范围内，只能等待以后时间充裕和材料充足，再做考虑了。

柳氏故事文本演变及文化意蕴

2007年南开大学硕士学位论文　杨丽花

摘要

　　柳氏故事讲柳氏与诗人韩翃在动乱中历经磨难而终得团圆的爱情，是一个著名的才子佳人故事。这一题材在后世以话本、戏文、杂剧、传奇等各种文学形态广泛流传，受不同时代和社会思潮的影响，人物形象、故事情节在各个时期出现发展变异。本文以目前存世的柳氏故事所有文本为研究对象，运用主题学研究方法，梳理不同时期的文本情况及发展演变轨迹，进而探讨文本演变与社会文化背景间的深层关联。

　　本文的引言部分简要回顾柳氏故事的研究现状，提出本文的研究思路和所采用的研究方法。

　　正文部分分为四章：

　　第一章梳理柳氏故事在各个时期的文本状况。按照唐、宋金、元、明清时间顺序分为四节，对每个时代所存文献具体说明，比较柳氏故事的形象嬗变和情节发展。

　　第二章以柳氏形象为立足点，探讨女性贞节观与柳氏故事。每个时代，受不同文化因素的影响，对女性贞节观念的要求开放或强化程度亦不同。总体来说，从唐宋以来，随着程朱理学的兴起，女性贞节观呈现不断强化的趋势。相应地，柳氏故事也产生演变：唐代，柳氏先为李王孙之家妓，后嫁韩翃，再失身于沙吒利，最后又与韩翃团圆，作者并无非议；

225

宋代妓女章台柳一心从良的举动在某种程度上反映出理学上升时期女性自觉维护贞节、以求获得男性社会认可的心态；明代作者按照儒家的伦理道德观念对柳氏进行了人格重塑，柳氏演变为贞烈女子，贞节观得以高度强化。元代是个例外。元蒙民族入主中原后，其原始野性的文化习俗严重冲击了封建伦理纲常，婚恋领域中呈现一种开放的野性之风，女性所受束缚小，自由大胆追求爱情。

　　第三章以韩翃形象为立足点，探讨文人的仕宦观与柳氏故事。中国古代文人无不以从政入仕为毕生之追求，但在不同时代下，他们与政治呈现或紧或疏离之状态。唐代国力强盛，优待文士，文人信心满怀，用尽全部的热情实现自己建功立业的雄心壮志，为功名不惜牺牲一切，甚至爱情。元代文人的进身之阶被完全堵塞，无法实现政治抱负，只好以放浪形骸之姿态流连于花间酒馆，期待实现一份完美的爱情与婚姻求得人生的平衡与满足。与此相应，从唐到元，韩翃的形象由视功名高于爱情演变为为爱可舍一切的风流浪子。

　　第四章明代崇道思想与柳氏故事。概述道教发展史，明代统治者信仰崇奉道教，明中期更是登峰造极。这一时期柳氏故事浸染上浓厚的道教色彩，李王孙弃家修道，柳氏侍女轻娥入观为道姑等都是明代新出现的环节。

　　最后为结语部分，主要对全文的研究进行总结，并提出一些可以继续探讨和有待深化的问题。

目录

引言
第一章 柳氏故事的文本流传情况
第一节 唐代柳氏故事
第二节 宋金时期柳氏故事

第三节 元代柳氏故事

第四节 明清时期柳氏故事

第二章 女性贞节观与柳氏故事

第一节 女性贞节观概述

第二节 贞节观影响下的柳氏故事

第三章 文士的仕宦观与柳氏故事

第一节 文士仕宦观之变迁

第二节 文士仕宦观影响下的柳氏故事

第四章 明代崇道思想与柳氏故事

结语

红线女故事的演变及其文化内涵

2007年南开大学硕士学位论文　李冬梅

摘要

　　红线女故事在中国文学史上具有独特的魅力，它叙述了唐潞州节度使薛嵩有一侍婢红线女，夜窃魏博节度使田承嗣枕边金盒，胁迫其退兵，使两地平息干戈的事情。除唐传奇以外，红线女故事在诗歌、小说、杂剧、传奇、史料笔记等领域都有文本流传。本文运用主题学的研究方法，从文学、文化的角度研究红线女故事的产生、发展、流变并分析其文化内涵。

　　本文共分为引言、主体、结语三大部分，简要概述如下：

　　引言部分回顾了红线女故事的研究现状，明确了选题的价值和意义，提出了有待解决的问题，并介绍了本文所采用的主题学的研究方法。

　　主体部分有五个章节。

　　第一章介绍红线女故事的文本状况和演变轨迹。文本状况按朝代分为唐、宋元、明清三个阶段，概览式地列举了诗词、诗话、小说、戏曲中所存的文献，以此可见红线女故事的全貌。演变轨迹在纵向梳理中，勾勒出红线女故事的流传、发展情况，以便从动态视角研究红线女故事的文化内涵。

　　第二章分析中央集权制对红线女故事演变所产生的影响。唐代藩镇割据背景下，红线女故事的产生受政治制度、政治思想等因素影响很大。本章第一节对我国封建社会的政治体制——中央集权制的产生发展做一简要溯源，并阐述其对各时期文学作品的影响。第二节重点分析唐、明两代政治背景差异、皇权意识的不同，对红线女故事情节的推动和文化演变所产生的重要影响。

第三章分析道教文化与红线女故事的关系。本章第一节梳理道教神仙信仰文化的发展演变情况。第二节重点对道教神仙信仰文化在各时期红线女故事中的变化作解释，如唐代道教神仙信仰崇尚自由超脱的人格、明代道教神仙信仰主题中又包含着忠孝观念等。第三节讲述神仙信仰之外的其他道教文化因素在红线女故事中的表现。

第四章分析善恶报应观念与红线女故事的关系。本章第一节梳理我国善恶报应观念在佛教传入前后各时期的发展演变情况。第二节对红线女的身世用佛教因果轮回观念做具体分析，并对唯独宋代红线女故事没有佛教文化因素的原因做专门的探讨。

第五章分析侠义文化与红线女故事的关系。本章第一节对中国侠义文化在各时期的发展脉络作一简要溯源。第二节在整个侠义文化的背景下，具体分析红线女故事演变中，从唐代女侠报恩形象的大量出现，到宋代对侠义精神尤其是女子行侠的轻视，再到明清侠义文化中流露出伦理道德观念，这一系列变化背后的原因。

结语部分总结并简述各部分观点，指出红线女故事具有独特性的原因。补充说明在红线女故事的演变过程中，各种文化心理和意识不是截然分开而是参差互见的，它们的相互融合才使红线女故事呈现出自己独特的风貌。

目录

引言

第一章 红线女故事的文本流传情况

第一节 唐代——红线女故事流传的起源期

第二节 宋元——红线女故事流传的低谷期

第三节 明清——红线女故事流传的繁荣期

第二章 中央集权制与红线女故事

第一节 封建中央集权制溯源

第二节 红线女故事流变中的中央集权

第三章 道教文化与红线女故事

第一节 道教神仙信仰溯源

第二节 红线女故事流变中的道教神仙信仰

第三节 红线女故事所表现出的其他道教文化因素

第四章 善恶报应观念与红线女故事

第一节 善恶报应观念溯源

第二节 红线女故事流变中的善恶报应观念

第五章 侠义文化与红线女故事

第一节 侠义文化溯源

第二节 红线女故事流变中的侠义文化

结语

颜回故事的流变及其原因

2007年四川大学硕士学位论文　丁奕

摘要

　　颜子，姓颜名回，字子渊，十三岁从学于孔子，历代大儒贤哲认为，孔子绝学唯颜子传其精微。他本人并无专著，有关颜子的事迹，最早见于《论语》的记载。《论语》中的颜回勤奋好学、德行出众、志向远大、尊师重道，被历代儒学家所推崇。早期文献中的颜回故事，大多是借孔子与颜回之间的对话来表现颜回的形象。战国时期，庄子率先对传统的颜回形象进行改造和利用，将"孔颜"二人作为自己思想的代言人。至汉代，由于司马迁对先秦儒家的推崇，使统治者认识到孔颜在政治上的重要性，汉及其以后的历代帝王对颜回不断地进行祭祀并封号，所以，从孔子在汉代被司马迁尊称为"至圣"以来，颜回也逐渐被冠以"复圣"的称号。汉代出现的纬书给颜回这个人物增添了一丝神秘性，而直接受汉代谶纬之风影响的魏晋时期的志怪、志人小说更是将其刻画成奇神异怪。从先秦到唐代，无论是儒家学者的推崇，还是非儒学者的反驳，他们都将颜回推到了一个显著的位置。那么，颜回到底是怎样的一个人，他的故事到底发生了怎样的变化，为何人们如此钟爱孔子的这位弟子，在其故事演变的背后，又有什么深层的原因，是本文探讨的主要内容。本文以先秦至唐以前的文献为基础分析颜回故事的流变过程及原因，了解其发生演变的时代背景，旨在揭示儒学的历史演变过程，更好地了解我国古代政治、文化、哲学等方面的发展变化对文学的影响。

目录

第一章 绪言

第一节 关于颜回的故事

第二节 研究现状

第二章 《论语》中颜回的原型

第一节 颜回的基本形象

第二节 颜回的故事能够产生流变的可能性

第三章 历代文献中的颜回故事及其流变原因

第一节 "与圣人近"的颜回

第二节 "明君子"颜回

第三节 "学而无行"之徒——传统孔颜形象的第一次背离

第四节 《庄子》中的颜回形象

第五节 圣士颜回

第六节 颜回原始形象的回归

第七节 纬书中的颜回神话

第八节 颜回由"神"到"人"的形象转变

第九节 传统的儒士：颜回

第十节 颜回形象的神仙化

第四章 结语

嫦娥、羿神话的文学移位及其文化意蕴

2008年南开大学博士学位论文　赵红

摘要

　　富有诗意的嫦娥神话与恢宏壮阔的羿神话，是中国传统文化中非常具有代表性的故事主题，它们以启人遐想、令人赞叹的内容承载着远古先民探索自身的深切渴望以及认识世界的不懈努力。然而，伴随着人类不断向文明迈进的步伐，当嫦娥、羿神话逐渐失去了其赖以存在的宗教信仰的土壤而最终结束了其历史使命，嫦娥、羿的形象和故事就转变为文学的结构因素，其精神和内蕴借助文学的载体重新绽放出旺盛、鲜活的生命力，从而实现了由神话向文学的成功移位。在这一移位过程中，尽管嫦娥、羿神话消失了，但是经过历代文人的热烈重识和大胆重构，嫦娥、羿的形象得以丰富和发展，嫦娥、羿的故事得以扩展和充实，在繁花似锦的文学百花园中绚丽多姿的展演着，自成一道亮丽的风景。

　　如果将嫦娥、羿神话移位为文学的演变路径视为一条穿越漫长历史的纵向轨迹，而将每一个时间段视为这条轨迹上不同的横截面，那么，嫦娥、羿神话的题材和意象在某个时期的文学文本中盛衰消长的情况，则是当时社会思想的特征和价值观念的取向最为真实、生动的投影。嫦娥、羿神话移位为文学，其人物形象具有连续性的"变"的线索和故事内容具有艺术性的"演"的线索，相互交织，所映现的正是文化变迁的意蕴和文化主题的走向。就这个意义而言，以嫦娥、羿神话的文学移位为切入点，通过对神话构成要素流变脉络的梳理，来解析表象之下深刻的文化内涵，这无疑是一项非常有价值的研究工作。

本文以主题学和原型批评的理论与方法为视角，在尽可能详尽搜集相关材料的基础上，进一步完善嫦娥、羿神话的传承体系，从具体的文学作品入手，着力对嫦娥、羿的形象和故事进行分析和比较，以便勾勒其发展、演变的态势。并在清晰描述嫦娥、羿神话向文学移位这个动态过程的同时，力求阐释其历史、社会的背景和文学、文化的动因。

全文共包括四方面内容，简述如下：

引言部分说明了嫦娥、羿神话的魅力之所在，以及研究其文学移位的重要意义和价值；以综述的形式回顾了嫦娥、羿神话的研究现状，指出存在的不足和深化研究的方向；介绍了本文所运用的基本研究方法，并对主要文献做了概述。

第一章以先秦两汉特别是两汉时期为历史横截面，分别从最初的样貌、开拓的空间、多向的融合三个方面勾勒了嫦娥、羿神话的初始形态；分析了汉代人舍弃历史之羿而显扬英雄之羿的文化原因，并说明了汉代人在阴阳偶合观念作用下对嫦娥神话和羿神话进行结合，给两个神话所带来的发展契机。同时，阐释了受到东汉神仙思想的影响，嫦娥神话仙话化的可能性与必然性。

第二章以魏晋唐宋特别是唐宋时期为历史横截面，从感觉和心理两个层面描述了魏晋唐宋人的月宫印象以及对月宫物象的创造性发展；分别以伦理道德规范下女人化的嫦娥和神仙思想世俗化过程中女仙化的嫦娥两条线索为考察对象，分析了在夫妻家庭框架中的嫦娥凄苦、孤寂的形象和仙妓合流趋势中妓仙嫦娥主动、多情的形象，并阐释了嫦娥故事形成这种展演状态的文化动因；对羿的形象和故事之定型与微变进行了描述和分析。

第三章以金元明清特别是明清时期为历史横截面，纲常伦理对女性的进一步重压与道教在其世俗化进程中不断向儒学的靠拢，使女人化的嫦娥和女仙化的嫦娥这两条演变轨迹在"道德"这一点上实现重合，通过大量文学作品来展示嫦娥形象和故事在此一阶段的发展形态，并阐释其背后的文化动因是论述的重点内容；对羿的形象和故事之停滞与衰歇进行了描述和分析。

目录

引言

第一章 礼的规范与生的渴望中嫦娥、羿神话文学移位的契机——先秦两汉时期

第一节 最初的样貌

第二节 开拓的空间

第三节 多向的融合

第二章 家庭伦理与神仙思想交织下嫦娥、羿神话文学移位的走向——魏晋唐宋时期

第一节 繁华富丽的月宫世界

第二节 家庭伦理观念笼罩下嫦娥的孤栖之苦

第三节 神仙思想世俗化中嫦娥仙话的情爱主题

第四节 羿的形象和故事之定型与微变

第三章 双重"道德"重压下嫦娥、羿神话文学移位的新变——金元明清时期

第一节 强化妇德的男权话语对嫦娥的谴责与褒扬

第二节 强化"道德"的道教伦理对嫦娥仙话下凡历劫主题的影响

第三节 羿的形象和故事之停滞与衰歇

附录：嫦娥、羿神话文学移位的多向延展

中国古代"恶神"神话的演变及其文化意蕴
（附节选）

2008年南开大学博士学位论文　颜建真

摘要

　　论文中所涉及的"恶神"有蚩尤、共工、刑天、鲧。这些神最初是中国古代神话中的神，后来在历史意识、政治文化的影响下，成为封建统治者眼中的"恶神"。这些"恶神"在后世的演变趋势主要有：一是由神话中的神演变成为历史上的人，由神话中的神演变为人为宗教或者民间信仰中的神；二是这些"恶神"与其对立的部落首领之间的关系演变为封建社会的君臣关系；三是由正面的形象逐步成为"恶"的化身。"恶神"故事在后世小说、诗歌、散文、戏曲、绘画等领域都有表现。本文主要运用主题学的研究方法，从文学、文化的角度研究"恶神"故事的产生、发展、流变并分析其文化意蕴。

　　本文分为前言、主体、结语三大部分，简要概述如下：

　　前言部分介绍了选题缘由，对"恶神"做出了界定，回顾了"恶神"故事的研究现状，明确了选题的价值和意义，提出了有待解决的问题，并分析了研究对象、研究方法的意义。

　　第一章介绍"恶神"故事的文本状况和演变轨迹。文本状况按朝代分为先秦、秦汉至唐代、宋元明清三个阶段，概览式地列举了经、史、子、集中与"恶神"相关的文献，以此可见"恶神"故事的全貌、演变轨迹。在纵向梳理中，勾勒出"恶神"故事的流传、发展情况，以便从动态视角研究"恶神"故事的文化内涵。

第二章分析了历史意识对"恶神"故事的演变所产生的影响。原始神话中就有历史的影子，在历史意识成熟之后，这些"恶神"的神话受到影响，开始向历史转变。历史意识对"恶神"故事有以下影响：一方面求实与"托古""尊古"之风造成"恶神"成为正史中的人物，并有了专门的传记，而且与之相关的古迹、地名的记载增加。另一方面，以史为鉴的传统使得"恶神"故事在文学领域有大量的表现，而且历史意识惩恶扬善的实质始终贯穿在"恶神"故事中。

第三章分析了政治文化与"恶神"故事的关系。主要是君主专制制度对"恶神"故事的影响。文中首先介绍了君主专制主义的含义，然后按照夏商周、秦汉至唐代、宋元明清三个阶段对君主专制主义在各阶段"恶神"故事中的变化做解释。总之，随着君主专制主义的不断强化，"恶神"故事的改编创作者受到自身朝代政治背景的影响，也越来越强调君主至上的观念。

第四章分析宗教对"恶神"故事的影响，包括原始宗教、道教以及民间信仰。"恶神"神话蕴含了原始宗教的内容，而且在道教兴起后，接受了道教的改造，主要表现在蚩尤成为祸乱盐池的恶神。"恶神"还继续存在于民间信仰中。在分析民间信仰中的"恶神"时，借用了美国人类学家雷德费尔德（Robert Redfield）提出的大传统和小传统的理论，以说明民间信仰中的"恶神"与官方意识（历史意识以及政治文化）的不一致之处。而在世俗化宗教氛围的影响下，这些"恶神"也都呈现了世俗化的特点。

结语部分简单总结全文，指出"恶神"故事具有独特性的原因，并说明在"恶神"故事的演变过程中，各种文化因素不是截然分开而是参差互见的，它们的相互融合才使"恶神"故事呈现出独特的风貌。

目录

前言

上编

第一章 "恶神"文献综述

第一节 蚩尤神话的文献综述

第二节 共工神话的文献综述

第三节 刑天神话的文献综述

第四节 鲧神话的文献综述

下编

第二章 历史意识影响下的"恶神"故事

第一节 中国古代的历史意识与史官文化

第二节 历史意识影响下的"恶神"故事

第三节 历史意识的实质与"恶神"故事

第三章 君主专制主义影响下的"恶神"故事

第一节 君主专制制度与中国传统政治文化

第二节 君主专制制度影响下的"恶神"故事

第四章 宗教信仰中的"恶神"

第一节 原始信仰中的"恶神"

第二节 道教文化中蚩尤形象的演变

第三节 民间信仰中的"恶神"

结语

本文主要运用主题学的研究方法，对"恶神"故事的文本演变进行考察，并分析其文化意蕴的嬗变规律。

从"恶神"故事的文本流传情况来看：先秦时期是"恶神"故事的雏形期，这一时期关于"恶神"的记载大多出现在先秦史书和诸子中，处于一种神话和历史杂糅的状态。秦汉至唐代是"恶神"故事的发展期，表现在"恶神"故事大多被改造成为历史，"恶神"作为艺术形象进入笔记小说，"恶神"及其事迹作为典故移位进入文学的殿堂。另外，"恶神"还出现在绘画等艺术作品中。宋元明清时期是"恶神"故事的繁荣期，表现在大多数"恶神"在史书中有专门的传记，与"恶神"有关的地名、古迹的记载在史书中有所增加，"恶神"作为独立的艺术形象出现在通俗小说或戏曲中，"恶神"及其事迹继续作为典故大量移位进入诗文、小说、戏曲中。另外，"恶神"大多以人的形象出现在明清通俗小说的插图中。

从"恶神"故事的文化内涵来看：众所周知，"神话既是原始的口头创作，又是原始初民的哲学、科学、道德、宗教、历史、文学等各种社会意识的统一体。只有在进一步的发展中，各种社会意识才逐渐独立出来，清楚地显露出自己特有的本质特征"。所以，"历史家可以从神话里找出历史来，信徒们找出宗教来，哲学家就找出哲理来"……

具体到"恶神"故事，根据现有的研究成果，我们知道"恶神"的人物原型是原始社会的部落首领，而"恶神"故事的原型是原始社会部落战争在神话中的投影，其在后世的发展恰恰验证了上述话语。这些"恶神"在后世的演变趋势主要有：一是由神话中的神演变成为历史上的人，由神话中的神演变为人为宗教或者民间信仰中的神；二是这些"恶神"与其对立的部落首领之间的关系演变为封建社会的君臣关系；三是由正面的形象逐步成为"恶"的化身。在其演变过程中，受到了历史意识、政治文化以及宗教的影响从而呈现出上述文化因素。这几种文化因素，有的随文化自身的演变在作品中有不同的表现，有的则在流传过程中始终作为故事的稳定因素一直存在，这都有其变与不变的原因。值得注意的是，各种文化意蕴不是截然分开而是参差互见的，在"恶神"故事的演变过程中，它们的相互融合才使"恶神"故事呈现出独特的风貌。另外，"恶神"作为神话原型移位进入文学的殿堂，成为文学作品的素材或者成为文学殿堂中的意象。这些意象反复出现在文人笔下，如加拿大神话原型批评理论家弗莱所认为的："原型即一种典型的，反复出现的意象。"这样"恶神"意象就具有了原型的意义。瑞士心理学家荣格认为：神话是原型的一个众所周知的表达方式，换而言之，原型实际上主要以神话的方式显示其存在。他曾经说："原始意象或原型是一种形象，它在历史过程中不断发生并且显现于创造性幻想得到自由表现的地方。因此，它本质上是一种形象。当我们进一步考察这些意象时，我们发现，它们为我们祖先的无数类型的经验提供形式。"而且，"生活中有多少种典型环境就有多少个原型。无穷无尽的重复已经把这些经验刻进我们的精神构造中……当符合某种原型的情景出现时，那个原型就复活过来"。这说明原型的出现需要一定的条件。而"恶神"作为意象之所以出现在文人笔下，正是因为有符合其原型的情景，与中国古代政治局势的纷杂多变有关，譬如蚩尤作为意象大量出现在文人笔下，与宋元时期动荡的局势密切相关。文人们采用这些原型，是因为"文艺作品的原型好像凝聚着人类从远古时代以来长期积累的巨大心理能量，其情感内容远比个人心理经验强烈、深刻得多，可以震撼我们内心的最深处"。袁行霈主编的《中国文学史（第一卷）》对上述原型理论进行了发挥："神话作为原始先民意识形态的集中体现，凝结着先民对自身和外界的思考和感受，包孕着浓郁的情感因素。这些神话意象在历史中固定下来，通过文化积淀，在一代代人的心底流淌，并总是不失时机地通过各种形式、在后代文学作品中表现出来。也就是说，神话对于文学的意义，不仅仅在于它是文学家的素材，更为重要的是，那些自觉或不自觉地运用了神话原型的作品，都可以把作者或读者领入先民曾经有过的那种深厚的情感体验之中，从而缓释现实的压力，超越平凡的世俗。神话作为原型的意义要比它作为素材的意义更为重要。"总之，"恶神"作为神话原型，从神话的殿堂移位进入文学的殿堂，在不同的时代不同文人的笔下，折射出丰富多彩的意象内涵，形成了特有的"恶神"意象系列，丰富了后代的文学意象。

综上，本文对于从先秦至清末的这几个"恶神"的文本流传情况做了综述，在此基础上，对于这些"恶神"所体现的文化内涵做了分析，主要是从历史意识、政治文化、宗教信仰入手，对文中所提及的几个"恶神"做了一次比较全面的考察和分析。这样的做法有利于全面理解文中所涉及的"恶神"的发展趋势，尤其是有利于理解在历史意识以及政治文化的影响下"恶神"的发展趋势。这是一种对神话进行阐释的新的方法。任何一个历史时期的文学作品都具有鲜明的时代特色，呈现出不同的风貌，从不同角度反映了当时的社会风俗、政治背景、宗教信仰等诸多文化现象。本文正是以"恶神"故事的流传演变以及发展过程中显现的文化意蕴为落脚点，完成了对"恶神"故事的考察。但是不可否认，由于时间紧迫，面对大量的第一手资料，资料的收集与整理无疑占用了大量的时间，论文中还有许多虽然提及但未及展开的地方，资料的分析方面，理论上的准备仍然不够，今后将集中力量充实理论，力求做得更完美。

黄粱梦故事的演变及其文化内涵（附节选）

2008年南开大学硕士学位论文　孙国江

摘要

　　黄粱梦故事是在我国古代流传甚广的故事类型，在其不断发展的过程中，逐渐形成了具有深刻内涵的黄粱梦文化。从文本的流传来看，黄粱梦故事的文本横跨了小说、戏曲、诗歌、仙传、方志等领域，影响十分深远。本文即采用主题学的方法，在广泛收集各种资料的基础上，从梦文化、道教文化和士人精神三个角度对黄粱梦故事的流传过程进行文学与文化关系方面的梳理和分析，以揭示黄粱梦文化的形成过程及其独特内涵。

　　本文的引言部分主要介绍了黄粱梦故事的研究现状，并对所使用的主题学的研究方法做了简要的介绍。

　　正文部分共分为四章：

　　第一章介绍黄粱梦故事的主要文本及其存佚情况。分为魏晋到唐代、北宋到明前期、明中后期到清代三个部分来进行文本的简介，以期从中看出黄粱梦故事文本发展和演变的轨迹。

　　第二章分析黄粱梦故事与中国古代梦文化之间的关系。首先从先秦道家关于人生与梦的思辨以及之后形成的人生如梦思想对于黄粱梦故事的主旨的影响方面来进行黄粱梦故事中梦文化的思想溯源，然后分析黄粱梦故事产生以后各个时代的梦文化对于故事演变的影响。

第三章分析黄粱梦故事与道教之间的关系。首先分析了道教思想中的神仙隐逸思想对于黄粱梦故事思想的影响，然后从内丹道吕洞宾崇拜的角度分析其对于黄粱梦故事的影响。

第四章分析黄粱梦故事与士人精神之间的互动关系。从中国古代士人政治理想与人格理想的悖论角度来看黄粱梦故事所反映的思想内涵，以及黄粱梦文化中所表现的士人们在精神向往和仕途功利之间摇摆不定的矛盾心理。

结语部分总结了黄粱梦故事的基本结构以及它在流传过程中所表达出来的文化意蕴和文化内涵。

目录

引言

第一章 黄粱梦故事文本的演变和流传

第一节 魏晋到唐代——黄粱梦故事的产生和形成

第二节 北宋至明前期——黄粱梦故事的发展和嬗变

第三节 明中后期至清代——黄粱梦故事的高潮

第二章 黄粱梦故事与中国古代梦文化

第一节 概述

第二节 黄粱梦故事中人生如梦思想的渊源

第三节 古代梦观念的发展和黄粱梦故事的流传演变

第三章 道教系统中的黄粱梦故事

第一节 概述

第二节 神仙世界、游仙思想和黄粱梦故事的道教思想渊源

第三节 宋元内丹道教对于黄粱梦故事的改造

第四章 黄粱梦故事与士人精神的演变

第一节 概述

第二节 中国古代士人精神的二律背反和黄粱梦主题的关系

第三节 士人精神的演变在黄粱梦故事中的显现
第四节 历代文人诗词中黄粱梦典故的文化意蕴
第五节 历代文人笔下的吕仙祠
结语

　　魏晋时期的小说多以史笔成文，即便是奇妙荒诞的怪异情节，也只是寥寥数笔成之。到了唐代，这种现象大为改观，唐代的传奇文不仅篇幅加长，而且描写细腻，感情真挚，情节恢诡。其中尤以记梦类小说蔚为大观。唐代的记梦类小说数量很多，其中既有反映梦中情景对现实世界的影响的如《谢小娥传》《三梦记》；也有记述魂魄离身而于梦中外游的如《离魂记》；更有记载梦中艳遇的《秦梦记》《周秦行记》等，而其中尤以《枕中记》和《南柯太守传》所代表的通过记梦以表达一种哲学体验因而警醒世俗的小说类型最为独特而影响深远。

　　与前代相比，唐人对于梦的理解带有积极浪漫的色彩。在初盛唐时人们的眼中，梦是他们抒发情感，寄托愁思的地方，梦境也是独立于现实之外、可以任意徜徉的世界。但是，就在初盛唐人们满足从贞观到天宝初年的步步繁荣昌盛时，一场安史之乱使得一切美好都化为乌有。那种"忆昔开元全盛日，小邑犹藏万家室"的辉煌景象刹那间只剩下迷离美梦般的回忆，成为中唐文人反复追忆的对象。盛世不再的空虚感、对于政治混乱的不满和边疆割据带来的忧虑充斥着中唐文人的思想世界，使他们在无奈之余开始追寻一种梦幻中的理想世界。钱起的一首《寄任山人》中即有"所思青山郭，再梦绿萝径"的诗句，耿湋的《春日游慈恩寺寄畅当》中更有"死生俱是梦，哀乐讵关身"句，显示出大乱之后文人们的弃世之情和对梦中世界的向往。《枕中记》记录的正是一个梦中的理想世界以及主人公在这个世界中一帆风顺的仕宦生涯。故事的时间被定为开元年间，正是唐代走向最辉煌的时候。在梦中，主人公卢生娶了唐代五姓之一的清河崔氏女，中进士第、应制登科，历任秘校、监察御史、起居舍人、知制诰、刺史、京兆尹、节度使、侍郎、尚书、御史大夫、常侍、宰相、中书令，封燕国公，五个儿子都得清要之官，有子孙十余人，年八十而终，每一步都是按照理想设计的。而当梦醒之时，他却看到自己"方偃于邸中，顾吕翁在傍，主人蒸黄粱尚未熟，触类如故"，一切又回到了原来的起点。

在卢生的这场梦中，作者并没有如同后代的改写本一样加入大量的因贪赃枉法而受到惩处的情节，其间虽有受同僚陷害、几至自裁的小插曲，却也仅仅是为了衬托此后大难不死的显赫福禄。作者这样写，其目的和陶渊明创作桃源世界一样，是在彷徨与无奈中塑造一个理想中的人生以达到自我安慰的目的。在《桃花源记》中，桃源世界最终在昙花一现之后消失于人间，而《枕中记》中的理想人生则完全是美梦一场，最终留下来的与其说是对人世的警醒，倒不如说是更大的虚无感，这也正是梦这一意象在此处的作用。

与《枕中记》类型相同的唐传奇尚有《南柯太守传》和《樱桃青衣》。《南柯太守传》与《枕中记》一样写作于唐德宗年间，正是安史之乱结束后不久。《樱桃青衣》作者时代已不可考，但从其情节体例全仿效《枕中记》且同收入《异闻集》来看，当也是作于此时期。在经历了开元、天宝年间的繁盛和国力的极度强大之后，每一个有志之士心中都充满了对于建功立业的渴望。但是，安史之乱的巨大阴影以及随之而来的朝政腐败、地方割据等问题，使得文人们没有施展自身抱负的可能。他们把自己的理想寄托于小说中的梦幻世界里，于是就有了《枕中记》中的黄粱梦境、《南柯太守传》中的蚁国游历和《樱桃青衣》中的梦中发迹。但每一个故事的最后，美梦的结局全都归于一场虚幻。最终，那些美梦的塑造者也不得不去面对现实，面对那个美好的梦幻世界与这个就在眼前的冷酷而真实的现实世界之间巨大的反差。于是，作品的主题都归于了早期道家哲学所提出来的那个命题——人生如梦。可以说，正是在中唐文人中普遍存在的这种人生如梦情结孕育了这些独特的梦幻故事，而《枕中记》正是其中最具代表性的作品。

唐代的梦观念发展到宋代产生了很大的变化。自宋代开始，受到由理学开创的质实主义的哲学观的影响，人们对梦境不再心存幻想，而是把它当成一种人类特殊的心理活动来看待。北宋理学大家张载认为梦是由人的内心世界与外在事物交感而形成的，南宋的理学家朱熹则认为梦是人的精神潜伏时出现的一种特殊的心理活动。张载曾说："寤所以知新于耳目，梦所以缘旧于习心。"①朱熹也认为："夜之梦，犹寤之思也，思亦是心之动处……心存这事，便梦这事。"②理学家的解释十分接近于科学的梦观念，可以说已经是十分理性的了。受这种观念的影响，宋元的人们放弃了在梦中寻找理想世界的想法，欧阳修《述梦赋》中说："苟一慰乎予心，又何较乎真妄"，明确认识到梦境是不同于真实世界的幻想。而正是由于认识到了梦境的虚幻不实，才更增添了人们在美梦初醒后的幻灭感。宋元文人不像唐人那样有着那么多的关于梦境的幻想，相反，他们对于梦中的美好总是心存警醒。因此，宋人作品中，升官的经历被大大简化，其着力所表现的是主人公在梦中的直言上谏和触怒皇帝而遭刑戮，显然正是受到理学思想的影响。元曲中的黄粱梦故事也不再把大量笔墨放在对入仕升官过程和歌舞升平景象的描写上，而是浓墨重彩地刻画了主人公因渎职而被判刑后的种种磨难。这样的描写虽然更符合了整个故事"点醒天下梦中人"的主题，但使作品所表达出的"人生如梦"思想在某种程度上被淡化。

---

① 张载：《正蒙·动物篇》，张载著，章锡琛校注：《张载集》，中华书局1978年版，第19页。
② 朱熹著，王星贤注解：《朱子语类》卷三四，中华书局1986年版，第861页。

柳毅故事的流传演变及其文化内涵

2008年南开大学硕士学位论文　张春霞

摘要

　　柳毅故事是中国爱情文学中的经典，其行云流水般的语言和深入人心的人物形象让这个故事得以代代相传。这篇神话故事充满了奇异的幻想和浪漫主义的情调，但它的思想内容反映的则是人世间的种种现实问题。完整的故事文本虽自唐传奇伊始，但故事源头却可以追溯至秦汉时期，之后该故事在小说、诗歌、杂剧、传奇、方志中都有文本流传。本文拟运用主题学的研究方法，从文学、文化的角度研究柳毅故事在叙事文学中的产生、发展与流变及其背后的文化内涵。

　　引言部分回顾了柳毅故事的研究现状，简要介绍了主题学的研究方法，明确了选题的价值与意义。

　　正文部分根据故事所涉问题共分为四章，每章之下按照时代分节论述：

　　第一章介绍柳毅故事的文本演变情况。在这一部分中，笔者将对柳毅故事的材料进行竭泽而渔的搜集，分为唐、宋元、明清三个时代，除了小说、戏曲等文体外，还包括诗文、方志等，从而在纵向横向两个方面对故事有个整体把握，使自己的论述建立在翔实可靠的材料的基础上。

　　第二章介绍人与异类相恋故事类型的发展对柳毅故事流变产生的影响。本章论述的是柳毅故事的虚幻因素。第一节对人与异类相恋故事类型进行一个简要的溯源与概述，之后分世俗化与神奇化两条线索对故事进行分析，并根据各个时代的主要特色分唐宋元与明清两个时代进行论述，研究不同时代的文化特点对柳毅故事流变产生的影响。

第三章介绍婚恋观念的变化对柳毅故事流变产生的影响。本章论述的是柳毅故事所反映的现实因素。第一节对中国古代的婚恋观念做一个简要概述，之后抓住各个时代的主要特点分析柳毅故事在唐、宋元、明清三个时代表现出的不同风格，并涉及诸如科举、文人及妇女的自主精神等问题。

第四章介绍龙文化及龙女形象对柳毅故事的影响。第一节概述了中国上古神话中龙形象以及道教对龙形象的影响，第二节论述了佛教的传入对"龙王"概念以及龙女报恩故事类型的引进作用，第三节则着重分析了柳毅故事中龙女形象的溯源以及龙王的儒释道三重文化背景。

最后结语部分总结并简述各部分观点，指出柳毅故事的独特性，进一步说明在柳毅故事的发展演变过程中，各种文化思潮与时代特点都在其中留下痕迹，交叉融合，并共同为柳毅故事的成型与流传推波助澜。

目录

引言

第一章 柳毅故事的文本演变情况

第一节 唐代——柳毅故事流传的起源期

第二节 宋元——柳毅故事流传的延续期

第三节 明清——柳毅故事流传的发展期

第二章 人与异类相恋故事演变与柳毅故事的流变

第一节 人与异类相恋故事的缘起及演变概况

第二节 唐宋元——柳毅故事流传过程中的世俗化

第三节 明清——柳毅故事流传过程中的神奇化

第三章 婚姻观念的变化与柳毅故事的流变

第一节 婚姻观念的演变概况

第二节 唐代——柳毅故事中的门第观念

第三节 宋元——柳毅故事中对"情"的关注

第四节 明清——柳毅故事中的贞节观念

第四章 龙文化及龙女形象与柳毅故事的流变

第一节 中国古代的龙形象

第二节 佛教传入对龙及龙女形象的影响

第三节 柳毅故事中的龙及龙女形象

结语

论嫦娥奔月神话的文本流变

2008年东北师范大学硕士学位论文　刘术人

摘要

　　20世纪早期的嫦娥奔月神话研究非常重视资料的考证、整理。20世纪80年代始，学界继续资料整理，并侧重于多角度多方向的全新解读，对嫦娥奔月神话展开了广泛的隐喻分析，如从"神话变形论"角度结合原型批评开展的分析，从生死观、从对自然现象的科学探索、从宗教角度开展的隐喻分析，从女性主义、文化人类学、文化学、文字学、宗教等方面形成对嫦娥奔月神话的多角度解读。这一时期，还对嫦娥奔月神话在唐诗、明清小说、现代小说中的变异以及中西方比较文学方面展开研究。可见，嫦娥奔月神话研究主要针对文本考证、隐喻分析、在文学中的样式来研究，产生了诸多母题：譬如原型学理论支撑下的神话变形论母题；女权思辨中的女弃男叙事模式母题；道教思想土壤中的嫦娥奔月神话宗教性母题；月、桂、蟾蛙文化背景下的嫦娥形象原始文化解构母题等。本文另辟蹊径，对嫦娥奔月神话的文本流变进行系统研究。

　　本文先将嫦娥奔月神话文本进行归类、整理，指出直接记载嫦娥奔月神话本事的文本较文人用引嫦娥奔月神话的其他文本更值得关注、更重要。典籍文献属性不同、时代不同，所记述嫦娥奔月神话文本就不同。先后记载、转述了"嫦娥奔月"神话本事的文本主要存于：《归藏》《淮南子》《灵宪》《搜神记》《文选》《后汉书》《初学记》《独异记》《太平御览》《说郛》十大典籍；零散记录、活用、异化嫦娥奔月神话中的所涉个别元素的文本主要存于：《山海经》《楚辞》《穆天子传》《吕氏春秋》《论语》《博物志》《汉武故事》《汉武帝内传》《抱朴子》《神仙传》《拟天问》、唐宋诗词、《酉阳杂俎》《西游记》《镜花缘》《聊斋志异》《奔月》《后羿》等。嫦娥奔月神话文本经历了与西王母神话、羲和神话、月神话相交融，受这三个神话自身元素流变影响，从简单到复杂，从原始巫术到道教仙话，再到文学解读的流变。本文还通过汉代画像、唐宋辽金铜镜、明清国画等形式中化用嫦娥奔月神话的研究，明确文本流变与传播载体属性、时代背景的深刻关系。

  本文依据对嫦娥奔月神话文本归类、整理的结果，对嫦娥奔月神话文本流变进行了分期与流变规律总结，将嫦娥奔月神话文本流变过程分为四个时期：形象期、故事期、审美期和变异期。分别对应着：汉以前、汉至晋、唐宋辽金、明清以降。主要文献典籍代表分别为：形象期《山海经》《归藏》；故事期《淮南子》《灵宪》；审美期《酉阳杂俎》；变异期《说郛》。嫦娥奔月神话文本流变规律主要为：以"不死药"为核心情节，从"月"到"月中"向其他"异化"转变。嫦娥奔月神话文本流变的这一主要规律有三个方面成因：典籍属性决定了嫦娥奔月神话文本流变、嫦娥奔月神话的文本流变与人间理想变迁一致、历史文化形态不同制约了嫦娥奔月神话文本的流变。

目录

引言

第一章 嫦娥奔月神话研究浅析

第一节 早期的史料考证与整理

第二节 现今的史料整理与全新解读

第三节 嫦娥奔月神话研究小结

第二章 嫦娥奔月神话文本的归类整理

第一节 记载嫦娥奔月神话本事的文本

第二节 用引嫦娥奔月神话的其他文本

第三章 嫦娥奔月神话文本流变的分期及规律试析

第一节 嫦娥奔月神话文本流变的分期

第二节 嫦娥奔月神话文本流变的规律

结语

从历史到传说：先秦两汉伍子胥故事的流变

2008年北京大学硕士学位论文　孙莹莹

摘要

　　讲故事是先秦常用的说话方式之一。本文试图通过分析伍子胥故事在先秦两汉演变的情况，来探讨这种说话方式在先秦两汉不同文本之间互相影响的情况，并试图挖掘这种方式在史著和文学作品之间所起的勾连作用。

　　本文的第二章首先探讨伍子胥故事在先秦两汉发生和流行的原因。血亲复仇在先秦是很常见的事情，而复仇行为也是得到社会和法律认可的行为。两汉时期对复仇行为的极力推崇无形中推动了伍子胥故事在这个时期的流传和演变。

　　第三章主要对从《左传》到《史记》的伍子胥故事情节进行分析，以伍子胥如吴、伐楚复仇和伍子胥之死三者概括，以此来探讨史传作品中人物形象和情节的演变以及早期史传作品对于后世的影响。

　　第四章将在上一章基础上对《吴越春秋》和《越绝书》这两部著作进行文本分析和横向比较。可以看到尽管这两部著作所涉及的历史事件大致是相同的，但对人物所使用的称呼的不同和细节的出入却显示出可能的不同资料来源和作史者本身立场的不同。《吴越春秋》是史传作品受到民间传说影响的代表，而《越绝书》则是不同古书的混合体。

　　最后一章将讨论与伍子胥相关的出土文献、文物和历史遗迹。它们分别代表着与伍子胥故事相关的不同方面。从《盖庐》我们可以看到伍子胥故事中主人公被消解了的军事才能，而伍子胥画像镜则再次提示了我们伍子胥故事发展过程中民间传说的影响。与伍子胥故事相关的历史遗迹非常之多，它们反映了故事在流传扩展中的影响，也提醒了我们传说对于文本的影响。

目录

第一章 绪论

第一节 讲故事的传统与文史之辨

第二节 伍氏世系与伍子胥的名字问题

第三节 前人的研究

第四节 本文的研究思路

第二章 伍子胥故事的历史背景

第一节 作为忠臣的伍子胥

第二节 先秦的血亲复仇

第三节 两汉对复仇的推崇

第四节 结语

第三章 伍子胥故事的文献研究其一——从《左传》到《史记》的正史记载

第一节 如吴

第二节 伐楚复仇

第三节 伍子胥之死

第四章 伍子胥故事的文献研究其二——《越绝书》与《吴越春秋》的对照研究

第一节 简述二书的成书情况

第二节 讲故事的立场

第三节 情节对比

第四节 史传的文学之功

第五章 从文物材料看伍子胥的传说化

第一节 张家山汉简《盖庐》

第二节 伍子胥画像镜

第三节 其他相关历史遗迹

结语

图版目录及说明

《夷坚志》故事流变考述

2008年河北师范大学硕士学位论文　张大江

摘要

　　《夷坚志》是南宋洪迈编撰的一部志怪小说集，其数量之富，堪比《太平广记》。全书以记录他人口述的奇闻逸事为主，故事奇特、有趣，内容通俗、广博。因此，它的许多故事成为后世小说家和戏曲家竞相取材的对象，在现存的很多小说和戏曲作品中，我们都能看到《夷坚志》故事影响的痕迹。

　　对《夷坚志》进行集中的研究是近十几年的事，学界大都把精力集中在《夷坚志》的版本和其中各志创作时间的考证以及洪迈小说观的归纳和阐述上，也有不少人致力于《夷坚志》佚文的钩稽和整理，为学界对《夷坚志》做进一步深入研究奠定了坚实的基础。但是，对于《夷坚志》这样一部大书而言，现有的研究成果无论是在广度，还是在深度上，都还远远没有达到完善的程度，比如《夷坚志》故事对后世小说戏曲的影响这一重要领域就鲜有人问津。几乎所有研究《夷坚志》的人都看到了它对后世文学的重大影响，但是，却很少有人去做系统而深入的整理和分析，进而探讨它深层次的作用和意义。

　　本论文在全面把握《夷坚志》对后世小说戏曲影响的基础上，通过统计、分析，来探究《夷坚志》故事流变的轨迹，并解答究竟有多少后世的小说戏曲受到了《夷坚志》故事的

256

影响，《夷坚志》故事又是如何影响了这些小说和戏曲？《夷坚志》故事为什么会对后世小说戏曲产生如此重大的影响等问题。论文正文分为三章：第一章《夷坚志》故事在后世小说戏曲中的流变，通过数据统计的方法概括其传承过程中的独特之处，并探讨《夷坚志》故事广泛流传的原因；第二章探讨《夷坚志》故事的传承方式和改编再创作，详细分析《夷坚志》故事在后世小说戏曲中传承的过程，并分析了明清小说戏曲对《夷坚志》故事的改编再创作的方式；第三章着重探讨《夷坚志》故事重塑的动因，从"情"的觉醒、劝诫教化传统、中和之美等角度探讨后世小说家和戏曲家对《夷坚志》故事进行的富有意味的改编和再创作，及其在改编再创作后所体现出的新的文化内涵和意蕴；余论简述了后世小说戏曲对《夷坚志》故事改编再创作的价值及其不足。

目录

绪论

第一章《夷坚志》故事在后世小说戏曲中的流变

第一节《夷坚志》故事的流变情况

第二节《夷坚志》故事的流传特色

第三节《夷坚志》故事广为流传的原因

第二章《夷坚志》故事的传承方式与改编再创作

第一节《夷坚志》故事的传承方式

第二节《夷坚志》故事的改编再创作

第三章 后世小说戏曲对《夷坚志》故事重塑动因探析

第一节 "情"的觉醒与《夷坚志》故事的重塑

第二节 劝诫教化传统与《夷坚志》故事的重塑

第三节 "中和之美"与《夷坚志》故事的重塑

余论

东坡故事的流变及其文化意蕴（附节选）

2009年南开大学博士学位论文　郭茜

摘要

　　苏轼是宋代历史上杰出的文人，他的生平跌宕起伏，丰富多彩，备受关注。以东坡为名，以他的生平、经历所重构的各种东坡故事，历经宋、元、明、清，一直到现代都源源不绝，数量众多，风格多样。历代东坡故事都是文化巨子苏轼留在文化史上深刻的文化记忆，但又都在某种程度上属于它的时代和创作、欣赏它的人们，因为后代人在重构东坡故事、重塑东坡形象的时候，往往将其所在时代的思维、环境融入故事之中，从而赋予其新的面貌与趣味。也正因为如此，东坡故事才能在历史的沉淀、文化的自然筛选中延续下来，在看似不断的重复中积淀更加深厚的文化内蕴，成为中国文化中一个不可缺少的意义符号。

　　本文主要应用由主题学发展而来的叙事文化学方法，在对东坡故事的相关资料进行尽可能充分的占有与梳理的基础上，从思想文化、制度文化、政治文化、商业文化、大众娱乐等不同的方面切入，尝试对不同时代所呈现出来的特征进行初步的社会、文化的解析。

　　历史上的苏轼就是一个丰富多元却又内在统一的文人，他的人生模式甚至是体现民族文化性格的最典型的模式。苏轼少年入仕，名满天下。首先，苏轼是一个风骨凛然的刚直之臣。他敢言直谏，政绩斐然，以天下为己任，先忧后乐。其次，苏轼也是一个充满诗意与机趣的风雅文人，他以幽默好谑的天性，善于从日常生活中体验出艺术之美。再次，苏轼还是一位饱经政治沉浮的思考者。他历经了党争倾轧之中的颠沛流离甚至生死飘零，更对于人生的空漠有着极其深刻的体悟。总之，历史中的苏轼以自身的经历、自己的思考、自己的诗文表达出了将这些和谐统一在一起的独特的人生观念，在精神世界中开拓出了令后代文人们向往、敬仰的新的人格范式。

士林文化中的东坡故事以历史中的苏轼为基础进行构建，主要围绕仕隐、穷达、道德风骨、日常审美等与士人们息息相关的话题展开。在历代东坡故事中，都有对于苏轼人生中某些方面的强化，熔铸着不同时代的士人们在不同境遇之中的思考与选择。宋代文人们多以兼济为怀，往往借由东坡故事来高举敢言直谏、忠义填骨髓、兢兢业业、担当民虞的道德风骨。元代文人们则在东坡故事中充溢了贬谪之苦、沉郁之悲，以及穷快活的浪子风流。在明代文人笔下，更加崇尚行藏自若，尽享风雅繁华。至清代，东坡故事被文人们加以整理、考证，平实质朴。同时，笑谑宴游、诗酒茶石的文人风雅，美人歌舞、东坡肉酒的欲望浮华，都在东坡故事的流传与重构中体现了时代的色调。

相对于士林文化中的东坡故事，市井文化中的东坡故事更加丰富多元、异彩纷呈。物质财富的增长，商业贸易的繁荣，都市经济的发展，市民娱乐的勃兴，都为市井中的文化景观的多元发展提供了较为自由的空间与来自民间想象的张力。在市井的东坡故事中，东坡既是高才被贬的官员的典型代表，在戏剧舞台上尽显失意文人的落魄与寂寥。又是多嘴多舌、爱管闲事的长舌邻居。还是沉醉于酒色歌舞、高官厚禄、荣华富贵，最终悟却前生、安心修道的转世高僧。在苏小妹故事中，东坡作为才女的哥哥，面目相对模糊。市井文化之中的东坡故事，表达了人们对于文人群体的洞察、同情或讽刺。作为供人们娱乐消遣的名人传奇，市井中的东坡故事呈现出庸俗化、狂欢化的特点，却也充满着活泼热闹的市井气息。

东坡故事有着顽强的生命力，生生不息，充满活力。历史中作为个体生命的苏轼早已逝去，但在想象东坡的历代东坡故事中，都深深镌刻着关于东坡的文化记忆。不同时代的人们以多元、多样的方式将其时代的思想情感、风貌习俗融入东坡故事的重构之中，借东坡故事表达看法、追思问题、娱乐笑闹，也为东坡故事注入了源源不断的鲜活力量。直至今日，代代相传、层层积淀、愈久愈淳厚的东坡故事，已经成为传统文化中一个不可多得的文化宝藏。

目录

前言
第一章 东坡故事的相关文献综述
第一节 宋代相关文献综述
第二节 元代相关文献综述
第三节 明代相关文献综述
第四节 清代相关文献综述
第二章 历史中的苏轼
第一节 苏轼生平
第二节 苏轼人格形象
第三章 士文化中的东坡故事
第一节 仕隐中的东坡故事
第二节 日常生活兴味中的东坡故事
第三节 东坡故事的意义——东坡故事之于历代士人

第四章 市井文化中的东坡故事

第一节 贬谪中失意的东坡故事

第二节 风流传奇的东坡故事

第三节 与友交往的东坡故事

第四节 另一种敬仰的方式：庸俗化、狂欢化的东坡故事

第五章 想象东坡的方式

第一节 接受与重构之间——苏轼与东坡

第二节 作为文化记忆的东坡故事

东坡以其渊博的知识、广阔的心胸、坎坷经历中的个人体悟与天才的创造力对自然山水、历史资源进行了超越性的、个人化"整理"，被后世奉为典范。

首先，东坡本人的人格精神与旷达胸襟影响深远，不仅是集大成的宋代士人文化的典型代表，亦是中国文人倾慕敬仰的杰出对象，在某种程度上深入体现、丰富了中国的民族精神。"毫无疑问，苏轼的人生模式是体现我们民族文化性格的最典型之模式。"

第一，为政以德，为善于世。不管是青年得志，还是老贬海岛，东坡始终"道理贯心肝、忠义填骨髓"，勤政爱民，忠谏直言，在政治权谋之中从未放弃过立身的道德节操。以个人的信念实践着对外在世界的态度。

第二，创造性地吸收儒、释、道各家思想，在各种境遇中以心灵的适意与空灵、宽广的襟怀、审美的眼光拓展出即使最普通平常的日常生活中无尽的意义与乐趣，呈现出一种新的对待自我、安顿心灵、抚慰情感的内心模式。

第三，深入到民族的精神之中。"当人们在生活中遇到生与死、痛苦与逍遥、失意与自得、充实与虚无等问题的纠缠时，都会与苏轼有相似的生命体验和感受，都能在读他的作品时引起共鸣。所以我们才会把一个民族的诗人当作这个民族心灵和精神的体现者来看待，因为在他们的作品里蕴含着一个民族对生活最深的体会和文化心理。"因此，东坡不仅得到了后代

文人们普遍的认同，更得到了全民族跨越身份、地域、时代的普遍认同。

其次，后代对东坡之游的敬仰与认同是关于东坡的文化记忆能够不断延续的基础。东坡无疑是民族精神深入浅出的优秀诠释者，作为"文化偶像"，不仅在文人群体影响深刻："后世中国文化人的心灵世界里，无不有一个苏东坡在。"而且在民间也受到少见的广泛关注，不断地以各种形式被创作、重现，流播深远。

第一，故事中的东坡是令人敬仰的知音。在关于东坡的文化记忆中，文人们留下了大量的追慕东坡、以东坡为异代师友、知音的内容。随着历史的推移，人们在对东坡的怀念与崇敬中融入了每个时代的特征，甚至以借东坡酒杯，浇胸中块垒。例如，金元文人尤其赞赏东坡的文韬武略，至明清之际，一方面，刚正不阿"坡公气节"与品格则被不断地强调，另一方面，许多作品呈现出了江南水乡似的柔美安宁，闲逸自得，清雅悠然。

第二，故事中的东坡是落魄文人的典型代表。也许由于东坡所拥有的崇高地位与个人的困厄仕途形成了明显的反差，故而历代关于东坡的文化记忆中总是少不了将东坡作为落魄文人的内容。以东坡被贬或被贬途中发生的故事为题材的作品也占据了相当大的比例，例如现存的三部关于东坡的元代戏曲全部围绕着东坡贬黄州展开。潦倒沦落的东坡故事中也为市井阶层的人们提供了一个典型化的文人场景，被寄予了民众对文人们的洞察与讽刺，故事中的东坡形象多贪利好色、追求荣华、迂腐庸俗、怨天尤人，形成了另一种以底层的理解方式出现的东坡记忆。

第三，故事中的东坡是疏狂放浪的深情才子。醉酒豪歌，不拘一格的东坡记忆有着可与李白媲美的疏狂，不仅"金莲送归"的情节出现在笔记小说、戏曲、绘画之中，而且"醉归图"中醉酒骑驴的主人公是东坡还是李白至今说法不一。骨肉亲情、与妻妾的爱情以及与各阶层、各种职业友人的友情在关于东坡的文化记忆中尤为感人。东坡与弟弟子由的手足之情屡次出现在笔记小说之中，"夜雨对床"中两兄弟相约早退闲居，正显情之至笃。东坡与朝云的爱情故事，尤其是"一肚皮不合时宜"的笑话更是广为流传，而东坡调戏王安石的妻子、与众妓女嬉闹调笑、携妓参禅、诱破色戒等故事则多属无中生有。此外，东坡与僧、道、文人、民众之间众多

262

的交往故事往往风格多样，富于夸张的戏剧色彩。

第四，故事中的东坡是富有情趣的幽默大师。东坡乐观豁达，善于用反讽的方式取得喜剧的效果，用智慧的语言与行动沟通人际、增添乐趣、化解人生的悲酸。在关于东坡的文化记忆中，从政治事件、文化现象、友人聚会、个人经历到一砚一竹一歌一饼，都成为东坡特有的幽默中不可缺少的素材。署名为东坡的《艾子杂说》就是一本笑话集，《调谑编》《雅笑篇》等书收录的以及民间流传的东坡幽默故事使东坡成为人们心目中的幽默大师。在这里，幽默是一种才华、一种力量，在困难中为人生减轻重负，以愉悦的方式表达出对他的真诚与心灵的释然，在朋友、家人、歌妓、仆人那里，他都能妙语如珠，流露出天真机趣，尽显阔大的胸怀之中对所有人的尊重与善意。

从苏轼到东坡，从一个人的生命到一种文化传承的符号，相对于独立完整的苏轼本人而言，他身后的东坡和东坡故事是零碎而庞大的，而相对于这样零散的碎片所形成的多元却又统一的东坡故事，苏轼本人却又是各种矛盾的集合，后代文人、作者、市井观众对这位文化伟人身上的各种性格、思想、情感进行了一次又一次的重新体会与重新诠释、选择与重构，而使苏轼成为中国文化史上影响最大的几位文人之一。时至今日，不管是新兴的影视作品、网络小说，甚至是东坡酒家，都无不在彰显着东坡故事依然在以各种方式继续重复、重构，而东坡依然生机勃勃地活跃于当代的文化之中。

济公故事演变及其文化阐释（附节选）

2009年南开大学博士学位论文　　吕堃

摘要

　　济公本为南宋佛教临济宗的一名异僧，法号道济，因行为疯癫而被称为济颠，民间则习惯尊称其为济公。历来关于济公故事的文献材料，主要保存在佛教典籍、文人诗文笔记、方志和俗文学中，其中俗文学对于济公故事、济公形象的产生和演变发挥了最为重要的作用，对于普通百姓而言，了解济公主要以这些俗文学为途径。

　　济公故事由南宋至民国历经八百余年，文献资料相对较多而且分布于不同领域和不同文学体裁当中，因此本文主要借鉴主题学的研究方法，在对大量济公文献梳理综述的基础上对济公故事演变给予文化上的阐析，主要着眼点在以下三个方面：

　　第一，济公故事由历史而文学。济公，经过民间传说的不断附会，逐渐由历史真实人物走向文学中的虚构神侠形象。与济公形象变化同步，济公故事情节逐渐丰富起来，不同来源的故事汇聚于此。随着越来越多的文学表现手法的加入，济公故事从平实的史传文体逐渐演变为虚构的章回体通俗小说。

　　第二，济公故事雅俗之变。济公故事分为杭州与北京两大系统，分别以二者作为独立单元来考察，会发现故事的雅俗演变有着相似的轨迹。从故事的外部形态来看，故事的传播媒介均由口头故事到文本小说，杭州济公小说由济颠陶真到沈孟柈述《钱塘湖隐济颠禅师语录》等；北京济公小说由济公传鼓词到济公评书再到《评演济公传》等。故事的传播受众均由一般民众向知识阶层转移。在故事外在形态转变的同时，济公故事内涵中道德伦理成分逐渐加重，小说教化功能愈发明显。

第三，济公故事宗教信仰演变。济公本为佛门弟子，早期济公形象带有浓重的佛教色彩，《钱塘湖隐济颠禅师语录》中仍然保留了比较明显的禅宗思想，但这种禅宗思想在后来的济公小说中逐渐淡化，《醉菩提》中已消失殆尽，而《评演济公传》主要反映了三教合一的社会现实。济公作为民间信仰的神祇，其信仰经历了由舍利信仰到神子信仰再到巫术信仰的演变过程。济公信仰在清末民间宗教一贯道达到鼎盛，济公成为教派主神，担当乱仙重任，一贯道中大部分善书都署有济公的名字，济公在民间宗教中至高的神阶使济公信仰具有了更为广泛而强大的现实影响力。另外济公罗汉信仰也比较值得注意，在宋代罗汉信仰兴盛的背景之下，济公被尊奉为罗汉。济公故事中他的罗汉身份一以贯之，不过他由普通金身罗汉变成降龙罗汉，实质上反映了济公罗汉信仰的变化。

济公故事与济公形象的演变，反映了历史与文学、雅俗文化、民间信仰与制度化宗教等多方面的文化内涵。在这种演变的背后，起支配作用的是错综复杂的社会文化力量，主要包括文人阶层、佛教团体和地方民众，多种社会力量以其自身的文化传统整合济公故事，推动济公故事与济公形象的发展演变。

目录

引言

第一章 济公文献综述

第一节 宗教典籍中济公文献综述

第二节 文人文学中济公文献综述

第三节 俗文学中济公文献综述二

第二章 济公故事由历史而文学

第一节 济公故事由真实而虚构

第二节 济公人物形象由凡人而神侠

第三节 济公故事叙事手法由质朴而艺术

第三章 济公故事雅俗之变

第一节 济公故事外在形态由俗到雅

第二节 济公故事内涵由俗到雅

第四章 济公故事宗教信仰演变

第一节 济公故事禅宗思想演变

第二节 济公民间信仰由神物到巫术

第三节 济公罗汉信仰演变

结论

　　葛兆光《中国思想史》第一卷《导论》中特别主张用"一般知识、思想与信仰"来取代精英的思想，避免思想史"成了思想家的历史或者经典的历史"，希望描述和分析"非常直接而且真正有效的思想土壤和背景"。葛兆光从思想史的角度强调了大众思想的普遍意义与重要性，而这种大众思想并非与精英思想泾渭分明，它是涵盖社会各个阶层的一种被普遍持有或接受的思想意识。济公故事是一个主要流传于民间的故事，经历了宋、元、明、清、民国五个时期的洗礼，沾染了中国这个古老国度中后期民间社会的诸多因子。在济公故事的演变过程当中，社会文化扮演了重要的角色，起决定性支配作用。这种社会文化主要包括文人文化、宗教文化和民间文化，他们既有自己的文化传统，又各自代表不同的利益集团。因此，各种力量相互拉扯碰撞，共同推动济公故事不断发展演变。

一、文人文化力量

文人文化所代表的是一种正统思想下维护统治阶级统治的一种社会力量，既包括最高统治者皇帝和比较有社会影响力的士大夫，也包括淹没于民众阶层的下层知识分子。他们虽然属于不同的社会阶级和阶层，但有着作为文人所共同认同的文化和意识。这种文化力量对济公故事、济公形象的发展起着重要的推动作用，主要表现在两个方面。第一，文人传统。文人作为社会知识阶层的代表，有着自己特有的人生观与价值观，理想层面大多都追求人格的独立与精神的自由。他们有他们的一套话语和表达方式，多以诗文的形式表情达意，因此济颠这个专有名词在文人文学中主要出现在诗文中。诗中的济颠多与诗酒相关，成为文人追求自由和心灵慰藉的一种意象；记录济颠的散文主要以笔记为主，文人以一种闲适的心情和随意的笔法，书写他们所听说的一些有关济颠神迹的故事。

第二，儒家传统思想。文人的思想体统总体来说还是儒家思想，追求修身治国平天下，鲜有离经叛道者。当他们听说了济公的故事，也想以自身才能去整理或重编济公故事，在这样的过程中，他们就会有意无意地将自身的儒家思想投向济公故事。一方面，使济公传说书面化，更有利于其进入其他文人和其他知识阶层的视野。另一方面，使原本完全是民间意识的济公故事在文人传统儒家思想下重新整合，变成了教化人心之书。如《鞠头陀全传》，比照之前的《济颠语录》和《醉菩提》发生了巨大变化，济公很具有一副圣人的模样，宣扬伦理道德，并使受到他帮助的人入净室修行；再如《评演济公传》删除了济公鼓词中很多反抗官府的言辞，绝不称秦相为奸相。而且文人笔下的济公小说统统强调贞节，因为贞节乃人欲之大防，这也正是程朱理学所看重的。另外，在这样的文人传统背后，有强大的统治力量作为支撑。政府向来"以神道设教"作为其弥补行政统治之不足的经常手段，利用神灵以规范尘世人之心，使之震慑而不敢作恶。这样，文人收编这位民间的疯僧，赋予他圣人的品德，使他的信众在他们偶像的感召之下行善祛恶。同时,清代不少士大夫就对于民间善书很感兴趣,清代大儒惠栋作《太上感应篇引经笺注》,俞越作《太上感应篇注》。这些都是政府"以神设教"政策下的具体操作。

二、宗教文化力量

本文所指的宗教文化主要是佛教文化和民间宗教文化。佛教文化有其自身的文化传统,主要包括佛教理论的发展和佛教信仰的传播;同时也有其特有的话语表达形式,以经、论、律为主,另外也有一些不那么严肃的佛教文学,如语录、高僧传等。济颠,所处佛教团体内部对他的称呼是"史",这证明在他的时代,他还没有进入佛教话语体系的资格。民间产生了济公信仰之后,佛教才把他纳入自身的体系当中,济颠始进入佛教谱系。因为济公是一位来自民间传说的罗汉,那么他的故事在佛教文化传统中多保存在佛教文学中,明清时代的高僧传中出现了济颠传,不过内容基本同于《济颠语录》和《醉菩提》。佛教接受济公主观上是为了自神其教,通过宣扬济公的神通去吸引更多的信众,但客观上推动了济公故事的发展,为济公故事带上了宗教的光环,使其具有了宗教的威严,提升了故事的可信性。另一方面,明代以后佛教以更具亲和力的姿态深入民间,为了使更多佛教团体之外的民众可以接受佛教思想,晚明时期发起了一场充满活力的居士佛教运动。在佛教深入民间的过程中,佛教也不断受到中国社会思想的影响,中国传统儒家中孝的观点在佛教思想中留下了深深的烙印,很多佛教宗师公开大谈孝道。道教善书亦引起了佛教的重视,明末四大高僧之一的祩宏就曾把袁了凡的《阴骘录》改编为《自知录》;而同时代的智旭非常提倡地藏菩萨信仰,宣扬各种报应赎罪形式。在儒道的影响下,虽然佛教仍然认为自己为最重要者,但也不得不承认三教同源,其主观上是想借儒道来宣传佛教思想,但客观上促进了中国明清社会三教合一的社会现实的发展。

在这种社会现实影响下,早期济公故事中明显的禅宗思想和济公形象所具有佛教色彩渐渐消退殆尽,带有浓重三教合一思想的济公故事取而代之,京津的济公故事就这样悄然产生。

268

另外民间宗教也在济公故事的演变中发挥了重要作用。民间宗教的非官方性、组织性和广泛群众基础性，使其一般具有正统意识、统治意识和拯救意识，多采用教权神授的策略，吸纳神祇进入他们的众神殿。济公以其在民众中的影响力而引起他们的注意，无论是一贯道还是义和拳，济公均是一位重要的神祇，他通过降神附体和扶乩为民间宗教集聚人心，招兵买马；而清末民间宗教的大发展又为济公信仰的传播提供了更为广阔的发展空间。

三、民间文化力量

民间文化（folk culture）指的是由社会底层的劳动人民创造的、古往今来就存在于民间传统中的自发的民众通俗文化。民间文化传统有两个特点值得注意：一为娱乐性，这是民间文化最本质的特点。巴赫金提出的狂欢化理论亦适用于民间文化的解释，在阶级和国家制度形成之后，所有的诙谐形式都转化到非官方角度的地位上，逐渐变成表现人民大众的世界感受和民间文化的基本形式。在以"礼"为正统的中国，狂欢文化只能出现在民间文化中，而这种狂欢化的民间文化塑造了济公的疯癫、喜欢酒肉以及好女色。因为民众所喜欢的就是这种轻松幽默又有些癫狂的人物，所以《醉菩提》名声在外，流传时间久，流传地域广，而成书在它之后经过文人细致加工的《鞠头陀全传》很快就被遗忘了。《鞠头陀全传》中济公是位圣人，板着脸孔，民间文化传统自然而然地将它淘汰掉了，它缺少民间文化的支持，只是下层文人一厢情愿的努力罢了。在《评演济公传》中济公的形象更是增加了市井调侃的意味，续书不断，正可以说明其受欢迎的程度。二为传承性，民间文化传统在民众中根深蒂固，明清时期传统的无名大众，面对纷乱的社会现实，很容易产生对未来的恐惧，于是他们本能地抗拒新文化元素，而坚守民间传统思想。这种传统思想本质上并不全是来源于民间文化自身，有一大部分是统治意识对其不断规范的结果，如民间文化对于"善"的推重，善书大为流行。济公小说中以民间传统思想为主导思想，与杭州济公小说相比，京津济公小说中节妇孝子的比例明显增加。

正是在文人文化、宗教文化、民间文化三股社会力量的共同作用下，济公故事不断发展，流传八百余年而不衰，济公更成为人们喜闻乐见的人物形象。济公形象、济公故事的发展归根到底均是社会文化力量推动的结果，而本文的研究也正是通过济公现象的表象去探求其背后的这些社会文化力量。

冥界与唐代叙事文学研究（附节选）

2010年南开大学博士学位论文　邵颖涛

摘要

　　冥界是凡人死后灵魂所栖息居住的地方，这一奇异空间往往与人世相对，存在于世人的遐想世界之中。唐代叙事作品将凡人置入此空间并铺展一段段奇特的冥界旅行，尽显奇幻想象及有意为文之特征。本文研究唐代游历冥界（入冥）叙事作品，并剖析作品所反映的唐代冥界观念及相关文化现象，这对于唐代叙事文学研究和世俗信仰皆具有重要意义。

　　全文除绪论外，共分六章。

　　第一章梳理先秦到唐代"冥界"观念之渊源与流变。"冥界""他界"等词语的传播反映了传统冥界观念与佛教文化之密切关系，折射出中国冥界观念发展的特殊性。汉魏六朝至唐代的冥界观念受佛教、道教文化及民间信仰的影响，包含死后为神、死后为鬼两种观念，形成华夏民族特有的死亡观念。冥界观念在唐代臻至成熟，佛教固有的地狱观念与中土冥界观念形成合流之势，融合儒、道、释三家文化因子。

　　第二章主要从唐代各时期、各作者群体来研究游历冥界叙事作品。唐代入冥叙事作品反映出日渐成熟的冥界观念，其故事题材、文学艺术、思想深度等皆取得一定成就，成为一种固定的书写模式而广泛渗入文人作品、宗教典籍中。唐代前期作品因袭佛教之风甚重，中唐自创风尚弥显，晚唐盛行命定之说而出现大量冥府掌命之作；唐代僧侣创作的入冥叙事作品集中于盛唐前后，大多转载和抄录前人作品，具有重要的史料价值和文献价值；王梵志等人的白话诗作也涉及地狱等意象，是解析唐代民间信仰的重要资料。

第三章考辨入冥叙事作品的来源并及辑佚部分作品。唐代入冥题材叙事作品来源于坊间传闻、传抄他书或出自作家的文学编造。由于这些作品常被反复传抄并增改变易，所以厘清源流、考察故事变易所反映的作者意旨与创作心态颇为重要。本章还对部分作品加以考释，辑佚《金刚般若经灵验记》与《冥报拾遗》部分篇章，并对前人所补遗的《冥报记》加以订误。

第四章分析唐代叙事文学中的冥界想象。文学作品所描绘的冥界来源于现实社会中的世俗信仰，但更为逼真、翔实，充分展示了作家丰富的想象力。本章藉冥界人物形象、冥界处所、冥凡沟通渠道等方面探讨文学作品所想象的冥界空间。唐人所塑造的冥界人物形象酝酿出诸多变化，出现地藏菩萨、华山府君、地府十王、城隍神、判官等多种复杂的人物形象，尤其是华岳府君形象凸显唐人的创造力；唐人遐想出的种种奇特冥界空间及冥凡沟通渠道与方式皆具有独到之处，映射唐人观念及为文之巧妙用心。

第五章主要从宗教视域阐释入冥叙事作品中的文化现象。探讨凡人入冥所经历的审判现象与宗教体验，诠释入冥叙事作品中的救赎与功德观念、诵经返阳现象，重点解析《金刚经》《法华经》在唐代叙事作品中的作用及传承影响；分析唐代入冥叙事作品中描写的纸钱习俗并归纳冥界饮食、通冥与借尸还魂等文化现象的演变及特征。

第六章探讨唐代入冥叙事作品的超越及其影响。唐代叙事作品描绘了丰富多彩的冥界形态，完善了凡人游冥经历，体现了艺术手法的圆熟精湛；此类叙事作品基本确定以冥神为中心的冥府体制，标志中国冥界观念的成熟；唐代入冥叙事作品在故事素材、情节模式、文化现象、冥界观念等方面都对后代作品产生影响，这可从判官形象演变及《子不语》《续子不语》《阅微草堂笔记》等作品觇视其深远影响。

目录

绪论

第一章 冥界思想渊源与流变——从先秦到唐代

第一节 "冥界"术语的文化诠释

第二节 汉魏六朝佛道思想影响下的死后世界观——仙境与冥界

第三节 唐代冥界思想概述

第二章 唐代入冥叙事文学创作

第一节 唐代文人小说中的入冥创作

第二节 唐代白话诗歌的冥界描写

第三节 唐代佛教典籍中的入冥叙事作品

第三章 入冥叙事作品题材来源与文献考索

第一节 入冥叙事作品题材来源

第二节 从个案觇视入冥叙事作品的传承与流变

第三节 相关小说集的辑佚与辨伪

第四章 唐代叙事文学中的冥界想象

第一节 唐代叙事文学中的冥界人物形象塑造

第二节 唐代小说中的华岳信仰与岳神辖冥

第三节 唐人遐想的冥界空间

第四节 唐代叙事作品设想的冥、凡沟通

第五章 唐代入冥叙事文学的文化阐释

第一节 冥界游历中的道德审判与宗教体验

第二节 冥界游历中的宗教救赎

第三节 入冥者还阳与殡葬习俗的文化解析

第四节 入冥相关现象之文化阐释
第六章 唐代入冥叙事作品的超越与影响
第一节 唐代入冥叙事作品的转型与突破
第二节 思想合流背景下的成熟冥界观
第三节 唐代入冥叙事作品的影响
结语

阎罗王治冥故事是古典叙事作品中的一类常见主题类型，它自佛教文化滥觞而来，经魏晋南北朝融汇改易，到唐代基本形成稳定化的叙事模式并影响到此后小说、戏曲作品。这一演变历程大抵反映了两个重要因素的制约作用：一方面，异域文化与华夏文化持续进行对话与交融；另一方面，文士化与世俗化的理念认同与信仰偏重存在互通的可能。这两方面要素分别关联跨国文化交通与阶层群体文化认知问题，二者又相互关涉和相互制约，最终合力形塑了该故事的文学范式。

一、汉译佛典中阎罗王治冥的原初书写

阎罗王与地狱理念皆源自异域文化，见证着外来文化与华夏文化间的碰撞、交融。古印度《梨俱吠陀》记载阎罗（魔）王原为太阳神毗婆薮之子，他死后便成为冥间之王，引导死者灵魂到达乐土而与诸天共享福德。佛教延承了古印度文化中的阎罗王形象，并将其重予文化编码而焕发出新的生命力：原来引领死者亡魂的阎罗王逐渐变为裁判亡者生前善恶的地狱主宰；而亡者灵魂必须到阎魔王的法庭前称量罪业轻重以接受地狱审判。

但在早期《阿含经》等汉译经典中，阎罗王并非单纯是掌控冥司而高高居上的角色，他因为宿世造业还需要在冥界饱受痛苦折磨。这种惩罚的意识带有印度佛教文化特色，强调阎罗王身受恶业报应而要被狱卒施以灌铜汁等刑罚，甚至阎罗王附属臣吏也要接受刑罚。这种受罚情节强化了宗教惩罚意识与训诫效应，一旦受刑者忏悔心切、发愿入佛门时，则苦报会自然消除。此时的阎罗王除了于地狱遭受业报惩治，其本身形象相对苍白，

性格尚不圆熟，其记载局限于佛教典籍，中土文献记载则难觅只爪。

中土译经者逐渐关注到阎罗王形象，遂有意根据自我文化认知对这一形象重做翻译，主要体现在凸显"王"的身份背景与贵族威势，淡化了阎罗王被惩罚的描写。东晋高僧法显《法显传》尚记录当时印度人认知中的阎罗王乃是"唯有极恶人能作耳"，这种认识显然与中土汉译佛典的观点有别，依然带有明显的丑化倾向，而中土佛典则在阎罗王故事上增添权威性与神圣化，确立了宗教信仰对象的不可轻忽与蔑视。《法苑珠林》转引《问地狱经》《净度三昧经》等对阎罗王事迹移录较多，塑造他前生为英勇善战的毗沙国王，治理地狱时手下有十八大臣、百万鬼卒，众多的臣僚、鬼丁共同辅佐他统治冥界，将他刻画成权势滔天的王侯形象。

二、南北朝志怪中阎罗王故事的初步发展与信仰流布

佛教地狱惩治罪人的观念被中土所接受，成为南北朝小说巡游地狱母题的思想渊源。魏晋小说家虽然留意治冥故事，但是他们关注的重心有所偏差，大多认为地狱主宰是泰山府君而非阎罗，而阎罗王形象尚未大量出现于稗乘之中。这种现象之所以存在，当与汉魏间的泰山信仰有关：华夏本有的泰山治鬼信仰尚根深蒂固，佛教信仰虽能有所渗透但并不能占据主导地位，因此小说家有意将佛教治冥题材移植入固有的泰山信仰，再加上道教信仰的有力推进，便在《列异记》《搜神记》等小说集中出现泰山神、泰山府君治冥的故事，尤以此中的《蒋济亡儿》《胡母班》《贾偶》《贾充》等作品为代表。

富有中土化"泰山"情节在南北朝时一度淡出，这与佛教信徒的积极推动难以分开。像《洛阳伽蓝记》所记惠凝故事便塑造出阎罗王审罪并处置亡魂的情节，具有浓厚的佛教色彩，故事中的阎罗王纯以宗教徒的口吻规诫世人。随着佛教势力的昌盛，原有文化格局渐生变化，文学中此消彼长的书写态势已经在所难免。也正是出于佛教信仰昌兴的缘故，在南北朝小说对阎罗王有限的记叙中，其宗教色彩较为浓郁，多为教徒宣扬释家理念的成果，洵如鲁迅"释氏辅教之书"的评价。署名为南朝宋刘义庆的《幽明录》《宣验记》皆提及阎罗王，从佛典中重新拾取这一人物并加以书

写，像《幽明录》"蒲城李通"条记述见沙门法祖为阎罗王讲《首楞严经》，《宣验记》"程道慧"条讲述程道慧死后见到阎罗王。此类记载所录虽为佛家理念，阎罗王名目未变，然已非印度的原型，是具有中国特色的佛教故事。此点固合佛家理念中土化的趋势，正像李剑国《唐前志怪小说史》所论"是把佛道二教有关冥司的说法糅合在一起"。

南北朝处于佛教信仰的扩张期，阎罗王渐为中土文化所接受，阎罗王信仰从僧侣扩至信徒，再行流播民间，所以阎罗王治冥的故事也在这一时期得到文人的接受，但其故事模式与内涵的改造还很有限。

三、唐五代阎罗王治冥主题的文学雅化

阎罗王在隋唐之际真正渗入民间信仰之中，当时士庶皆言阎罗，典籍相关记载比比皆是。"魂随司命鬼，魄逐见阎王"（崔泰之《哭李峤诗》）的说法已经极为兴盛，而阎罗王也已融入黎民思维意识之中。释家史传所记阎罗王的次数亦依时递增，像《高僧传·帛远》仅出现一处"阎罗"记载，可是唐道宣《续高僧传》已经出现八处阎罗王记载，除释慧韶为南朝梁僧外，其余七处所涉皆为隋唐之际僧侣。且上述僧传频繁记载僧侣为阎罗讲诵经文，将阎罗王塑造成佛家忠实信徒，更为治冥主题添加了宣扬佛教经典效应的情节。受佛教理念宣传的影响，民间对阎罗王愈加敬畏，对夺人性命并严苛惩罚的治鬼故事更加恐惧。面对地狱险恶，信众油然而生"惮阎罗之猛，畏牛头之酷"的心理。间或有生性胆大者肆无忌惮放言："生不怕京兆尹，死不畏阎罗王"，却反成为时众的笑料。

唐五代的阎罗王治冥故事依然具有浓厚的佛教色彩，《金刚般若经灵验记》《金刚般若经集验记》《冥报记》等志怪小说集精心描写有关阎罗王治冥故事，皆或隐或显地与佛教相关，在阎罗王因凡人善行而释放还阳的故事寄托着宗教劝化意图。唐代稗乘齐谐所录阎罗王裁定善行的类型大多和佛经、佛像、僧侣有关，像《广异记》"李洽""费子玉"皆以诵经刻典得免地狱轮回之苦，并能再度还阳。死者抵达地狱见到阎罗王，依照惯例要接受冥律裁定以奖善惩恶。然而唐人故事中常省去了惩罪场面，直接书写归信佛法僧三宝能具有奇特的灵异效应，其宗教意蕴不言而喻。尽管如此，

雅化与文学化的书写趋势已经成为此类故事演进的新动态。

首先，由于唐人有意为文，并未一味因袭佛教题材，也并非固守一家之说，往往融诸家观念于一炉，故阎罗王、泰山府君能联袂出现于小说之中，如《广异记》韦璜死后见到阎罗王与泰山府君。阎罗王形象至唐代屡生新变，已非昔日古印度神祇，而是被本土文化所接受与改造的新形象。中土原有的泰山府君形象也开始发生转变，其神权身份有所下降，在有些故事中被塑造成从属于阎罗王的人物。《冥报记·眭仁蒨》重新诠释了阎罗王与天帝、泰山府君的关系，阎罗王被解释为受制于天帝的神灵，他必须听令于天曹，犹如人间天子听命于上天一样。小说还把阎罗与泰山府君神谱重做组合，将泰山府君划为阎王的附属品，促使这两个形象具有了融合趋势。

其次，唐人还积极改造阎罗王形象，褪去外来者身份而创造出凡人做王的情节。古印度奉行种族制度、重视血统，其神祇大多地位尊贵，如《梨俱吠陀》所记阎罗王系太阳神毗婆薮之子。佛经中的阎王原型亦具有权威性，无论是《问地狱经》所记其前身是毗沙国王，还是《法显传》所言阿育王发愿做阎罗王，其主人公皆家世显赫、颇有背景。而唐代阎罗王身份萌生变数。唐初官修史书《隋书·韩擒虎传》记载韩擒虎死后担任冥间主宰，《韩擒虎话本》对此踵事增华，极尽铺陈。另有《宣室志·册立阎波罗王使》一篇讲述新任阎王原为人间僧侣，因平素德行高尚而被委以重任。由此可觇视唐人笔下的阎罗王形象变化：其一，阎罗一职不再永世不替，可由人间正直官吏替任；其二，凡人死后可以为阎罗王；其三，阎罗王并不完全独立，受天曹掌控。这些成为唐人叙事作品常见的现象，并被后世文学作品延续并生发新意。

最后，唐代还将阎罗王治冥故事改造成十王共治的类型，出现了十殿阎罗的本土化信仰。唐末民间信仰出现十王之说，像《十王经》记载冥府有十位裁断亡者罪业轻重的主宰者，而凡人死后将依次拜见十王，任其裁断罪业。十王是被中国信仰所改造的人物形象，这种情节的出现预示着原有阎罗王独享权势的局面被打破，流露了民众渴盼监督权利、避免贪腐的心理。概之，唐五代的阎罗王治冥故事处于重要的文学生成期，已有意改变以往的叙事类型而埋下文学种子，为宋元明清文学的书写提供了人物原型与情节模式，具有承前启后的形塑意义。

汉武帝故事及其文化阐释（附节选）

2010年南开大学博士学位论文　刘杰

摘要

　　汉武帝事迹见于《史记》《汉书》《资治通鉴》等历史典籍。演绎历史是中国文学的一个重要特征，作为中国历史上的一个强盛时期，汉代为后人留下了太多的阐释空间和叙事题材，作为盛于汉世群主的明俊特异之士，汉武帝自然成为后人津津乐道的对象。汉武帝故事不仅成为小说戏曲的重要题材，也是诗歌笔记中典故和意象的重要来源。

　　汉武帝故事从汉代以来就进入到文学的视野，魏晋南北朝时期，汉武帝故事形成一个独特的叙事体系发展演变至今。汉武帝故事的发展演变过程是叙事者演绎历史、整合传说、吸收神话的过程。梳理这一过程的发展演变态势，不但能发现不同叙事者对汉武帝故事进行增删取舍的主观能动性，而且能够观照故事演变所折射出来的某些社会思想文化背景。

　　本文在对汉武帝故事进行文献梳理的基础上，分析汉武帝故事发展演变规律及其折射的社会文化背景。论文包括五个部分：

　　绪论和第一章部分介绍汉武帝故事的特点、研究现状、研究范围和研究方法。

　　第二章梳理汉武帝故事中求仙主题的发展演变，分析相关思想文化背景。灵魂不死观念及受此影响的神仙思想是汉武帝求仙的文化背景和理论源头。汉武帝求仙活动规模宏大，这既与汉武帝的多欲性格有关，又是汉代政治舆论宣传的结果。魏晋南北朝时期，汉武帝求仙故事发展演变的主要文化背景是道教文化，汉武帝求仙故事被用来作为宗教宣传的工具，充满了仙道色彩。隋唐五代，汉武帝求仙故事的书写者主要是文人，汉武帝求仙故事是文人借以进行政治讽喻和抒发个人感慨的媒介。宋元明清时期，汉武帝故事中的求仙色彩表现出淡化的趋向，这主要是市民文化兴起和道教世俗化的结果。

第三章分析汉武帝故事中的遐方异国主题及其文化背景。根据形象学理论，遐方异国描写是对异族文化认识的总和，是关于"他者"的描写。《山海经》和《穆天子传》是早期遐方异国文学的代表。汉武帝朝的对外交流活动和政治思想文化为汉武帝故事中的遐方异国主题提供了素材和思想来源。魏晋南北朝时期，汉武帝故事中的遐方异国主题除了受到道教仙境描写影响外，还和博物思想的发展有关。隋唐五代时期，汉武帝故事中的遐方异国主题与仙道内容相剥离，表现出唐人博物思想的新旨趣。宋元明清时期，汉武帝故事中表现遐方异国内容的作品不多，《镜花缘》等涉外题材小说汲取了汉武帝故事中的一些材料，但是叙事者的空间意识和作品的表现主旨都发生了变化。

第四章梳理汉武帝故事中帝妃爱情主题的发展演变情况，分析相关思想文化背景。帝妃爱情主题受人神之恋故事影响很大。根据史书记载，汉武帝与陈阿娇、卫子夫、李夫人、钩弋夫人等人的爱情生活特点各异，但都表现出超爱情因素特点，或与政治相联系，或涉及神仙方术。受道教文化影响，魏晋南北朝时期，汉武帝故事中的帝妃爱情主题充满了神仙道化色彩。隋唐五代时期，汉武帝故事对唐明皇故事影响颇深，唐人诗歌中，汉武帝爱情故事则被文人用来进行身世感慨和政治讽喻。宋元明清时期，汉武帝爱情故事适应大众审美需求，表现出通俗化和民间化的倾向。

　　第五章分析王权政治背景下汉武帝形象的演变。汉武帝是中国王权政治建立的标志性人物，由于汉武帝治国思想的多元化，汉武帝作为王权政治的符号，又为后人留下了消解的可能。魏晋南北朝时期，汉武帝被塑造成一位卑微的求仙者形象，反映了道教与王权政治的复杂关系。隋唐五代时期，汉武帝形象表现为两个特点：求仙误国者和潇洒的风流帝王，反映了士人与王权政治的关系。宋元明清时期，汉武帝形象有去帝王化的倾向，具有很多普通人的特点，这是市民文化流行的产物。

目录

绪论 中国叙事文化学视野下的汉武帝故事

第一章 相关文献叙录

第一节 隋前相关文献

第二节 隋唐五代相关文献

第三节 宋元明清相关文献

第二章 汉武帝故事中的求仙主题

第一节 求仙主题溯源

第二节 汉武帝求仙故事的历史本事

第三节 汉末魏晋南北朝——充满神话意蕴与道教色彩的汉武求仙故事

第四节 隋唐五代——道教宣传与士人理想中的汉武求仙故事

第五节 汉武帝故事求仙色彩的淡化

第三章 汉武帝故事中的遐方异国主题

第一节 以《山海经》为代表的汉前遐方异国文学

第二节 汉武帝朝中外交流及汉代文化对遐方异国文学的影响

第三节 汉末魏晋南北朝——由神话到仙话：遐方异国主题的转变

第四节 隋唐五代——封建盛世背景下的遐方异国主题

第五节 宋元明清——汉武故事中遐方异国主题与《镜花缘》中的遐方

异国描写

第四章 汉武帝故事中的帝妃爱情主题

第一节 人神之恋与帝妃爱情故事

第二节 史书所载汉武爱情故事

第三节 汉末魏晋南北朝——充满方术色彩的汉武爱情故事

第四节 隋唐五代——反映士人理想生活的汉武帝爱情故事

第五节 宋元明清——民间化、通俗化的汉武爱情故事

第五章 王权政治背景下汉武帝形象的演变

第一节 汉武帝作为王权政治的符号化及被消解的可能性

第二节 魏晋南北朝——反映道教与王权关系的汉武帝形象

第三节 隋唐五代——反映士人与王权关系的汉武帝形象

第四节 宋元明清——反映市民文化与王权关系的汉武帝形象

汉朝关于汉武帝故事应该有不少在社会上流传，见于文献记载的有《三秦记》《关中记》等，然而对汉武帝求仙一事记录不详。魏晋南北朝是志怪小说创作的繁荣时期，汉武求仙故事屡见于这类小说，除了《博物志》《神仙传》等书对此有零星记载之外，《汉武故事》《汉武内传》《十洲记》《洞冥记》等四部小说专门以汉武帝故事为题材，又极力突出汉武求仙故事。以上四部小说的作者及成书年代等问题，学界尚且存在不同的看法，笔者认为刘文忠、小南一郎、王国良、李丰楙等人的观点比较可信，四部小说出现于汉末至东晋末年，《汉武故事》大概成书于汉末建安年间，《汉武内传》《十洲记》《洞冥记》则出现于东晋中后期，至晚不会在南朝齐梁之后，至于把这些作品的著作权径直归属于道士王灵期、梁元帝萧绎的观点，则有待进一步考证。除了《汉武故事》外，其他几部和道教有千丝万缕的联系。求仙又是道教活动的主要内容，因此，把汉武求仙故事放在道教发展史中进行考察，是了解这一故事主题发展演变及其文化背景的关键。单篇作品的分析前人已经做了很多工作，并且在详细分析比对其内容的基

础上，对有关文献问题得出了大致令人信服的结论。①本文则把汉武帝系列小说当成一个整体来看待，并集中考察其中的求仙故事。汉末魏晋南北朝是汉武求仙故事由历史向文学转变的时期，影响这一故事主题发展演变的原因是多方面的，最显著的则为道教的出现与转型以及这一过程中道教徒对汉武求仙的宗教化书写。

　　根据《史记》《汉书》的记载，汉武帝求仙的目的主要是为了获得不死之药，这既是受原始宗教、巫术方士的影响，又是由汉武帝特殊身份决定的。汉武帝以帝王之至尊，希望获得长生不老，又不愿放弃已有的荣华富贵，自然希望舍弃艰难烦琐的修炼而选择简便易行的服药，之前的秦始皇如此，之后的帝王也大多如此。汉末魏晋南北朝时期，故事讲述者一方面因为汉武帝的影响力而对其求仙题材备加青睐，另一方面又不太理会帝王求仙的特殊性，着力宣扬经典的传授及长生不死之术的修炼。这一点在《汉武内传》中表现最为明显。《汉武内传》大体来说由两种文体构成，一种是小说的开头和结尾部分，对事件进行不加文饰的客观记录，另一种是小说的中间部分，试图用华丽的语言展现西王母和上元夫人降见汉武帝的场面，因此被认为是用不同的材料未做大的加工组合拼凑而成。小说构成要素与《道迹经》《太上智慧经》等道教典籍重合之处，亦有学者做过详细比对。②虽然把小说著作权确定为某一具体人物的提法还有商榷的余地，但把小说成书时间大致界定在东晋后期是令人信服的。可以确定，小说作者即便不是道教人士，也是也道教关系密切者。小说创作的主要目的则是借汉武求仙故事宣扬《五岳真形图》"五帝六甲灵飞等十二事"等道教典籍符箓的功效和威力。《汉武故事》《十洲记》《洞冥记》等几部小说同样出现了相关内容。为了说明汉武帝求仙故事如何从历史叙述向文学叙述转化，以下将《史记·孝武本纪》和这四部小说中汉武帝求仙的相关要素图表列出：

---

　　① 参见［日］小南一郎《中国的神话传说与古小说》、李丰楙《六朝隋唐仙道类小说研究》、王国良《海内十洲记研究》《汉武洞冥记研究》。

　　② 参见［日］小南一郎《中国的神话传说与古小说》中《〈汉武帝内传〉的形成》一文，李丰楙《六朝隋唐仙道类小说研究》中《〈汉武内传〉研究》。

	不死之药	仙人	仙境	求仙者及方士	涉及道教经典
孝武本纪		安期生，黄帝	蓬莱	李少君，黄锤，宽舒，少翁，游水发根，栾大，公孙卿	
汉武故事	中华紫蜜云山朱蜜玉液金浆，五云之浆风实云子玄霜绛雪	安期生，黄帝，西王母	蓬莱，方丈，瀛洲	淮南王，李少君，少翁，薄忌，游水发根，公孙卿，栾大	
汉武内传	金瑛夹草，广山黄木，太上所服： 昌城玉蕊，夜山火玉，凤林鸣酢，西瑶琼酒，中华紫蜜，北陵绿阜，风实云子，玉津金浆，月精万寿，碧海琅菜，蓬莱文丑，浊河七荣，动山高柳，玄都绮华、云山朱蜜，夜河天骨，昆吾漆沫，空洞灵瓜，宜陵麟胆，炎山夜日，扶桑丹椹，长河文藻，素虹童子，九色凤脑，太真虹芝，天汉巨草，南宫火碧，西乡扶老。 天帝所服： 八光太和，斑龙黑胎，文虎白沫，七元飞节，九孔连珠，云浆玉酒，元圃琼腴，钟山白胶，王屋青敷，阆风石髓，黑阿珊瑚，白凤之肺，苍鸾之血，东英朱菜，太微嘉禾，琼华脑实，流渊鲸眼，赤河绛璧，云渎蒹艾，昆邱神雀，广夜芝草，流渊青狄，真灵雷精，元都平盖，兰圆金精，圆邱紫柰，鸾水灵砧，八陔赤薤。	西王母、上元夫人、青真小童、三天太上道君	昆仑蓬邱，扶桑之墟，方丈之埠，沧浪海岛，祖瀛玄炎，长元流生，凤麟聚窟	东方朔，董仲舒	《五岳真形图》，《灵光生经》，五帝六甲左右灵飞等十二事。

284

	不死之药	仙人	仙境	求仙者及方士	涉及道教经典
	飞仙所服： 九丹金液，紫华红英，太清九转，五云之浆，元霜绛云，腾跃三黄，东瀛白香，炎洲飞生，八石十芝，威僖九光，西流石胆，东沧青钱，高邱余粮，精石琼田，太虚还丹，盛次金兰，长光绿草，云童飞千。				
十洲记	不死之草，玉醴泉，五芝，玄蜜，惊精香，石象，八石，石脑，石桂英，流丹，黄子，石胆	西王母，上元夫人，三天君，九老仙都，三天司命，九气丈人，九天真王。	祖洲，瀛洲，玄洲，炎洲，长洲，元洲，流洲，生洲，凤麟洲，聚窟洲，沧海岛，方丈洲，扶桑，蓬丘	徐福，东方朔，李少君，卫叔卿	《五岳真形图》
洞冥记	玄露，青露，明茎草，凤葵草，地日之草，春生之鱼	西王母，东王公，宁封，赤松子	吉云之地，扶桑之东	东方朔，董谒，李充，孟岐，郭琼，黄安	《五岳真形图》

尽管有人指出"《汉武故事》语多妄诞"，①"其事与《汉书》相出入而文不逮"，②但从图表可以看出，与其他几部以汉武帝故事为题材的小说相比，《汉武故事》最为接近史籍记录，方士、仙境、仙人基本沿用《孝武本纪》的内容，也没有出现具体的符箓典籍名称，仅仅多出几类仙药名称。其他三部则带有浓厚的道教色彩，属于仙道类小说，《汉武内传》以宣扬仙真降授经典符箓为主，《十洲记》《洞冥记》则着重反映仙境异物。与历史记载比较，汉武求仙故事进入道教仙话，内容上最明显的变化有三个方面：

① 司马光撰，邱居里点校：《资治通鉴考异》卷一，上海人民出版社2022年版。
② 晁载之：《汉武故事跋》，《续谈助》卷三，《十万卷楼丛书》本。

第一，更加详细说明不死之药的名称和产地外，强调服御吐纳长生之术、召神劾鬼宝文符箓的重要性，有明显的道教造经历史痕迹；第二，纷呈迭出的仙真替代了方士成为求仙活动的主角，并且表现出道教试图构建仙真谱系的努力；第三，西王母传说与汉武求仙结合，西王母的地位和作用被突出，西王母形象发生了很大的变化，西王母传说系统至此发生重大转变。下面先讨论前两个方面。

《史记·孝武本纪》大概可以看成汉武帝求仙史，记录了汉武帝即位以来的历次重大求仙祭祀活动，《汉武故事》中的主要事件和人物基本取材于史料，《汉武内传》《十洲记》《汉武洞冥记》则把汉武求仙故事演变为宗教宣传的工具，这三部小说的创作时间最大可能是东晋中后期，要分析影响作者创作目的和取材倾向的原因却应该把时间稍微提前，以下结合汉末魏晋时期道教发展史中的一些现象分析汉武求仙故事仙道化的原因。

东汉末年产生的道教进入魏晋以来面临一个亟待改造和完善的局面，这主要来自两个方面的原因：一是道教经常成为起义的联络工具和组织形式，如灵帝中平元年的黄巾起义，西晋武帝咸宁年间陈瑞的道团活动，西晋惠帝永兴年间李特、李雄领导的五斗米道起义，三国两晋间托名李八百的起义则多达数十起之多，这样势必使得道教组织与朝廷之间造成紧张局势，道教要生存发展，调整与统治者之间的关系也就势在必行；另外，道教创建之初，多在下层民众中进行活动，理论和教义比较简单，科仪比较鄙陋，仙真比较杂乱，这种情况势必影响道教的发展，与当时迅速发展的佛教相比，理论的深度和系统等方面常常处于下风，如何建立一套完善的理论系统和仙真谱系成为魏晋以来道教发展面临的一个主要问题。

面对自身先天理论不足和统治阶级的不断打压，魏晋以来道教的拉拢对象逐渐由下层民众向高门士族转变。陈寅恪先生指出：许多烜赫一时的门阀士族都成为世代信奉五斗米道的世家，如琅琊王氏、高平郗氏、丹阳葛氏、陶氏、许氏、晋陵华氏、吴郡顾氏等。[①]葛洪《抱朴子内篇》丹道理论的出现，则标志着道教由民间道教向神仙道教的转变。门阀士族的加入，

---

① 陈寅恪：《天师道与滨海地域的关系》，《历史语言研究所集刊》1933年第3卷第2期。

缓和了道教与世俗政权之间的紧张关系，更为重要的是，道教信众的文化素养和知识水平得到了大幅提高，也正是这样一批知识储备丰富的人，担负了完善道教理论，构建仙真谱系的重要任务。

道教初创时期，神仙谱系比较简单，《太平经》将仙真分为神人、真人、仙人、道人、圣人、贤人六等，五斗米道称老子为太上老君，另外有天、地、水三官。南朝陶弘景根据世俗"班朝之品序"和"埒其高卑"原则作《真灵位业图》，将五百多名天神、地祇、仙真、人鬼用七个阶次有序排列，标志着道教仙真体系的丰富与系统化。从汉末简单到南朝繁复有序，中间则经历了一段繁多杂乱、漫无通序的阶段，魏晋南北朝时期汉武求仙故事中的仙真谱系，正是这一过渡时期的反映。

西王母是汉武求仙故事中最为重要的女仙，她不但掌握不死之药，还向汉武帝传授修炼方法和道教典籍。《汉武内传》等小说中对西王母的身份地位有比较明确的介绍，她是元始天王的弟子，元始天王的侍者尚有扶桑大帝君、九真诸王、青真小童。西王母的侍者则有王子登、董双成、阮凌华、安法婴等，形成了一个元始天王、西王母及其侍者的三级仙真系统，较汉末道教诸神更为系统化。被五斗米教尊为太上老君的老子则没有出现在汉武求仙故事当中，这主要是因为老子仅仅是周代的属官，地位不高，不适合做凌驾一切之上的众仙领袖，加之佛道斗争中老子也经常被作为攻击的对象。汉武求仙故事中反映的仙真谱系，表现了道教试图完善仙真谱系的尝试，重新确定一个道教教主取代老子则是这一尝试的一个重中之重，于是，元始天王呼之欲出。关于老子地位的变化，傅勤家先生认为是宗教塑造教主过程的共有特点："老子在张角、张陵时代，奉为开教之祖，以其《道德经》为圣典，后乃有无数驾而上之者，亦诚老子所不料矣……大凡宗教之兴，其始必奉一人为教祖。其后意有不足，则又推演斯教之由起，先乎天地，超乎万物。而昔之推为教祖者，不得不递降于数级之下，或仅视为徒隶，或仅奉为先知。"[1]傅先生认定这一变化始于东晋，大致不差，也符合汉武求仙故事中老子被淡化，元始天王被突出的特点。然而，汉武求

---

① 傅勤家：《中国道教史》，东方出版社2008年版，第23页。

仙故事中的仙真谱系仅仅是一个过渡，之后不久出现的《真灵位业图》中，元始天王的地位就被元始天尊取代，仅列于第四等级左位第四，作为西王母师的身份则仍然保留。

葛兆光先生认为："无意识的天真幻想是原始的神话，有意识地编造神谱是宗教鬼话。不过，在神话与鬼话之间，毕竟有千丝万缕的联系。"[①]道教神仙谱系并非凭空捏造，为了完善仙真谱系，道教既拉拢神话人物，又邀请历史人物，汉武求仙故事则对神仙谱系的完善提供了适宜的气候和土壤。

---

① 葛兆光：《道教与中国文化》，上海人民出版社1987年版，第61页。

胭脂记故事的演变及其文化内涵

2010年南开大学硕士学位论文　李振晶

摘要

　　胭脂记的故事在中国古代文学史上具有独特的艺术魅力，它讲述了一个青年男子因爱慕美丽的卖胭脂女郎而为情生为情死的感人故事。这个故事最早是以小说的形式记载于《幽明录》中，后来在小说、诗歌、戏曲多个领域流传。本文主要运用主题学的研究方法，从文学文化角度对该故事的发展流变做出分析，并着力揭示其中蕴藏的文化内涵。

　　本文主要包括引言、主体和结语三部分，现在分别介绍各部分情况：

　　本文的引言部分主要是介绍胭脂记故事的研究情况，并介绍本文所采用的主题学的研究方法。

　　主体部分包括四章：

　　第一章介绍胭脂记故事的文本演变情况，采用按时间安排材料的纵向结构，分为南北朝至宋代、元代、明、清四个时段，在每个阶段中分别对相关文本进行介绍，从而在演进式的梳理中，勾勒出胭脂记故事的流传与发展演变的轨迹，为下一步的文本分析奠定基础。

　　第二章分析了中国死亡文化与胭脂记故事演变之间的关系。首先介绍死亡文化在历史发展中的变化情况，然后从"复生"和死亡观念的整体演变的角度对胭脂记流传过程中的演变发展进行研究，探究死亡观念的变化对于胭脂记故事的影响。

第三章分析了古代女性地位的变迁与胭脂记故事演变之间的关系。先总体介绍中国古代妇女地位的变化，后以时间顺序介绍魏晋至清代女性地位变化对胭脂记文本演变的影响。

第四章从文人化的角度入手，分析胭脂记故事演变过程中由于文人的不断加工润色而具有的雅化倾向，以及文人的主体精神在作品中逐渐增加的态势。

结语部分总结各部分的观点，补充说明了胭脂记故事所表达出的文化意蕴和文化内涵。

目录

引言

第一章 胭脂记故事的文本流变情况

第一节 南北朝至宋——胭脂记故事的成形与嬗变

第二节 元代——胭脂记故事的鼎盛时期

第三节 明代——胭脂记故事的继续发展期

第四节 清代——胭脂记故事的衰落期

第五节 近代的胭脂记故事

第六节 胭脂记故事的"变体"

第二章 中国死亡文化与胭脂记的演变

第一节 概述

第二节 复生主题与汉魏胭脂记故事

第三节 死亡观念的发展与唐宋胭脂记故事

第四节 理性与感性的交织

第三章 古代女性社会生活与胭脂记的演变

第一节 概述

第二节 魏晋——高唐神女与胭脂记

第三节 女性地位跌落与宋元胭脂记

第四节 时代的禁锢与爱欲的张扬

第五节 清代文本的"混乱"与性爱的解放

第四章 胭脂记演变过程中的"文人化"

第一节 "文人化"的内在含义

第二节 "文人化"与宋元胭脂记故事

第三节 "文人化"加强与明代胭脂记

结语

朱买臣休妻故事的文本演变及其文化内涵

2010年南开大学硕士学位论文　陈婷

摘要

　　朱买臣休妻故事主要讲朱买臣从落魄到发迹的过程中与其妻的感情纠葛。除《汉书》外，此故事在诗歌、小说、杂剧、传奇、方志等领域里均有文本流传。本文运用中国叙事文化学的研究方法，从文学、文化的角度研究朱买臣休妻故事文本的发展演变轨迹并解释和判断这些变化现象所蕴藏的文化内涵。

　　本文的引言部分主要回顾朱买臣休妻故事的研究现状，明确选题的意义和价值，提出本文所要解决的问题，并介绍所采用的中国叙事文化学的研究方法。

　　正文部分共分四章：

　　第一章介绍朱买臣休妻故事的文本状况和演变轨迹。根据汉、唐宋元、明清时间顺序分为三节，分别对各个时期的文献资料具体介绍，比较每个时代故事人物、情节的异同。

　　第二章分析作为朱买臣休妻故事主要情节的婚姻纠葛问题。第一节概述历代贞节观，客观描述妇女在婚姻形态里的地位变化。后三节分别在汉代、唐宋元、明清三个分期下把朱买臣休妻故事与每个时代的贞节观相结合，观照不同时期的贞节观对朱买臣休妻故事的人物形象、故事情节的影响。

　　第三章分析探讨不同时期的朱买臣休妻故事所折射出的

士人仕宦心态。第一节概述文人仕宦观的发展变化。因为文本的关系，关于仕宦观的文化分析主要集中在元明清三代。第二节简要分析元前即汉、唐、宋时期朱买臣休妻故事所反映的士人仕宦心态。第三节主要根据元杂剧《渔樵记》重点分析元代儒生们的复杂心态。第四节集中分析朱买臣休妻故事所贯穿的功名天定思想，重点放在元明两代。

第四章探讨中国传统的团圆观念对朱买臣休妻故事的影响。第一节概述传统团圆观念，第二节主要分析元杂剧《渔樵记》团圆结局背后所反映的文化内涵，第三节重点探讨由团圆结局引申出的传统报复观念在朱买臣休妻故事中的反映。

结语部分从文本流传和文化分析两方面进行总结概括，总述朱买臣故事在文学长廊中的独特地位。

目录

引言
第一章 朱买臣休妻故事的文本流传情况
第一节 汉代——朱买臣休妻故事的缘起与形成阶段
第二节 唐宋元——朱买臣休妻故事的发展阶段
第三节 明清——朱买臣休妻故事的繁荣阶段
第二章 历代贞节观的演变与朱买臣休妻故事
第一节 古代贞节观演变概述
第二节 汉代——贞节观平淡期的客观叙述
第三节 唐宋元——贞节观变化期的不同解读
第四节 明清——贞节观严苛期的婚变怨情
第三章 士人仕宦心态的演变与朱买臣休妻故事
第一节 古代士人仕宦心态演变概述
第二节 元前——不同时代的相异表述
第三节 元代——特殊环境下的儒生心态

第四节 朱买臣休妻故事与功名天定思想

第四章 传统团圆观念的演变与朱买臣休妻故事

第一节 传统团圆观念溯源

第二节 元代——圆满结局背后的缺憾

第三节 明清——善恶有报：家庭团圆的另一出路

结语

附录

乐昌分镜故事的文本演变及其文化内涵

2010年南开大学硕士学位论文　吴志蕊

摘要

　　乐昌分镜故事是讲陈亡国之后，乐昌公主与徐德言在离乱之际破镜为约，历经周折而终得团圆的爱情故事。这则故事具备了中国传统戏曲小说"大团圆"的精神结构。本文运用叙事文化学的研究方法，以现存的乐昌分镜故事文本为研究对象，从历史、文化与文学的关系角度，深入探讨破镜文化和女性情感地位的确立与乐昌分镜故事的双向互动过程，从宏观角度把握整个故事发展和演变所体现的深层文化内涵。

　　本文的引言部分简要回顾乐昌分镜故事的研究现状和对本故事系统采用的研究方法。

　　正文部分分为四章：

　　第一章，对乐昌分镜故事的文本依据其本事和情节的相似性追溯其源流，然后按照朝代顺序及其文本发展变异过程进行划分，从而追溯它的源流和在各个朝代的改编变异情况。根据故事演变发展的情况，基本上把文本系统按照唐代、宋元、明清三个阶段进行划分，在每个阶段主要分析文本的基本著录和存佚情况，并对故事系统中所涉及的文化方面做提纲式的介绍。

　　第二章，主要是对乐昌分镜故事所蕴含的皇族爱情进行文化分析。皇族爱情主要是指公主和驸马的爱情，在这个文本中指乐昌公主和徐德言驸马的爱情故事。随着时代的变迁和朝代的更替，民众对皇族爱情的态度也发生了不同的变化。在唐代开放的婚姻观念影响下，文人对公主和驸马的爱情故事以普通人的感情叙述，充满了对真情的赞叹；宋元时期，民众对徐德言无力保护公主进行了揶揄和嘲弄，说明了宋元市民文化对乐昌分镜故事的重新审视和思考；到了明清，理学和贞节观念的宣扬，文人对于乐昌公主的贞节更加苛刻，并且把公主和驸马的爱情提升到了普通民众不可企及的高度。

第三章，主要是对乐昌分镜故事在历代政治背景宏观语境下所包含的文化内涵的分析。唐代侠义文化的影响下，乐昌分镜故事加入了对杨素气义还妻的赞赏，有着更为乐观的叙述风格。宋元时期，因为南北宋犹如破镜的政治环境增加了它的文化内涵，使得这个故事加入了国破家亡的因素。到了明清时期，建功立业的抱负是文人奋斗的目标，徐德言成为这种政治情境下的代表，改编的戏曲小说都加入了徐德言建功立业，封官加爵的情节，反映了明代重视建功立业的强烈的政治环境。

第四章，主要就乐昌分镜故事中一个重要的信物"破镜"进行了相关的文化考述，从婚恋爱情、破镜占卜和破镜与历代文化习俗的互动关系三个方面进行文化分析。"破镜"作为乐昌分镜故事的线索，关系着乐昌公主与徐德言的分别、寻找和重圆。鉴于"破镜"的诸多功用，本章分别从历代习俗、审美文化心理和文学内涵三方面对破镜重圆文化进行分析。

最后为结语部分，主要是对全文的研究进行概括性的总结，并以这一故事文本系统为立足点，提出一些值得继续探讨和有待深化的问题。

目录

引言

第一章　乐昌分镜故事文本的流传嬗变情况

第一节　唐代——乐昌分镜故事的兴起流传阶段

第二节　宋元——乐昌分镜故事的发展繁盛阶段

第三节　明清——乐昌分镜故事的变异消歇阶段

第二章　乐昌分镜故事与历代皇族爱情

第一节　唐代——开放婚恋观下的真情叙述

第二节　宋元——市民文化影响下的皇族爱情

第三节　明清——礼制下的严苛贞节观

第三章　乐昌分镜故事与历代政治文化背景

第一节　唐代——侠义文化的时代背景

第二节　宋元——国破家亡的内涵演绎

第三节　明清——文人建功立业的期望

第四章　乐昌分镜故事与破镜重圆文化观念

第一节　破镜重圆文化的历代习俗演绎

第二节　破镜重圆文化的审美心理体验

第三节　破镜重圆文化的文学内涵观照

结语

附录

崔府君故事流变论考

2010年河北师范大学硕士学位论文　张冬冬

摘要

　　崔府君，又名崔判官，是中国古代传说中的一位神化人物。他既是民间传说中冥府的"四大判官"之一，又是道教中的一位神灵，也是经常出现在中国古代小说、戏曲中的一位神化人物。作为神灵，崔府君总是救人于危难之际，所以其故事为人们所喜闻乐道。崔府君故事至今已流传了一千余年，对中国古代文学相关题材的发展影响巨大。

　　本文从考证崔府君的基本情况入手，首先考辨不同称谓。唐代是崔府君故事产生的源头时期，"唐太宗入冥记"孕育了崔判官早期形象，其复杂性影响了后世相关故事的发展方向。考辨宋代道教和神庙文化对崔府君故事流变的影响。到南宋崔府君故事发生新变，出现了有别于"入冥记"的另一条支流："泥马渡康王"故事。元代崔府君故事主要保存在当时平话、史书、元曲、神话等资料之中，其内容在继承前代的基础上，又有不少创新。明清崔府君故事在继承前代基础上，有了自己时代的特色。明代《西游记》相关故事对"唐太宗入冥记"加以艺术改造，使其发展到极致，崔府君在故事中的叙事功能增强，其形象也更加丰满。清代小说《说岳全传》是"泥马渡康王"故事的集大成者。

　　本文主要分为三章：

第一章唐代崔府君故事雏形。从界定"崔府君故事"定义入手，考证"崔府君"这一形象的出现是多种因素的结果，追溯"府君"与"判官"称谓的来源。基本理清神话人物原型问题，这有助于从源头上把握崔府君故事流变规律。唐代是崔府君故事产生的最初阶段，我们着重分析"入冥记"故事及其对后世的影响。同时，采录后世民间传说以充实此期故事。此期崔府君身份是半人半神，即身为阳世人，行阴阳之事，表现了我国古代神话故事从人到神的过渡。此期故事对后世有较大影响。

第二章宋元崔府君故事流变。宋代宗教与政治的发展促使崔府君成为护国神灵。同时，崔府君庙宇的广为修建，直接诱发了"泥马渡康王""神马拥王舆""拥羊之梦"等故事的产生。在分析这些故事的同时，考证崔府君庙与崔府君故事的错综关系。元代的时代特色赋予崔府君故事更多新内容，杂剧《崔府君断冤家债主》可为代表。此期还出现了有关崔府君身世的民间传说。此外，崔府君故事的某些情节还影响到其他作品的发展。崔府君会断"阴阳"，追根溯源，我们可以从唐代崔府君故事找到答案。唐代变文"入冥记"就曾记载过冥府崔判官当时还是阳间滏阳县尉之事。可见，崔府君一身而兼"阴阳"二职由来久矣。

第三章明清崔府君故事流变与传播。明代道教与崔府君信仰有密切联系，《西游记》系列中的"入冥记"继承并发展了唐代"入冥记"故事。清代《说岳全传》中的"泥马渡康王"故事吸收前代精华，成为此故事的集大成者。此外，考证崔府君庙与白马庙的关系，以及后者对崔府君故事传播的影响。在分析新变故事时，我们发现《后西游记》续写"入冥记"的独特之处。探讨崔府君作为"送子"神出现的意义。此期崔府君成为箭垛式的人物，并被当作一种意象和象征。崔府君故事流变是多方面合力的结果。社会、政治、宗教等因素，加上不同历史不同阶层的民众的共同努力，推进了故事的发展。此外，崔府君形象根植于民俗文化中，其迎合了一千多年来社会各个阶层民众的心理，这是故事发生流变的关键因素。崔府君故事流变的事实说明：越是符合民众审美的、迎合民众心理的故事，就越有生命力，也越符合文学发展的规律。

对崔府君故事进行梳理时，我们以历史为顺序，对小说、笔记、戏剧和史书等相关资料以及民间传说进行分析整合。采用比较研究和历史演进的方法，把握崔府君故事流变的轨迹，探讨崔府君故事对后世文学的影响。

目录

绪论
第一章 唐代崔府君故事雏形
第一节 崔府君概说
第二节 唐代崔府君故事
第三节 民间传说
第二章 宋元崔府君故事流变
第一节 宋代崔府君故事
第二节 金元崔府君故事
第三节 崔府君故事的外延
第三章 明清崔府君故事流变与传播
第一节 明代崔府君故事
第二节 清代崔府君故事
结论

唐明皇故事的文本演变与文化内涵（附节选）

2011年南开大学博士学位论文　李春燕

摘要

　　唐明皇事迹见诸新旧《唐书》《资治通鉴》等历史典籍。唐明皇有着传奇的帝王人生，早在安史之乱发生后，民间就有很多关于他的传说。中唐的文人士大夫，更热衷于追忆明皇朝的逸闻遗事，出现了一大批杂史笔记。这些传说、笔记与国史、实录一同作为文学题材进入文人视野，形成了风光旖旎的唐明皇故事。

　　从唐五代反思治乱的笔记小说和独具风情的诗歌咏唱，到宋元主题迥异的小说戏曲，以至明清内涵丰富的长篇大作，唐明皇故事的文本不断演变，叙事规模、故事情节和人物形象亦随之变化。唐明皇故事的演变过程是文人演绎历史、整合传说的过程，梳理这一过程的发展态势，不但能发现不同时代文人对唐明皇的态度，还可窥见蕴含于文本内部的诸如时代政治、士人心态、社会风尚、宗教文化等信息。

　　论文以中国叙事文化学的方法，对唐明皇故事做个案研究。在梳理历代唐明皇故事文本的基础上，剖析情节演变、人物形象嬗变背后的文化内涵，共包括七个部分的内容，简要阐述如下：

　　绪论部分是对研究对象、现状和研究方法的阐述。首先描述唐明皇故事的文本特点，划分故事的四大情节系统。进而综述20世纪以来的研究现状，提出了需要解决的问题，明确了选题目的和意义。最后介绍中国叙事文化学的研究方法，阐明了本文的创新点。

第一章为文献综述。以时代为顺序，将唐明皇故事文献划分为生成期、发展期、繁荣期和集大成期四个阶段，清理各阶段的相关文献，做题录性质的介绍，在整体上呈现唐明皇故事的文本规模，并揭示各情节系统内部不断演变发展的态势。

第二章从帝妃爱情角度切入，考察唐明皇故事的演变。首先追溯帝妃爱情文学的发展脉络，归纳帝妃爱情文化的时代特色。然后按时代分节，分别透视唐五代、宋元、明清时代的唐明皇后妃故事文本，分析其生成机制、流变轨迹，进而揭秘影响其生成与流变的内在文化动因。

第三章从势道关系角度切入唐明皇故事。首节为势道关系溯源，揭示势道关系影响士人心态，进而影响帝王形象塑造的进程。后三节以动态的视角，从势道关系的离合，考察唐明皇帝王形象的演变，挖掘出文人寄予这种形象中深层次的政治理想和完美人格。

第四章从道教文化角度切入剖析唐明皇故事。追溯帝王仙道故事的写作传统，呈现道教文化发展与唐明皇故事演变的双向互动，进而立足不同时代的唐明皇故事文本，揭示其中内蕴的道教文化内涵。道教文化的强大磁场，使得唐明皇故事在生成和演变上，有了内蕴的提升，充满了浪漫主义的仙道特色。

第五章从梨园文化角度分析唐明皇故事，追溯宫廷娱乐与梨园文化产生的关系，揭示出唐明皇宫廷梨园对于梨园文化形成的意义，从唐明皇故事文本入手，通过演变轨迹的梳理，归纳梨园故事文本的文化意蕴。唐明皇宫廷梨园为梨园文化树立了道德标准和艺术品位，奠定了艺人德艺双馨的人生追求。

结语部分总结以上各章观点，归纳唐明皇故事文本演变过程中有特殊意义的节点，从情节内容和文化内涵的结合上，总结四种情节类型的演变轨迹，指出唐明皇故事的独特性。并且重申本文的研究目的，即以动态的视角，厘清文献、清理情节脉络，揭示深藏于文本之后的文化内涵，呈现一个条分缕析的唐明皇故事体系。

目录

绪论 中国叙事文化学视野下的唐明皇故事

第一章 唐明皇故事文献综述

第一节 唐五代的唐明皇文献

第二节 宋元的唐明皇文献

第三节 明代的唐明皇文献

第四节 清代的唐明皇文献

第二章 唐明皇故事与帝妃爱情

第一节 帝妃爱情溯源

第二节 唐五代：升华李杨爱情寄寓兴亡之叹

第三节 宋元：发掘宫闱秘事批判帝王荒淫

第四节 明清：演绎明皇情史摹写悲欢离合

第三章 唐明皇故事与势道关系

第一节 势道关系溯源

第二节 唐五代：势道融洽——知遇士人的仁明天子

第三节 宋元：势道游离——贬谪故事与文人形象的高扬

第四节 明清：势道弥合——李白登科与赐婚故事

第四章 唐明皇故事与道教文化

第一节 帝王仙道故事溯源

第二节 明皇好道：道士法术的纪实传异

第三节 浪漫远游：明皇游月的文学演绎

第四节 下凡历劫：明皇好道的情节重构

第五章 唐明皇故事与梨园文化

第一节 宫廷娱乐与梨园故事

第二节 唐五代：宫廷梨园与盛世风流

第三节 宋元：帝妃歌舞与享乐误国

第四节 明清：唐宫韵品与梨园忠义

结语

附录

明清文学中的明皇好道故事，伴随着文学体式的发展、道教思想的传播和神仙体系的充实，在内容上表现为明皇好道、道士故事和明皇游月故事的演绎，其核心则离不开下凡历劫。帝妃谪仙化、道士神仙化，受明皇好道故事影响，唐明皇故事的情节构架被套入到下凡历劫模式中，内蕴了更丰富的道教文化内涵。

一、明皇好道的全景展现

在明清小说中，明皇好道故事有了全景式的展现，情节发展演变如下：集奇人——救梅妃——结证因果。道士日益神仙化，作为唐明皇帝王人生的见证，更多地参与了明皇的政治与爱情故事，在小说结构上，道士成了串联故事的线索和总结故事的收束。

《初刻拍案惊奇》卷七"唐明皇好道集奇人 武惠妃崇禅斗异法"（后简称《集奇人》），入话叙述道人李遐周留下诗谶隐去，后安禄山兵变、杨妃缢死马嵬，李遐周的预言统统应验，"道家能前知如此"，承上启下，"盖因玄宗是孔升真人转世，所以一心好道。一时有道术的，如张果、叶法善、罗公远诸仙众异人皆来聚会，往来禁内，各显神通，不一而足"①。正话依

---

① 凌濛初编著：《初刻拍案惊奇》，中华书局2009年版，第68页。

次叙述张果、叶法善、罗公远的神奇法术，异人们鱼贯登场，所叙故事只是采集旧闻，连缀成篇，有结构安排之匠心，而无题材人物之独创。

《集奇人》首先叙述张果故事，收集他的平生事迹，做一罗列，举凡假死、返老还童、变幻酒榼、识长生鹿、不尚公主、饮毒酒不死等，唐明皇赐号通玄先生，最后让叶法善揭出他的来历，为张果的异术做一个收束，并以此勾连，引出叶法善故事。对叶法善神迹的表现，主要选取他识破吐蕃凶函、元宵节西凉府观灯和中秋游月宫三个故事。从此叶法善与张果得到明皇的敬重，常伴左右，或下棋，或斗小法，赌胜负为戏。罗公远因呵斥守江龙而出名，被召入宫中，一入宫就以隔空取物、作法挡道震慑了张、叶二法师，三人会于皇宫。

《集奇人》着力表现僧道斗法，所叙述故事如叶法善戏三藏、罗公远取三藏袈裟，在《逸史》《仙传拾遗》中都有成型文字，移植到话本小说中，更强调了道术优于佛法，表现出崇道抑佛的倾向。

奉道派以唐明皇为领队，参战主力是叶法善、罗公远，在人数、气势和心态上，均优于武惠妃带队三藏一人参战的崇禅派。斗法时，道士们漫不经心，却屡占上风；三藏全力应战，却总是不敌。奉道派的游刃有余，与崇禅派的惊慌失措相映成趣。僧人三藏只是一个丑角，他失声而走，玄宗大笑；他吓得面如土色，半晌无言，玄宗拍手大笑。明皇好道，为道士壮胆。作者借罗公远之口，道出了道术优于佛法："菩萨力士，圣之中者。甲兵诸神，道之小者。至于太上至真之妙，非术士所知。适来使玉清神女取之，虽有菩萨金刚，连形也不见他的，取若坦途，有何所碍？"[1]

《集奇人》第一次汇集多个道士的事迹，全景展现明皇好道故事。作为方技之士，待诏集贤院的道士们，他们炫技、斗法，只为使皇帝一快。罗公远的法术让明皇大开眼界，即使如此，在明皇学隐形不成时怒斩罗公远，毫不留情。在这些故事中，道士和法术都服务于至高无上的君王，皇权凌驾于仙术之上。到章回小说《混唐后传》，明皇好道故事已经从大内集奇人发展到异人乱中救梅妃，并指点明皇、梅妃重圆。和凡间的帝王权威相对，

---

① 凌濛初编著：《初刻拍案惊奇》，中华书局2009年版，第75页。

神仙法术已然成为一个与之平分秋色的体系，仙高于凡，道士可以高蹈于帝王之上。

《混唐后传》的第十五回、十六回、二十八回，继承《集奇人》全景展现明皇好道故事，在表现上，将携明皇远游的法术分散在叶法善、张果、罗公远三人名下，叶引其腾空驾云游西凉府，张带其跨彩桥广陵观灯，罗携其乘彩舆鹿车游月宫。在叙述上，将仙家世界与现实皇权对立起来，在游月宫时，明皇只能在外围观看，因为"陛下虽贵为天子，但还是凡躯"，没有仙缘，不能见嫦娥；在学隐形术时，"陛下以凡躯而遽学仙法，安能尽善"①。因为道士想以神仙自居，凌驾于帝王之上，唐明皇好生不悦，因此怒杀罗公远。罗公不死，寄言蜀当归，腾空而去。安史乱发后，张、叶、罗三仙师搭救梅妃，并赠神奇的梅花，预言明皇与梅妃重圆。到这里，明皇好道故事已经不局限于大内集奇、以法术邀宠，仙道的力量已经延伸到了唐明皇爱情故事中。

《隋唐演义》的回目与《混唐后传》类似，在写作上，更注重细节渲染，文字更为丰赡。其中的明皇好道故事，强调仙道体系高蹈于帝王权威之上。在情节上，从集奇、救梅，发展到道士结证因果，道家的宿缘成为冥冥中的主宰。明皇的使者杨通幽受命寻求梅妃、杨妃踪迹，经仙女指点，在仙山上遇到三仙师，即张果、叶法善和罗公远。三人说出了明皇的下凡历劫以及帝妃的两世姻缘，从而为隋唐故事结案。解释明皇好道集奇人时，张果说："我等与上皇原有宿因，故尝周旋于其左右；奈他俗缘沉着，心志蛊惑，都忘却本来面目，故且舍之而去。"②仙凡隔路，谪仙为帝王，帝王权威与仙道系霎时间分出了高下。

从《集奇人》到《混唐后传》《隋唐演义》，在全景呈现明皇好道故事时，写作意图已经发生了根本的改变，道士从明皇麾下承欢取乐的方技之士，发展到了可以与帝王分庭抗礼，甚至可以批评其"溺于俗缘"的神仙中人。道教文化的发展和渗透，使得道士不再依赖明皇的庇佑获得声望，

---

① 钟惺著，杨与林整理：《混唐后传》，春风文艺出版社1982年版，第81、82页。
② 褚人获编著：《隋唐演义》，中华书局2009年版，第723页。

而是可以高蹈于帝王之上，从因缘宿命角度，评价和解说唐明皇的帝王生涯和爱情际遇。

二、道士形象的演变发展

在唐代，道教成为入仕的途径，科举考试有道家的内容，以道术见赏于唐明皇，还可以迅速获得富贵、地位和名望。司马承祯多次受中宗、玄宗封赏，张果因道术备受唐明皇礼敬，封银青光禄大夫，赐号通玄先生。这就刺激了隐居、学道之风，很多隐士被征召做官，如吴筠、卢藏用等。以道术、神仙思想售于帝王家，也成了很多人的人生追求。

唐五代文学中的唐明皇宫廷道士故事，多有实录记载和对传闻的夸大。宋元文学中，除了神仙传，单独表现道士故事的文学作品不多，即便如《唐明皇游月宫》，叶法善也只是充当引导的角色，未刻意表现其法术。

明清时代，道士事迹继续进入神仙传，清代徐道、程毓奇编撰《三教同源录》，收入了张果、叶法善、罗公远、杨通幽的故事，二集卷十三"张果老六合联婚"、卷十四"嫌朽衰鬓齿重易"，写张果故事；"显神咒戏惊三藏""学隐形怒斩罗公"为罗公远故事；卷十五还有"白玉函天宝呈祥 青莲子谪仙玩世"，写叶法善和李白故事，"杨什伍妙术通幽"写为杨妃招魂。

神仙志传故事的传播，使得唐明皇身边的宫廷道士纷纷神仙化，具备了生发故事的更大能量。宫廷道士大多脱离了"明皇好道"的叙事框架，进入其他故事体系的架构中，成为叙述故事的重要人物。

在明清戏曲中，以明皇好道为母体，演绎出了丰富多彩的道士故事。道士作为一类特殊的人物，串联情节的作用日益强大。如《彩毫记》中的司马承祯、《磨尘鉴》中的黄幡绰、《龙凤钱》中的叶法善，他们摆脱了宫廷道士的炫技和逢迎，以得道高人的面目出现，一派仙风道骨，全知全能，来去自如。

《彩毫记》中李白经历宦海沉浮，得司马承祯点化，最终入道脱离苦海。第三出"仙翁指教"中司马承祯出场，他点明因果："李白原是天上星官，谪居尘世，才华绝代，风骨超群。贫道虑其缠绵于婚宦，迷却宿缘，终堕落于人间，何由再返天界……点化他一番。"①第三十八出"仙官列奏"中，司马真人向太上保奏李白，许其早正道果。剧中还有叶法善、李腾空、清虚道士等形象，形成一个仙真世界，成为世俗世界的点拨与选拔者。

《磨尘鉴》故事主线是道士黄幡绰下凡开创梨园，在人物设置上，把唐明皇身边俳优黄幡绰塑造成道士形象，在"戏宗"出，他自述"贫道黄幡绰是也。元是西方散圣，今特降凡东土，隐迹玉峰山，别号潇洒真人，演虚虚法教，能祛万种愁肠"，他存心教化，"编一传奇，名《磨尘鉴》，传向人间，令文俗共赏，便知忠孝节义关系，奸顽淫邪报应，有影如响，丝毫不爽，使忠者全忠，孝者全孝，义能完义，节能守节"②。得到三教圣人的支持后，鸾歌献格创造机缘，黄幡绰得以来到唐明皇身边。

黄幡绰在御前解释天书《骷髅格》，演说音律，得到了唐明皇信任，被封为"曲圣先师，兴教演化真人"，得以在梨园演习排练《磨尘鉴》。三个月后在朝廷公演，黄幡绰受赏，梨园弟子清音童子、执板郎君、李猪儿等得赏赐。剧中剧《磨尘鉴》演忠、孝、节、义故事，借戏曲宣扬"为善方便，不善恶辁"。剧中抬高了戏曲的地位，唐明皇将《磨尘鉴》颁行天下。

开创梨园后，黄幡绰遭朝中大臣弹劾，"喜得大道颁行业已收"，请求归山，临行之际劝诫子弟忠孝。安史之乱中梨园弟子有忠义表现。最后一出"酬功"，唐明皇封赏臣子时，黄幡绰飘然而来，"仙卿，你不但授诸弟子艺业高强，竟令他们能知大义，为朕捐生，可谓子思之曾子也"。

谪仙黄幡绰创设梨园，以戏曲演绎忠孝节义，并教导弟子，在大乱时表现出了非凡的气节。《龙凤钱》中的通明法师叶法善更加神通，万事都在他的掐算之中。如唐明皇想要游月宫，他遥知明皇之意，早早知会嫦娥，"借他全部霓裳，传入千秋乐府"，使得嫦娥拨云相待；游月途中，板笏掷去，化作万丈银桥，有马、赵、温、关四大将军护驾，气派非凡。

到达月宫后，嫦娥接驾，玉女十二班、银娥十二班，对人间帝王甚是恭敬："人天路隔，君臣分悬，今夕何反枉临圣驾"；唐明皇说："凡夫心慕

① 屠隆：《彩毫记》，毛晋编：《六十种曲》五册，中华书局1990年版，第5页。
② 《磨尘鉴》，《古本戏曲丛刊》三集，文学古籍刊行社1957年版。

清虚，若得长游，舍得江山"，嫦娥劝道："天生陛下，正以治国治民，何得偶滔清虚，遂尔妄言妄想。既已枉临，料无空返，某当导前，请陛下宫中遍游一番"。[1]游玩之后，献桂浆、玉女舞霓裳，为圣上侑觞，银娥奏乐。

在叶法善的安排下，明皇月宫之行非常排场，不仅中途有神人护驾，还得嫦娥接待。回宫时，"朕想此游世人哪知，投掷金钱，兴民同乐"，又将龙凤钱掷下，许愿长安城中，得钱者男为翰林，女作次妃。由此引出一对男女的遇合故事。

得钱的男女崔白、周琴心一见倾心，第九出"乞法"叶法善已经知道周氏、崔生姻缘，等待崔生前来相求；第十出"宴睹"，叶法善摄来周氏，才子佳人相见，对月发誓，被吕伯达惊破。周琴心在宫内离魂，此后病死，吕伯达之妹书心被人害死，叶法善为周琴心还魂，又弄错了吕、周二人，结果周魂还到吕尸，吕魂到了周尸。周氏生还，因魂魄不同，不再进宫。后来崔白中状元，叶法善进谏明皇，说明崔白与二女的宿缘，于是明皇赐婚，二女同归崔生。

唐明皇游月宫时，叶法善作为宫廷道士，是帝王侍从；在运作崔、周相会，成就才子佳人姻缘时，叶法善又表现出自己的神仙立场，不依附于帝王权威。他摄取帝妃魂魄，与书生相见，可以说是大逆不道，但以二人有因缘，做得理直气壮；在劝说唐明皇赐婚时，也以宿缘为理由，由此可见，叶法善已经神仙化，能够以仙道立场与明皇交往，不再是单纯依附帝王权威的宫廷道士。

《彩毫记》《磨尘鉴》和《龙凤钱》中的道士故事是由明皇好道故事派生而来的，其中的道士司马承祯、叶法善、黄幡绰等形象，已经超越了方士的身份，由于明皇的推崇，作为仙真世界的神仙，高蹈于尘世之外，其角色意义在于掌控、串联整个故事。

三、下凡历劫模式下的明皇游月故事

明清的唐明皇游月宫故事，呈现了多种面貌，可归纳为三种状态：第

---

① 朱素臣：《龙凤钱》，《古本戏曲丛刊》三集，文学古籍刊行社1957年版。

一种在《彩毫记》《龙凤钱》《集奇人》中，由叶法善带领，掷板笏、现银桥，明皇畅游月宫，甚至得到了嫦娥的接待；第二种《长生殿》改为杨贵妃梦中游月宫，因杨妃是谪仙，有宿缘，得以梦游月宫、听音乐制曲，此后李杨在月宫重圆；第三种出现在《混唐后传》《隋唐演义》中，由罗公远带领，桂枝化为彩舆，如意变作白鹿，乘车而往，但未能进宫，只能在外观瞻，因明皇对嫦娥产生轻亵之心，"月中门户尽闭，光彩四散，寒风袭人。公远急叱白鹿，驾转彩舆，少顷冉冉至地，只见彩舆仍化为桂枝，白鹿亦不见，如意仍在公远手中"，游月故事被写成了一次刺激的冒险。

在以上三种模式中，游月宫故事被套入到下凡历劫模式中，有仙缘才可游月，凡人，即使是帝王，能够接近月宫已经是万福，不能再有非分之想。这说明与帝王权威相对的仙真世界已经完全建立起来了。

《彩毫记》中，叶法善带唐明皇、杨贵妃、李白等共游月宫，见第十五出"游玩月宫"，唐明皇、杨妃要游月宫，叶法善说"虽是人主侈心，亦有夙缘合往"，李白认为荒唐，因此要一起去月宫，叶言李白乃太白星官，谪居人世，不妨同行。

《长生殿》以表现李杨爱情为主旨，将游月制曲改写成杨贵妃的梦游，月中仙子说，杨贵妃是仙子转世，有缘分游月宫、听仙曲，杨妃醒后根据记忆作《霓裳羽衣曲》，后来李杨于月宫相会。

综合上述，明清时代的明皇好道故事，主要表现为下凡历劫模式的形成，笼罩了整个的唐明皇故事系统，使得明皇与道士故事、明皇远游故事都蒙上了因缘前定的色彩，在此过程中，神仙世界建立起来，仙凡对立，神仙系统与人间帝王分庭抗礼。

大禹传说的文本演变和文化内涵（附节选）

2011年南开大学博士学位论文　孙国江

摘要

　　大禹是中国古代受人敬仰的文化始祖。传说中，他是一位将治理洪水、划定九州、铸鼎象物、大会诸侯等一系列功绩集于一身的君主典范，同时有关大禹的故事又处处显示出奇异的成分，如鲧腹生禹、化熊开河、驭龙治水等情节，都带有原始神话的遗存。

　　事实上，大禹传说的形成经历了一个由简到繁的过程。大禹传说发展和演变的历程贯穿了整个中华文化的历史。大禹传说的各个情节单元与许多重要的文化现象息息相关。研究大禹形象的形成历程，了解大禹传说的演变轨迹，将大禹传说放到整个古代文化的总体中去考察，对于探索整个中国上古传说演变的基本脉络，挖掘其在整个中国传统文化中的地位和作用等方面都具有重要意义。

　　本文在搜集古代以大禹为中心的各种文本，按照时代的先后顺序对文本发展和演变的脉络进行梳理的基础上，对大禹传说的各情节单元在其发展演变过程中表现出的文化演进脉络和轨迹进行分析，考察促使传说演变中各种变体和异说形成的文化背景，探讨传说演变与文化背景之间的互动关系。论文包括六个部分：

　　第一章为文献综述，旨在梳理与大禹传说相关的文献材料的基本状况。

第二章分析大禹身世和婚恋传说的伦理化演变轨迹，探讨鲧、禹的父子关系及禹与母亲修己、妻子涂山氏和儿子启的各种相关传说与中国古代伦理观念发展演变历程之间的互动关系。

第三章分析大禹治水和划九州传说的历史地域化轨迹。大禹治水传说的演变是一个由地方性的传说向全国性的传说扩展，又逐渐发展为各地不同的地方传说的过程。大禹划九州的传说大致形成于战国晚期，随着记录大禹治水和划九州传说的《禹贡》不断被奉为经典，传说的内容也被当作信史加以叙述和记录，并出现了考订大禹一生事迹和经历的经学思潮。随着民间流传的大禹治水和划九州传说呈现出地域化的发展趋势，围绕着以不同情节为核心的地区形成了各地的传说和信仰，并且不断向新的地区辐射。

第四章分析大禹游历传说的仙话化轨迹。大禹游历传说是由大禹治水传说衍生而来。随着道教兴起，大禹游历传说又被纳入道教仙话的叙事系统之中，大禹本人遂被塑造成为一个得道不死的仙人形象。唐宋以后，道教系统对于大禹游历仙话化改造的热度逐渐消退，大禹游历传说中的仙话因素遂进入文学的叙事系统，成为小说家和诗文作者所常用的题目。

第五章分析大禹铸鼎和封禅祭祀传说的符瑞化轨迹。大禹传说中的各种神异情节不断被改造成王权力量的象征和帝王符瑞的显现。东汉时期，这些传说又与当时所流行的谶纬之学相结合。魏晋南北朝以后，谶纬之学衰落，汉代叙事中大禹传说天命符瑞的内容也逐渐消亡。但是，这些符瑞传说并没有完全消失，其中一部分进入民间叙事，成为民间信仰的内容。另一部分进入文学的视野，并在封建文人的不断重述中产生出新的内容。

第六章分析大禹即位、征伐和会诸侯传说的政治化轨迹。

大禹由一位带有神性的文化英雄，经过漫长历史时期的演变逐渐变成一位帝王的典范。在儒家学者的叙述中，大禹对于封建制度有着很多的开创之功：一方面，大禹结束了前代流传的选贤与能的禅让制度，开创了家天下的封建专制传子制度；另一方面，大禹不同于尧、舜一味地以无为和怀柔的政策治理天下，而是敢于使用武力、平定不臣、诛杀异己，并且会诸侯于涂山以确立威信。经过儒家学者的叙述，大禹传说的发展和演变遂与王权的变迁产生了密切的联系。

目录

绪论

第一章 "大禹传说"文献综述

第一节 先秦时期的相关文献

第二节 秦汉至南北朝的相关文献

第三节 隋唐至清代的相关文献

第二章 大禹身世和婚恋传说的伦理化演变轨迹

第一节 大禹传说伦理化演变概述

第二节 先秦至汉初：原始信仰下诸异说的产生与伦理化的初兴

第三节 汉至南北朝：正史叙述和文学演绎中伦理化的渐变

第四节 唐至清：道学论争与民间叙事中伦理化的高峰

第三章 大禹治水和划九州传说的历史地域化轨迹

第一节 大禹传说历史地域化演变轨迹概述

第二节 先秦至汉初：传说的演变与九州历史地理观的形成

第三节 汉魏至唐：华夏版图的变迁与传说的地域化演变

第四节 宋元明清：传说进一步的地域化演变及向新地区的辐射

第四章 大禹游历传说的仙话化轨迹

第一节 大禹传说仙话化轨迹概述

第二节 先秦至南北朝：神仙道教对大禹游历传说的改造和吸收

第三节 唐宋元：大禹游历仙话的文学化转变

第四节 明清：传说在道教系统中的衰落和在民间叙事中的复兴

第五章 大禹铸鼎和封禅祭祀传说的符瑞化轨迹

第一节 大禹传说符瑞化演变轨迹概述

第二节 先秦至东汉：天人观影响下禹铸鼎和封禅祭祀传说的形成

第三节 汉末至南北朝：符瑞传说的衰变及祭祀大禹活动的兴起

第四节 唐五代至清：祭祀活动的盛行与新符瑞传说的生成

第六章 大禹即位、征伐和会诸侯传说的政治化轨迹

第一节 大禹传说政治化演变概述

第二节 先秦：诸子百家学者政治化论争背景下传说的形成

第三节 秦汉至唐代：大一统王权背景下大禹圣君形象的生成

第四节 宋元明清：王权的强化与大禹圣君形象的最终定型

结论

与大禹相关的叙事究竟是史实还是神话，这在近代大禹研究史上一直是一个争论不休的问题。古代学者从崇经的角度出发，认为先秦时期关于尧、舜、禹的各种记载都是确凿的史实。对于其中一些怪力乱神的内容，则自司马迁开始便有意加以删汰，将其剥离出正史叙述的范围。自近代以来，以顾颉刚先生为代表的"古史辨派"学者开始对儒家学者所叙述的上古史提出疑问，认为其中绝大部分是晚周秦汉间的学者拼凑编造而成的结果。对于大禹传说，因为其中存在较为浓郁的神话因素，因此"古史辨派"学者直斥其为神话，认为大禹是一位神话人物，也并非夏代的开国君主。自此以后，对于大禹传说的相关研究截然分为两派，一派学者仍然进行上古史角度的推论，将大禹看作是历史人物加以分析；另一派学者则完全从神话的角度去考量大禹，运用神话学、人类学和民族学的方法去分析大禹传说。

那么大禹传说究竟是神话还是历史呢？事实上，传说这一概念本身就包含着神话和历史的双重成分。国外的人类学家对传说的概念有过界定和

划分。英国的马林诺夫斯基把故事（tale）、传说（legend）和神话（myth）三者区别开来，认为故事是说来娱乐的，传说作为认真的叙述，是满足社会的功名心理的。神话被视为神圣而受到人们的敬畏。他认为故事是应季节而表演的一种社交活动；传说是因接触奇异的现实而产生的，表示对过去历史的回忆；神话只是在祭祀、仪式、社会或道德规范要求保障其正当的权威性和传统性，或者要求其真实性和神圣性的时候，才发挥它的作用。单纯的故事和社会生活的联系面很窄，传说却深深地扎根于部落的部族生活之中。马林诺夫斯基通过对于故事、传说和神话三者的对比，提出传说区别于神话和故事的一个特质就是其中包含有对于前代历史的记忆，但这些记忆又是因接触奇异的现实而产生的，因此肯定不会是对于前代历史的实录而是神异化了的理解。德国的人类学家鲍曼也同样对传说的概念进行了界定，他认为传说的舞台大体上都是观众所周知的固定场所，时间的发生也不是在开天辟地的远古时期，而是在那以后的某个年代里，其登场人物被认为是历史上实有其人。因为人们笃信传说叙述的事件在过去的确发生过，而且它又是人同灵魂实际相遇过的事情，因而，传说成为人们真正信仰的对象。传说的功能是借助于人们笃信过去实际发生过的事件，以维系群体的过去和现在的连续性，从而强化群体的纽带，尤其是群体和特定土地之间的结合。由鲍曼从人类学角度对于传说的界定我们可以知道，传说自其诞生开始就被认为是关于本民族英雄人物丰功伟绩的叙述，因而也就被认为是真实的。传说本身与特定的民族、土地之间有着深刻的联系，这种联系的不断继承和发展使得传说成为民族历史文化的重要组成部分。芬兰的人类学家霍尔特兰茨认为，区分神话、传说和故事这三者的决定性因素是三者的真实性各有不同。就是说，神话由于它本身具有的神圣性，所以它是真实的；传说传述的是人们信以为真的事情，所以它也是真实的；而民间故事的真实性是各种各样的，故事仅仅被视为或许含有某种真实性。①霍尔特兰茨的区分对我们的研究有着一定的现实意义，从真实性上来

---

① 参见［日］大林太良：《神话学入门》，林相泰、贾福水译，中国民间文艺出版社1989年版，第31—40页。

说，民间故事无论是关于动物的还是人物的，叙事者和听者都不会去在意它是否是真实发生的事件；神话在其信仰发生的年代里其真实性则被认为是不容置疑的；传说的真实性是由于叙述者和听者都认为其内容是真实的，这种真实性源自特定民族文化心理的认同感。

回到大禹传说本身来看，大禹传说在其产生初期带有神话的性质这一点是毋庸置疑的，但它又显然不是那种完全来源于原始信仰的宗教式神话，而是关于文化始祖的传说。正如苏联神话学家梅列金斯基所说："古老神话时期的首创业绩，无不系于生存并活动于神幻时期的人物，此类人物可称之为'始祖—造物主—文化英雄'。有关上述三范畴的概念错综交织，确切地说，浑然难分……始祖—造物主—文化英雄，实则为整个原始公社的模拟，原始公社即等同于'真实的人'。"①首先，大禹传说来源于先民对于先夏时期历史的记忆，古代的叙述者都将自己叙述的有关大禹的内容视为真实的，而接受者也基本没有对于大禹传说作为历史的真实性产生怀疑，这源自双方共同的民族认同感。其次，先秦秦汉时期的大禹传说中有着丰富的神异因素，如鲧腹生禹、御龙开河、化熊治水等情节都带有强烈的神异成分，这些神奇的传说源自先民对于大禹的历史记忆，来源于先民所接触的奇异的现实，即从原始思维的角度认识下的自然和社会生活。这些认识中既包含着真实的历史记忆，也同样包含着先民所幻想出来的奇异情节，它们共同构成了大禹传说的基本内容。这些内容在后世不断被重述，而形成了关于大禹传说的各种不同版本。最后，大禹传说自其产生以后就与先民所生活的特定土地相结合，在其流传和演变的过程中维系着中华民族与中华土地之间的联系。随着大禹传说的逐渐地域化，形成了各地带有地方特色的传说与信仰。总之，有关大禹叙事的各方面内容都显示出了它作为传说的特质。

判明了大禹的相关叙述有着作为传说的一般特征之后，本文拟运用中国叙事文化学的方法进行大禹传说的研究。如前文所述，大禹作为一位带有传奇性质的帝王，对于他的各种叙事都带有历史追忆的性质，叙述者不

---

① ［苏联］叶·莫·梅列金斯基：《神话的诗学》，魏庆征译，商务印书馆1990年版，第197页。

断将各种符合社会功名心理的美好品德加诸其身，形成了庞大的叙述体系。在很长的历史时期里，大禹传说的内容都被当作史实加以记录；而自近代以来，大禹传说又被当作神话加以解释。有鉴于此，本文在研究过程中无意于对大禹传说进行上古史或神话学的再破译，而是希望客观地将大禹传说的各种变体和异说放到中国文化发展史的大背景中去考察，从而理清大禹传说演变过程与古代历史文化发展之间的关系。因此，本文在选取材料的过程中打破了体裁和学科领域的限制，以先秦至民国以前的书面文本为主体，以有关大禹的带有叙事性质的文本为主要对象进行研究，内容涉及有关大禹的史传、笔记、小说、方志、诗词文赋、雕刻、绘画等各种古代文献。此外，尚需说明的一点是，由于本文将着眼点放在大禹传说的演变与古代历史文化发展的关系上，因此许多由田野调查而得到的口传叙事文本因无法考证其具体形成时间，无法纳入研究的范畴；一些现当代的小说、诗歌、戏曲及影视作品，也无法作为研究的对象。

本文在研究过程中采用中国文学主题学即叙事文化学的方法。中国文学主题学或称叙事文化学是对古代文学，尤其是对叙事文学研究在方法上的一种新的尝试和探索。主题学发端于19世纪德国学者格林兄弟在民间文学领域的研究，他们将这一方法运用于探讨童话故事和民间传说在不同文化环境和不同的叙述者口中的发展和变异，这种方法被广泛地运用到比较文学的研究当中，用于材料的搜集和整理及对于某一主题、母题做追溯探源的工作，并对不同时代作家如何利用同一主题或母题做深入探讨。主题学的方法传入中国并为中国的学者所了解是迟至改革开放以后的事情，但是，早在20世纪二三十年代，以顾颉刚为代表的一批学者已经自觉地把类似的方法运用于中国古代的传说和故事研究当中，并取得了丰硕的成果。如前文所述，以顾颉刚先生为代表的"古史辨派"学者致力于故事传说的研究，提出"层累的历史观"的说法，并对大禹传说的研究有着开创之功。同时，以1924年发表于北京大学《歌谣》周刊的《孟姜女故事的转变》为标志，顾颉刚先生还把这种方法运用到古代的民间故事研究当中。胡适在1924年2月《读书杂志》第18期上发表的一篇题为"古史讨论的读后感"的文章，对顾颉刚先生的研究方法做了如下的总结：

（1）把每一件史事的种种传说，依先后出现的次序，排列起来。

（2）研究这件史事在每一个时代有什么样子的传说。

（3）研究这件史事的渐渐演进：由简单变为复杂，由陋野变为雅驯，由地方的（局部的）变为全国的，由神变为人，由神话变为史事，由寓言变为事实。

（4）遇可能时，解释每一次演变的原因。[①]

对比西方主题学的方法和顾颉刚先生的研究方法可以发现，二者有着明显的共通之处，即都将着眼点放在某一故事传说主题在不同的背景下的演进和变化。但二者又有着明显的不同，西方主题学的方法从民间文学研究的基本思路出发，更加注重叙事结构的完整性，致力于从不同的故事中剥离出基本的结构；顾颉刚先生的方法更注重考察某一特定的传说或故事其演进的过程与整个历史和文化发展的关系，即胡适所说"遇可能时，解释每一次演变的原因"。中国古代的叙事文学和世界各地民间故事的流变具有相似性，这就为中国叙事文化学研究运用西方主题学方法提供了理论依据。中国古代的叙事文学中，同一单元的故事经过不同时间空间作家的改编，形成了不同的版本，这就为将主题学的方法运用于中国古代叙事文学的研究提供了可能性。如能将东西方研究方法的优点相结合，将有效地指导我们进行传说演变的研究以及对于传说演变过程与古代社会历史文化之间关系的理解。在此基础上，宁稼雨教授提出中国叙事文化学的研究方法，并先后发表了多篇关于建构中国叙事文化学学术研究方法的专文，如《主题学与中国叙事文化学的构建》（中州学刊，2007年第1期）和《关于建构中国叙事文化学的设想》（厦门教育学院学报，2009年第1期）等。以中西两种方法的研究基础为背景，中国叙事文化学的研究把中国传统的文献学研究方法、传统历史研究方法和西方主题学的研究结合起来，力图建构中国自己的主题学研究即中国叙事文化学的方法论框架结构。它的很多地方

---

① 胡适：《古史讨论的读后感》，《读书杂志》1924年第18期。

借鉴了西方的主题学，在借用它的外壳的基础上，着重做以下两步工作：一是构建"中国叙事文学故事主题类型索引"，二是就主题类型索引中所涉及的重要作品做独立的个案研究。本文即希望进行运用中国叙事文化学的方法进行个案研究的尝试。

除主题学的方法以外，本文在对于大禹传说演变历程的分析和研究中还借鉴和使用了原型批评的理论。原型心理学的奠基人荣格认为："原始意象或者原型是一种形象，它在历史进程中不断发生并且显现于创造性幻想得到自由表现的任何地方。因此，它本质上是一种神话形象……他们为我们的祖先的无数的经验提供形式。可以这样说，它们是同一类型的无数经验的心理残迹。"①神话和传说无疑保存着先民经验式的心理遗存即原型意象，而文学艺术无疑是创造性幻想得以自由表现的重要领域。因此，在许多文学作品乃至作品系列中，我们都可以找到作为原型的神话和传说对其产生的影响。加拿大原型批评创始人弗莱提出："文学批评所面临的任务，便在于将创造与知识、艺术与科学、神话与概念之间业已断了的铁环重新焊接起来。"②在原型批评者看来，神话以一种最原始的模式影响后世的文学作品，这种影响是通过神话的移位来完成的。弗莱由此提出神话原型是文学的结构因素，通过"移位"的方式来影响文学。而弗莱所说的移位，即"指改变一下神话和隐喻，使之符合关于社会道德和事物情理的种种规范"③。由于中华民族的早熟性，许多作为原始思维存在的神话过早地淹没在理性的光芒之下，或者完全未能保存下来，或者仅仅留下断简残篇。但是，如果我们运用原型的理论对神话及其影响下的传说和故事进行梳理，却可以发现某种绵延于历史轨迹中的连续性演变历程，即神话原型在文学作品中的移位。事实上，原型批评的理论恰可以与中国叙事文化学的研究方法有机地结合起来，正如宁稼雨教授所说："当神话结束它的历史使命，转而为一种历史的积淀和文学的素材时，神话原型的内蕴怎样在新的历史环境和变异载体中绽放出新的生命活力？按照弗莱的观点，在古代作为宗

---

① [瑞] 荣格：《心理学与文学》，冯川、苏克译，三联书店1987年版，第120页。

② [加] 诺思罗普·弗莱：《批评的解剖》，陈慧等译，百花文艺出版社2006年版，第524页。

③ [加] 诺思罗普·弗莱：《批评的解剖》，陈慧等译，百花文艺出版社2006年版，第193页。

教信仰的神话，随着其信仰的过时，在近代已经'移位'即变化成文学，并且是各种文学类型的原型模式。"①总体来看，神话和传说作为文学的素材和结构原型，在漫长的历史中不断受到社会文化变迁的影响，正如宁稼雨教授所说："神话文学移位的走向和轨迹也要受到各种社会条件的制约和限制。神话题材和意象在文学移位过程中的盛衰消长正是后代社会各种价值观念取向的投影。"②社会历史文化对于神话传说演进过程的这种影响正是神话和传说产生文学移位的内在动力。而中国叙事文化学研究的着眼点，正在于神话和传说在其文学移位的过程中与社会历史文化之间产生的这种互动作用。

总体而言，本论文主要从以下两个问题入手展开研究：

第一步，运用传统文献学的相关手段，最大限度地搜集古代以大禹为中心的各种文本，力图按照时代的先后顺序对文本发展和演变的脉络进行梳理。将传世文献、出土文献以及相关的雕刻、绘画、图谱等文献相结合，归纳大禹传说各个情节单元发展和演变的基本脉络。

第二步，在理清大禹文本发展基本脉络的基础上，对大禹传说的各情节单元在其发展演变过程中表现出的文化演进脉络和轨迹进行分析，考察促使传说演变中各种变体和异说形成的文化背景，探讨传说演变与文化背景之间的互动关系。

---

① 宁稼雨：《女娲补天神话的文学移位》，《华中师范大学学报（人文社会科学版）》2006年第5期。

② 宁稼雨：《女娲神话的文学移位》，《文学遗产》2009年第3期。

杜子春故事的文本嬗变及其文化意蕴

2011年南开大学硕士学位论文　　王利民

摘要

　　杜子春故事的原型题材来自《大唐西域记》卷七烈士池故事，在不断的发展过程中，逐渐形成了具有特色的杜子春故事系统。从文本的流传情况来看，杜子春故事的文本横跨了小说、戏曲、诗歌、仙传等领域，文本涉及范围较广。

　　本论文运用中国叙事文化学的方法，在对相关文本进行应有尽有的搜集和整理基础上，从宗教与文学的角度入手，分析杜子春故事中的宗教背景、信仰考验、梦幻主题等文化因子，试图把握整个故事发展和演变中所体现出来的文本嬗变和文化意蕴。

　　引言部分主要介绍了杜子春故事的研究现状，阐述了主题学的研究方法和中国叙事文化学的构想，确定了论文选题的价值和意义。

　　正文部分根据论述的需要共分为四章：

　　第一章介绍杜子春故事文本的流传及存佚情况。笔者尽可能对故事文本进行竭泽而渔式的搜集和整理，基本上把故事文本分为唐五代时期、宋元明时期、清代三个阶段。文本以小说、戏曲为主体，此外还包括诗文、仙传等，以横向文本比较和纵向时间流动两个坐标来把握和统摄全文，尽量做到材料翔实、论证信服、阐释明晰。

第二章介绍杜子春故事与轮回转世观念。第一节对轮回转世观念做出了简单的介绍和分析。第二节对杜子春故事的文化背景做了简要概述，分析了从印度的烈士池故事到唐传奇的杜子春故事的宗教文化背景的置换；并抓住"转世"观念这一关键点进行分析，故事文本系统在叙述主题时，均采用了"转世"模式，情节上从同性转生到异性转生，巧妙地将故事情节层层推进，表现了"人情强过道心"的观点。第三节笔者以唐传奇为参照，兼及文化意蕴，分析了此故事在宋元时期的演变中所表现出的文化趣味嬗变的动态过程。第四节以明代拟话本《醒世恒言·杜子春》为重点，论述了转世观念在明清时期成为文章的点缀之一，作用被相对弱化，继起的是以此为线索而着重展示的修炼成仙、异境仙界的思想。

　　第三章介绍杜子春故事与悟道、考验主题。第一节对悟道、考验主题做出了简单的介绍和分析。第二节分析了唐五代时期杜子春故事与道教信仰之间的互动关系及情道两者之间的冲突与融合。从幻境与修炼两方面详细展开，论述了道教信仰考验的话题。从修炼的严苛和人性的颂歌冲突中，揭示出杜子春故事所蕴含的文化意蕴和道教内涵。第三节分析了宋代以后杜子春故事逐渐进入市民层面，融汇了世俗的色彩，并在拟话本《醒世恒言·杜子春》以考验终成仙为结局——这是一个明显的改变，拟话本《醒世恒言·杜子春》之后，故事各个文本的情节又出现了多水分流的现象，在修炼成仙的基本思想下呈现出内容各异的格局。最后归纳分析杜子春故事在唐五代时期、宋元明清时期所经历的道教修炼和信仰体系的文化嬗变。

　　第四章介绍杜子春故事与梦幻主题。梦幻主题主要是指中国古代梦文化和幻境文学，从杜子春故事的渊源来说，也应包含印度宗教文学中的幻境。梦幻主题在古代文学中究竟如何被表达，在不同文化视域下的梦幻主题又反映了怎样的社会背景与风貌？杜子春故事中的梦幻主题有着怎样的宗教背景？随着异域汉化和时代变迁，其中的道教色彩又是如何巧妙置换了异域色彩并占据话语主流背景而又为何在明代被相对淡化？第一节对梦幻主题做出了简单的介绍和分析。第二节顺着佛教渊源和道教色彩两条线索对唐五代时期的杜子春故事进行爬梳和阐释，探讨不同的文化特点对杜子春故事的幻境产生的影响。第三节以古代梦幻文化为观照视角，分析了宋元明时期在保持主体结构大致不变的情况下对情节所进行的大肆渲染，分析了梦幻主题在清代的杜子春故事文本中的相对稳定的情节叙述。

结语部分总结并简要叙述各章所论的基本观点与结构。从中国叙事文化学方法论的角度，总览此故事的文学演绎过程，指出故事系统中的变与不变。以文学与文化相互交融的视角看杜子春故事的嬗变过程，期待本论文能尽可能地揭示出它的全貌。

目录

引言

第一章 杜子春故事文本综述

第一节 唐五代时期的相关文本

第二节 宋元明时期的相关文本

第三节 清代的相关文本

第二章 杜子春故事与轮回转世观念

第一节 轮回转世观念概述

第二节 唐前及唐五代时期：奇幻感与合理性

第三节 宋元时期：巧妙整合的释道背景趣味嬗变

第四节 明清时期：作用弱化为行文点缀

第三章 杜子春故事与悟道、考验主题

第一节 悟道、考验主题概述

第二节 唐五代时期：功败垂成的情道碰撞

第三节 宋代至清代：渐次融汇市井色彩的考验成仙

第四章 杜子春与梦幻主题

第一节 梦幻主题概述

第二节 唐五代时期：异域幻境向本土的转变与杂糅痕迹

第三节 宋代至清代：从情节平稳到明清的大肆渲染

结语

附录

"风尘三侠"故事的文本演变及其文化内涵

2011年南开大学硕士学位论文 魏波

摘要

　　"风尘三侠"的故事主要讲述布衣李靖谒见杨素，杨素姬红拂慧眼识人，女扮男装夜奔李靖，二人于灵石旅舍遇虬髯客，后三人共赴太原寻王气的传奇故事。此事不见史书记载，但在小说、诗歌、杂剧、传奇、鼓词等领域均有文本流传。本文运用中国叙事文化学的研究方法，从文学、文化的角度研究"风尘三侠"故事的发展演变和这背后所蕴含的文化内涵。

　　文章的引言部分主要回顾"风尘三侠"故事的研究现状，明确选题的价值意义，提出文章所要解决的问题，并介绍所采用的中国叙事文化学的研究方法。

　　正文主要分为四章：

　　第一章介绍"风尘三侠"故事的文本演变情况。按照时间顺序，分为唐、宋元、明清四节。每个小节中，对相应时期内该故事的文本存佚情况进行介绍，比较故事情节、人物的异同。"风尘三侠"故事的源头一般追溯到唐传奇《虬髯客传》，本文将尽力分析《虬髯客传》形成之前一些对该故事可能有影响的因素。宋元时期，主要是《虬髯客传》的流传时期，它不断出现在一些稗丛和类书当中，红拂妓也开始出现在文人诗词中。明清时期，"风尘三侠"故事受到前所未有关注，在小说、戏曲、文人诗歌、鼓词等中都有表现。

第二章主要分析历代不同女性观对"风尘三侠"故事演变的影响。第一节概述历代女性观，后三节按照唐、宋元、明清三个时间段划分。第二节写红拂妓慧眼识人、大胆私奔与唐代开放的女性观的关联。第三节写宋元时栖息在类书和文人笔下的红拂妓形象。第四节写在明清苛责女性观下，红拂妓形象的嬗变。在其中一以贯之的是，士人对红拂妓不断的吟咏，红拂妓成为士人心理的诉求对象。

　　第三章主要分析"风尘三侠"故事中所蕴含的古代侠文化。《虬髯客传》原文并没有明确的使用"侠"的字眼。它之所以与"侠"搭界，据现有文献，始自《太平广记》的"豪侠"归类。本文着眼于这个故事在流传中与侠文化的互动。第一节概述历代侠文化的演变。第二节分析在任侠风气下的"风尘三侠"。唐传奇《虬髯客传》中，虬髯客侠气逼人，李靖干谒杨素、不卑不亢，红拂妓慧眼识人、私奔李靖、实挟侠风。第三节分析从宋代以后"风尘三侠"故事中侠气的衰弱。宋代"风尘三侠"故事的传播低落，文人关注的也多是红拂妓。明清时期，在现存的戏曲和小说中，虬髯客的豪侠行为因为各种原因稍弱，李靖在一系列的小说中显得醒目，红拂妓反成其陪衬。

　　第四章主要分析"风尘三侠"故事在流传中所折射出的士人复杂的心态。士人的心态与所处的时代的政治环境和自身的遭际有着密切的联系。第一节概述历代士人心态。第二节写唐代士人心态和"风尘三侠"故事的联系。三侠中的李靖最终建功立业，位极人臣，是封建士子的人生理想的范本。唐传奇《虬髯客传》中的李靖雄才大略，虬髯客志向远大，在政治风云下欲成一番事业。第三节分析宋代以后士人心态的变化，和由此带来的"风尘三侠"故事的嬗变。宋代以后士人心态不再像唐代时的积极开放，红拂妓开始受到士大夫的喜爱。明清时期，在大量吟咏红拂妓的诗词中寄托的是士人不遇的哀情，大量的戏曲作品搬演"风尘三侠"故事，李靖的艳遇、功业是士人艳羡的对象，同时也有对当时政治统治的自觉维护。

目录

引言："风尘三侠"故事的研究现状和价值

第一章 "风尘三侠"故事文献综述

第一节 隋末和唐代文献

第二节 宋元时期的文献

第三节 明清时期的文献

第二章 "风尘三侠"故事与历代女性观

第一节 历代女性观概述

第二节 唐代——开放女性观下的理想叙事

第三节 宋元——理学家女性观形成期的不同解读

第四节 明清——苛责与进步女性观的变奏

第三章 "风尘三侠"故事与古代侠文化

第一节 古代侠文化概述

第二节 唐代——任侠风气下的"风尘三侠"

第三节 宋元明清—侠风渐弱中的多样叙述

第四章 "风尘三侠"故事与士人心态

第一节 古代士人心态演变概述

第二节 唐宋元——士人心态的渐次内敛

第三节 明清——士人复杂的悲剧心态

结语

附录：故事文本存佚情况

古代文言小说中异类女性形象的演变

2011年南开大学硕士学位论文　张树杉

摘要

　　通过对魏晋南北朝志怪小说、唐传奇、《聊斋志异》婚恋题材作品中的异类女性形象进行比较分析，探寻古代文言小说中异类女性形象的发展变化轨迹，对我们深入认识这些作品中的异类女性形象的整体特点，乃至深入认识文言小说发展史无疑都具有重要的意义。

　　为此，本文立足于魏晋南北朝志怪小说、唐传奇、《聊斋志异》的婚恋题材作品，尤其是以那些异类女性形象更丰满、更能体现出时代特色和发展变化趋势的作品为主要分析对象，以发展的眼光来对异类女性形象进行分析比较。

　　本文基于对魏晋南北朝志怪小说、唐传奇、《聊斋志异》婚恋题材作品中异类女性形象的比较，在行文结构上分为引言、主体、结论共三大部分，其中包括四个章节，第二章和第三章属于主体部分，简要概述如下：

　　第一章引言。简要分析了对魏晋南北朝志怪小说、唐传奇、《聊斋志异》婚恋题材作品中异类女性形象进行比较研究的现状，明确了本文选题的意义和价值，提出了进行分析比较的宗旨和方法，点明了横向比较和纵向比较的目的。

　　第二章异类女性形象的横向比较。第一节异类女性形象角色类型的划分，本节从简要分析异类形象开始大量涌现的时代文化背景入手，依据中国文化传统习惯中对异类的认识和异类女性在小说故事中所扮演的社会文化角色，进行了仙女、妖女、鬼女等几种类型的划分。第二节异类女性形象角色类型的比较，本节在婚姻年龄、姿色容貌、男女性爱、异能法术等方面，对仙女、妖女、鬼女等角色类型的特点进行了比较。

第三章异类女性形象的纵向比较，这是本文的重点。第一节仙女形象的比较，侧重仙女身上的社会性特征，从道德观念层面对仙女形象的演变发展进行分析。第二节妖女形象的比较，侧重妖女身上的个体性特征，从个性表现层面对妖女形象的演变发展进行分析。第三节鬼女形象的比较，侧重鬼女身上的文化性特征，综合鬼女形象的社会性特征和个体性特征，从情感关系及其文化内涵层面对鬼女形象的演变发展进行分析。

第四章结论。概括指出从魏晋南北朝志怪小说到唐传奇再到《聊斋志异》，异类女性形象经过了一个由异类本性向世俗化、情感化、社会化、人性化到个性化、理性化、人格化、理想化的演变过程，异类女性形象在艺术效果上由单一化、类型化走向个性化、多样化。同时，指明了本文中存在的缺憾和不足。

目录

第一章 引言
第二章 异类女性形象的横向比较
第一节 异类女性形象角色类型的划分
第二节 异类女性形象角色类型的比较
第三章 异类女性形象的纵向比较
第一节 仙女形象的纵向比较

第二节 妖女形象的纵向比较

第三节 鬼女形象的纵向比较

第四章 结论

理论建设

研究中探索，实践中创新

——中国叙事文化学研究第二阶段的理论建设

孙国江

2004—2011年，是中国叙事文化研究理论建设的第二阶段。在此期间，中国叙事文化学理论体系进一步完善，并通过具体的科研成果进行了实践应用方面的探索与尝试。其间，笔者有幸追随宁稼雨教授进行了中国叙事文化学理论与方法的学习，参与了"中国古代神话传说的文学移位"和"先唐叙事文学主题类型索引"两项科研项目的研究和成果的整理工作，并在此基础上以中国叙事文化学为指导完成了自己的硕士学位论文和博士学位论文。作为亲身经历者，笔者不但与有荣焉，更受益于中国叙事文化学研究的理论与方法，并且对中国叙事文化学第二阶段的理论探索有着亲身的经历与较深的感悟，具备一定的发言权。在此阶段，随着前一阶段《叙事文化学概论》课程的进一步完善，中国叙事文化学理论体系正式建立，并逐渐阐明了与主题学的区别和联系，成为一门独立的学术理论方法。中国叙事文化学不但在理论体系建设方面取得丰硕的成果，而且通过科研项目的推进和学位论文的指导进行了大量的实际应用层面的探索与尝试。可以说，这段时期是中国叙事文化学理论体系建构的爆发期，也是中国叙事文化学理论探索与研究成果开始涌现的时期。因此，对这段时期中国叙事文化学理论建设的回顾是十分必要且有价值的。

一、本阶段中国叙事文化学理论研究成果概况

中国叙事文化学理论体系的建构并非一蹴而就，而是在不断的探索和

尝试过程中发展起来的。通过第一阶段从无到有的摸索时期，中国叙事文化学理论建设的第二阶段取得了一定的理论成绩，相关研究成果也开始涌现，这一时期的中国叙事文化学理论建设可以算是进入了初出茅庐的阶段。在此阶段，宁稼雨教授先后发表了《"中国古典文学资源的当代益用"笔谈——主题学与中国叙事文化学的构建》《关于构建中国叙事文化学的设想》《故事主题类型研究与学术视角换代——关于构建中国叙事文化学的学术设想》《中国叙事文化学研究为何要"以中为体，以西为用"——中国叙事文化学研究丛谈之一》《中国叙事文化学与西方主题学异同关系何在？——中国叙事文化学研究丛谈之二》等文章。在这些文章中，宁稼雨教授分析了西方的主题学方法与中国叙事文化学研究方法的异同，在借鉴西方民间故事主题学研究方法的基础上正式提出中国叙事文化学的建构设想，为中国叙事文化学的理论建设奠定了基本的规划蓝图。

在理论建构的同时，中国叙事文化学在个案研究方面也取得了令人瞩目的成果。在此阶段，宁稼雨教授不断进行着中国叙事文化学研究方法的探索，相关个案成果主要集中在以下几个方面。

第一，宁稼雨教授指导研究生撰写中国叙事文化学方法指引下的硕士、博士学位论文的同时，自己也对中国古代叙事文学主题故事进行了个案研究，发表了《孟姜女故事的演变及其文化意蕴》、《绿珠故事的演变及其文化内涵》（与夏习英合作）、《人境·仙境·心境——桃源故事的流变及其文化意蕴》（与牛景丽合作）等文章。以此为基础，宁稼雨教授借鉴并扬弃了西方传统故事类型分类方法——"AT分类法"，提出构建一套符合中国叙事文学特征的故事主题类型索引的新思路，编订并出版了《先唐叙事文学故事主题类型索引》，为中国叙事文化学的个案研究提供了方法指引和大量的个案案例。

第二，宁稼雨教授将神话研究与中国叙事文化学的研究相结合，带领研究团队进行了中国叙事文化学研究方法指引下的中国古代神话相关研究，将中国叙事文化学的研究方法与西方原型批评理论相结合，提出了"神话的文学移位"的研究思路，发表了《女娲造人（造物）神话的文学移位》、《女娲补天神话的文学移位》、《近五十年来中国古代文学"人神之恋"研究的回顾与展望》（与洪树华合作）、《女娲女皇神话的夭折》、《孙悟空叛逆性格的神话原型与文化解读》、《女娲神话的文学移位》、《死而复生观念与"鲧腹生禹"故事的历史根源》（与孙国江合作）等文章。

第三，宁稼雨教授将《世说新语》及其他叙事文学作品和古典文学作品的研究与中国叙事文化学的研究相结合，出版了《中国古代小说总目提要》（与朱一玄、陈桂声合著）和《六朝小说学术档案》，发表了《〈世说新语〉与古代文学的精神史研究》《从"得意忘言"到"语默齐致"——从〈世说新语·文学〉"三语掾"故事看维摩名言观的影响》《从〈世说新语〉看围棋的文化内涵变异》《从〈世说新语〉看魏晋士族婚姻观念变化》《六朝小说概念的"Y"走势》《木斋〈古诗十九首〉研究的方法论解读》《从〈世说新语〉看魏晋士人神仙观念的嬗变》《木斋〈古诗十九首〉研究与古代叙事文学研究的更新思考》《三国历史的不同记载：〈世说新语〉与〈三国志〉诸书对比举隅》等文章。

在中国叙事文化学研究方法的指引和感召下，许多青年学者通过对中国叙事文化学的了解和学习，运用中国叙事文化学的研究方法进行了中国古代叙事文学故事主题的个案研究，发表了许多优秀的研究成果，论著方面有洪树华《宋前文学中的超现实婚恋遇合研究》，论文方面包括：李冬梅《红线女故事演变及其文化意蕴》、李波《"红叶题诗"故事演变及其文化意蕴浅析》、魏波《裴度还带故事发展演变探析》、张袁月《钟无盐故事的流变及文化意蕴》、李春燕《"人面桃花"故事的演变与文化内涵》《燕子意象与燕子楼故事的文化意蕴》、夏习英《绿珠故事的演变与美女祸水论》、刘杰《目连故事在中国的演变及其文化分析》、任正君《韩湘子故事的演变与道教修炼思想》、孙国江《大禹治水传说的历史地域化演变》、韩林《武则天故事中唐太宗形象的文本演变及文化内涵》、詹凌菲《李师师故事的演变与古代青楼文化》、曾晓娟《从将军到男王后——"韩子高"形象演变分析》、吕堃《济公形象的演变及其文化阐释》等。同时，也出现了一些对中国叙事文化学的研究方法进行总结和探讨的文章，如刘杰的《主题学对中国叙事文学研究方法创新的借鉴意义》。

随着中国叙事文化学影响的不断扩大，越来越多的学者关注到了这一新的学术方法并给予了高度的评价，包括郭英德教授的《构建中国叙事文化学的学理依据》、陈文新教授的《叙事文化学有助于拓展中西会通之路》、张国风教授的《中国小说、戏曲研究新视角——简评宁稼雨中国叙事文化学理论》、董国炎教授的《谈叙事文化学研究的推进》等文章。这些文章在肯定中国叙事文化学的理论意义和学术贡献的同时，也为中国叙事文化学的进一步发展提供了很多宝贵的意见和建议，对中国叙事文化学下一步的发展产生了十分积极的推动意义。

在中国叙事文化学研究方法蓬勃发展的同时，有很多学者也同样受到西方主题学研究方法的影响和指引，使用主题学的方法进行着中国古典文学的研究，为中国叙事文化学的研究提供了丰富的思路。相关著作如祁连休教授的《中国古代民间故事类型研究》，王立教授的《中国古代文学主题学思想研究》，万建中教授的《中国民间散文叙事文学的主题学研究》，刘淑尔、曾永义两位先生主编的《元杂剧情节单元与故事类型研究》等；论文包括孟昭毅教授的《〈红楼梦〉研究的主题学视角》，王立教授的《中古汉译佛经与古代小说金银变化母题》《复仇报怨母题与唐代豪侠精神》《唐代文学中的马意象》《野女掠男故事的主题学分析》等。此外，李琳《近二十年来古典文学主题学研究法述要》一文对近二十年来运用主题学的研究方法进行古典文学的相关研究成果进行了回顾、梳理与总结。这些研究成果与中国叙事文化学理论建设形成了良好的互动关系。

二、中国叙事文化学研究与主题学研究的理论辨析

中国叙事文化学的研究对象是中国古代的叙事文学作品，其中又以小说、戏曲为代表。宁稼雨教授认为："中国古代小说与戏曲同源共存的情况人所共知，但在研究的程序上，人们却仍然习惯于将其作为两种不同的文体分别研究。尽管有人从题材源流和艺术对比分析的角度进行二者的交叉研究，但也仅限于二者之间的文学观照而已。如果要把某种文学题材的源流摸清说透，眼光只落在小说戏曲两者上面显然是不够的。"①有鉴于此，中国叙事文化学的研究希望打通包括小说、戏曲在内的所有叙事文学作品的文体界限，改变以往的以作家、作品和文体史为主要形式的研究思路，以单元故事主题为核心把各种文体、各样作品的相关要素整合成一个新的研究个案，为叙事文学的研究打开一扇新窗户，提供一个新的领域。主题学的理论和方法对早期中国叙事文化学的研究理论体系建构起到了重要的借鉴和启发作用。"中国文化在与外来文化交融方面的一个重要特色，就是在吸收借鉴基础上的为我所用，从而使中国文化呈现出兼收并蓄而又个性鲜明的特点。"②在中国叙事文化学理论体系构建的过程中，主题学的研究对中国叙事文化学的理论和方法建设产生了重要的影响。但是，作为源于西方的学术方法，主题学又与立足于中国叙事文学作品研究的中国叙事文化学有着明显的区别，其最大的区别就是主题学研究的是西方文学尤其是民间文学中经常出现的主题或母题，而中国叙事文化学研究的则是以小说、戏曲为主体的中国古代叙事文学作品。

主题学最初是比较文学研究中使用的一种理论方法，陈惇和刘象愚两位先生主编的《比较文学概论》中将主题学研究的对象界定为："作为主题学研究的对象，并不是个别作品中的题材、情节、人物、母题和主题，而是不同作品中，同一题材、同一人物、同一母题的不同表现以及它们之间的联系。因此主题学经常研究同一题材、同一母题、同一传说人物在不同民族文学中流传的历史，研究不同作家对它们的不同处理，研究这种流变与不同处理的根源。"③陈鹏翔先生也同样认为："主题学研究是比较文学的一部门，它集中在对个别主题、母题，尤其是神话（广义）人物主题做追溯探源的工作，并对不同时代作家（包括无名氏作者）如何利用同一个主

---

① 宁稼雨：《故事主题类型研究与学术视角换代——关于构建中国叙事文化学的学术设想》，《山西大学学报（哲学社会科学版）》2012年第3期。

② 宁稼雨：《主题学与中国叙事文化学的构建》，《中州学刊》2007年第1期。

③ 陈惇、刘象愚：《比较文学概论》，北京师范大学出版社1988年版，第247页。

题或母题来抒发积愫以及反映时代，做深入的探讨。"①主题学研究作为一种外来的理论和方法，如何将其与中国古代叙事文学的具体实践相结合，对其进行"中体西用"式的转化和改造，是中国叙事文化学研究理论体系建构之初思考的重要问题之一。

尽管主题学是中国叙事文化学理论体系和研究方法建立的先驱和母本，但相对于在西方话语和理论体系下建立起来的主题学，中国叙事文化学以中国叙事文学作品的研究为依托，进行了大胆的探索和改革，已经在很大程度上与主题学研究有所区别。到了中国叙事文化学理论体系建构的第二阶段，如何区分和阐释中国叙事文化学和主题学的联系和区别成为建构中国叙事文化学理论体系的一个重要命题。为了解决这一问题，宁稼雨教授先后发表了《故事主题类型研究与学术视角换代——关于构建中国叙事文化学的学术设想》《主题学与中国叙事文化学的构建》《关于构建中国叙事文化学的设想》《中国叙事文化学研究丛谈》等文章，系统阐述了中国叙事文化学的理论特征、研究对象和研究方法，并对中国叙事文化学研究的"中体西用"以及中国叙事文化学与主题学的联系与区别等问题进行了辨析。

从以往的研究来看，将主题学的方法应用于中国文学的研究成果比较关注的还是文学故事中的题材类型和情节模式，后来则逐渐扩大到友谊、时间、离别、自然、世外桃源、宿命观念等神话题材以外的内容。这些研究从总体看仍然处在以中国文学的素材来证明并迎合西方主题学的框架体系的"西体中用"阶段。因此，中国叙事文化学理论体系建构之初，就希望能够在借鉴西方主题学研究框架体系的基础上，从中国文学的实际出发，建构中国化的主题学研究。针对主题学研究的特点，宁稼雨教授认为："主题学研究应该分为两个方面：一是对所做对象的范围进行调查摸底和合理分类，二是对各种类型的故事进行特定方法和角度的分析。"②而主题学研究的这两个特点，为启发和引导中国叙事文学化理论体系建构提供了良好

① 陈鹏翔：《主题学研究与中国文学》，《主题学研究论文集》，东大图书有限公司1983年版，第5页。

② 宁稼雨：《主题学与中国叙事文化学的建构》，《中州学刊》2007年第1期。

的理论基础和实践经验。

在主题故事研究领域，作为研究方法的主题学最初被应用于19世纪中叶格林兄弟的民间故事研究，此后在主题学研究的引导之下，以阿尔奈和汤普森的"AT分类法"为代表的故事类型学研究不仅对世界民间故事的类型做了全面系统的总结归纳，而且还由此引导出大量的世界民间故事主题学个案研究成果，也为中国叙事文化学研究的理论建构和个案研究实践提供了可资借鉴的方法依据。但较为遗憾的是，"AT分类法"虽然把世界民间故事作为研究对象，其取材范围却主要限于欧洲和印度等西方学者比较熟悉的文化圈内部，而作为东方文明重镇的中国民间故事的内容在"AT分类法"中涉及的十分有限。尽管这一问题在艾伯华的《中国民间故事类型》和丁乃通的《中国民间故事类型索引》问世后得到了一定程度的弥补，但以西方人视角设定的"AT分类法"在应用到中国民间故事乃至中国叙事文学作品的研究过程中仍有捉襟见肘的困境。以"AT分类法"编制的《中国民间故事类型索引》往往带有西方性特点，很多时候不得不将中国的民间故事套进西方人所设定的框架中，难免有削足适履之嫌。

从另一方面来看，由于民间故事与书面叙事文学存在差异，长于民间文学和口传文学研究的主题学难以广泛适用于中国古代的小说、戏曲等叙事文学作品的研究。因此中国叙事文化学在吸收借鉴主题学研究方法的基础上，对其进行了合理的改造，使之适合于中国古代叙事文学研究的现实情况，这一点显得十分必要。宁稼雨教授在《中国叙事文化学与西方主题学异同关系何在？——中国叙事文化学研究丛谈之二》一文中对主题学与中国叙事文化学研究的异同做了如下概括："主题学的研究对象是民间故事，中国叙事文化学的研究对象是书面的中国古代叙事文学"，"主题学研究的文化根基是西方文化中心，无论是对于号称'世界民间故事'的类型索引的编制，还是对于民间故事的文化解读，都缺乏对中国民间故事的全面了解和深入把握，不能正确全面反映包括中国民间故事在内的整个中国叙事文学故事类型的真实面貌"，"需要在借鉴主题学研究的基础上对其进行合理改造，使之适合中国古代叙事文学的研究。这就是中国叙事文化学与西方主题学研究方法之间的异同关系所在"。①

我们以主题学进行实际应用的故事类型学研究为例，这一研究方法主要针对的对象是以口头流传方式保存下来的民间故事，如刘守华教授所说："民间故事是由民众自发方式世世代代口耳相传的口头叙事文学，其本来的或原初的形态是口头文学"，"许多著名的故事类型……常常以同一基本形态在多民族居住的广大区域之内成为众口传诵的名篇，然而在枝节上又往往有所变异，染上不同的民族与地域色彩"②。相比之下，中国叙事文化学研究的对象主体是以书面形式传承下来的小说、戏曲等叙事文学作品，这些书面文学作品与口头传播的民间故事既有联系又有区别：一方面，很多古代民间故事本身就是借助书面文字的记录得以流传和保存的，而很多小说、戏曲作品的创作也是以民间故事题材作为原型和基础的；另一方面，中国古代的叙事文学作品中又有许多内容不是来自民间，而是由文人独立创作完成，同时很多中国叙事文学作品往往出现同一故事反复经历民间流传和文人改编相互交融的现象，众多故事存在民间传说和文人搬演同步推进的情况，文人作者在原有故事的基础之上进行了大量的演绎和发挥，并对后世小说戏曲产生源流影响。中国叙事文学作品发展演变的诸多特征，都是以西方话语体系建构的主题学难以全面适应中国文学研究的原因所在，也为中国叙事文化学理论体系的建构提供了必要条件。与主题学研究以母题、主题或故事类型等作为研究对象的主体不同，中国叙事文化学的研究针对中国叙事文学自身的特点，结合中国传统研究方法和故事分类方法，把单元故事作为研究对象，进而进行符合中国文学实际情况的索引编订和个案研究。可以说，中国叙事文化学是在西方主题学的理论方法启发下进行的一次努力建构"中国化"的学术理论和方法的重要尝试。

三、以科研项目探究和学位论文指导为基础的研究实践

经过早期的尝试与摸索，中国叙事文化学逐渐形成了较为完善的理论

---

① 宁稼雨：《中国叙事文化学与西方主题学异同关系何在？——中国叙事文化学研究丛谈之二》，《天中学刊》2012年第6期。

② 刘守华：《中国民间故事史》，湖北教育出版社1999年版，第11—12页。

体系，并初步建立了完整的研究思路和研究方法。按照宁稼雨教授的构想，"中国叙事文化学研究应该分为两个方面：一是对所做对象的范围进行调查摸底和合理分类；二是对各种类型的故事进行特定方法和角度的分析"①。在中国叙事文化学理论体系建构的第二阶段，"先唐叙事文学主题类型索引"的编制主要针对的是第一部分工作进行的研究实践，"中国神话的文学移位"的相关研究以及宁稼雨教授指导的硕士、博士论文所进行的个案研究则是主要针对第二部分工作进行的研究实践。

由于西方主题学引导下建立的"AT分类法"主要针对的是以口头传播为主的欧洲、印度的民间故事，因此很难适用于中国古代叙事文学作品的实际情况，而针对中国古代叙事文学作品编制的"中国叙事文学故事主题类型索引"就成为中国叙事文化学在主题学的基础之上变"西学为体"为"中学为体"操作实践的重要一步。于2011年7月在南开大学出版社出版发行的《先唐叙事文学故事主题类型索引》是"中国叙事文学故事主题类型索引"研究探索的第一部分，是一次在学习和借鉴"AT分类法"的基础上对于构建一套符合中国叙事文学特征的故事主题类型索引的可贵尝试。该索引将先唐叙事文学作品中的单元故事按照中国传统类书的分类方式分为六大类：天地类、神怪类、人物类、器物类、动物类、事件类。

天地类涉及从神话开始，与天地自然相关的叙事故事，其中包括"起源""变异""灵异""纠纷""灾害""征兆""时令"等7个小类34个故事。神怪类大致相当于"AT分类法"中的"一般故事"，包括"起源""矛盾""统治""生活""异国""神异"等22个小类，597个故事。人物类即有关人物的故事，这类故事在"AT分类法"中分散在"一般故事"中的"传奇故事""笑话故事""程式故事"和"难以分类的故事"中，但"AT分类法"的分类方式显然不符合中国古代叙事文学中人物故事数量极多且内容庞杂的特征，因此需要将它们统一归类，并在大类下设立"源起""矛盾""农耕""家庭""君臣""政务"等41个小类，1278个故事。器物类即与器物相关的故事，"AT分类法"中没有专门的器物类，只在"一般故事"中

---

① 宁稼雨：《关于构建中国叙事文化学的设想》，《厦门教育学院学报》2009年第1期。

的"神奇故事"下设有"神奇的宝物"一类，这显然也不符合中国古代叙事文学作品中大量出现的与器物相关的故事这一特征，因此需要将其统一归类，并设"天物""造物""食物""异物""怪物"等21个小类，169个故事。动物类即与动物有关的动物，"动物故事"是西方民间文学的主角，因此"AT分类法"将"动物故事"列为首位，但"AT分类法"中有关"动物故事"的定义和分类很大程度上也不符合中国古代叙事文学作品中"动物故事"的特征，因此也需要对其进行重新归类，《先唐叙事文学故事主题类型索引》将此类故事分为"生变""帮助""奇异""征兆""矛盾"等13个小类，共118个故事。事件类是以动作和事件为中心的单元故事，包括"人神关系""天人关系""人鬼关系""战争""习俗"等12个小类，719个故事。总体来说，《先唐叙事文学故事主题类型索引》是在西方主题学和故事类型学所采用的"AT分类法"的基础之上，另辟蹊径创造的一套适合中国叙事文学作品故事主题类型的分类形式，为中国叙事文化学的后续理论建构和个案研究提供了依据。

编制单元故事的主题索引是中国叙事文化学理论与方法建构走出的重要一步，但是正如宁稼雨教授所说："编制中国特色的故事类型主题索引这只是中国叙事文化学的一项基础性工作。其后续工作仍然十分庞大和艰巨。"①而在后续的工作中，针对故事单元进行的个案研究是更为"庞大和艰巨"的后续任务的重要组成部分。《先唐叙事文学故事主题类型索引》是对研究对象总体情况探索的初步尝试，而有关"中国神话的文学移位"的研究和多年来通过课堂教学和学位论文指导完成的个案研究则是进一步的实践。经过早期的探索和尝试，中国叙事文化学逐渐找到了个案研究的原则和规律。总体来说，中国叙事文化学的研究操作程序大致有以下几个步骤。

"第一，调动一切文献考据手段，对该故事主题类型进行地毯式的材料搜索。就其文体分布状况来说，应该以小说戏曲为主，同时兼顾史传、诗

---

① 宁稼雨：《关于构建中国叙事文化学的设想》，《厦门教育学院学报》2009年第1期。

文、方志、通俗讲唱文学等一切与该故事主题类型相关的材料。"①在这一步骤中最为重要的是做到对所研究对象在文献资料上的"竭泽而渔",即最大限度地全面寻找与个案有关的文献材料,这是个案的故事主题类型研究的基础。

"第二,在对已经掌握的所有材料进行充分阅读的基础上,对该个案故事主题类型进行要素解析。其中分为外显的结构层面和内在的意蕴层面。"②这一步骤要对故事个案的情节、人物、背景与环境等问题进行细致勘比,寻找同一要素在不同时代、不同作家笔下发生的演变过程,分清哪些是一成不变的,哪些是前后相异的,等等,为进一步内隐层面的分析理清道路。内在意蕴层面的分析则要寻找故事演变背后隐含的文化要素,"这些文化要素往往随着文本形态在不同时代和作家手中的变化而呈现出动态的演进。研究者一方面要对该文化侧面的全貌有基本的了解,更需要对这一文化侧面在该故事主题发展中的呈现有清晰的辨认"③。

"第三,对该故事主题类型的特色和价值做全局的归纳和提炼,并进入具体成文的收尾阶段。"在前两步骤的基础之上,挖掘出故事主题类型所蕴藏的核心意蕴,"对该故事主题类型进行故事演进过程所蕴含的核心意蕴进行归纳概括,提炼出能够贯通该故事全部材料和要素的核心灵魂,用以统摄全部研究过程,把握全部材料"④。

在中国叙事文化学研究方法的指引下,"中国神话的文学移位"研究项目是将中国叙事文化学的理论体系与中国古代神话传说的研究实践相结合的一次探索和尝试。20世纪以来的神话研究大致可以概括为三个阶段的三种模式:一是以顾颉刚"古史辨"派为代表的将神话研究与历史研究相结

---

① 宁稼雨:《故事主题类型研究与学术视角换代——关于构建中国叙事文化学的学术设想》,《山西大学学报(哲学社会科学版)》2012年第3期。

②宁稼雨:《故事主题类型研究与学术视角换代——关于构建中国叙事文化学的学术设想》,《山西大学学报(哲学社会科学版)》2012年第3期。

③宁稼雨:《故事主题类型研究与学术视角换代——关于构建中国叙事文化学的学术设想》,《山西大学学报(哲学社会科学版)》2012年第3期。

④宁稼雨:《故事主题类型研究与学术视角换代——关于构建中国叙事文化学的学术设想》,《山西大学学报(哲学社会科学版)》2012年第3期。

合的研究模式；二是1949年以来受马克思主义影响的历史唯物主义神话研究模式；三是改革开放以来在西方思潮影响下建立起来的借鉴西方神话学和人类学的神话研究模式。尽管三个阶段的神话研究都取得了不菲的成绩，但都没有能够完全解决神话研究方面的"中体西用"的置放顺序和神话的文学本体回归问题。"中国神话的文学移位"的研究旨在充分借鉴前人研究成果的基础之上，使用中国叙事文化学的研究方法进行中国古代神话的研究，探寻神话的文学本体意义。

"中国神话的文学移位"项目的研究依据中国叙事文化学的研究方法，同时借鉴西方原型批评理论代表人物弗莱有关神话移位为文学的观点，针对中国古代的女娲神话、精卫神话、嫦娥神话、西王母神话、大禹神话、鲧神话、刑天神话、蚩尤神话、共工神话、《西游记》的神话原型等问题进行了研究和探讨，成为中国叙事文化学研究方法应用于个案研究的宝贵探索和实践成果。同时，宁稼雨教授指导的硕士、博士论文也使用中国叙事文化学的研究方法进行个案研究的实践探索，围绕中国文学史上著名的故事单元进行了不断发掘和尝试，形成了一系列以学位论文和单篇研究专论为代表的研究成果，如济公故事、东坡故事、唐明皇与杨贵妃的爱情故事、武则天故事、木兰故事、包公故事、岳飞故事等，都成为中国叙事文化学进行个案研究的讨论对象。一些青年学者在受到中国叙事文化学研究方法的影响和指引后，也自觉地使用这一理论方法进行个案的研究，形成了许多单篇专论成果。

四、中国叙事文化学研究第二阶段理论建设的评价与展望

2004—2011年是中国叙事文化学从初步建立到走向完善的重要发展阶段，经过这一阶段的探索与尝试，中国叙事文化学在理论体系建构和个案研究探索实践方面都取得了长足的发展和进步，在不断取得学界同人的认可和好评的同时，中国叙事文化学的未来发展也蕴含着广阔的前景。

随着中国叙事文化学理论与方法指引下的研究成果不断问世，这一研究方法本身也受到了学界越来越广泛的关注。事实上，在中国叙事文化学理论建构与发展的同时，也不断地有学者从主题学和故事类型学的研究方

法出发，针对中国古代叙事文学作品中的主题故事进行了个案研究并取得了丰硕的成果。如王立教授的《中国古代文学主题学思想研究》一书以及相关的一系列个案研究成果就是运用主题学的方法对中国古代文学作品中的主题和母题进行的分析和探讨；孟昭毅教授的《〈红楼梦〉研究的主题学视角》一文从"失乐园"主题这一视角出发对《红楼梦》进行了主题学层面的纵深分析；魏晓虹和姚晓黎的《中国古代文学中死而复生故事的主题学分析》分析了作为文学主题的死而复生故事在六朝志怪小说和明清章回小说等叙事文学作品中的不同呈现方式。诚然，这些从主题学角度进行的中国叙事文学作品的研究与中国叙事文化学的研究是有所不同的，但这些研究一方面与中国叙事文化学的理论建构形成了对话和共鸣，另一方面也为中国叙事文化学的研究提供了可资借鉴的成果和可以互相探讨的话题。

与此同时，还有很多青年学者在中国叙事文化学的影响与引导之下，主动使用中国叙事文化学的方法进行中国古代叙事文学作品的个案研究，并发表了相关的专论。如牛景丽《人境·仙境·心境——桃源故事的流变及其文化意蕴》、李冬梅《红线女故事演变及其文化意蕴》、夏习英《绿珠故事的演变及其文化内涵》《绿珠故事的演变与美女祸水论》、李波《"红叶题诗"故事演变及其文化意蕴浅析》、魏波《裴度还带故事发展演变探析》、张袁月《钟无盐故事的流变及文化意蕴》、李春燕《"人面桃花"故事的演变与文化内涵》《燕子意象与燕子楼故事的文化意蕴》、刘杰《目连故事在中国的演变及其文化分析》、任正君《韩湘子故事的演变与道教修炼思想》、孙国江《大禹治水传说的历史地域化演变》、韩林《武则天故事中唐太宗形象的文本演变及文化内涵》、詹凌菲《李师师故事的演变与古代青楼文化》、曾晓娟《从将军到男王后："韩子高"形象演变分析》、吕堃《济公形象的演变及其文化阐释》等文章，都是此类研究成果的代表。

这一时期，随着中国叙事文化学的影响力不断扩大，很多学者对中国叙事文化学所取得的成就以及未来的发展前景给予了高度的评价。陈文新教授在《叙事文化学有助于拓展中西会通之路》一文中分析了学术界关于作为叙事文学主体的"小说"这一概念的两种理解，并热忱呼唤和肯定了以中国叙事文化学为代表的对于叙事文学研究的新观念和新方法，陈文新教授指出："中国古典小说领域的这种叙事文化学研究，有助于拓展中西会通之路。我曾经断言，21世纪的学术主流必定是中西会通。现在，在这句断言的下面，我要加上一句：在中西会通之路上，宁稼雨教授和他的弟子们，以其持续不断的努力做出了显著贡献。"①郭英德教授在《构建中国叙事文化学的学理依据》一文中分析了主题学与中国叙事文化学的关系，梳理了中国叙事文化学理论建构的学术脉络，并指出："中国叙事文化学的理论思考、方法探索与研究实践等方面，筚路蓝缕，开拓创新，业已初见成效，引起学术界的普遍关注。"同时，郭英德教授也提出了对于中国叙事文化学未来发展方向的深入思考："如何处理中国文化特殊性的强调与全球文化普遍性的诉求之间的关系，以便使中国叙事文化学的建构在全球文化竞争中获得更大的话语权？如何处理叙事的独特性与审美的普适性之间的关系，以便使中国叙事文化学的建构真正融入审美文化的整体格局之中？如何处理中国文化的一般性与一个时代、一个地域、一位作家文学创造的个性之间的关系，以便使中国叙事文化学的建构有效地促进不同地域、不同作家的文化创造？我相信，提出并且解答这些学术难题，将有助于推进中国叙事文化学的体系建构和实践成果，进而有助于推进中国文学、中国文化的深入发展。"②张国风教授在《中国小说、戏曲研究新视角——简评宁稼雨中国叙事文化学理论》一文中高度评价了中国叙事文化学的研究方法，并指出："宁稼雨提出的中国叙事文化学，本质上是一种新的方法论。这种方法论从主题学中继承了一个基本的思路，那就是不再以作品为研究的单元，而是以情节、人物、意象作为研究的单元，着重探讨其独立的演变轨迹。其新意在于力图对故事、人物、意象的演变做出文化的解释，并且试图借这种研究将小说、戏曲和诗文打通，将叙事文学的各种形式打通，将其统摄到文化的背景之中。"③

综合来看，经过十多年的理论建设和方法探索，中国叙事文化学在其

---

① 陈文新：《叙事文化学有助于拓展中西会通之路》，《天中学刊》2012年第3期。

② 郭英德：《构建中国叙事文化学的学理依据》，《天中学刊》2012年第3期。

③ 张国风：《中国小说、戏曲研究新视角——简评宁稼雨中国叙事文化学理论》，《天中学刊》2012年第4期。

发展的第二阶段呈现出欣欣向荣的爆发态势，不但厘清了自身与作为母本的主题学的区别和联系，更探索出了一套行之有效的研究方法，在类型索引的编制和个案的研究分析方面都取得了令人瞩目的成绩。当然，一套新的理论体系和学术范式的建立肯定是要面临诸多困难的。中国叙事文化学的研究希望在以文体史和作家作品研究为主导的中国古代文学研究领域闯出一片新天地，仍有很长的路要走。未来中国叙事文化学的研究仍需要在几个方面进行进一步的理论探索。

一是进一步完善和充实中国叙事文化学的理论框架和学术体系，在厘清和辨析中国叙事文化学与主题学区别和联系的基础上，从理论的高度总结中国叙事文化学的概念定义、方法使用、对象范围，对中国叙事文学故事发生发展变化规律做一整体关照。

二是以"回归文本"为核心的单元故事个案研究方法的进一步完善，做到理论框架与文献资料并重，将中国传统的文献学与考据学的学术方法与中国叙事文化学的单元故事个案研究相融合，在摸清单元故事流传演变的脉络与线索的基础之上，完成对故事内在和外在的文化分析，从而探索出一条行之有效的"中学为体、西学为用"的实践道路。

三是以故事文本为基础，在单元故事的文化意蕴分析方面进一步发挥中国叙事文化学的理论优势，"所谓文化意蕴是指个案故事类型在其文本演变过程中其内容所涉文化内涵随其文本形态变异而产生的意蕴移位。正确梳理和描述分析个案故事的文化意蕴是中国叙事文化学的灵魂和要义"①。

四是努力扩大中国叙事文化学的影响力，在与同领域的专家学者进行对话和讨论的同时，不断吸引年轻学生和青年教师参与到中国叙事文化学的研究工作中来，让更多的人了解中国叙事文化学的理论与方法，让更多的人将中国叙事文化学作为自己进入学术殿堂的钥匙，在掌握运用中国叙事文化学的研究方法进行中国叙事文学的研究过程中表现出积极的活力和热情，从而取得更多成果。

---

① 宁稼雨：《关于个案故事类型研究的入选标准与把握原则——中国叙事文化学研究丛谈之六》，《天中学刊》2015年第4期。

新理论和新方法的建立，总是需要从逐步适应到融会贯通的过程。我们应该看到，中国叙事文化学在充分借鉴西方主题学理论体系的基础之上，建立了立足于中国已有的学术传统的新的理论与方法，并且取得了不俗的成绩。尽管在发展的过程中可能会遇到这样那样的问题，但曲折道路的远方是光明的前景，中国叙事文化学的研究经过不断的完善和充实必将取得更为辉煌的成就。

论文

1. 王立：《野女掠男故事的主题学分析》，《山西大学学报（哲学社会科学版）》2005年第5期。

2. 王立：《先秦惜时主题与中国文学中的个体价值追求——主题学与先秦文学关系研究的一个回顾》，《大连大学学报》2007年第5期。

3. 王立：《〈聊斋志异〉"乱离之后巧相认"故事及其渊源》，《云南民族大学学报（哲学社会科学版）》2009年第3期。

4. 王立：《中国古人对外邦的态度与豪侠文化：〈聊斋志异·王司马〉的主题学解读》，《南开学报（哲学社会科学版）》2010年第1期。

5. 王立、刘畅、杜芳：《婚姻报恩与〈聊斋志异〉恩报主题》，《辽东学院学报（社会科学版）》2007年第6期。

6. 王明科、柴平：《中国古代文学与文论的怨恨主题学概述》，《廊坊师范学院学报（社会科学版）》2009年第4期。

7. 尹丽丽：《唐代侠义小说与门第观念》，《山东文学》2009年第3期。

8. 宁稼雨：《〈世说新语〉与古代文学的精神史研究》，《中南民族大学学报（人文社会科学版）》2005年第3期。

9. 宁稼雨：《女娲造人（造物）神话的文学移位》，《东方丛刊》2006年第2期。

10. 宁稼雨：《女娲补天神话的文学移位》，《华中师范大学学报（人文社会科学版）》2006年第5期。

11. 宁稼雨：《从"得意忘言"到"语默齐致"：从〈世说新语·文学〉"三语掾"故事看维摩名言观的影响》，《文史知识》2006年第6期。

12. 宁稼雨：《女娲女皇神话的夭折》，《山西大学学报（哲学社会科学版）》2007年第1期。

13. 宁稼雨：《从〈世说新语〉看围棋的文化内涵变异》，《大连大学学报》2007年第2期。

14. 宁稼雨：《孟姜女故事的演变及其文化意蕴》，《文史知识》2008年第6期。

15. 宁稼雨：《孙悟空叛逆性格的神话原型与文化解读》，《文艺研究》2008年第10期。

16. 宁稼雨：《关于构建中国叙事文化学的设想》，《厦门教育学院学报》2009年第1期。

17. 宁稼雨：《女娲神话的文学移位》，《文学遗产》2009年第3期。

18. 宁稼雨：《三国历史的不同记载：〈世说新语〉与〈三国志〉诸书对比举隅》，《三峡论坛（三峡文学·理论版）》2010年第4期。

19. 宁稼雨、牛景丽：《人境·仙境·心境——桃源故事的流变及其文化意蕴》，《宁夏师范学院学报》2007年第2期。

20. 成海霞：《中国古代家庭小说专学建构的可行性报告：家庭、家族文化视域下的明清小说解读系列论文之一》，《长春师范学院学报》2010年第9期。

21. 刘卫英：《明清小说宝物描写的形态与功能》，《明清小说研究》2008年第3期。

22. 刘杰：《主题学对中国叙事文学研究方法创新的借鉴意义》，《东方论坛》2011年第5期。

23. 孙国江、宁稼雨：《死而复生观念与"鲧腹生禹"故事的历史根源》，《中国文学研究》2010年第1期。

24. 孙琳：《论方术文化对明清小说军师形象的影响》，《学术交流》2011年第6期。

25. 孙福轩：《占卜与叙事——中国古代小说叙事文化学研究》，《广州大学学报（社会科学版）》2007年第6期。

26. 苏燕、李德民：《水：从情结到审美的文化历程》，《河海大学学报（哲学社会科学版）》2011年第2期。

27. 李冬梅：《红线女故事演变及其文化意蕴》，《厦门教育学院学报》2009年第1期。

28. 李玫：《从小说〈紫荆树〉到小戏〈打灶王〉—— 一个古老题材演变中传统观念及习俗的变化》，《南都学坛：南阳师范学院人文社会科学学报》2011年第2期。

29. 李波：《"红叶题诗"故事演变及其文化意蕴浅析》，《厦门教育学院学报》2009年第2期。

30. 张申平、李荣菊：《文体转换、主题嬗变与文本传播——文学社会学视野下的西厢故事流变史考察》，《重庆科技学院学报（社会科学版）》2011年第16期。

31. 张冬：《"凤求凰"而不得的悲歌：〈诗经·邶风·新台〉主题新探》，《林区教学》2008年第5期。

32. 张袁月：《钟无盐故事的流变及文化意蕴》，《西华师范大学学报（哲学社会科学版）》2011年第3期。

33. 张祯：《一曲霓裳长生梦两情若是兴亡歌：浅谈"霓裳羽衣"意象在〈长生殿〉中的同主题变奏》，《学理论》2009年第17期。

34. 陈劲松：《再生信仰与西王母神话——杜丽娘、柳梦梅爱情的神话原型及〈牡丹亭〉主题再探》，《江西社会科学》2010年第12期。

35. 陈鹏程：《试论〈诗经〉中的忧伤主题》，《辽宁行政学院学报》2008年第5期。

36. 荆春花：《〈逍遥游〉》鲲鹏神话与逍遥主题的关系》，《双语学习》2007年第11期。

37. 夏习英、宁稼雨：《绿珠故事的演变及其文化内涵》，《厦门教育学院学报》2009年第2期。

38. 徐笑一：《文学主题学研究的新创之作：读王立〈中国古代文学主题学思想研究〉》，《中国比较文学》2009年第2期。

39. 徐翠先：《唐传奇仙境描写的文化学考察》，《江苏大学学报（社会科学版）》2011年第4期。

40. 高惠娟：《〈红楼梦〉》中的疾病主题》，《南都学坛（人文社会科学学报）》2006年第6期。

41. 龚际平：《〈西游记〉》的文化内涵与叙事》，《时代文学（双月版）》2007年第6期。

42.梁玉金：《中国古代灵异报恩小说的文化学分析》，《青海师范大学学报（哲学社会科学版）》2011年第1期。

43.魏波：《裴度还带故事发展演变探析》，《青年文学家》2010年第7期。

44.魏晓虹、姚晓黎：《中国古代文学中死而复生故事的主题学分析》，《山西大学学报（哲学社会科学版）》2006年第6期。

著作

1.扎格尔主编：《蒙古民间魔法故事类型研究》，内蒙古人民出版社2007年版。

2.郑宣景：《神仙的时空：〈太平广记〉神仙故事研究》，中央民族大学出版社2007年版。

3.洪树华主编：《宋前文学中的超现实婚恋遇合研究》，齐鲁书社2011年版。

4.徐龙飞：《晚明清初才子佳人文学类型研究》，文化艺术出版社2010年版。

野女掠男故事的主题学分析

王立

摘要：东亚流行的野女掠男母题，当起自中古佛经中的海外异类结亲母题。但故事在中国误读的过程中进行了新的"性别置换"多体现为男性主人公因祸得福，实为一次带有男性"艳遇"性质的行为，仙话理想色彩十分鲜明。母题体现了华夏中原人与边缘地区交往的心态，突出了故事发生地区的边缘性。明清小说野史叙事主要表现为：南方野女变得友好了；她们往往还具有中原人一样的尽孝、忠君等伦理观念；"野女"形象往往为佐助平叛英雄立下战功的女将领。

先秦惜时主题与中国文学中的个体价值追求

——主题学与先秦文学关系研究的一个回顾

王立

摘要：《诗经》忧生惜时，愿安稳度过有限人生时日，侧重在个体价值体现的物质生活与社会生活系统；《楚辞》侧重在及时建功立业，个体价值政治生活和精神生活系统；孔子的科学安排人时间、孟子的不违农时、庄子的将时间观念淡化等，都体现了对个体自我价值的重视。对个体价值的关注，还导致先秦文学中对于个体梦中世界体系建构。围绕着原始心态、巫术思维来象征性地实现血族复仇义务和个体使命，提倡不失时机地成功复仇。由此派生出梦中雪恨、变形复仇等多重想象。从而先秦文学主题，成为中国众多抒情文学和叙事文学的百川之始。学术史总结也要客观定位。

《世说新语》与古代文学的精神史研究

宁稼雨

摘要： 本文欲通过《世说新语》及有关材料的梳理分析，研究魏晋时期文人精神面貌的深刻变化及其在中国文人精神史和文化史上的重要意义，从而为古代文学的研究摸索出一种新的研究方法和角度。

女娲补天神话的文学移位

宁稼雨

摘要： 本文以西方原型批评和主题学的方法为视角，挖掘和梳理中国古代女娲补天神话中的各个意象如何为后代的各种文学体裁所吸纳。不仅成为众多诗文作品中补天意象的符号表现，而且也成为若干叙事文学作品的构思布局框架，并且锤炼再造成为五彩缤纷文学画廊中的诸多风景，逐渐孕育和铸造成为中华民族战天斗地、英勇不屈的伟大精神。

从"得意忘言"到"语默齐致"：从《世说新语·文学》"三语掾"故事看维摩名言观的影响

宁稼雨

摘要：《世说新语·文学》篇载有著名的"三语掾"故事：阮宣子有令闻。太尉王夷甫见而问曰："老、庄与圣教同异？"对曰："将无同？"太尉善其言，辟之为掾。世谓"三语掾"。卫玠嘲之曰："一言可辟，何假于三！"宣子曰："苟是天下人望，亦可无言而辟，复何假一！"遂相与为友。尽管这个故事广为人知，但以往人们对这个故事的关注，主要在于故事前半段关于玄学家融汇老庄与孔子思想的意思，却忽略了故事后半段关于语言文字与其表达对象之间关系的新颖看法。

女娲女皇神话的夭折

宁稼雨

摘要：通过梳理女娲神话传说中女皇之治的原型意象在文学移位过程中萎缩和夭折的轨迹，探讨分析其原因在于封建男权社会对女性过问政治权力的排斥，进而说明神话文学移位的过程是要受到各种社会因素限制和制约的。

从《世说新语》看围棋的文化内涵变异

宁稼雨

摘要：从《世说新语》中有关魏晋士人围棋活动的描写

中可以看到，围棋经历了一个从社会的道德教化工具发展演变成为个人才能和人格的展现的过程。正因为有了这样的转变，才会使围棋成为代表个人文化精神修养的形式，跻身于"琴棋书画"四大修养形式之中。

孟姜女故事的演变及其文化意蕴

宁稼雨

摘要：漫长的中国历史，给我们留下了无数优美的传说故事。这些传说故事除了其自身魅力外，每个故事演变发展的历史，也能使我们从对比中发现故事发展的各个历史阶段所从属的社会历史文化蕴含。孟姜女的故事源远流长，至今盛传不衰。其面貌随着年轮的推移，也千变万化，以至于现今人们所知晓的孟姜女故事与其雏形相比，已有天壤之别。其中演变的轨迹颇能令人玩味。

孙悟空叛逆性格的神话原型与文化解读

宁稼雨

摘要：作为叛逆典型出现的《西游记》中孙悟空形象，是超个性的人类共同心理与特定历史文化因素相结合的产物。从原型批评的维度看，孙悟空的叛逆性格来源于追求个性和向往自由的人类共有天性，孙悟空的叛逆性格是代表这种共性的神祇从神话向文学"移位"的结果。从文化的维度看，明代中后期以李贽"童心说"为代表的个性解放思潮和呵佛骂祖的狂禅作风是孙悟空叛逆性格文学定型的思想背景。它

356

与小说后半部分描写的造福众生、追求真理的原型共同回答了关于叛逆精神文化原型及其理想归宿等重大社会问题。

关于构建中国叙事文化学的设想

宁稼雨

摘要：本文在借鉴西方民间故事主题学研究方法的基础上，提出中国叙事文化学的建构设想：第一步，在参考借鉴西方"AT分类法"的基础上编制"中国叙事文学故事主题类型索引"，第二步，对其中重要个案故事传承演变进行系统的材料挖掘和深入的文化意蕴分析。其中索引工作已经初见成效，其重要个案研究则在此刊选部分成果，可见一斑。

论方术文化对明清小说军师形象的影响

孙琳

摘要：明清历史演义小说和英雄传奇小说中，"军师"是一个出现频率较高而不容忽视的文学形象。需要把军师作为一种类型人物整体进行研究。小说中的军师在权属、级别等方面，已不同于历史上作为官职的军师，其形象最早可溯源到远古社会的巫师，受方术文化的影响又带有明显的术士特征。主题学理论的观照，有助于从更广阔的视野看待"军师"形象，也有助于对同类型人物的深入研究。

占卜与叙事

——中国古代小说叙事文化学研究

孙福轩

摘要： 占卜在古代是一种预测吉凶的方法，很早就被引入到叙事文学作品中，如《春秋左氏传》中就有很多卜筮方面的记录。随着叙事文学的发展，占卜在后世的小说创作中愈来愈表现出多种多样的形式，沂化成小说叙事的预叙与"首尾大照应、中间大关合"的结构模式，从而使中国古典小说富有鲜明的民族特色。

从小说《紫荆树》到小戏《打灶王》

——一个古老题材演变中传统观念及习俗的变化

李玫

摘要： 紫荆树故事最早见于南朝梁吴均的《续齐谐记》，之后不断被改写，到了清代，从故事情节到所表现的主题都发生了很大的变化：清代小戏《打灶王》在紫荆树故事中加入了灶神，把原故事中反对分家的主旨改变为主张分家。灶神的加入是因为灶神在民间被看作"一家之主"。《打灶王》里女主人公对灶神的调笑态度，与民间祭灶习俗的演变有关。而变反对分家为支持分家，则反映了传统家庭观念的渐变。

"红叶题诗"故事演变及其文化意蕴浅析

李波

摘要："红叶题诗"故事以红叶为媒、以赋诗传情，以其鲜明生动的意象、浪漫巧合的情节，令后人津津乐道，成为中国文学史上经久不衰的传统题材。论文以"红叶题诗"故事情节及文化意蕴随时代演变轨迹为研究对象，从两个部分展开论述：第一部分，着眼于论述"红叶题诗"故事的文本流传情况，并围绕其具体情节要素演变进行解读和分析。第二部分，从宫怨主题、"媒妁"文化、"婚姻天定"观三个角度来探讨"红叶题诗"故事的文化意蕴。

文体转换、主题嬗变与文本传播

——文学社会学视野下的西厢故事流变史考察

张申平、李荣菊

摘要：由唐至元西厢故事有着小说、诗词、戏曲等复杂的文本序列。文学和文化的互动是研究西厢故事流变史的独特视角。社会转型之于文体转换、社会矛盾之于主题嬗变、社会风尚之于文本传播的推动造就了西厢故事的艺术魅力。

钟无盐故事的流变及文化意蕴

张袁月

摘要：钟离春是战国时期著名的丑女，又称钟无盐、钟无艳。从主题学的角度来看，无盐故事在不同时代不同文本中的发展演变，已使它不仅仅是一个丑女的故事。通过从情节流变轨迹透析儒家思想，从人物形象演变折射性别视角，从文本形态分布窥探受众心理，可以反映出无盐女故事所包含的多重文化意蕴。

再生信仰与西王母神话
——杜丽娘、柳梦梅爱情的神话原型及《牡丹亭》主题再探

陈劲松

摘要：汤显祖在《牡丹亭记题词》中提到"传杜太守事者，仿佛晋武都守李仲文、广州守冯孝将儿女事，予稍为更而演之。至于杜守收拷柳生，亦如汉睢阳王收拷谈生也"。日本学者小南一郎采用了民俗学、神话学等方法，揭示出以上三个故事共同存在的再生信仰。本文循着这一思路，尝试对《牡丹亭》中的杜丽娘、柳梦梅的爱情重新进行诠释，还原其背后蕴含的神话原型及巫傩意味，并对《牡丹亭》主题做进一步探讨。

《逍遥游》鲲鹏神话与逍遥主题的关系

荆春花

摘要：《逍遥游》的位居首篇无疑能够显示出其特别的地位和重要性，心是逍遥游的主角，心和形的对立、心对形的超越摆脱和超越也成了"逍遥游"中的重要问题，由此解析了"鹏鸟扶摇"原型和"鲲化为鹏"和"逍遥"的关系。

唐传奇仙境描写的文化学考察

徐翠先

摘要：仙境是道教神仙观念的重要组成部分，它是神仙人物的落脚点，也是道教彼岸世界的物质环境。从方仙道开始，仙境一直是道教建筑其神仙谱系的重点之一，因此道教关于仙境的叙事，不仅成为道教小说的内容，如《十洲记》《神仙传》，而且波及六朝志怪小说的洞穴描写，进而影响了唐传奇的创作，丰富了传奇小说的叙事艺术，提高了传奇作家的艺术想象力，具有重要的审美价值和文化学意义。

中国古代灵异报恩小说的文化学分析

梁玉金

摘要：基于民间文化又不断吸收正统思想的"报恩"是中国几千年文学的主题之一，它超越时代并与诸多的文化观念互动，形成一种自成体系又较为稳定的文化心态。中国古代灵异报恩小说在历时性的发展中展现了共时性的特征，动物报恩型主要倾向于吸取民间文化而精灵报恩型在民间文化的底色上儒家文士文化成为前景。每一个时期的报恩类型都是作家们在民间与正统的思想中进行的一种不完全的超脱，但这种不完全的超脱又是对前一个时期报恩作品的艺术与思想的超越。

《蒙古民间魔法故事类型研究》

扎格尔主编

摘要： 本文运用母题、类型研究法和文化人类学、比较文学等理论方法，对蒙古民间魔法故事进行研究。分析大量故事文本，勾勒出蒙古魔法故事的多个类型。在母题比较的基础上，揭示故事的原型与变异发展的特征及民族地域特色。文中还从影响研究的角度，探讨这些类型与其他民族故事之间相互影响、传播和借鉴的情形；又从平行研究的角度，揭示相同历史文化背景下，也会产生故事类同现象的原因。还精选几个相关典型母题，专门做了文化人类学阐释，揭示故事所蕴藏的信仰、仪式、习俗等原始文化内涵。

《神仙的时空：〈太平广记〉神仙故事研究》

郑宣景

内容提要： 本书根据《太平广记》中神仙故事背后存在的文化脉络，从心理学、宗教学、人类学等多角度进行分析，并联系时空两个基本范畴来研究神仙故事内含的文学意义，利用语言研究迄今为止被人们忽略的虚构故事中，周边文化的融会分离、变异，揭示超越时空存在的神仙故事的本质。

《宋前文学中的超现实婚恋遇合研究》

洪树华主编

摘要： 本书全面考察魏晋南北朝志怪、隋唐五代志怪传奇中的超现实婚恋遇合故事，将魏晋南北朝、隋唐五代的人与异类之超现实婚恋遇合分为人与神（仙）、人与鬼（魂）、人与精怪婚恋遇合进行叙述，分析魏晋南北朝志怪中的超现实婚恋遇合表现形态的变化、魏晋南北朝的人与异类婚恋遇合的新现象、巫术对魏晋南北朝志怪中的鬼魅迷惑人的影响、宋前文言小说（主要是唐代）中的冥婚及其文化意蕴、隋唐五代的人与异类婚恋遇合的文化折射以及巫术对唐代志怪小说中的人与异类超现实婚恋遇合分离结局的影响。

《晚明清初才子佳人文学类型研究》

徐龙飞

摘要： 在博士学位论文写作过程中，徐龙飞综合地运用了功能研究法、历史研究法和比较研究法。这种方法论上的自觉，使他在文学类型研究中既得以"入乎其内"，探究才子佳人文学自身细致幽微的内在奥秘，又得以"出乎其外"，勾连才子佳人文学与大千世界的广泛联系。

相关论文选录

女娲神话的文学移位

宁稼雨

摘要：按照弗莱《批评的剖析》的观点，在古代作为宗
教信仰的神话，在近代已经"移位"即变化成文学，并且是
各种文学类型的原型模式。尽管女娲在神话中已经消失，但
在繁花似锦的文学百花园和各种文化遗产中却获得了无限生
机。当然，神话文学移位的走向和轨迹也要受到各种社会条
件的制约和限制。神话题材和意象在文学移位过程中的盛衰
消长正是后代社会各种价值观念取向的投影。

关键词：女娲神话；文学类型；移位；《批评的剖析》；
宗教信仰；原型模式；文化遗产；社会条件

一、造人（造物）神话的文学演绎

女娲神话的最早记载是先秦时期的《楚辞》和《山海经》，今人多肯定
其以造人为职能的始母神神格意向。除了造人之外，先秦典籍中女娲为乐
器祖神的记载也应该是女娲造物神的重要组成部分。它在移位到文学中的
浪漫题材的过程值得关注。

首先将女娲神话移位到文学天地的是曹植。他在《女娲赞》一诗中以
文学的笔法，把"女娲作笙簧"这一神话题材做了艺术的描绘。作者巧妙
地把造笙簧作为黄帝礼仪的组成部分，同时也将造笙簧视为女娲七十变的

内容之一。这些都为女娲神话走入文学殿堂进行了创造性的探索。不仅如此，在《洛神赋》这篇天下美文中，曹植还充分发挥他作为一位天才文学家的才能，把女娲造笙簧这一历史现象进一步想象为女娲轻歌曼舞的美妙姿态。显而易见，神话的深沉蕴含逐渐淡化，转而积淀为一种艺术形象，成为文学家状物夸张，驰骋想象的素材。女娲与音乐的关系，经曹植的生花妙笔后，成为一种美妙音乐的形象符号，反复出现于后代的文学作品中。其中有的是照搬借用曹植的原文，如唐代崔融的《嵩山启母庙碑》所依据的不是原始神话，而是已经经过"移位"的文学材料。苏轼《瓶笙》又以前人神仙传说中园客养五色蚕茧的故事来形容女娲笙簧奏乐之妙，可谓别出心裁。于是女娲音乐大使形象便在文人的诗赋中广为出现。

如同造人神话是女娲造物神形象的主体一样，女娲造人神话在移位为文学之后，也充分显示出它广博的生机和神奇的魅力。其实在《风俗通义》有关女娲造人神话的整合中，就已经带有一定的文学色彩的想象。这为后来造人神话向文学的走动提供了便捷的通道。和造物神话的移位相比，造人神话的文学移位似乎要相对晚一些。最早把女娲造人神话引入文学殿堂的是唐代杰出诗人李白《上云乐》诗中"散在六合间，濛濛若沙尘"两句充分发挥了文学家的虚构想象力，把抟土造人的女娲置身于沙尘濛濛的天地六合之间，营造出一幅朦胧缥缈的女神造人图。除了诗歌之外，唐代人还把女娲造人神话移位扩充为小说故事：

> 昔宇宙初开之时，只有女娲兄妹二人在昆仑山，而天下未有人民，议以为夫妇，又自羞耻。兄即与其妹上昆仑山，咒曰："天若遣我兄妹二人为夫妻而烟悉合；若不使，烟散。"于是烟即合，其妹即来就兄，乃结草为扇，以障其面。今时人取妇执扇，象其事也。(《独异志》卷下)

这段故事实际上是根据女娲造人神话和婚神传说整合而成的。取得上天允诺和兄妹结合的过程中采取了具有民间祭祀祈祷色彩和民俗风情的方式。所谓"烟合"者，乃"姻合"也。借用"烟"的合散来代表象征"婚姻"

的成否，以及结草为扇，以障其面的羞涩描写，也是富有想象力的文学手法。

女娲造人题材大量出现在文学领域是从宋代开始的。有的将其用为儿童游戏，如宋利登《骸稿·稚子》诗。但更多的是将其用为巧夺天工的自然景物。如在元揭傒斯《题见心李公小蓬莱》诗用来形容蓬莱仙境鬼斧神工的造化神境。类似的又如欧阳玄《过洞庭》诗。此风流及，人们还将女娲抟土造人神话作为形容造型艺术技巧的上乘比喻。如柳贯《温州新建帝师殿碑铭》、李孝光《画史朱好古卷》诗等。

二、女娲补天神话的文学移位

较之造人神话，女娲补天神话的记载要略晚，因而其社会色彩也就愈显凹凸，有些问题也由于材料的缺失而扑朔迷离。女娲补天神话最早出现于《淮南子·览冥训》中。它给后人大致勾勒出女娲补天神话的主要部分，构成了女娲补天神话的主体内涵，并成为民族精神的重要组成部分。

女娲补天的文学化大约始于魏晋南北朝时期。张华《博物志》所述几乎是《淮南子·览冥训》中女娲补天故事和《淮南子·天文训》中共工与颛顼争帝怒触不周山故事的合成。相比之下，《博物志》则去除了女娲功成退隐的内容，只保留了女娲补天的主体因素。尽管《博物志》不过为典型的六朝志怪"粗陈梗概""丛残小语"的简略笔法，但因其脱离了诸子著作以阐发观点的议论为归宿的宗旨而使其向文学迈出了重要一步。作为小说故事，《博物志》中保留了女娲补天故事的精粹部分，为后来的女娲补天传说向文学的移位起到了重要的情节内容的过滤传承作用。

诗文中最早描写女娲补天题材的是南朝梁代江淹的骚赋《遂古篇》。江淹以其文学家的妙笔，将水火之灾、炼石补天、共工怒触不周山这些要素以整齐铿锵的音节和华美风雅的文字加以整合，构成了一幅宏伟壮观的女娲补天图。从而首次从文学的意义上完成了对女娲补天神话的继承和移位。与江淹同时代的刘孝威《侍宴乐游林光殿曲水诗》也留下了女娲补天诗句。可见时间的久远，使后人消除了与自然灾难的切身利害关系，能从审美的角度关注女娲补天这一神话题材，赋予其美好的审美意蕴。到了唐代，女娲补天题材完全被文学家打造成为远离神话原型的文学天地。其中有的是以"断鳌足以立四极"来做文章，如吕从庆《献题金鳌山》借给金鳌山题诗的机会，为女娲补天神话中的反面形象——被折足的鳌——翻案。不仅如此，唐代以后文学典籍中出现的"金鳌"，其意象也大抵倾向于正面和美好。可见"金鳌"这一神话中的反面形象在女娲补天神话向文学的移位过程中逐渐走出原型的樊笼，被赋予积极健康的文化内涵和文学意义。

然而最为精彩，在文学史、文化史上影响巨大和深远的，还是炼石补天神话在后代文学天地中的再植和繁荣。和《淮南子》等神话记载相比，后代女娲补天题材的文学作品淡化了神话中先民因惧怕洪水地震等自然灾害而表现出来的焦虑恐惧之情，代之以有距离的超然感受和审美旨趣，并且充分发挥文学的想象力和表现力，不断完善、补充和再造补天题材的精神蕴含和艺术价值。补天题材已经由先民抗洪抗震的历史记录，变成了中华民族战天斗地、英勇不屈精神的真实写照和优美表现，进而逐渐积淀形成了民族精神的重要组成部分。如张九龄的《九度仙楼》诗驰骋想象，增添了海上跨鹏和压作参差的内容。先民质朴浑厚的宇宙洪荒神话，增添了许多富有艺术形象感和生命活力的母题意象，并且与其他神话故事交相辉映，令人目不暇接，成为神话题材移位为文学作品的鲜明例证。卢仝的《与马异结交》诗堪称是女娲故事文学化的另起炉灶和翻版再造。这里诗人不仅把女娲补天所使用的工具天才地想象为日月之针和五星之缕，而且饶有生活情趣地增添出女娲补天之后日中放老鸦和月里栽桂养蛤蟆的细节，使原本庄严神圣的补天故事和女娲形象，增添了几分生活色彩和平易之情，也使诗歌的文学抒情意味不断增强。

女娲补天神话移位为文学的一个重要标志，就是女娲补天母题的符号化。大量文人诗文中出现的补天母题，被文学家反复使用，逐渐积淀，成为相对稳定的文学符号。这种符号化的女娲补天意象成为文学家的一种修辞手段，为描绘和渲染喻体的美好，借女娲补天的意象来加以完成。于是文学作品中的女娲补天意象，成为以巧夺天工的手段造福人类的美好境界。比如李贺《李凭箜篌引》用女娲补天故事形容李凭演奏箜篌乐曲的美妙音乐意境的形容用语和借代修辞方式。又如姚合《天竹寺殿前立石》诗把天竹寺殿前立石想象为女娲补天时所抛下的残片，为殿前的普通立石注入了广阔的历史文化内涵和浓郁的艺术韵味。此类以女娲补天故事为符号，指代各类壮观伟业的文学描写不胜枚举，如张养浩《秀碧石》、胡祇遹《华不注山》诗、元王沂《岩石砚为柴舜元宪金赋》等。这种文学想象空间的铺设无疑给读者对于女娲补天文学意蕴的把握和驾驭提供了无限广阔的天地。然而把女娲补天神话题材的文学潜质挖掘并发挥到极致的是明初大文人刘基。刘基的诗文中大量采用了女娲补天故事，以此作为渲染气氛、抒情达意的有效手段。比如《丹霞蔽日行》《常相思在玄冥》等。女娲补天的故事原型，成为刘基信手拈来的文学语汇，广泛展现于各类诗文作品之中。随着文学的繁荣和发展，这个舞台的空间会越来越大。刘基只是一个点，在他前后，以女娲补天作为诗文典故或修辞手法的作品多如牛毛，不胜枚举。

女娲补天神话的文学移位也在小说戏曲等叙事文学作品中留下了深深的印记。由于文体的特性所在，叙事文学作品在表现女娲补天题材时一方面承袭了诗文作品中女娲题材的传统意象和使用角度，增加作品的文学意味，展现出补天题材的无穷文学潜力。其中比较多的是以女娲补天作为既定的符号喻体，指喻与补天意义相近的含义。《平山冷燕》第四回山黛席上应题所作《五色云赋》以驰骋的想象和优美的语言，展示了一个诗意盎然的世界。从该赋的内容看，其思路显然是受到女娲以五色石补天及相关的五色云传说的启示，才焕发出如此文采的。与传统的象征隐喻的符号方式略有不同，有些小说作品用女娲补天的典故来诠释小说故事中的某件器物或道具，以增强其说服力和神秘感。如《西游记》第三十五回、《后西游记》第三十二回、《豆棚闲话》第八则等。在此基础上，有些小说作者又在一些与女娲补天神话相关的器物道具描绘中与故事情节的演绎推进结合在一起。如《薛刚反唐》中"补天宫"中的"女娲祠""女娲镜"等，《野叟曝言》中的"补天丸"等都在小说中起到了重要的布置情节关目、穿针引线的作用。

当然，女娲补天神话在小说戏曲中文学移位的极致，还是表现在叙事文学作品的题材选择、整体构思和结构线索上。有若干作品是把女娲补天作为整个作品的故事原型或构思依据。在戏曲方面有小斋主人《补天记》、传范希哲《补天记》、汪楫《补天石》等。小说中以女娲补天故事作为构思框架的作品有《红楼梦》和晚清署名"海天独啸子"的《女娲石》。《红楼梦》在艺术上取得巨大成功的重要因素，就是其匠心独运的艺术结构。僧人所携顽石下凡为通灵宝玉是引领全书的主线所在，而这一顽石则是女娲补天所遗。结尾处则交代出大士真人将宝玉带回青埂峰，放在女娲炼石补天之处，各自云游而去。不仅如此，作者还把顽石下凡的母题和神瑛侍者浇灌绛珠仙草的故事嫁接合成。于是，顽石不仅变成了贾宝玉，也变成了神瑛侍者和通灵宝玉。这样，小说主人公贾宝玉的身世来历和最终去向就在这充满神秘和浪漫色彩的神话故事背景中得到了充分的渲染和强化，也将女娲补天的神话题材的文学移位带入了最高境界。

三、女娲女皇之治神话的文学萎缩

和女娲造人和补天神话相比，女娲女皇之治神话的文学移位过程最为滞涩。这一强烈的反差说明神话在其走向文学的移位过程中，其移位的程度是要受到各种社会因素限制和制约的。

在女娲女皇之治神话中首先引起人们注意的是著名的"三皇"之说（见王符《潜夫论》《淮南子·览冥训》等）。据《北齐书·祖珽传》，祖珽出于奉承的目的，将太姬比作女娲式的女中豪杰，说明女娲作为女皇角色在社会上的普遍认可。唐代之前女娲能够取得如此至高无上的地位，根源在于原始母系社会女性崇拜观念的遗传。作为母系社会女性崇拜的极致，女娲进入"三皇"之列是合乎历史本来面目的。甚至可以说女娲当年在先民心目中的地位，也许比我们今天的了解和认识要高许多。

从唐代开始，女娲为三皇之一的说法开始逐渐得到认可，并逐渐走入文学的殿堂。随着年代的久远，人们对女娲女皇地位的真实性已经无暇顾及。与此同时，借助神话传说中女娲的尊贵地位，将其作为尊贵和权力女性的符号，是唐代以后部分文学作品的意象选择。不过显而易见的是，与女娲造人和补天神话文学移位的万紫千红、群芳争艳的繁荣景象相比，女娲女皇之治神话的文学移位显得极为苍白和枯萎。在有限的女娲女皇之治题材的文学表现中，不仅数量上只是凤毛麟角，而且在质量上也只不过是借用女娲的女皇地位符号而已，与唐诗宋词，乃至《红楼梦》中的女娲造人补天主题的纷纭演绎相比，不啻天壤之别。这种情况大约一直延续到唐代以后，直至近代。如文天祥的《徐州道中》诗：

> 未央称寿太上皇，巍然女娲帝中闱。终然富贵自有命，造物颠倒真小儿。

这是有关女娲女皇之治题材的诗文作品中文学性最好的一篇了，但也只是把女娲的女皇符号稍加渲染而已，仍然缺乏文学的想象和创新的意境。而后来其他作品更是每况愈下了。后代凤毛麟角的几个文学意象的使用，不仅没有给女娲女皇之治神话的文学移位带来柳暗花明的繁荣气象，反过来却倒是其冷落萧条的证明。与女娲造人补天神话的文学移位繁荣景象相比，女娲女皇之治的文学移位实在是过于渺小和微弱了。这个反差对比极为强烈的现象使人清楚地认识到，文学移位对于神话题材的吸收，是要以其所在时代的社会文化需求为前提的。神话的文学移位，照样需要适合的生存土壤。

　　一个男权社会，尤其是儒家一统天下的中国封建社会，有足够的力量让借助母系社会女权观念而在中国历史的政治舞台上占有一席之地的女娲的女皇地位受到了质疑，并将其排挤出去。如司马贞补《三皇本纪》对三皇之一的女娲的态度，却是承袭了汉代以来对女娲这一女性神帝的冷漠和贬低的说法。一方面，他不得不承认女娲有"神圣之德"。另一方面，他却为把女娲排除于三皇之外寻找各种理由和根据。按照他的解释，自伏羲后金木水火土五德循环了一圈，所以轮到女娲时应该又是木德。然而女娲无论是抟土造人，还是炼石补天，都显示出其土德的内质。所以女娲是"不承五运"（类似的说法还有唐代丘光庭的《兼明书》）。而到了宋代理学家那里，干脆就赤裸裸地指出，作为女人，女娲和武则天一样，根本就不应该出头露面，过问政治（如宋程颐《伊川易传》和鲍云龙《天原发微》）。于是乎，女娲一时间竟然成了女人不该过问政治、步入政坛的反面形象的代表。

看了这些义愤填膺的激烈言辞，人们不难了解父系社会中的男权主义在政治方面对于女子的介入是何等的不可容忍，从而也就不难理解女娲女皇之治神话的文学移位是遇到了何等强大的阻力。女娲女皇之治的神话没有在后代的文学殿堂中获得像造人和补天神话那样繁荣的生机，其根本原因在于女皇问题涉及中国封建社会的最为重要的王权观念问题。作为上古母系社会残余观念表现的女娲女皇之治的传说，在进入父系社会后在男权的挑战和排异下逐渐淡出政权统治领域，而只是保留了对社会具有积极贡献的造人和补天意象，使其在文学的移位过程中大放异彩。这个明显的对比和反差，极为清楚地揭示出神话在其文学移位的过程中是如何必然受到社会条件的制约和限制的。

原载《文学遗产》2009年第3期

人境·仙境·心境
——桃源故事的流变及其文化意蕴

宁稼雨、牛景丽

摘要：以主题学的研究方法分析桃源故事，得出其在演变过程中形成的三大主题：桃源人境——农耕文化的理想王国；桃源仙境——世俗人生的极乐世界；桃源心境——隐逸文人的精神归宿。这三大主题与中国传统文化精神有着说不尽的关联。

关键词：桃花源；主题；演变；陶渊明

在中国文学史上，桃源故事的出现与流传是一个非常引人注目的现象，其影响之大是一般诗文难与比肩的。自陶渊明《桃花源记》以来，历代文人在不断演绎着桃花源的故事，而随着时代的变迁、文化背景的差异，桃源故事的主题也往往呈现出不同的面貌。本文旨在探究桃源故事的流变及其历史文化渊源。

一、桃源人境——农耕文化的理想王国

《桃花源记》是一篇杰出的浪漫主义作品，通过武陵渔人无意发现并游历了桃花源的故事，成功地描绘了一个没有阶级、没有压迫、没有剥削、"黄发垂髫，并怡然自乐"的理想世界。尽管这是陶渊明的散文名篇，但其内容深厚的社会基础和文章本身的明显叙事特征，使得它在后来的叙事文

学作品中取得了强烈的回声。在六朝晋宋时期，像《桃花源记》这种经过一个狭窄洞穴后，豁然开朗、别有人间的故事并不罕见，如《异苑》卷一：

> 元嘉初，武溪蛮人射鹿，逐入石穴，才容人，蛮人入穴，见其傍有梯，因上梯，豁然开朗，桑果蔚然，行人翱翔，亦不以怪。此蛮于路斫树为记，其后茫然，无复仿佛。

从内容看，这些故事似乎是源于共同的传说。此外，《搜神后记》卷一"醴陵穴"与六朝时"小成都"的传说均与此相类。①

晋宋时为什么会出现如此多的此类传说呢？陈寅恪《桃花源旁证》以为此"亦记实之文也"，"西晋末年戎狄并起，当时中原避难之人民……其不能远离本土迁至他乡者，则大抵纠合宗族乡党，屯聚堡坞，据险自守，以避戎狄寇盗之难"②。六朝豆分瓜剖，兵革不休，可说是中国最为纷乱的时代。"有田不能耕，有业不能守，转徙流离，但以其身家性命供当局之一掷"的百姓不得不逃入深山，以避战乱。史书中多有记载，如《晋书·庾衮传》："齐王冏之唱义也，张泓等肆掠于阳翟，衮乃率同族及庶姓保于禹山"③，等等。如果说桃花源就是六朝的坞堡，或许有些太绝对，但百姓集结逃入"山有重险"的隐蔽所在以避战乱的事实却是普遍存在的。桃花源就是以此为现实依据的。

叶舒宪在《苏美尔神话的原型意义》一文中指出："永生乐园或黄金时代的神话对后世的文学想象影响极大，在思想史上则为一切乌托邦或桃花源式的幻想追求奠定了原型模式。"④中国上古没有像苏美尔乐园或伊甸园那样的乐园神话，只有"乐土""乐国"这样的名词，以及关于昆仑山的只言片语，产生于中古时期的桃花源不是神话，但作者向我们所展示的"不知有汉，无论魏、晋"的否定君权、否定王朝历纪的无君无臣的社会却正

---

① 参见刘敬叔：《异苑》，中华书局1996年版，第4页。
② 陈寅恪：《陈寅恪史学论文集》，上海古籍出版社1992年版，第224页。
③ 房玄龄：《晋书》，中华书局1997年版，第2282页。
④ 叶舒宪：《苏美尔神话的原型意义》，《民间文学论坛》1998年第3期。

如沈德潜所说："此羲皇之想也"，即上古圣世。这一点可由《搜神后记》卷一中的"韶舞"印证：

> 荥阳人姓何，忘其名，有名闻士也。荆州辟为别驾，不就，隐遁养志。常至田舍，人收获在场上，忽有一人，长丈余，萧疏单衣，角巾，来诣之，翩翩举起两手，并舞而来，语何云："君曾见韶舞不？此是韶舞。"且舞且去。
>
> 何寻逐，径向一山，山有穴，才容一人。其人即入穴，何亦随之入。初甚至急，前辄闲旷，便失人，见有良田数十顷。何遂垦作，以为世业。子孙至今赖之。[①]

韶，相传是舜时的乐名。以韶舞为引导，作者就为我们做了时空转换，由"桃源洞穴"这空间转向了"唐尧虞舜"的上古之世。桃花源与"日出而作，日入而息，穿井而饮，耕田而食，帝力于我何有哉？"的"鸿荒之世"合二为一，是中国上古乐园的回归与复现。

乐园神话原型产生的背景是对农耕文化的基本经验，它的突出表现是土地、水与植物生命的三联母题。《桃花源记》"有良田、美池、桑竹之属"这一描述与土地、水、生命树三联母题恰好吻合。良田、美池分别代表土地、水自不必讲。桑，是殷商时期的社树，它的原始意象源于原始宗教祭祀中的女性生殖崇拜，在上古时期，就有许多桑生神话，如大禹与涂山女通之于台桑，伊尹生于空桑，扶桑载日等等。因此，"在古华夏的宗教中，象征扶桑木的桑树就成为一种受到崇拜的生命之树"[②]；竹的图腾崇拜文化在中国南方民族（包括汉族）中是很普遍的一种文化现象，自古以来流传着许多竹生神话，如《后汉书》卷一百一十六《南蛮西南夷传·西南夷》中所记载的竹王传说，就是竹生神话的代表：一位女子在水边，有三节大竹漂流而至，她听到中有婴儿的哭声，剖开竹子，得到一男孩，就是后来

---

① 钱穆：《中国文化史导论》，商务印书馆1994年版，第3页。
② 陶潜：《搜神后记》，中华书局1981年版，第124页。

的竹王。中空的孕育生命的桑与竹正是女性生殖的原始意象的象征，是中华民族的生命之树。农耕文化是华夏民族赖以产生的文化基础，农耕是人们的生活方式，农业文化意识深深植根于人们的头脑中，形成集体无意识。六朝时人们为了躲避战乱，多数是在"山有重险"的人迹罕至的地方，至少也要有险要地势作为屏障。但仅能保证生命安全是不能满足需要的，对于以农耕文化为基础的华夏民族来讲，人们要生存，还必须要有农业所需的自然资源，即肥沃的土地和充足的水源。而桃花源良田美池，男耕女织，正是作者所幻想的农耕文化的理想王国。

外国乐园神话中三联母题具体的故事，在桃花源中仅用了"良田、美池、桑竹"三个词，其原因有二：一方面产生桃花源的时代已不是神话时代，人们思维的发展已不再需要用"启示的意象"来描绘世界，而是用"自然和理性类比的意象"来提供一个理想化的世界；另一方面，这也与中华民族历史文化的特点有关。钱穆指出："《诗经》三百首，大体上全是些轻灵的抒情诗，不需要凭借像史诗、戏曲、小说等等具体的刻画，只用单微直凑的办法，径直把握到人类的心灵深处。这一点又表现出了中国传统文学与艺术之特性，中国史上文学与艺术最高表现，永远是一种单微轻灵，直透心髓的。"[1]

如果说陶渊明把桃花源塑造成上古乐园是他的主观意识，那么农耕文化的理想王国则是潜意识的反映，是集体无意识的体现。这与他亲自躬耕陇亩并与农民结交是密不可分的。陶渊明不仅向往着上古之世，对古代圣君的亲自稼穑亦大力赞扬，在长期的躬耕陇亩中深深体味了贫苦与辛酸，对农耕劳动有了较为深刻的认识，如在《庚戌岁九月中于西田获早稻》中写道："开春理常业，岁功聊可观。晨出肆微勤，日入负耒还。山中饶霜露，风气亦先寒。田家岂不苦，弗获辞此难……但愿长如此，躬耕非所叹。"[2]在田园耕种的生活中，陶渊明还与农民建立了亲密的关系，《癸卯岁始春怀古田舍》（其二）："秉耒欢时务，解颜劝农人。平畴交远风，良苗亦

---

① 何新：《诸神的起源》，三联书店1986年版，第67—68页。

② 陶渊明：《陶渊明集》，中华书局1979年版，第84页。以下所引本书皆据此版本，不再一一出注。

怀新……日入相与归，壶浆劳近邻。长吟掩柴扉，聊为陇亩民。"（《陶渊明集》，第 76 页）《移居》第二首中写道："春秋多佳日，登高赋新诗。过门更相呼，有酒斟酌之。农务各自归，闲暇辄相思；相思则披衣，言笑无厌时，此理将不胜，无为忽去兹。衣食当须记，力耕不吾欺。"（《陶渊明集》，第 57 页）从这些诗中可以看出陶渊明与农民朋友有着深厚的感情，他们相互勉励耕种，农闲时，披衣饮酒，无拘无束地谈笑。陶渊明躬耕陇亩使他尝到了农耕劳动的辛苦，与农民之间的友好交往使他了解农民的愿望与要求，也正是基于此，陶渊明才能与农耕文化意识产生共鸣，创造了农耕文化的理想王国——桃花源。

可见，在东晋、刘宋两代，众多的"桃花源"故事是当时百姓逃入深山避难的现实的反映，与陶渊明特殊的阶级地位和生活经历相结合，桃花源就成为上古乐园的复现，是农耕文化意识的反映。

二、桃源仙境——世俗人生的极乐世界

陶渊明的桃花源产生大约一个世纪后，梁代任安贫《武陵记》与任昉《述异记》都记载了桃花源的故事。祝穆《方舆胜览》卷三十引《武陵记》：

> 晋太康中，武陵渔人黄道真泛舟，自沅溯流而入……（此处当有脱漏）道真既出，白太守刘歆，歆与具往，则已迷路。[1]

此条有明显脱漏痕迹，祝穆又云："陶潜叙桃源事初无神仙之说，梁任安贫为《武陵记》亦祖述其语耳，后人不深考，因谓秦人至晋犹不死，遂以为地仙。"（《方舆胜览》，第 535 页）由此可见，《武陵记》源于陶渊明的桃花源，还没有涉及仙境。但值得注意的是，这里渔人已有了名字：黄道真，听起来简直就是道士的名字。后世《仙传》中有得道仙人王道真，黄、王易混，不知是否为同一个人。《武陵记》虽不涉及仙境，但似乎桃花源已与

---

[1] 祝穆：《方舆胜览》，中华书局 2003 年版，第 535 页。以下所引本书皆据此版本，不再一一出注。

道教有了联系。同时期的任昉《述异记》云：

> 　　武陵源在吴中，山无他木，尽生桃李，俗呼为桃李源，源上有石洞，洞中有乳水，世传秦末丧乱，吴中人于此避难，食桃李实者皆得仙。[1]

可见，桃花源在产生不久就明确与神仙联系在一起，显然是受到了六朝神仙道教的影响。

　　神仙道教直接导源于神仙传说和方士方术。仙，《释名》云："老而不死曰仙"[2]，可见仙是人们长生不死的欲望。在人们生命永恒的追求之下，神仙方术应运而生，战国时盛行于北方燕齐一带。秦始皇在神仙方术的影响下，派人向所谓海中仙山——蓬莱、瀛洲、方丈寻求仙人仙药。秦始皇海中求仙不可得，汉武帝于是改向陆地上求仙，并为仙人高筑楼台，但仙人依然不可得，到西汉末年的《列仙传》，不得不把道士说成神仙，深山之中即有仙境，仙人仙境越来越接近人世。东汉黄巾起义失败后，道教为适应需求发生分化，产生了适应士族社会的、以长生修仙为教旨的神仙道教。许多世族都成为天师道世家，他们相信"仙人可学"，通过修炼服饵，人人可以成仙，并有了"地仙"一说，既可以成仙长生不老，又可脱离等级森严、寂寞的仙界，在人间享受种种人世的快乐。齐梁时的任昉"衣冠贵游莫不多与交好，坐上客恒有数十，时人慕之，号为任君"，可说是士族名士的中心人物，因此《述异记》中桃花源的人通过吃桃李成为地仙也就不足为怪了，宋代类书《太平御览》即把桃花源列入道教地仙部类中。

　　到了唐代，神仙道教达到最高峰。李唐王室为提高身份，抬出老子作为始祖，并为其大做文章。尤其是唐玄宗于开元末、天宝初大规模崇奉道教，不断为老子封爵加号，在全国广建老子庙。这样道教进入了全盛时期，桃花源及其所谓的所在地武陵也随之被不断神化。道教的神仙洞府原有三

---

　　[1] 李昉等：《太平广记》卷四百一十五，"草木部"引。
　　[2] 刘熙：《释名》卷三《释长幼第十》，钦定四库全书本。

十六洞天之说，李白《寻桃花源序》说："三十六洞，别为一天。"（《方舆胜览》，第535页）可见盛唐时桃源已成为三十六洞天之一。杜光庭《洞天福地岳渎名山记》中三十六洞天，第三十五为："桃源山，白马玄光洞天，七十里，在朗州武陵县。"[①]武陵亦成为神仙所在。今人李剑国《唐五代志怪传奇叙录》中提到唐志怪传奇集《武陵十仙传》，认为是道教徒"好为大言"的结果。可惜已经亡佚。不过唐温造《瞿柏庭碑记》、符厚之《黄仙师瞿童记》都记载瞿童桃源成仙的经过，北宋初张君房奉旨整理道教籍而成的《云笈七签》所载三十六小洞天云："三十六小洞天，在诸名山之中，亦上仙所统治之处也。"其三十五即为桃源山洞："名曰白马玄光天，属谢真人治之。"[②]由此推测，武陵十仙不外乎是瞿童、谢真人之流，说不定还有陶真人或五柳上仙。

在道教盛行之下，唐人笔下的桃花源自然而然地成为仙境，如王维《桃源行》、权德舆《桃源篇》、韩愈《桃源图》、刘禹锡《游桃源一百韵》，等等。虽然这些诗风格不一，桃花源也呈现着不同的面貌，但桃源都共同地成为神仙的殿堂。

牟宗三在《意象的流变》中指出："唐朝完全是靠自然生命健旺开展出来的，所以唐朝三百年乃是服从生命原则。"结束了魏晋六朝三百年频繁朝代更替，经过短暂的隋代的过渡，迎来了封建社会的全盛时期。唐代进一步注重田亩之平均分配，使下层农民皆有最低额之田亩。在基本衣食得到保障后，唐人显示了他们旺盛的生命力。这表现在唐人对于人世间的功名利禄、荣华富贵、声色歌舞的狂热追求。他们毫不掩饰建功树名、出将入相的名利之心，毫不掩饰"人生得意须尽欢"的纵欲与激情，他们希望能长生不死，永远享受人间的种种快乐。道教正迎合了唐人这种追求享乐的心理，它反对让人受苦，不讲禁欲，只讲享乐，在得道成仙的极乐世界里，可以"食甘旨，服轻暖，通阴阳，处官能"（《抱朴子·内篇》），永远地、随心所欲地享受人世间的一切快乐。因此唐人笔下的桃源仙境充满了世俗

---

① 杜光庭：《洞天福地岳渎名山记》，《洞玄部记传类》，《正统道藏》台湾缩印本第11卷，第58页。以下所引道藏皆据此版本，不再一一出注。

② 张君房：《云笈七签》卷二十七，《正统道藏》第22卷，第201页。

的享乐，华美的玉堂宫殿，甘香的石髓云英，悦耳的瑶瑟丝竹，一派富贵享乐的景象。

要之，齐梁至唐代，在神仙道教的影响下，世外桃源变成了桃源仙境，与唐人对荣华富贵的执着和享乐心理相结合，桃花源成为世俗人生的极乐世界。

三、桃源心境——隐逸文人的精神归宿

随着蒙古铁蹄的南下，中原的丧失，作为南宋遗民的元代文人有一种普遍的时代情绪：隐逸。遗民有两层含义，一指亡国之民，二指改朝换代后不仕新朝的人。后者是隐逸的一种，如伯夷、叔齐。在历代遗民中，宋明遗民有着特殊的地位。宋亡于蒙古，明亡于清，都是异族入主中原，不仅是亡一家一姓的"亡国"，而且是亡民族文化的"亡天下"。亡天下更痛于亡国，不仕异族更甚于不仕二姓。元代神仙道化剧是元代文人隐逸思想的表现：

> 他每得到清平有几人，何不早抽身，出世尘。（马致远《黄粱梦》）①
>
> 我劝你世间人，休争气，及早的归去来兮。（马致远《岳阳楼》）（《元曲选》，第626页）
>
> 本不是贪名利世间人，则一个乐琴书林下客，绝宠辱山中相。推开名利关，摘脱英雄网，高打起南山吊窗。常则是烟雨外种莲花，云台上看仙掌。（《陈抟高卧》）（《元曲选》，第731页）

散曲中亦随处可见。于是作为"隐逸文人之宗"的"中国赫赫有名的大隐士"陶渊明就成了元代文人的理想人格。杂剧《陶渊明归去来兮》当是演绎陶渊明辞官归隐的故事。"渊明归隐""陶是屈非"是元散曲乃至元诗中

---

① 臧懋循：《元曲选》，中华书局1958年版，第778页。以下所引本书皆据此版本，不再一一出注。

常用的典故，桃源亦几乎无一例外地成为隐居的处所：

> 虽怀隐者心，桃源在何许。（赵子昂《题桃源图》）①
> 一簇林塘隐者栖，天然画出武陵溪。（张思廉《题王氏小桃源》）②
> 犬鸡人物总千余，千树桃花护隐居。（唐肃《桃源图》）③

可以说，"渊明归隐"或"桃源归隐"成为元代文人的时尚，陶渊明是他们的理想人格，桃花源是他们身心自由的归宿。

谱写桃花源故事最多的是明清两代的杂剧，尤其是明末清初。《远山堂剧品》著录了明叶宪祖的《桃花源》，列入"雅品"，并谓"南北（曲）四折，传之飘洒有致，桃源一逶，宛在目前"④。可惜已经亡佚。许潮有一折《武陵春》，其中桃源主人自称是秦朝人："与一时高蹈之士（太上隐者、沧浪渔父等），寻山访水，避地保身，全家隐处于桃源洞天。"其归隐的原因讲得明白："他任刑名，渭川流赤""上蔡门兔犬酸心，望夷宫马鹿攒眉""望天地一网苦，睹宇宙尽疮痍"。于是"当此时，贤人君子，各自东逃西窜，全身远害去了"⑤。这明显透露出文人的归隐遁世的思想。许潮生卒年不详，大约生活于魏忠贤专权时期，此时，内外官僚"自内阁、六部至四方总督、巡抚"（《明史·宦官·魏忠贤传》）皆奔走魏忠贤门下，形成了以之为首的五虎、十狗、十孩儿、四十孙为骨干的死党，明代宦官专权局面达到最高峰，大肆杀害东林党人，先后制造了六君子之狱、汪文言之狱等冤案。因此剧中所谓"任用李斯，专以刑名斜下，当时知名之士，尽遭诛戮"当是有所而指的。在这样的情势之下，"贤人君子"不得不"远身去害"，归隐山林。

---

① 赵子昂：《松雪斋集》卷二，"钦定四库全书本"。
② 顾嗣立：《元诗选》卷五十四，"钦定四库全书本"。
③ 清康熙御敕：《御定历代题画诗类》卷三十一，"钦定四库全书本"。
④ 祁彪佳：《远山堂剧品》，《中国古典戏曲论著集成》，第160页。
⑤ 许潮：《武陵春》，《盛明杂剧》第二集第九卷，第4页。

魏忠贤专权加速了明王朝的灭亡，作为大明遗民的清代文人就遭受了与元代文人同样的命运。为钳制文人的思想，清廷大兴文字狱，并禁毁、改易书籍。文人在"我大明"亡国之痛中纷纷归隐山林。尤侗的《桃花源》正是清初文人这种思想的表现。此剧作于康熙二年（1663），正值作者失意，回归故里之时。全剧共四折，谱写陶渊明的故事：第一折写他不肯为五斗米折腰，辞官回家，隐括《归去来兮辞》；第二折写江州刺史王弘送酒，东篱赏菊；第三折写陶渊明庐山结社和虎溪三笑的故事；第四折写陶渊明作诗自乐，终入桃花源成仙。此剧以归去来兮开篇，以桃源仙隐结尾，正体现了作者的隐逸思想。

石韫玉有《桃源渔父》一卷，谱写陶渊明作《桃花源记》的经过，亦以陶渊明归隐开头："我想这等世界，有什么青红皂白，俺官卑职小，与那乡里小儿争什么闲气，因此辞官而归。"太守王弘送酒，言道："几年萦梦想，奈风尘俗吏，瞻晋无方。（我）羡（你）清风高节，今代无双。"渔人口中的桃花源则是："富有荒淫贫不盗窃案，无官府，无律条，不知词讼与征徭。"[1]与元人一样，陶渊明亦是清代文人的榜样，桃花源亦是他们获得身心自由的所在。

芸窗亦有子弟书《武陵源》，写渔民黄道真入桃花源的经过，"一生淡泊名利"透露出作者隐逸的情怀。

总之，元明清三代的桃花源多是隐逸思想的表现。元清两代源于异族的入侵，明末源于宦官的乱政，虽原因不尽相同，但归隐的态度却是一致的。陶渊明是他们极力歌咏的对象，成为文人的理想人格，桃花源也就成了他们身心自由的精神归宿。

四、余论：说不尽桃花流水

自《桃花源记》以来，桃花源的故事在不断地被演绎，而桃源故事之所以能够流传如此之广，影响如此之大，究其原因，与中华民族的文学理想、文化精神和审美心理有着不可分割的关系。民风古朴，民情淳厚，丰

---

① 石韫玉：《花间九奏》，《桃源渔父》清人杂剧初集本，第23—24页。

衣足食，到处体现着和平、宁静、富饶和温馨的桃花源是以农耕文化为基础的华夏民族集体无意识的体现，也正因如此，"桃花源"一出现便成为我们民族永恒的文学理想而欣然向往；道教是中国唯一土生土长的宗教，神仙思想深深植根于世俗大众心理之中，桃花源从人境到仙境的转变迎合了每一位世俗之人的心弦，成为个人长生不死，永远享受人间所有快乐的终极幻想；得意时进取功名，失意时退隐山林，然而对中国文人的内心而言，归隐与出仕原本也不过只是"小草"与"远志"的区别罢了，二者是中国文人永远无法摆脱的矛盾，而作为文人隐逸之宗的陶渊明也就成为中国文人内心永远的渴慕与伤痛，只有在与世无争的桃花源里才能得到灵魂的栖息。总之，桃花源故事在不断被演绎过程所形成的三大主题都与中国传统文化精神有着说不尽的关联。

原载《宁夏师范学院学报》2007年第2期

主题学对中国叙事文学研究方法创新的借鉴意义

刘杰

摘要：源于19世纪中叶的主题学产生不久便和中国叙事文学研究结下了不解之缘，20世纪以来主题学应用于中国叙事文学研究取得的丰硕的成果。主题学的引入，在研究角度、研究视域等方面对中国叙事文学产生了重要的意义。主题学对中国叙事文学在文献整理、文化分析等方面都产生了方法论层面的影响。

关键词：主题学；中国叙事文学；研究方法

中国叙事文学以小说和戏曲为主，包括神话故事、民间传说、叙事诗等。中国文学历来以诗词为宗，小说戏曲地位不高，神话故事则在系统性方面不如西方神话，民间传说主要采用口耳相传的形式，缺乏文献载体的稳定性。因此，长期以来中国古代文学研究存在重诗词等抒情文学，轻小说戏曲等叙事文学的现象。近百年来，随着小说戏曲等叙事文学地位的日益提升和研究视野的不断扩大，这一现象得到了根本的改变。叙事文学的研究逐渐成为学界关注的焦点，其中既有传统的文献整理和保存，又有西方现代理论的引进和消化。主题学的借鉴和吸收，因为对中国文学研究尤其是叙事文学研究具有方法论的创新意义，近年来越来越受到学界的关注。

一、主题学与中国叙事文学研究的契合

关于主题的概念界定，历来有不同的观点，常被采纳的定义是："主题（theme）有时可以与'题旨'互换使用。不过，这个词更常用来表示某个含蓄的或明确的抽象意念或信条。"①在实际使用过程中，主题常与母题、类型、原型等概念同时使用，彼此混用不清，主题一词目前还没有被一致认可的明确统一界定。

与主题一词内涵不明、外延宽泛的特点相比，主题学（thematics）则有相对统一固定的界定，弗列特里契（W.P.Friedech）和马龙（D.H.Malone）把主题学界定为"研究打破时空的界线来处理共同的主题，或者将类似的文学类型采纳为表达规范"②，陈悖、刘象愚的《比较文学概论》用研究对象界定的方法来说明主题学的概念："作为主题学研究的对象，并不是个别作品中的题材、情节、人物、母题和主题，而是不同作品中，同一题材、同一人物、同一母题的不同表现以及它们之间的联系。因此主题学经常研究同一题材、同一母题、同一传说人物在不同民族文学中流传的历史，研究不同作家对它们的不同处理，研究这种流变与不同处理的根源。"③陈鹏翔认为："主题学研究是比较文学的一部门，它集中在对个别主题、母题，尤其是神话（广义）人物主题做追溯探源的工作，并对不同时代作家（包括无名氏作者）如何利用同一个主题或母题来抒发积愫以及反映时代，做深入的探讨。"④

作为一种被自觉运用的研究方法，主题学源于19世纪中叶格林兄弟的民间故事研究，之后有阿尔奈首倡、斯蒂·汤普森完成的国际通用"AT分类法"。

---

① ［美］艾布拉姆斯：《欧美文学术语辞典》，朱宝鹤、朱荔译，北京大学出版社1990年版，第199页。

② 李达三：《比较文学研究之新方向》，联经出版社1982年版，第190页。

③ 陈悖、刘象愚：《比较文学概论》，北京师范大学出版社1988年版，第247页。

④ 陈鹏翔：《主题学研究与中国文学》，《主题学研究论文集》，东大图书有限公司1983年版，第5页。

20世纪初就有中国学者尝试把与西方类似的故事类型分类法运用于具体的个案故事研究，其中成绩突出的有顾颉刚及稍后的钱锺书、郑振铎、周作人、赵景深、茅盾、钟敬文等，他们分别从民俗、神话、文化等视角开展了主题学研究，不同程度地参与了1920—1940年文学主题学的创构。特别值得一提的是顾颉刚对孟姜女故事的研究，1924年发表的《孟姜女故事的转变》和1927年发表的《孟姜女故事研究》，不仅体现了顾氏深厚的传统文献功底，还凸显了顾氏对西方实用主义思想的理解与应用。顾氏以历史演进的方法探讨孟姜女故事在不同时代的演化规律及其真相，提出了一套具有普遍意义的故事学理论命题，顾颉刚故事学范式的科学贡献在于突出体现了合情推理诸形式在人文科学中的恰当应用。"顾氏的目的，在于将古代故事演变的真相复原出来，顾氏将中国传统的文献材料和历史演化的西方观念浑然天成地结合在一起，几近天衣无缝。"可以说，顾氏对孟姜女故事的研究"标志着中国现代民间文学研究新范式的建立"①。在顾颉刚历史演进方法的影响下，当时出现了一大批主题研究的新成果，仅发表在1928年至1929年《"国立"第一中山大学语言历史学研究所周刊》的就有潘家洵的《观世音》，杨筠如的《尧舜的传说》《姜姓的民族和姜太公的故事》，余永梁的《西南民族起源的神话——盘瓠》，方书林的《孔子周游列国传说的演变》等。

　　20世纪70年代以来，曾经一度停滞的主题学研究再次焕发出蓬勃的生机，在主题类型的编写，主题学理论的探讨，主题个案研究等方面齐头并进，共同促进了中国主题学研究的繁荣。

　　对中国的民间故事类型的编写，早在1937年就有德国学者艾伯华编成了《中国民间故事类型》，20世纪70年代以来，先后出现了丁乃通的《中国民间故事类型索引》、金荣华的《中国民间故事集成类型索引》、祁连休的《中国古代民间故事类型研究》和宁稼雨的"六朝叙事文学故事主题类型索引"等。

　　陈鹏翔《主题学与中国文学》是台湾学界主题学理论探讨的代表，谢

---

① 户晓辉：《论顾颉刚研究孟姜女故事的科学方法》，《民族艺术》2003年第4期。

天振《主题学》则标志着主题学成为比较文学的一个分支，另外，王立《主题学理论与历史证据——以王昭君传说为例》、宁稼雨《主题学与中国叙事文化学的建构》等，都积极参与了中国主题学理论的探讨与建构。

个案研究则有刘若愚《中国游侠》、龚鹏程《大侠》、田毓英《西班牙骑士与中国侠》、马幼垣《中国通俗中的包公传说》、陈鹏翔《中英古典诗歌里的秋天：主题学研究》、王立《中国古代文学十大主题——原型与流变》等。另外，一些小说研究资料汇编，单独安排本事部分，具有主题资料汇编的意义，如谭正璧《三言二拍资料》，马蹄疾《水浒资料汇编》，朱一玄《水浒传资料汇编》《三国演义资料汇编》《西游记资料汇编》《聊斋志异资料汇编》，等等。

综上所述，虽然顾颉刚没有使用过主题和主题学的概念，但是"顾颉刚的主题学研究，事实上已经确立了'主题''主题史''主题原型''主题史与主体的关系'等主题学研究相关的概念和范畴，同时也确立了主题学研究的范式和方法"①。他所创造的"历史演进""地域的系统""故事的眼光"等研究方法，开启了后世主题学研究的重要思路。之后一代又一代学者在主题学领域的探索与实践则表明，主题学与中国叙事文学之间的契合，必将引发一次文学研究方法的革新。

二、主题学应用于中国叙事文学研究的意义

丁乃通在《中国民间故事类型索引》序言中提到：

> 对于那些兴趣主要在中国的研究者来说，这个索引不仅在民间故事研究本身，而且可能会在更广泛的范围内、更重要的方面有所帮助，至少能帮助了解中国部分人民的情况，即了解农民和源于农村的城市平民……事实上一个熟悉中国民间故事的人，可能会发现中国社会的许多方面和特点，这些对于其他领域的研究者来说通常是不明显的。例如，普遍认为传统的中国社会是以男人为中心的，但同其他国家比

---

① 王春荣：《20世纪文学主题学研究的三个历史阶段》，《社会科学辑刊》2006年第6期。

较，她有极为丰富令人赞叹的关于巧女的故事……其次，浪漫的爱情
故事曾和中国人的观念相悖，但在民间却明显地得到赞赏和珍重……
再次，尽管在士阶层中极为敬重儒教，但中国的儒生通常是被嘲弄的
对象，许多聪明的学者是骗子和无赖。

　　这段话指出了中国叙事主题学的重要意义。中国叙事学以小说、戏曲、
神话、民间传说、民间故事等俗文学为对象，雅文学和俗文学相互影响而
又各异其趣是中国文学总体发展趋向的主要特征之一。要全面了解和深入
研究中国文学，理论的更新和方法的改进显得尤其重要，在众多的研究方
法当中，叙事主题学无疑能够为我们在该领域的探讨提供重要的借鉴意义。
　　首先，有利于研究角度的调整。
　　众所周知，俗文学在传播主体、传播媒介和受众等方面和雅文学存在
很大的差异，这直接导致了故事流传过程中故事情节的稳定性较差，口耳
相传的作品尤其如此。即便是以相对稳定的文本固化形式，在不同时代和
不同地区之间，同一故事情节在不同文本中被任意增删修改的现象也是很
普遍的，文本的繁杂多变无疑给我们的文献整理工作带来很大的麻烦。
　　以往的研究往往是以单一的作家、作品和社会为对象，很少考虑不同
的作家、作品之间的联系。这种研究方法应用于叙事文学时往往会碰到一
些问题，对一些故事主题进行分析时缺点就更加明显。这是因为任何一个
叙事主题都有一个发展演变的过程，如果我们局限于单一的作家作品，采
用单一的角度来观照这些主题的话，往往会忽略主题的历史传承性和当下
变异性，极容易造成分析层面的文化分析的误植现象。
　　换一个角度看问题，会找到一个解决问题的新途径。叙事主题的复杂
多变性为我们提供了社会文化研究的新角度和新思路，因为同一主题在不
同时期不同地域之间的发展演变的一个直接原因就是社会文化背景差异。
可以说，主题的发展演变，是地域文化差别和时代思想变化在文学领域的
直观形象化表现。主题学提倡在观察问题时采用一种动态的角度，而非传
统的静态角度，这无疑对传统研究角度提供了有益的创新和补充。
　　其次，有利于研究视域的扩展。

传统的研究往往把文学划分为若干历史时段，分解为不同的文学样式，形成各自为营的现象。这种研究格局近年来不断受到质疑，要求突破传统藩篱的呼声也越来越高，正如有学者认为："固守某一特定的文体、单个作品往往会出问题。长期以来，我们较为重视雅俗之别，文体之别，这固然有着重视'人民性'、术业专攻等历史原因，也不无必要，却不能由此反证追寻其间联系是无必要的。显然，在学科整合的今天，对于有些课题与视角，了解雅文学还不够，还要了解俗文学、口头文学；而且正眼去看那些狭义的文学，对惯于谈论鬼灵怪异的民间传闻嗤之以鼻，或不屑一顾，这种一元而非多元的文学发展观，也应当改变。推而知之，从主题发展意脉上看，文体的超越往往成了题中自有之意。"①叙事主题学的出现为问题的解决提供了一条新思路，叙事主题研究以故事类型为研究对象，探讨相同的故事类型在不同文本之间的发展演变情况。叙事主题学致力于更宽泛的研究视域，既打破了不同作品之间的界限，又打破了不同文体之间的界限，甚至打破了文学与其他学科的界限，形成一种不同作品之间，不同文体之间，文学与其他学科之间相互关联的一种网状研究视域。

再次，有利于文学史相关观念的变化。

自1988年《上海文论》发起重写文学史的讨论后，有关文学史书写的探讨便不绝如缕，书写文学史的一个关键问题当然是文学史观念的问题。顾名思义，所谓文学史观念就是文学发展历史的认识。主题学的引入，对重新认识文学演进历史尤其是古今关系问题有着重要的参考价值。

人们在看待文学发展演变过程时，往往存在薄古厚今和以古非今两种倾向，这两种倾向的一个共同特点是割裂了文学传承性，极易走向简单化和极端化。主题学和这两种倾向不同，主张古今贯通，主题学提倡对叙事主题做追溯探源的工作，并对不同时代作家（包括无名氏作者）如何利用同一个主题或母题来抒发积愫以及反映时代，做深入的探讨。主题学把同一故事在不同时期的发展演变等量齐观，并不存在厚此薄彼观念，这样就有效避免了古今孰轻孰重的无谓争议。这显然和中国自古以来的变通思想

---

① 王立：《关于文学主题学研究的一些思考》，《中国比较文学》1999年第4期。

不谋而合，《文心雕龙》就强调："夫设文之体有常，而变文之数无方"，"文律运周，日新其业，变则其久，通则不乏"。

另外，主题学对文学史编写体例的创新也提供了一条有益的思路。文学史的编写一直是学界关注的焦点，自20世纪初第一部文学史出现后，各种文学史众彩纷呈。在编写体例方面，文学史大致采用两种形式，一种是以时间为经线，以作家作品为纬线；另一种是以文体为经线，以作家作品为纬线。两种不同的体例虽然已经被普遍接受，但是他们自身固有的一些缺点也是不言而喻的，如一个故事在不同时代、不同文体中的文本差异和主旨演变，这些问题都是传统文学史很少关照也是难以解决的问题。受主题学启发，笔者认为，尝试编写一部以故事主题为经线，以时间为纬线，串联各类作品的文学史，无疑能够弥补现有文学史的一些缺陷，同时也是对中国文学史编写体例方面的一种有益补充。当然，这一工作是需要众多有志之士共同努力来完成的。

总之，主题学的引进，对于我们树立正确的文学史观念，避免薄古厚今的历史虚无主义和以古非今的故步自封思想具有重要的意义，同时也为文学史编写体例的突破和创新提供了新的思路。

三、主题学影响下中国叙事文学研究方法的更新

主题学涉及异彩纷呈的文化现象，不同的主题演变千差万别，但这并不意味着主题研究没有规律可循。总体而言，主题研究包含纵向和横向两个方面，纵向研究的主要任务在于探究主题发展演变历史，梳理不同时期的文献材料，对比不同时期的表象和变化。横向研究的主要任务在于分析特定历史时期影响主题变化的社会文化背景。如果把主题学的研究方法移植到中国叙事文学研究，那么中国叙事文学研究方法至少可以在以下两个方面寻求突破和创新。

首先，从纵向角度看，叙事主题研究该做到"不立一宗，惟求其变"。

顾颉刚在《答李玄伯先生》中说："我对于变化古史的主要观点，不在它的真相而在它的变化。我以为一段故事的真相究竟如何，当世的人也未必能知道真确，何况我们这些晚辈；但是我们要看它的变化情状，把所有

的材料依着时代的次序分了先后，按部就班地看它在第一时期如何，在第二时期如何……这是做得到的，而且容易近真的……这样的'不立一真，惟穷其变'地做去，即使未能密合，而这件故事的整个的体态，我们总可以粗粗地领略一过。"①这种古史演变的观念被顾氏运用到对孟姜女故事的研究当中，顾氏并没有试图恢复孟姜女故事的原始面貌，而是着力梳理故事演变过程，从而进一步探讨影响这一过程的社会文化原因。受顾氏启发，笔者提出"不立一宗，惟求其变"观点，有两点需要说明：

第一点是不立一宗和不立一真的区别。"宗"带有主观色彩，通常是由后人追述的结果。追述者和追述对象存在时间和空间上的隔阂，当一个历史事实被追述者通过某种形式复述出来的时候，它已经加入了复述者和复述者所处时代的因素，复述的产物并不是历史的还原，而是历史事实和事实复述的结合体。因此，任何悬于历史时空一成不变的实体是不存在的，试图根据文本等历史遗迹按图索骥，完全恢复历史本来面目只存在于理想和愿望之中，实际操作的可能性并不大。"真"指叙事主题发展演变的客观历史过程，这是可以复制的。任何故事的演变都是由一系列历史环节组合起来的，每一个演变过程可以看作是当时社会历史环境和传播主体思想观念的艺术真实反映，主题学要探讨的，正是这个演变过程的真实面貌。总之，叙事主题研究的重点，并不在于探索故事本原，而在于探讨故事发展的真实面貌，这是和注重辨伪考证的传统文献学不太相同之处。

第二点是关于求变和穷变的问题。与相对单一固定的文本研究不同，主题学研究的是同一主题在不同时代不同传播载体中的演变情况。在材料的收集和整理工作方面，学者们经常会提到涸泽而渔这个词，这当然反映主题学研究者的决心和勇气。但是，叙事主题往往时间跨度长，空间跨度广，势必会出现材料难以穷尽的问题。一个叙事主题流传时间越长，文献越多，那么它涉及的文化主题相对越多。如关公故事，涉及历史、宗教、民俗、政治等诸多领域，想要穷尽各种文化现象和故事主题的关系也是相当困难的。基于文献材料与文化现象的多样性和复杂性，笔者放弃穷变的

---

① 顾颉刚：《答李玄伯先生》，《古史辨》第一册，上海古籍出版社1982年版，第273页。

提法，提倡求变的方法，并非推卸包袱，而是正视现实。

其次，从横向角度看，叙事主题应该做到融会贯通，交叉研究。

如果说叙事主题的纵向角度侧重于文献梳理，属于历时性研究的话，横向研究则侧重文化分析，属于共时性研究。同一叙事主题在不同时代会表现出不同的形态，形态变化包括故事情节、文本载体、文体样式、文化内涵等方面的差异。形态差异的根本原因是文化差异，在进行共时的文化分析时，不能固守一隅，而应融会贯通，采用多角度、多学科的交叉性研究。

一是文体交叉。

不同的文体，不但在语言形式和艺术手法等方面存在差异，而且在反映社会生活，表达思想感情方面具有不同的特点和效能。因此，研究者习惯把不同的文体分列出来，甚至形成文体与文体之间互不相关的局面。过分强调文体的个性而忽视文体之间的交叉影响对于故事主题的研究是不可取的，事实证明，任何叙事主题都不可能仅仅依靠单一的文体传播，要全面了解叙事主题，必须打破文体之间的界限。

以水浒故事为例，一般人很容易把水浒故事和《水浒传》画等号，其实早在《水浒传》出现之前的宋元话本中就有水浒故事，如《醉翁谈录》"小说开辟"条就记载了大约六种以梁山英雄为主人公的故事，元杂剧中水浒戏也有几十种之多。《水浒传》写定之后的明清两代，水浒戏的数量更是不少。这样，要全面研究水浒故事，就必须打破小说和戏曲的文体界限，探讨同一故事主题是如何在不同文体之间演变发展的。至于水浒故事如何从历史演变而来，又如何影响到一些民间习俗，则是文学与历史、民俗关系的问题了，属于一个更宽泛的研究视域。

二是学科交叉。

故事主题在发展演变过程中，势必会涉及不同的文化领域，因此，主题学不仅仅是文学的研究，还是基于文学的多层面、多领域研究，采取学科交叉的方法也就理所当然了。

以西王母故事为例，众所周知，西王母是一个历史悠久、影响深远的主题。西王母故事首先是一个神话传说，魏晋南北朝时期，西王母被纳入道教神仙谱系，成为道教发展史上的一位重要仙真。唐代，西王母在道教中的尊神地位得到进一步加强。宋代开始，西王母逐渐进入民间信仰，演变成无为老母，王母娘娘等形象。这样，西王母故事就涉及神话、宗教、民俗甚至更多的领域，要全面了解西王母故事的发展演变，就必须采用学科交叉研究的方法。

乐黛云曾经对主题学寄予殷切期望："……主题学还研究不同时代、不同文化地区的人何以会提出同样的主题；同时也研究有关同一主题的艺术表现、创作心态、哲学思考、意象传统的不同并对其继承和发展进行历史的纵向研究等等。会通中西文学，开展有关主题的研究应该是一个很有潜力的领域。"①当然，任何一种新学说的引进，总有一个初步适应到融会贯通的过程，如果我们能够立足中国已有的学术传统，充分认识主题学对中国文学研究的重要意义，积极探讨主题学应用于中国文学研究的独特方法，则我们离"取外来之观念，与固有之材料，相互参证"的目标不远矣。

原载《东方论坛》2011年第5期

---

① 乐黛云：《我的比较文学之路》，《中外文化与文论》1998年第5期。

死而复生观念与"鲧腹生禹"故事的历史根源

孙国江、宁稼雨

摘要："鲧腹生禹"故事是鲧禹治水神话的发端。鲧禹实为同一神话人物经由死而复生过程演变而成的两个人物。这一传说与上古巫教王位继承仪式相伴而生，上古先民认为世世代代王的死亡与新王的即位都是同一神明的死而复生，而"鲧腹生禹"故事实际上是这一习俗的遗存。

关键词：死而复生；鲧腹生禹；历史根源

大禹是一个带有文化始祖性质的传说人物，关于他的研究和争论由来已久。一方面，大禹很久以来就被看作是一位贤明的君王，他治水的事业也被看作是他率领先民进行的一次与恶劣自然环境抗争的英勇功业而载入史册。而另一方面，自"古史辩"派以来，大禹是真实的历史人物这一命题受到怀疑，因为有关大禹传说中有着太多的神话因素，顾颉刚先生由此认为大禹是一位上古神话中的天神而非历史人物。该如何考察和理解大禹这位传说中的人物，那些带有神话色彩的纷繁复杂的故事与传说成为切入的关键。在这些神话和传说中，大禹的出生首先就是一个难以理解的谜题，因此搞清楚大禹出生神话的意义，是我们了解整个大禹传说最为关键的一步。

按照《尚书·尧典》和《史记》的记载，尧派鲧治理洪水，鲧治水九年不成，尧禅位于舜，舜殛鲧于羽山，任用鲧的儿子禹继续治水，禹用疏导的办法平治了水土。但是在史传的说法之外，《山海经·海内经》中记载着另外一种说法："洪水滔天，鲧窃帝之息壤以湮洪水，不待帝命，帝令祝融杀鲧于羽郊。鲧复生禹。帝乃命禹卒布土以定九州。"①其中充满了神话的因素，首先，鲧如同西方的普罗米修斯一样偷窃了帝的息壤，息壤据郭璞所说是一种"自长息无限"的土壤，则显然此处的帝乃是带有神性的天帝。另外，鲧复生禹一事，《全上古三代文》卷十五引《归藏·启筮》解为："鲧殛死，三岁不腐，副之以吴刀，是用出禹。"②《山海经·海内经》郭璞注引《开筮》则云："鲧死三岁不腐，剖之以吴刀，化为黄龙也。"（《山海经校注》，第536—537页）则禹乃是在鲧死以后从其身体里面出生的，且其出生时现黄龙之形，这使大禹出生的传说更加带上了难以磨灭的神话印记。关于鲧生禹的传说，《楚辞·天问》中记载较详，谓："鸱龟曳衔，鲧何听焉？顺欲成功，帝何刑焉？永遏在羽山，夫何三年不施？伯禹腹鲧，夫何以变化？纂就前绪，遂成考功，何续初继业而厥谋不同？"闻一多《天问疏证》解"鸱龟"为"其为物也乃鸱与龟之混合体……不惟头戴毛角，亦且甲旁有翼"。又解"伯禹腹鲧"为"鲧化生禹耳"③。这段记载由此可解作鲧听信了一种鸱鸮与龟合体的动物的话，被帝流放到羽山，他又化生出禹，完成了自己未竟的事业。然而鸱龟到底对鲧说了什么，鲧又是如何化生出了禹，这些问题似乎很难得到解答。

在鲧死生禹的传说之外，又有一种与此截然不同的关于大禹出生的传说。新近发现的《上博楚简·子羔》中记载了孔子论禹出生之说："（禹

---

① 袁柯：《山海经校注》，巴蜀书社1993年版，第536—537页。以下所引此书皆据此版本，不再一一出注。

② 严可均：《全上古三代文》，商务印书馆1999年版，第195页。

③ 闻一多：《天问疏证》，三联书店1980年版，第23页。以下所引此书皆据此版本，不再一一出注。

母）观于伊而得之，娠三年而画于背而生，生而能言，是禹也。"①《子羔》的作者认为禹并非由鲧化生的，而是由其母所生，且是剖其母背而生。《吴越春秋·越王无余外传》亦谓："禹父鲧者，帝颛顼之后。鲧娶于有莘氏之女，名曰女嬉。年壮未孳，嬉于砥山，得薏苡而吞之，意若为人所感，因而妊孕，剖胁而产高密。家于羌，地曰石纽。石纽在蜀西川也。"②高密即禹，此处将禹母定为鲧的妻子，名为女嬉。《帝王世纪》亦采此说谓："颛顼生鲧，尧封为崇伯，纳有莘氏女，曰志，是为修已。山行，见流星贯昴，梦接意感，又吞神珠薏苡，胸坼而生禹于石纽。"③禹母剖背生禹的故事与鲧腹生禹的故事相比，多了许多人话的成分。禹母女嬉乃是吞了薏苡而怀禹，并且剖胁产禹，此说与简狄生契、姜源生后稷之说十分相似，当是儒家学者对于"鲧腹生禹"的传说无法确实解释，从而依据契、稷的出生传说而造作。裘锡圭先生即认为："《山海经》《天问》等书所记'鲧腹生禹'神话，形态相当原始，有可能出现得颇早。"④闻一多先生则很早就提出女嬉和修己之名皆出自对于鲧传说的附会："熙即鲧，而修熙并为玄冥。二名连称，或混而为一，故鲧又名修熙。已熙声近，修己即修熙也。嬉与修己本皆鲧，是初期传说中但有鲧而无鲧妻，有禹父而无所谓禹母其人者。"⑤可见，禹母剖胁生禹之说当晚于鲧腹生禹的传说，当是儒家学者对于"鲧腹生禹"神话传说的附会。但"鲧腹生禹"的传说因为历史年代的邈远而支离破碎，很多问题难以从字面中得到圆满的解释。不过我们可以推测，作为早期神话故事的"鲧腹生禹"传说必然与原始的巫教和初民的信仰有着莫大的联系，代表着某种仪式的遗存。

---

① 裘锡圭：《中国出土文献十讲》，复旦大学出版社2004年版，第28页。

② 赵晔：《吴越春秋》，岳麓书社1996年版，第44页。

③ 皇甫谧：《帝王世纪》，齐鲁书社1998年版，第21页。

④ 裘锡圭：《中国出土文献十讲》，复旦大学出版社2004年版，第43页。

⑤ 闻一多：《天问疏证》，三联书店1980年版，第24页。

二

关于鲧的死亡和禹的出生的神话传说，先秦各种文献的记载都较为混乱。《左传·昭公七年》载："昔尧殛鲧于羽山，其神化为黄熊，以入于羽渊。"①《述异记》卷上承此说谓："尧使鲧治洪水，不胜其任，遂诛鲧于羽山，化为黄熊，入于羽泉。"《拾遗记》卷二则谓："尧命夏鲧治水，九载无绩，鲧自沉于羽渊，化为玄鱼。时扬须振鳞，横修波之上，见者谓之河精。"②又前引《开筮》中鲧化黄龙之说，则鲧死后所化者有黄龙、黄熊、玄鱼等多种说法。其中龙与鱼皆可入水，独黄熊一说，化熊入水的说法令人困惑难解。《经典释文》解释《左传》化熊之说云："熊一作能，如字，一音奴来反，三足鳖也。解者云兽非入水之物，故是鳖也。"又熊古字为能，《说文》谓："能，熊属，足似鹿。"徐颢注笺云："能，古熊字……假借为贤能之能，后为借意所专，遂以火光之熊为兽名之能，久而昧其本义矣。"能之古字与龙之古字字形极相似，黄熊之说或出自黄龙说的讹传。

上引文献中称鲧死化为黄龙，又说鲧腹生禹，闻一多先生据此认为："或曰化龙，或曰出禹，是禹乃龙也。剖父而子出为龙，则父本亦龙，从可知矣。"（《天问疏证》，第23页）鲧死后所化之物，或云黄龙，或云玄鱼，或云三足鳖，大凡皆水族生物。且《楚辞·天问》中早已有"鸱龟曳衔，鲧何听焉"的说法。鸱龟，后世学者多解释为旋龟，即《山海经·中山经》中所说的"豪水……中多旋龟，其状鸟首而鳖尾，其音如判木"的旋龟。但是在马王堆汉墓出土的T形帛画中我们却看到了鸱龟的另一种形态，在帛画的下方描绘的水下世界中，有两条巨鱼载着一位托起象征大地的白色扁平物的力士，力士的左右各有一龟，龟背上站着鸱鹗。解释帛画的学者多将此背着鸱鹗的龟形象解释为楚辞中的鸱龟，由此，则托地的力士可解释为鲧，刘敦愿先生即认为："（帛画）地下景物所描写的主要是鲧湮洪水的故事应是毫无疑问的。至于鲧湮洪水，为什么要谋及鸱龟，具体情节一

---

① 《十三经注疏》，上海古籍出版社1997年版，第2049页。
② 王嘉：《拾遗记》，中华书局1981年版，第33页。

定是很有趣的，可惜现在是无从知道的了。"①值得注意的是，帛画中力士所托之盘象征大地，这一点由盘上描绘的人物形态皆为现实生活景象可知，大地左右两鸱龟的身体一半在地下、一半探出地上，恰恰架起了沟通地下与地上世界的桥梁。在古人的观念中，方形的陆地四周被水围住，太阳从水中升出又没入水中，如《楚辞·天问》所说："出自汤谷，次于蒙汜。"闻一多先生解此句谓："九州瀛海之说出，谓九州之外，环以大海，则日所出入处当在水中。"（《天问疏证》，第10页）由于代表光明和生命力的太阳的出入皆与环绕大地的水相关，因此水同时又与晦暗和死亡联系在一起。正如叶舒宪先生所说："由天、地、水三种不同的物质形成的三分世界，以地为界限形成二元对立：天神世界和人类世界共为阳界，同地下的水世界即阴界形成对立。地下的阴间神同时又兼为水神或海神。"②如此，我们可以很自然地理解马王堆帛画地下世界所描绘的内容，托地的力士即为鲧，他脚下巨鱼是其化身的玄鱼，而他两侧的鸱龟则是沟通水下阴间与地上阳间的灵物。

此外，在帛画之中，引领死者升天的是两条从水下世界中升起的纠结在一起的巨龙，巨龙的尾部处于鲧的两侧，并有一条盘旋的长蛇将龙尾和鲧联系在一起。显然，鲧、鸱龟以及升腾的巨龙这些神明和灵物共同代表了由水中的阴间世界上升入天国乐土的景象，而鲧、鸱龟和龙无疑在其中扮演了十分重要的角色。

三

传说中鲧死后所化的生物为三足龟、玄鱼或龙，而帛画中所描绘的与鲧有关的生物同样是鸱龟、玄鱼和龙，因而鸱鸮、龟、玄鱼和龙这几种灵物意象的代表意义成为解开鲧禹神话内在意义的关键。

鸱龟形象的产生并非偶然的，如前所述，在秦汉之交人们的心目中，鸱龟表示鸱鸮和龟两种生物，它们共同担负着沟通水下阴世界与陆上阳世

① 刘敦愿：《马王堆西汉帛画中的若干神话问题》，《文史哲》1978年第4期。
② 叶舒宪：《中国神话哲学》，陕西人民出版社2005年版，第41页。

界的任务。关于鸱鸮，尽管它在后世的人们心目中口碑不佳，但从出土的商代墓葬中，我们可以看到许多以鸱鸮为形象基础的造像雕塑，如殷墟妇好墓中出土的铜鸮尊和河南安阳侯家庄商代后期墓中出土的白石鸮，都显示出鸱鸮在先秦人们的文化心理中扮演着重要的角色。由于鸱鸮属于夜行性动物，并且经常出没于墓地坟场捕食鼠类，加之其叫声凄厉，很容易让人联系起黑夜、梦幻和死亡，正如刘敦愿先生所说："商代晚期的铜器之所以多鸮尊、鸮卣……显然含有用来保护夜间的享宴生活安全的意图；至于它们又发现于墓葬之中，除了一般的依生前的模式安排丧葬之事之外，这类物件可能又都含有镇墓兽的作用，用来保证人生的"长夜"的安全，与商代墓葬往往殉犬的用意相同。鸮类题材的艺术品在秦汉时期，除个别的而外，都发现于墓葬之中，正见这种古代习俗延续的时间还相当长久。"①由此，鸱鸮很可能被当时的人们当作通往冥界的守护神和引渡者而受到崇拜。龟也具有和鸮相同的象征意义。龟自古便被当作灵物崇拜，如《礼记·礼运》中称："麟、凤、龟、龙，谓之四灵。"商周时期大量使用龟甲进行占卜，显然也是看中了龟具有沟通两个世界的作用。据弗雷泽的《金枝》记载，美国新墨西哥的祖尼印第安人拥有一种关于龟的信仰，他们认为"人死之后灵魂转生为乌龟……死者的魂魄就是以乌龟的形体聚居在另一个世界里"②。龟被当作能够沟通异世界的灵物，是由于它是死者灵魂的化身，这一信仰应出自水所具有的彼岸和冥间的意义。由此，在中国古人的心中，鸱鸮与龟这两种具有引渡者身份的灵物通过长时间的演变结合在了一起，形成了一种新的引渡者形象即鸱龟，而鸱龟的象征意义则在于它是一种沟通生者的凡间世界与死后的水下阴间世界的灵物，共同作为通往冥界的引渡者和桥梁而存在。

关于玄鱼与黄龙的意义，据《水经注·河水》所载："河水又南得鲤鱼涧，历涧东入穷溪首，便得其源也……出巩凡三月，则上渡龙门，得渡为龙矣，否则点额而还。"③龙门据传说为禹所开凿，而鱼跃龙门可化身为龙

---

① 刘敦愿：《中国古代艺术中的枭类题材研究》，《新美术》1985年第4期。
② ［英］弗雷泽：《金枝》，陈育新等译，新世界出版社2006年版，第481页。
③ 陈桥驿：《水经注校正》，中华书局2007年版，第102页。

的传说，应与鲧禹神话有关。唐《无能子》亦载"跃龙门"之说，谓："河有龙门，隶古晋地，禹所业也。悬水数十仞，漰其声。雷然一舍之间，河之巨鱼，春则连群集其下，力而上沂，越其门者则化为龙，於是，拿云拽雨焉。"①巨鱼化龙之说当是某种神话传说的遗存，考之马王堆一号墓T形帛画，鲧脚下的两条巨鱼，一条青身红头、一条红身青头，而两条纠结升腾的巨龙同样是一条青身红头、一条红身青头。显然，巨鱼化龙之说当与帛画中所描绘的传说有关，且与鲧有着极大的关系，后来渐渐与禹凿龙门之说相混杂，逐渐变为"鱼跃龙门"的传说。如前文所说，茫茫的大水具有死亡这一永恒归宿的含义，玄鱼即巨鱼是居于水底的生物，是冥界的象征；而龙则既是聚居于大水中的生物，同时又是一种可以升腾上天的神物，《说文》谓龙"春分而登天，秋分而潜渊"，这也就意味着龙具有沟通代表幽冥的水下世界和代表极乐的天上世界的作用。鲧所化之物有玄鱼和黄龙两说并不矛盾，他先是化为玄鱼进入了水下的冥界，又一跃而成黄龙升腾上天，这显然是古代先民对于始祖死而复生的一种神话式的想象。

如此，鲧死化生为禹的传说实际上可以看作是鲧的死亡与重生这一神话传说的变形。鲧死后化为玄鱼或三足鳖的说法来源于其灵魂以鱼或龟的形态进入代表冥界的水下世界，鲧死后化龙的说法则代表着其灵魂升腾上天得以重生，其重生之后就成为禹。这样也就是说鲧与禹是同一神话人物的两种形态，是同一神话人物的死而复生。

四

正如我们所知道的，神话传说通常不会是凭空产生的，它总是与某种社会风俗或宗教仪式相联系。但是，神话故事与风俗仪式之间的联系很早就发生断裂，如结构主义叙事学家普罗普所说的那样："神话与仪式之间完全吻合大概不可能，神话、故事，都比仪式存在得长久。"②同时，普罗普也提出："故事保存了业已消失的社会生活的痕迹，必须研究这些遗迹，这

---

① 王明：《无能子校注》，中华书局1981年版，第38页。

② ［俄］普罗普：《神奇故事的历史根源》，贾放译，中华书局2006年版，第202页。以下所引此书皆据此版本，不再一一出注。

样的研究将会解释许多故事母题的来源。"（《神奇故事的历史根源》，第9页）

回到我们先前所讨论的故事中来，如果事情真的如我们所认为的那样，鲧和禹实际上是同一神话人物的死亡与重生，那么与这一神话传说相关的信仰与风俗以及与之相关的社会活动又是怎样的呢？关于神话人物的死亡与现实世界的联系，英国人类学家弗雷泽在《金枝》一书中曾经花费了大量的篇幅来论述一个问题，即在原始人的心目中，神圣帝王的地位极高，被认为是神本人在凡间的代表，王的生死以及健康状况直接关系到世界的兴亡，因此要使用一整套的巫术来保护王的灵魂不受损害，当王的身体健康日渐衰弱的时候，需要由新王通过杀死旧王的方式获得神的力量，这一过程被看作是神的死而复生。

如果"鲧腹生禹"的传说代表着神话人物的死而复生观念的遗存，那么它是否也预示着上古时代的中国也同样存在着《金枝》中所描述的王位继承关系呢？《太平御览》卷八八八引《蜀王本纪》中记载了杜宇鳖灵传说："宇自立为蜀王，号曰望帝，治汶山下，邑郫，化民往往复出。望帝积百余岁，荆有一人，名鳖灵，其尸亡去，荆人求之不得。鳖灵尸至蜀复生，蜀王以为相。时玉山出水，若尧时洪水，望帝不能治水，使鳖灵决玉山，民得陆处。鳖灵治水去后，望帝与其妻通，帝自以薄德，不如鳖灵，委国授鳖灵而去，如尧之禅舜。鳖灵即位，号曰开明。"①这则传说与鲧禹传说有着莫大的关系，杜宇与大禹之音相谐，鳖灵或即鲧所化之三足鳖的异称，且鳖灵同样是死而复生之人，开明即为启，启乃传说中的禹之子，因此学者多认为鳖灵杜宇的传说乃是鲧禹传说的变形，如李修松先生即称："鳖灵传说中的'荆上亡尸'乃是附会鲧禹传说中的'阻穷西征'；杜宇禅让原为舜禹禅让的伪托；开明治水亦有附会大禹治水的成分。"②但是，值得注意的是，鲧禹传说中，鲧乃禹之父，禹完成了鲧未竟的治水事业；而杜宇鳖灵传说中，杜宇不擅治水，鳖灵完成了治水大业后杜宇将帝位让给了鳖灵，

---

① 李昉：《太平御览》，中华书局1985年版，第3944页。

② 李修松：《"鳖灵"传说真相考》，《安徽大学学报》2002第5期。

是什么原因造成了传说中次序的混乱呢？田兆元先生认为："关于禹诞生的多种传说，实是关于几代禹王的传说，非一禹之传说。"[1]如果几代禹王皆名为禹，则禹应是一神话中的天神，而禹王则是天神禹在人间的执行者，鲧、鳖灵、开明和启或皆为禹王的异名。《绎史》卷十一引《遁甲开山图》说："古有大禹，女娲十九代孙，寿三百六十岁，入九嶷山仙飞去。后三千六百岁，尧理天下，洪水极甚，大禹会之，乃化生于石纽山泉……尧知其功如古大禹，知水源，乃赐号禹。"[2]此说法虽然明显被后人仙话化了，但保留了一部分上古信仰中的大禹化生传说，即人间的禹王乃是上古天神大禹的化身。人们相信人间的禹王即天神大禹的化身并拥有着天神的神力。然而作为凡人的禹王必然会衰老和死亡，因此为了确保天神的神力永存，他必须在身体衰败之前将王位传给下一任禹王，这必然要通过一系列的仪式，这种仪式或即称为"禅让"。但是在原始社会时期，选贤与能的禅让制度不可能时时奏效，因此，有时新的禹王要依靠暴力杀死前任禹王，从而获得天神的承认继承神力。这或许就是"剖之以吴刀，是用出禹"一说的由来。

综上所述，鲧腹生禹的神话实际上表示着同一天神的死而复生，即经由水下进入冥界，进而升腾上天的过程。而这一过程的实质是上古巫教信仰中，天神大禹的神力在人间帝王新老更替中的传递和继承。

原载《中国文学研究》2010年第1期

---

[1] 田兆元：《神话与中国社会》，上海人民出版社1998年版，第94页。

[2] 马骕：《绎史》，中华书局2002年版，第125页。

红线女故事演变及其文化意蕴

李冬梅

摘要： 运用主题学的研究方法，对唐代以来流传较广的红线女故事进行材料梳理和文化意蕴分析。从中央集权制度、道教神仙信仰、善恶报应、侠义文化等四个方面来分析红线女故事演变的文学价值和文化轨迹，并使用了最新发现的珍贵史料。

关键词： 中国叙事文化学研究；红线女；主题学；中央集权；佛道；侠义

在中国文学史上，红线女故事是一个经久不衰的题材。故事发生在唐代藩镇割据时期，魏博节度使田承嗣实力强大，意欲吞并潞州。潞州节度使薛嵩得知后，日夜惶恐不安。这时，薛嵩帐下青衣"红线"主动请缨，潜入魏城，盗取了田承嗣床头的金盒。此举令田承嗣"惊怛绝倒"，打消了吞并潞州的念头，两地平息干戈。功成之后，红线女辞去。

20世纪以来，一些学者对红线女故事的来源做了考证和梳理，但较少涉及民俗学、文化学等研究领域。本文以红线女故事的流传演变以及在发展过程中显现出的文化意蕴为落脚点，运用主题学的研究方法，挖掘造成流传形态不同的内在动因。

一、红线女故事的文本流传情况

红线女故事的源头，出自唐代袁郊所著《甘泽谣》的《红线》篇（《太平广记》卷一百九十五"豪侠类"引）。类书《白孔六贴》卷二十四有《红线》，内容删减很多，只保留了盗盒的基本情节。唐人冷朝阳有《送红线》诗。

宋元时期，红线女故事并没有轰轰烈烈地发展起来，而是进入了流传的低谷期。《绿窗新话》收录有《薛嵩重红线拨阮》的故事。除此之外，其余文本记载不过只言片语，而且没提红线女盗盒这一重要情节。

明清时期是红线女故事流传的繁荣期，元末明初陶宗仪《说郛》所记红线女故事无题，除个别语句，内容与《太平广记》本基本相同。

值得注意的是，明清时期妄造书名而且乱题撰人的现象非常严重，红线女故事题目改为《红线传》，伪题唐杨巨源撰的选集有：《虞初志》卷二、《绿窗女史》"节侠部""剑侠"类、《唐人说荟》十一集、《艺苑捃华》、《唐人百家小说》、《唐代丛书》五集卷十四、《晋唐小说六十种》第四册、《龙威秘书》、《旧小说》乙级等。《宝文堂书目》《百川书志》均据以著录。

又有明王世贞的《剑侠传》卷二辑录有《红线》，清康熙年间汪士汉《秘书二十一种》误以为《剑侠传》是唐书，清乾隆年间马俊良辑《龙威秘书》时伪托唐段成式撰。另外明代潘之恒所撰《亘史》外纪篇女侠卷里有一篇《红线》，没有署名作者。《艳异编》卷二十四"义侠部"有《红线传》，没有署名作者。

白话小说有《初刻拍案惊奇》卷四《程元玉店肆代偿钱十一娘云冈纵谭侠》入话开篇。诗歌有清代乐钧《青芝山馆集》卷三《红线》诗。戏剧方面有明代梁辰鱼的杂剧《红线女夜窃黄金盒》、胡汝嘉的杂剧《红线金盒记》（此剧历来被学界认为"已佚"。笔者看资料得知[①]，该剧仅存于日本大谷大学藏明刊孤本《四太史杂剧》内，为世间孤本，可喜的是，它已为中

---

① 黄仕忠：《日本大谷大学藏明刊孤本〈四太史杂剧〉考》，《复旦学报（社会科学版）》2004年第2期。

山大学黄仕忠教授复制并带回国）、更生子的传奇《剑侠传双红记》。清代姚燮的《今乐考证》说："《双红》有两本。其一本无名氏作，列后。"①证明还有一个无名氏所写的《双红记》，但今已佚。

从红线女故事的文本流传情况来看：唐代是故事的初步流传期，《甘泽谣》的《红线》篇是红线女故事的最早文本。故事中的两个节度使薛嵩和田承嗣，都是历史上的真实人物。他们本是安禄山部下的大将，安禄山死后，属史思明，后来投降唐室而得为节度使。但《红线》也有史实方面的错误，据卞孝萱先生考证："薛嵩非潞州节度使，是相卫六州节度使。"②另外，夜窃金盒的情节则借鉴了《淮南子·道应训》里"楚将子发"的故事。宋元时期故事流传大多散落在文献的只言片语中，没有加工与再创作。从这一时期的诗话记载得知，薛嵩家确有青衣名为红线的，但没有盗盒的事情。可见红线女故事是在唐藩镇割据的大的政治背景下，作家根据部分史实，结合传说虚构情节，反映自己政治理想的作品。明清时期红线女故事繁盛起来，诗歌、白话小说、戏剧等多种体裁都有表现，并被当时的文言小说选集广为收录。新中国成立后，梅兰芳就曾主演过《红线盗盒》中的红线女，由此可见红线女故事具有旺盛的生命力。

二、红线女故事与中央集权制

红线女故事产生于唐代藩镇割据这一时代背景中，反映了中央集权与地方分权异常尖锐的矛盾，寄托了作者袁郊的政治理想。我国古代的专制主义中央集权制度自产生以来，历代统治者都是加强中央集权，削弱地方权力，强化民众的皇权意识和忠君思想。在红线女故事的流传过程中，随着中央集权的不断加强，改编创作者对该故事的加工也融入了自身时代的政治因素。

唐朝中期以后，中央集权与地方势力之间的矛盾异常尖锐。安史之乱后，藩镇凭借军事力量割据一方，唐朝中央政府无力控制，只能采取忍让

---

① 姚燮：《今乐考证》，《中国古典戏曲论著集成：第10册》，中国戏剧出版社1980年版，第203页。

② 卞孝萱：《〈红线〉〈聂隐娘〉新探》，《扬州大学学报（人文社会科学版）》1997年第2期。

姑息的政策。唐传奇中大量豪侠题材的涌现，大批侠女、侠士的闪亮登场，就反映了中晚唐特定时代背景下，具有忧患意识的传奇作家希望借助异人来主持正义、扶危济困的强烈愿望。

红线女故事发生在唐代宗广德、永泰年间，田承嗣与薛嵩虽然同是安史余部，但二人家世不同，降唐后的政治表现也不同。袁郊在写作时明显有扬薛贬田的政治倾向。值得深思的是，一方面故事借助薛嵩方的神秘女子消除了战争的隐患，另一方面故事从头到尾都没有提唐代中央政权在整个事件中所起的作用，也没有一句写到主人公红线女对朝廷所持的态度。故事一开始形势就非常紧迫，田承嗣嚣张跋扈，马上就要兼并潞州，此时薛嵩虽然忧虑担心，毫无计策，却没有寄希望于唐代中央政权的力量，整个危机的解除完全依靠"异人"红线女的挺身而出。

这是因为，唐中晚期中央政权极度衰弱，对地方割据势力混战的局面根本无可奈何。作为最高权力的载体，皇权发挥不了应有的效能。对中央政权的失望，使人民渴望和平、结束混战的愿望转而寄托在英明的地方节度使身上。希望有这么一位礼贤下士、有仁爱之心的地方节度使能够伸张正义，结束割据混战的局面，使人民过上太平的生活。唐传奇《红线》就揭露了田承嗣的扩张野心，歌颂代表薛嵩一方的红线女的正义力量粉碎了田承嗣的阴谋，起了朝廷所不能起的作用。作品中潞州节度使薛嵩被刻画成正义之师，因此其军事集团内的红线女，则成为安邦定民的英雄，被赋予中晚唐陷于兵乱纷争中人民期待的英雄的理想色彩。正如刘开荣所说，"在混乱已久的封建社会里，统治阶级非常疲弱失去了控制力量的时候，人民渴望一个新的力量出来'替天行道'，恢复社会的秩序，发展生产，改善生活"[①]。

历史表明，凡是在专制主义皇权加强之时，往往是中央集权比较有效之时，反之亦然。宋以后中央集权不断巩固加强，皇权意识和忠君思想也不断强化。明代中央集权空前强大，"皇权之外，不存在任何相对独立的权

---

① 刘开荣：《唐代小说研究》，商务印书馆1995年版，第201页。

力中心"①。因此，明代红线女故事受时代政治背景影响呈现出不同于唐代的特点。

在梁辰鱼的杂剧《红线女夜窃黄金盒》中，作者对中央政权则给予了高度关注，"朝廷""皇帝""国家"等词语频频出现。杂剧避而不谈薛嵩投降安禄山的史实，而说薛嵩是逼不得已，对朝廷十分忠心：

> 不意禄山兵起，身陷虏廷。肃宗皇帝东平洛阳，遣仆固元帅北收河朔，迎谒王师，得复旧官。②

薛嵩不承认安禄山政权，称之为"虏廷"，因为唐王朝不计较薛嵩曾为安禄山部下，让他官复原职，薛嵩对朝廷是感恩戴德的。杂剧中突出了"肃宗皇帝""迎谒王师"这些维护皇权的词语，强调了唐中央政权的地位，说明薛嵩心中怀有对唐统治者的敬畏。

梁辰鱼杂剧中的红线女一出场，就表现了对唐王朝社稷江山的忧虑，对开元盛世的怀念。唐玄宗时期，"天下承平日久"，"那时节真个全盛也呵"！红线女对盛唐的怀念也是对皇权极盛时期的怀念。当红线女功德圆满准备升仙之际，还不忘向北跪拜朝廷，心中始终有唐中央政权的存在。明杂剧中红线女的义举并不只为了报答薛嵩，她有自己的政治理想，那就是重振中央政权的力量，四海统一，天下太平，"灿灿群星，俱朝北斗"，"圣德重熙，皇猷不朽"。梁辰鱼杂剧借助红线女的描写，极力维护中央政权的地位，强调地方政权要绝对服从中央，皇权意识和忠君思想极其浓郁。

明代胡汝嘉《红线金盒记》中，作者主要批判田承嗣蔑视皇权，有篡位的野心，把他比作西汉末年篡位的王莽。红线女向薛嵩复命时说，田承嗣"君不君，臣不臣"，不像个节度使，"半像个草头天子，又像个番酋长"，田承嗣所做的种种事情，都能看出他对唐中央政权的蔑视和觊觎。

① 李渡：《明代皇权政治研究》，中国社会科学出版社2004年版，第27页。

② 梁辰鱼：《红线女》，沈泰：《盛明杂剧》初集卷二十一，第3页。以下所引此书皆据此版本，不再一一出注。

"他不遵王法衣冠异，久住边延礼数荒。件件事不停当，也认不得贞观帝王，也省不得六典樊章。"因此红线女"一片心安邦定国"，她的义举更是对中央政权的维护。

由此可见，在以儒家思想为主导的社会里，在中央集权的政治体制下，在实行文化专制的环境中，文学与政治的关系是客观存在而无法回避的问题。袁郊生活的晚唐，正当唐室衰微、权臣专横、封建君臣秩序颠倒的乱世，而梁辰鱼、胡汝嘉、更生子生活的明代，中央集权高度发展、皇权意识恶性膨胀、特务政治等社会政治问题都对文人及作品产生了深远影响。

三、红线女故事与道教神仙信仰

解除潞州危机，仅凭一个女子，在一夜之间往返七百余里，于戒备森严的寝室盗走金盒，这肯定不是常人所能做到的。故事中，红线女似是道教中人，她"梳乌蛮髻，贯金雀钗，衣紫绣短袍，系青丝轻履"，一派道教装扮。她额上所书的"太乙神名"，也为道教诸神之一。她的身上有许多道教文化的影子。

有唐一代，道教神仙信仰广被社会，深入人心。唐以前的道教神仙信仰，关注的是人的个体生命的质量，即如何延续生命，如何得道成仙，所以炼丹服药、符箓经谶之说充斥其教理。唐代道教神仙信仰则纳入了道德人格的修养，关注人的精神世界。

唐代道教神仙信仰集中地体现在小说结尾拂袖而去、隐居山林的模式。唐传奇中的红线女平日就因才能出众备受主人重用，此番又平定战争，立下如此功劳，更应得到主人的奖赏。然而她不追求人间的富贵功名，突然请辞，要"遁迹尘中，栖心物外，澄清一气，生死长存"。薛嵩知道留她不住，提出送她金钱作隐居山林之用，也被拒绝了。在饯行的宴席上，座客冷朝阳为红线女作词，在"还似洛妃乘雾去，碧云无际水长流"的凄怨别韵中，红线女拜泣着佯醉离席，结局是"遁迹尘中，遂亡其所在"，突出了唐代道教神仙信仰"栖心物外、自由逍遥"的特点。

唐代道教神仙信仰追求超脱自由的人格趋向，讲求生命的质量意义，即人如何超脱俗世，超越自我，获得心理和生理的绝对怡悦、自由。传奇中，红线女也追求"栖心物外"的精神境界，虽然身怀绝技，但不到必要时候绝不显露，功成名就之后，并没有回归于伦理，也没有回归于对现实的彻底否定，而是到山林中修炼隐居，求取一种新的恬淡无为、清心寡欲的人生信念。作品始终贯穿着自然无争的调和思想、空灵飘逸的氛围暗示。

宋明以后道教神仙信仰又有了新的内容，即强调内外双修、积行累德。金元时期全真道的出现，将前代肉身成仙的观念转换为精神成仙，强化了神仙的道德内涵，认为人们在现实生活中的道德修养是成仙的重要条件。

在白话小说《初刻拍案惊奇》中，凌濛初说："从来世间有这一家道术，不论男女，都有习他的。虽非真仙的派，却是专一除恶扶善。功行透了的，也就借此成仙。"[1]这正因为明代道教神仙信仰强调践履道德对于修道成仙具有重要意义，修道应着重从积累功行方面下功夫。红线女因为打消了田承嗣吞并潞州的企图，惩恶扬善，功德圆满了，所以"修仙去了"。

梁辰鱼杂剧的红线女也是身穿道服，"虽怀剑术，常结仙心"，功成之后"要东游碧海，西走昆仑，神游八荒，一证仙果"。明代故事都以红线女得道成仙作为结局，道教仙性明显提升。在明代，道教与皇权关系密切，但神权位于皇权之下。明代戏剧中，身穿道服修成神仙的红线女还要拜谢朝廷，这里所表现的忠君思想，也是宋明以后道教神仙信仰强调伦理道德的体现。胡汝嘉杂剧中，出现许多道教神仙，有金母娘娘、西王母、东王公、许飞琼、董双成、绿萼华等，主人公红线女也是道教上真弟子，在"功成行备"之后，终于能够返回天宫，受到众仙恭迎。

更生子的传奇《双红记》则直接就把红线女写为神仙"杏叟"下世，她和磨勒奉玉帝旨意，到人间积累功行，在尘世中完成功德修炼后，又回到仙界去了。由此可见，"被贬谪世—历劫悟道—度脱飞升"成为明代红线女戏剧创作的普遍模式。尘凡历劫不过是重新唤起对仙界的渴望，建立奇功，修行累德之后方能证果朝元，重返仙界。戏剧突出了明代道教神仙信

① 凌濛初：《初刻拍案惊奇》，陕西人民出版社1993年版，第35页。

仰注重道德品性修养的特点，也反映了佛、道、儒三者的融合统一。

四、红线女故事与善恶报应观念

《甘泽谣》一书创作的唐懿宗咸通年间，社会的佞佛之风尤为炽盛。在红线女故事的流传过程中，除了宋代没有涉及红线女二世轮回的情节外，其余都是通过善恶报应观念来交代红线女身世背景的。这一文化因素在文本流变中具有稳定性，对于故事情节的推动具有非常重要的作用。

红线女故事所体现的是佛教因果轮回论传入中国后的善恶报应观。轮回范围有六道，即天道、人道、修罗道、畜生道、鬼道、地狱道。佛教认为，众生在三界六道的生死世界循环不已的运动，就像车轮的不停回转一样。

唐传奇中，红线女在大功告成后，向薛嵩吐露自己的身世，说她前世本为行医男子，因用药误伤孕妇而遭阴司的贬责，从而托生为"气禀凡俚"的女奴。

> 某前本男子，游学江湖间，读神农药书而救世人灾患。时里有孕妇忽患蛊症，某以芫花酒下之，妇人与腹中二子俱毙。是某一举杀三人，阴司见诛，降为女子，使身居贱隶，而气禀凡俚。[1]

原来，红线女平息战争，既为了报答主人薛嵩恩情，也为了改变她命运、"赎其前罪"。作为一个女子，红线女立下如此功劳，足以赎她前世所犯的误杀三人的罪过，因此可以恢复为男人身，"还其本形"了。

由此可知，从男子转世为婢女属于佛教六道轮回中的"人道"。然而女身不如男身，积功德可得男身，而犯过却会降为女子。故事中，红线女的身份是婢女，地位极其低贱。在唐代社会，人们大体上分为"良""贱"两类，地主、身份自由的农民、手工业者均属于良人，而官户、杂户、奴婢却为贱人。贱人的地位十分的低下，他们没有任何的权利与人身自由，"奴

---

[1] 李昉等：《太平广记》，上海古籍出版社1990年版，第285页。

婢贱人，律比畜产"①，使之成为唐代社会上被统治阶级（主要是农民）中的一个"独特的等第"②。千百年来婢女一直处于社会最低阶层，又因身为女性，从而在男尊女卑的社会里更加的微不足道，成为贱中之贱。佛教传入中国后，与中国本土儒家思想相结合，更进一步强化了男尊女卑思想的影响。在佛教的观念中，奴婢是与牛、马等畜生一样，是来还债的，地位更加低下。红线女因前世罪过罚作薛嵩帐下侍女的情节，在唐以后（宋除外）的红线女故事中一直被保留，成为作家宣扬善恶报应观念，教化劝惩民众的重要情节因素。

五、红线女故事与侠义文化

唐传奇《红线》被《太平广记》收入"豪侠类"。从红线女的侠女形象在不同时代中所呈现出的特定的精神面貌，可以窥见侠义文化的嬗变过程。

隋唐五代是一个崇尚强力并任张强力的时代。人们崇尚气力，渴盼公正，这就为传统的游侠之风提供了适宜的社会环境。而安史之乱后，唐王朝已经无法平息各种混乱，人民流离失所，强烈渴望通过侠的力量惩恶扬善，重建社会平衡。

"侠"最初是用来称呼男性的，在中国文学史上，侠女形象第一次大量出现并且绽放异彩是在唐朝。唐传奇中红线女等一批女侠的出现，反映出唐代下层妇女价值观念的转变与社会地位的提升。男权文化下，女性通常以男性附庸的身份出现，正是在整个朝代女权意识加强的现实影响下，小说作家才会有意识地虚构婢女参政甚至解围、雪冤的故事。唐传奇并没有一句描写红线女的容貌，而写她"善弹阮咸，又通经史。嵩乃俾掌其笺表，号曰'内记室'"。说明她虽为婢女却已经参与到节度使的日常政务中了，对军政形势能够做出正确的判断，更以过人的技艺和胆识化干戈为玉帛，其主题意义不仅仅是对女权意识加强的现实反映，更体现在对女性自身能力的肯定上。

---

① 长孙无忌等：《唐律疏议·名例六》，中华书局1983年版，第132页。
② 李季平：《唐代奴婢制度》，上海人民出版社1986年版，第183页。

宋代崇文抑武，社会尚武精神流失。南宋后期，理学被统治者奉为官方哲学。在文学史上，南宋洪迈《夷坚志》中的《侠妇人》是最早将"侠"与女性结合在一起的作品。直接称具有妇德之举的女子为侠，说明了宋人侠观念的变化。宋代红线女故事突出地表现了对女子行侠的蔑视。《海录碎事》把《红线》归为奴婢门，《绀珠集》《类说》称红线女为妓或歌妓。话本小说集《醉翁谈录》把《红线盗印》放在妖术一类，足见编者对女子行侠行为的鄙视和不满。

明清时期，侠义的内涵与前代相比，伦理道德被大大强调。"义"是称某人为"侠"的重要条件。统治者对演"忠臣节妇、孝子顺孙"的戏曲小说网开一面①，使得百姓的娱乐活动也都渗透着忠孝节义的伦理教化。

这是因为理学虽形成于宋代，但作为统治思想被钦定下来却在明代。洪武十七年颁《科举程式》，规定乡试、会试的首场"试四书义三道，经义四道，四书主朱子集注"。永乐十四年，《五经大全》《四书大全》《性理大全》三部大书修成，理学思想的统治地位进一步得到了确立与巩固。社会中形成的"忠""孝""节""义"的封建伦理观念在人们心中更加坚固。明清时期文人士大夫中还出现了众多的讲学家，封建伦理纲常观念已经成为文人们的自觉行为。

首先，明清时期注重对红线女内心伦理道德的刻画，揭示了红线女独特的人生价值取向。红线女一出场就凭吊唐明皇与杨贵妃一事，显得心事重重：

> 我想当日玄宗爷，值天下承平日久，恣意荒淫，宠爱贵妃娘娘，朝欢暮乐。那时节真个全盛也呵！
>
> 我想唐家山河，金瓯无缺。谁道国忠一进林甫来，九龄已老韩休死。被禄山这厮，跃马长驱，提兵深入。一出卢龙之塞，遂捣函谷之关。污秽六宫，蹂践三辅。把一个娇滴滴的贵妃娘娘，送入黄泉去也呵！②

---

① 王利器：《元明清三代禁毁小说戏曲史料》，上海古籍出版社1981年版，第17页。
② 《红线女》，《盛明杂剧》初集第二十一卷，第5—6页。

君主的"恣意荒淫"和奸臣当道使得盛世不再，红线女抚今追昔，十分感慨。一段心理独白，可以看出红线女对太平盛世的期盼，她希望唐家江山能够"金瓯无缺"。

其次，明清时期红线女的侠义具有崇高的济世救民精神和政治大局意识。此时期，英雄人物的侠义精神被赋予了更贴近现实生活的惩恶扬善的思想。

唐传奇中红线女行侠的主要目的是为报主恩，而梁辰鱼笔下的红线女，则突出了忧国忧民的情怀和居安思危的见识。红线女身为侍女，却胸怀大志，"每临戎阵，儿女情少，风云气多"。她看到"方今四海未平，邻邦作梗"，心里十分担忧，因此日夜烦闷，希望能够铲除这些乱臣贼子。

胡汝嘉杂剧红线女身上充满了侠客的英雄气，她关心的是家国大事，心胸气魄极为广大，"自古剑侠之客可也甚多，必须是济人利物才算英雄"。这种开阔的政治视野，反映出红线女已由唐传奇中"为报主恩"的小我情感，上升为"济世安民"的大我情怀。

原载《厦门教育学院学报》2009年第1期

412

《神仙的时空：〈太平广记〉神仙故事研究》（节选）

郑宣景

第一章 对神仙故事的理解

第一节 神仙故事与现代社会

神仙故事的诞生并非单纯源自人类对长寿的美好期望，而是不被社会容纳或受社会政治排挤的人群内心所渴望的存在方式的体现。研究神仙故事相当于研究与人类本质意识相关的文化。其故事体系可从多角度考察，即从主张反映人类本质欲望的神话始于对自然现象的拟人化的自然神话学角度；主张始于原始社会遗留的共同性的人类学角度；主张始于无意识表露的心理学角度；主张源自祭祀口述相关物的角度等进行理解，神仙故事是一种综合文化的集汇体。在中国很早便出现了《列仙传》《神仙传》等神仙故事集。

《后汉书》又将神仙故事纳入正史范畴，并在宋初《太平广记》诞生前，在《列仙传》《神仙传》《逸史》《宣室志》《神仙感遇传》《墉城集仙录》《续仙传》《仙传拾遗》等书籍中出现诸多有关超现实存在的故事。其后又相继诞生元代赵道一的《历世真仙体道通鉴》、张雨的《玄品录》、李道谦的《终南祖庭仙真内传》，明代薛大训《列仙通纪》、汪云鹏《列仙全传》、还初道人的《绘像列仙传》等神仙传记集等。尤其是《云笈七签》《道藏》等道教经典中收录有大量神仙故事；志怪体、传奇体的文言小说及长短篇白话小说中也以多样形态对人类渴望长生的美好心愿做了形象化的描绘。而在韩国，神仙故事早期零星分布在《三国史记》《三国遗事》《芝峰类说》等书中，并通过《海东异迹》《溪西野谭》《青邱野谭》《东野汇辑》等多种形态流传。在诗句、歌词、韩国传统叙事民谣等领域体现得更加丰富多彩，以神仙小说、异人故事、仙人故事、仙道故事等多样名称流传。神仙故事在中国小说史上具有极高的价值，并且传入韩国后也给韩国民间故事及小说文学造成了重要影响。故事内容包含广泛，无法一言以蔽之，可看作是中国文学与周边文学相互交融的综合文化体。对于研究向往长生的道教思想、拥有社会特权的统治阶层及对立阶层各自的政治立场、借助丝绸之路主导经济繁荣的工商业者的生活面貌等社会全方位领域都具有重要的参考价值。

然而，部分学者却无视神仙故事对文学造成的重要影响及其拥有的重要文学价值，认为代表神仙故事的东方幻想叙事起源于非科学思考方式，是一种低层次的叙事体系。但是，如今描述腾云驾雾、转眼飞行数千里的故事以科幻片或幻想小说等形态，在全球正引起阵阵狂潮。例如，寿命长达千年、万年之久，乘笤帚飞行天空等故事通过《哈利·波特》系列、《指环王》等影片与我们来了个亲密接触。离奇的故事借助影片及文学作品等媒介重返社会舞台，使我们在其中尽享幻想时空的奥妙、乐趣。

我们为何如此痴迷"虚无缥缈"的故事呢？留一绺白须挂着竹拐乘仙鹤飞行天空的神仙真的存在过吗？可令鹤发变黑获得永生的世界存在吗？生来为人身却拥有超人能力的存在者停留的非人间亦非仙界的空间位于何处？在崇尚物质的世界里，我们又应如何看待神仙空间？度过五百年却依然保持鹤发童颜的神仙所经历的时间又将做何解释？超越时间空间的神仙是否真的存在过？在如今这样一个高度文明的社会，这或许是个愚蠢至极的问题。因此，尽管神仙故事在人类历史长河中不断以多种形态展现、发展，但迄今为止，仍被视为缺乏合理性、科学性的叙事体系。这源自现代人一直认同古代所主张的唯有可视物质才可列入实存范畴的观念，认为仙界不过是一种虚幻缥缈的事物。但是，不能仅凭某一事物不具备物质性而否定其实存性。例如，带给我们无限欢乐的网络空间，属于非物质性却是现实存在的事物。因此我们有必要重新思考对神仙的片面观点。神仙是通过人类的想象力借助文学作品这一载体创造的存在。其中的时间空间超越了现实，却对现实造成了更大的影响力。因此，想象力是通过唤起人类内在欲望而壮大自己的原动力。我们有必要追溯崇尚、信奉"神仙"，并进行相关记录的人们的内在意识，重新证实被埋入西方理性主义及现实主义的我们的想象力。

而有关想象力的价值很早便引起了众多文学家们的注意。在文学作品中系统论述创作问题的晋代陆机就认为，创作作品时应格外注重超越时空的构思。对创作及相关文学现象做综合性专门理论研究的梁代刘勰，也强调了构思艺术中将感情与事物相结合时，作家的奇妙能力，即想象力的重要性。提出诗歌创作"三境"之说，即物境、情境、意境的唐朝王昌龄，也说明了在诗歌创作所需的这三种境界中，想象力发挥着举足轻重的作用。如今想象力已超越文学范畴延伸到了社会文化的各个领域。除文学外，还包括心理学、哲学、人类学、宗教学、生物学、考古学等多个领域，也可用多角度进行解析。神仙故事中体现的东方"幻想"叙事根源在哪儿，对于21世纪的现代人又具有怎样的意义，是否能够形成东亚想象力的核心等，对于这些有必要从新的文学角度进行解释。

因此，在西方科幻小说及影片掀起阵阵狂潮的当今社会，我们应把对主导过东方文化的中国幻想故事的研究，重点放在基于对原典的深入理解来挖掘其内在社会文化意义上，除了从神仙故事中内含的文学象征性来认识作品所具有的独立价值外，还应考察其与21世纪现代生活具有怎样的关系。小说研究从广义而言，就是对现代人类自身的研究。因此，除了通过阅读作品理解作品的文学意义及独立价值外，更应关注通过作品与现实生活的相关性洞察作品对我们的启迪或与现代的思维方式有着怎样的联系。然而，部分学者只限于研究故事的作者及作品创作背景，为内容性质定义等，即停留在研究一个作品的存在价值，以致无法直视作品与周边各要素之间存在各种错综复杂关系的现实。对于神仙故事，我们不能因其远离现实生活又带有虚幻性而存有价值认识方面的偏见，而应该深入探讨其对现代人具有怎样的启迪以及如何运用到现实生活中。而且，如果将研究层面超越单纯为体现人类本质欲望的叙事体系，站在社会文化角度阐述其内含复杂的象征性意义，神仙故事对于现代人更具有重要的意义。此外，在网络小说泛滥的现代社会，《三国志》及《西游记》被重译或重新阅读说明随着时代的发展产生了古典小说被重编或重新解释的需求。

另外，现代人普遍痴迷于幻想小说，因为此类小说中的时空超越了现实的时空。幻想小说及科幻影片中主人公往往处于物理时间外的时间，来往于现实世界与超现实世界。在高度文明化的 21 世纪，试图接触此类问题的唯一动机便是人类无法摆脱时空而存在。然而，凭借我们迄今对物理、客观性时间与空间的认识，很难对幻想故事进行准确解释。因为，物理性、客观性时间与空间无法引导我们认识位于心理的相对时间与空间的多层意义。因此，我们需要多关注心理时间而非指针时间，关注依存于文学想象力而存在的虚构空间。所以，需要揭示仅凭借一种时空认识论的认识方法，断言"时间"与"空间"的现实主义固有的局限性，应进一步观察现代人在其中的停滞状态。由于最近对西方科幻故事的无限憧憬，人们不自觉地遗忘了中国传统幻想故事的存在。尤其，由于中国被定义为落后的发展中国家，再加上近代以后的西方科学主义及理性主义对非现实主义的排挤，不惜将构成东亚文学作品主流的"幻想"故事视为"虚构""虚无缥缈"的事物，降低其价值，这种带有西方政治色彩的意识形态无异于对东方文化的殖民主义。因此，必须重新思考通过物理时间与空间垄断世界意识的西方理论的暴力性，观察东方想象力对于现代人的生活具有怎样的意义。并且唤起偏爱西方科幻影片的青年一代人，对中国幻想叙事定位性及背后所隐藏之想象力进行再认识。神仙世界不是理想空间的游戏产物。处于物质空间之外的"外部"世界空间，对于崇尚科学物质观的人们无疑是个陌生的空间，具有不可预测的无限的力量。神仙世界存在于无限向往这一世界的人们的心中，而借助存在于现实各角落的想象力，人类可以存在于现实时空之外的空间。因此，仙界存在于人类为到达该地而做出努力的过程之中，而无法用肉眼来证实；是一个反映人类原始欲望的空间，体现着更显著的人类共同体的文化。由此可知，渴望在现实世界之外的另一空间实现自我价值是当时人的心愿，同样体现在梦想"e-topia"的现代人的思想意识中。

另外，网络空间是一个无法以现代物理学明确解释的非标准化的模糊实体，可以在现实空间之外实现自我需求的虚拟空间，是想象力的产物，与仙界存在诸多相似之处，近期日益得到人们的高度关注，因此，仙界也应得到关注。对幻想叙事的重新认识可以纠正对东方叙事认识上的偏差，揭示出神仙故事具有的无限想象力的价值，从而揭示出东方虚幻叙事的力量。同时为围绕幻与真、虚与实解读东方定位性的现代人揭示出社会文化意义。

第二节　各国对神仙故事的研究概况

最初，神仙故事的研究价值并没有得到正确认识，从而未能纳入专业研究领域，仅零星散见于中国神话、道教研究，以及魏晋志怪和唐传奇中的神怪类作品研究中。但从20世纪80年代后涌现出一批专门研究学者起，神仙故事被列为一门独立文学样式，其研究也趋向了专业化。

一、中国

神仙故事研究可分为专业研究与一般研究。而专述神仙故事的研究书籍并不多见，但会在道教史、道教文学以及汉、魏晋时期的小说研究中经常可以看到。中国在该领域最具权威的学者当属李丰楙。其在《六朝隋唐仙道类小说研究》（1986）中，根据《汉武内传》《十洲记》《洞仙传》《虬髯客传》描述魏晋南北朝时期道教的成立过程并阐明了其与仙道小说之间的关系。此外，还发表了《〈抱朴子〉长生的探索》（1983）、《误入与谪降：六朝隋唐道教文学论集》（1996），为道教文学研究奠定了重要基础。另外，还有詹石窗的《道教文学史》（1992）在业界颇受瞩目，这是一部论述道教与文学总体关系的著作。而专门研究神仙故事的书籍有梅新林的《仙话——神人之间的魔幻世界》（1992）与罗永麟的《中国仙话研究》（1993）。另外，释注有《〈神仙传〉〈列仙传〉·注释》（1996）与周国林释注的《〈神仙传〉全释》（1998）、张全岭注释的《新释〈列仙传〉》（1997）、李剑雄释注的《列仙传》全释·〈续仙传〉全释》（1999）等。

目前在业界颇负盛名的研究著作主要有刘叶秋的《魏晋南北朝小说》（1978）、李剑国的《唐前志怪小说史》（1984）、王国良的《魏晋南北朝志怪小说研究》（1984）、《六朝志怪小说考论》（1988）、周次吉的《六朝志怪小说研究》（1986）、胡孚琛的《魏晋神仙道教》（1989）、侯忠义的《汉魏六朝小说史》（1989）、《中国文言小说史稿》（1990）、刘勇强的《幻想的魅力》（1992）、吴志达的《中国文言小说史》（1994）、王枝忠的《汉魏六朝小说史》（1997）、林辰的《神怪小说史》（1998）、张庆民的《魏晋南北朝志怪小说通论》（2000）、李鹏飞的《唐代非写实小说之类型研究》（2004）等。这些著作虽没有做到对神仙故事进行全方位的阐述，却从多角度描绘了自汉魏六朝时期到清代不同时期的神仙故事。尤其是李剑国的修订本《唐前志怪小说史》（2005）中，较详细地描述了志怪小说的起源及形成到两汉、魏晋、南北朝、隋代时期的志怪小说。

另外，学位论文与研究论文，最初只限于对《列仙传》或《神仙传》的论著，主要有杜而未的《古代仙山仙境与仙者》（《恒毅》，1962）、《〈列仙传〉中的仙者》（《恒毅》，1962）、吴怡的《中国神仙学的流变》（《思想与时代》，第131期）、周绍贤的《神仙思想之由来》（《建设》，1969）、古苔光的《〈列仙传〉的研究》（《淡江学报》，台北：淡江大学，No.22，1985）等。尤其在杜而未的《〈列仙传〉中的仙子》（《恒毅》，1962）中，认为《列仙传》作者并非刘向而是东汉人，并阐述了仙人们服用仙丹、隐居灵山、骑龙升天、骑鱼升天等等与太阴象征之间的关系。但古苔光在《〈列仙传〉的研究》（《淡江学报》，No.22，1985）中，就《列仙传》作者问题，分为东汉人作、魏晋方士作、六朝人作、刘向作四种情况进行分析，最后得出源自刘向的结论。

近些年来对这方面的研究有所扩展，近期发表的神仙故事相关学位论文主要有润保的《中国古代小说与方术文化》（上海师范大学博士论文，2000）、李小光的《生死超越与人间关怀》（四川大学博士论文，2002）、罗争鸣的《唐五代道教小说研究》（复旦大学博士论文，2003）、杨桂婵的《〈聊斋志异〉与道教神仙信仰论析》（山东师范大学硕士论文，2003）、张文安的《周秦两汉神仙信仰研究》（郑州大学博士论文，2005）等。研究论文有姜生的《论神仙思想的论理功能》（《河南师院学报（哲学社会科学版）》1996年第3期）、孟天远的《蓬莱仙话传统与历代帝王寻仙活动》（《东方论坛（青岛大学学报）》2000年第2期）、王汉民的《八仙小说的渊源暨嬗变》（《中国古代近代文学研究》2000年第1期）、刘书成的《道教文化向古代小说渗透的三个指向》（《中国古代近代文学研究》2000年第8期）、王立的《道教与中国古代通俗小说中的天书》（《中国古代近代文学研究》2000年第12期）、王立、陈庆纪的《道教幻术母题与唐代小说》（《中国古代近代文学研究》2001年第4期）、杨春蓉的《唐代女仙与唐代女冠探析》（《天府新论》2001年第6期）、田桂民的《早期中国神仙信仰的形成与演化》（《南开学报》2003年第6期）、詹石窗的《道教神仙信仰及其生命意识透析》（《湖北大学学报（哲学社会科学版）》2004年第5期）、郑杰文的《东海神仙传说的文学价值和文化意义》（《管子学刊》2005年第3期）、蒋振华的《葛洪仙学理论影响下的文学创作观和风格论》（《中国文学研究》2006年第2期）等。

此外，还可以通过有关志怪的论文了解神仙故事的概况。例如，李丰楙通过《魏晋南北朝文士与道教之关系》（台湾：政治大学博士论文，1978）、《六朝镜剑传说与道教法术思想》（《中国古典小说研究全集（Ⅱ）》，1980）等，从宗教文化论角度评述了志怪与道教的相关性。而韩国的全寅初则在《魏晋南北朝志怪小说研究》（台北：师范大学国文研究所博士论文，1978）中，对魏晋南北朝志怪小说做了全面剖析。此外，陈文新的《魏晋南北朝小说中的仙鬼怪形象及其悲剧意蕴》（《中国古代近代文学研究》，中国人民大学书报资料中心，1992年第9期）、钟林斌的《论魏晋六朝志怪中的人鬼之恋小说》（《社会科学辑刊》1997年第3期）、陈文新的《近百年来唐前志怪小说综合研究述评》（《中国古代近代文学研究》2001年第7期）、刘相雨的《〈搜神记〉和宋代话本小说中女神、女鬼、女妖形象的文化解读》（《江西师范大学学报》2001年第2期）亦颇具参考价值。上述这些论文并没有对神仙故事作正面阐述，但有助于探索神仙故事形成的政治、社会、宗教等的背景。

从上述可知，中国对神仙故事的研究，经历20世纪80年代定位于独立研究学科的阶段，到20世纪90年代才开始诞生专业论著及各种著述的翻译等活动。

选自郑宣景《神仙的时空：〈太平广记〉神仙故事研究》
中央民族大学出版社2007年版

《晚明清初才子佳人文学类型研究》（节选）

徐龙飞

清朝才子佳人小说除了对晚明才子佳人戏曲的情节结构、角色功能、具体手法进行模仿外，还有一些小说是由戏曲直接改编或转换而成。在传统的观点中，戏曲多以小说为本事，或据之敷演，或据以改编，而小说特别是章回小说改编自戏曲则是例外的事情。然而由于戏曲与小说在叙事（都要讲故事）这一点上具有共通性，使戏曲与小说的相互影响成为必然。另外，文言小说、通俗小说与戏曲的关系有所不同。文言小说的作者一般是文化水准较高的文人，其作品也往往更具有原创性与较强的艺术性，因此戏曲的创作从文言小说中寻找本事，是很自然的事。然而通俗小说的发展改变了这一状况，篇幅增大的需要或者创作者文化水平的低下使小说从戏曲中吸取养分亦成为常事。像金元时期大量的"三国戏""水浒戏"就为《三国演义》《水浒传》提供了不少素材，一些以牟利为目的的下层文人在拼凑小说作品时亦常常从戏曲、说唱文学中截取材料。到了明清时期，更多的文人从事长篇传奇戏曲的创作，戏曲的篇幅增长，传奇性、故事性亦得到进一步加强，这就为章回小说由戏曲改编奠定了基础。

明末以来世情小说的需求增长，而戏曲中有大量作品是以世情为题材。一些主要为牟利的创作者就直接将戏曲改编或转换为白话章回小说。清初的才子佳人小说便有少量是以此种方式制作而成。下面举二例简单进行分析。

一、戏曲《比目鱼》与小说《比目鱼》

李渔戏曲《比目鱼》，首载《比目鱼传奇叙》，后署"辛丑闰秋山阴映然女史王端淑题"，辛丑为顺治十八年（1661），该剧当作于是年或之前。《比目鱼》小说，署名"松竹草庐爱月主人编次、南陵居士戏蝶逸人评阅"，分为上下部：《戏中戏》与《比目鱼》，两者版式行款相同，都是啸花轩刊本。啸花轩是顺、康间书坊，其所刻书多在康熙年间。《比目鱼》小说第九回《东洋海宴公显圣水晶宫夫妇回生》中宴公神圣道："我平浪侯分封水国，总理元阴……"而戏曲第十六出"神护"中平浪侯宴公道："分封水国，总理玄阴。"小说第九回还写道："楚玉也换了一身天蓝满花新衫，带了一顶贡缎元口方巾。""元"字明显是"玄"字的避字，《比目鱼》小说当成书于避讳严格的康熙中后期。

《比目鱼》传奇三十二出，小说十六回，其改编结构对应如下：

戏曲	小说
第一出"发端"、二出"耳热"、三出"联班"	第一回"谭楚玉远游吴越 刘藐姑屈志梨园"
第四出"别赏"、六出"决计"、七出"入班"	第二回"倾城貌风前露秀 概世才戏场安身"
第九出"草札"、十出"改生"	第三回"定姻缘曲词传简 改正生戏房调情"
第十一出"狐威"	第四回"一乡人共尊万贯 用千金强图藐姑"
第十三出"挥金"	第五回"刘绛仙将身代女 钱二衙巧说情人"
第十四出"利逼"	第六回"赖婚姻堂前巧辩 受财礼誓不回心"
第十五出"偕亡"	第七回"借戏文台前辱骂 守节义夫妇偕亡"
第十七出"征利"	第八回"钱万贯为色被打 县三衙巧讯得赃"
第十六出"神护"	第九回"东洋海宴公显圣 水晶宫夫妇回生"
第五出"办贼"、八出"寇发"、十二出"肥遁"	第十回"山大王被火兵败 慕兵备挂印归田"
第十二出"肥遁"、第十八出"回生"	第十一回"慕渔翁主仆聚乐 刘藐姑夫妻回生"

戏曲	小说
第十九出"村雹"、二十一出"赠行"	第十二回"贺婚姻四友劝酒 谐琴瑟二次合雹"
第二十四出"荣发"、二十五出"假神"、二十六出"赆册"、二十七出"定优"、二十八出"巧会"	第十三回"谭楚玉衣锦还乡 刘绛仙船头认女"
第二十八出"巧会"、三十出"奏捷"、三十一出"误擒"	第十四回"谭楚玉斩寇立功 莫渔翁山村获罪"
第三十二出"骇聚"	第十五回"真兵备面骂楚玉 假兵备遗害慕公"
第三十二出"骇聚"	第十六回"谭官人报恩雪耻 慕介容招隐埋名"

对于整体布局来说，小说对戏曲所做的最大调整是将原本在戏曲的上半部就出现的战乱内容全部移到小说的下半部，而上半部集中描写男女主角的恋情与反角的拨乱。就局部的叙述而言，无非是改、增、减三法。其中第九回对应戏曲的第十六出，是写男女主角跳江后受到水神的救护。戏曲中主要是表现水宫中神兵神将喧闹的场面，是一场热闹戏，情节较少；小说中就减少场面描述，增添男女主角被救后在水宫中成婚的情节。其他如戏曲中有多出表现山贼起兵、弄计事（二十出"窃发"、第二十二出"谲计"、第二十三出"伪隐"），在小说中俱改为暗写；第二十四至二十八共五出被缩写在第十三回一回之内。

还有些内容被删减，如第二十一出"赠行"写莫渔翁夫妇赠银助男主角进取功名，第二十四出"荣发"写男主角得中功名，俱被略写，一笔交代而过。第二十九出"攀辕"赞扬男主角治理地方的功绩，在小说中亦删去。就具体的叙述而言，其转换的方法，主要是去掉唱词，连缀说白。如戏曲第三出"联班"中的一段：

（小旦）我儿，你今年十四岁，也不小了。爹爹要另合小班，同你一齐学戏。那些歌容舞态，不愁你演习不来。只是做女旦的人，另有个挣钱的法子，不在戏文里面，须要自小儿学会才好。

【桂枝香】术将心毁，貌将淫诲。似这等混浊丰饶，倒不若清高饥馁。就要孩儿学戏，也只好在戏文里面，趁些本分钱财罢了。若要我丧了廉耻，坏了名节，去做别样的事，那是断断不能的。若要儿追芳轨，儿追芳轨，只怕前徽难继，心思枉费！我自有内家规。慢说是面厚家才厚，却不道名亏实也亏！

（小旦）做爷娘的，要在你身上挣起一分大家私，你倒这等迂阔起来……

在小说第一回中转换为：

绛仙说："我儿，你今年十四岁，也不小了。你爹爹要另合心（新）班，同你一齐学戏，那些歌容舞态，不愁你演习不来。只是做女旦的人，另有个挣钱的法子，不在戏文里面，须要自小学会方好。"藐姑说："母亲，做妇人的只该学些女工针指，也尽可度日，这演戏不是女人的本等。孩儿不愿学他。就要孩儿学戏，也只好在戏文里面，趁些本分钱财罢了。若要我丧了廉耻，坏了名节，去做别样的事，那是断断不能的。"绛仙说："做爹娘的，要在你身上挣起一分大家私，你倒这等迁拙起来……"

有时亦将部分唱词糅入小说人物的语言中去，如第七出"入班"最末一段：

（旦吊场）我看这位书生，不但仪容俊雅，又且气度从容，岂是个寻常人物？……不如认定了他，做个终身之靠，有何不可。

【驻马泣】【驻马听】天付鸾凰，今日这一拜呵！只当是暗缔姻亲预拜堂。那些众人呵！权当作催妆姻戚，伴嫁媒婆，扶拜的梅香。我那爹爹呵！若不是他私心认作丈人行，怎肯无端屈膝将伊让！是便是了，你既有心学戏，就该做个正生，我与你夫妇相称。这些口角的便宜，也不被别人讨去，为甚么做起花面来？

在小说第二回中改为：

> 到了散席之后，藐姑归到绣房，心中想云："我看这位书生，不但仪容俊雅，又且气度从容，岂是个寻常人物！……不如认定了他，做个终身之靠罢。今日这一拜，只当是暗缔姻亲，预拜天地，那些众人，权当是催妆姻戚，扶拜的梅香。是便是了，你既有心学戏，就该做个正生，我与你夫妇相称。这些口角的便宜，也不被别人讨去，为甚么做起花面来。"

总体来说这种改编相当拙劣，只是简单的拼拼补补，而且不少地方留有戏曲的痕迹。

二、戏曲《燕子笺》与小说《燕子笺》

同小说《比目鱼》一样，小说《燕子笺》亦是对戏曲的简单转换。《燕子笺》传奇为明末阮大铖所作，咏怀堂刊本有《燕子笺叙》，署时为"崇祯壬午"（崇祯十五年，1642）。而十八回的小说《燕子笺》，起初学者多依照戏曲由小说改编的"常例"，认为《燕子笺》传奇乃是依小说而作。大约最早持此种观点的是清末民初的刘世珩（1875—1926），他在为暖红室刻本《燕子笺》所做的《跋》中曰：

> ……又从顾氏假得《燕子笺》小本，仅有平话，而无曲文，分六卷十八回……今传奇演成四十二出，出目迥异。小本平话无年月可考，而纸墨甚旧，当出明初叶刊板。取以校传奇，说白无不吻合，每回诗句，亦不差一字……似百子山樵作传奇时，即据此为蓝本。

后青木正儿《中国近世戏曲史》亦曰：

燕子传笺事，已于《南词叙录·宋元旧篇》中著录《京娘怨燕子传书》一剧，其由来已久。又近时久保天随氏云："据闻明初已有十八回之《燕子笺平话》，此本无曲，固无待言，唯其白与诗句等与今之《燕子笺》大抵相同，则阮大铖定以此平话为底本而谱传奇也无疑。"（《支那戏曲研究》后篇第六），余虽未悉此种平话现存何处？及其传闻出于何人之口？果此语真确，此为阮之蓝本，固无疑也。

《中国近世戏曲史》根据传闻就判定传奇据小说而作，明显不妥。暖红室刻本《燕子笺·跋》以"纸墨甚旧"，认为"当出明初叶刊板"，亦是出于臆断。其实小说的后出有一个佐证，戏曲《燕子笺》的故事可以看出是发生在唐代，但剧中没有出现明确的朝代，小说《燕子笺》开篇就说："且说大唐元宗年间……"唐代并无"元宗"，明显是为避"玄"字，而将"玄宗"写为"元宗"。小说当刻于康熙初年以后。当然，还有一种可能，就是如《古本小说集成》本《燕子笺·前言》所提出的："也可能今本是明本的翻刻本。"但从章回小说的发展史来看，在明代初期不可能产生类似的世情章回小说。在明末出现此类小说的可能性亦不大，因为自《金瓶梅》在章回小说中开辟了世情领域之后，一直到崇祯年间，章回小说主要受《金瓶梅》的影响或者写艳情，或者揭露世情的黑暗与残酷，如《玉闺红》《醋葫芦》等，产生此类才子佳人章回小说的可能性不大。更重要的是如同小说《比目鱼》一样，小说《燕子笺》中到处充斥着由戏曲拼凑的痕迹。

简单试举二例。小说第一回刚开头：

> 且说大唐元宗年间，有个才子，姓霍，名都梁，表字秀夫，扶风茂陵人氏。……这日，霍生独坐书斋，忽生感叹，说道："近蒙秦先生以国士待我，甚深感激，但念自己十景况，孤身无倚，不免凄凉，不知何日能遂凌云之志，得效于飞之欢，才完我终身大事。今当春明时候，景色撩人，不能到郊原闲玩，且在这书院周围池苑游赏，一面消遣消遣。你看：池中梅花倒影，岸上莎草铺茵，才过残冬，又临明媚，果然另是一样景象。……"

刚才还在"独坐"，说话时就到了园中，这是戏曲中"景随身移"的手法。才子一个人在那里自言自语，游玩中又道"你看"，这显然是戏曲的口吻。我们可以看看戏曲《燕子笺》第二出的原文：

【满庭芳】（生儒服上）……小生姓霍名都梁，表字秀夫，扶风茂陵人氏……悬藜乙夜，长翻天禄之书；韫椟丁年，未展龙媒之驾……只是高堂早背，家室未谐几时月下乘鸾，必定书中有女……你看今日芳意撩人，心情难遣。又被学博秦先生国士相待，留我衙斋读书，不能到乐游原上登眺一回，且向小池花树下略步一步，以拨烦闷，多少是好。

【黄莺儿】（生）芳意动寒林，听晴檐鹊喜声，小池楚楚倒浸梅花影……病的。"孟妈见过礼，背身说道："我说前日郦府里那轴画，像个人儿，彼时急忙想不起，原来就像昔年请我看病的这位华云娘。"行云请霍郎抬起头来："请得女先生在此，好诊诊脉。"孟妈仔细一望，又转身说道："好古怪！这位相公面孔，也有些面熟，急忙想不起。哦，原来也像郦府里看过那画上穿红衫的秀才。我晓得了。"遂把行云扯住，问道："适才听见这位相公姓霍，他可叫作霍都梁吗？"行云道："果然是他。"孟妈道："可晓得画几笔画儿吗？"行云道："画得极好的。妈妈，他的名字，与他会丹青，你却怎生知道？"孟妈道："你莫管，有些话说在里面。"又背说道："那里撞得这样巧，恰好就是他！且莫就说，待我看脉时，把些言语惊他一惊，看他如何？"

这里多次出现的"背身说道"，就是戏曲表演上的"打背供"，用在小说中显得不伦不类。由此，小说必是由戏曲转换无疑。

三、余论

如果不把目光局限在清初，就会发现尚有更多的小说是以此种手法由戏曲改造而成。就笔者所见，试列表如下：

小说	改编所据的戏曲
《蕉叶帕》	明单本《蕉帕记》
《章台柳》	明梅鼎祚《玉合记》
《霞笺记》	明纪振伦《霞笺记》
《风筝配》	清李渔《风筝误》
《意中缘》	清李渔《意中缘》
《痴人福》	清李渔《奈何天》

另外，《合浦珠》亦可能是由戏曲改编而成。《合浦珠序》称：

> 忽于今岁仲夏，友人有以《合浦珠》倩予作传者。予逊谢曰："才子名姝，俱毓山川之秀气，故以芝兰为性，琬琰为才。至其相慕之殷，心同胶漆。若欲以芜蔓枯槁之笔，摹绘婉娈静好之情，是何异瞽目而论妍媸，将无贻识者之诮。"而友人固请不已，予乃草创成帙。

《古本小说集成》本《合浦珠·前言》由此"疑在作者创作此书之前，已有同名之不同体裁的作品存世"，并认为"此书或即据袁氏所撰《合浦珠》改编而成"。此说很有道理，袁于令（1592—约1669），曾撰《合浦珠》传奇，清姚燮《今乐考证》著录。小说序末又道："世之君子，须信风流之种不绝，芳韵之事足传，又何必考其异同，究其始末耶？"则明显劝告读者只需阅读风流故事，不必追究小说与原本的异同了。另外，清初有名的才子佳人小说《定情人》与戏曲《意中人》有着十分明显的改编关系，但《意中人》与《定情人》的产出先后一时难以考定，它们的准确关系尚需研究。还有《春秋配》小说从行文上看亦似由戏曲改编，清代戏曲中有《春秋配》传奇，具体关系尚有待考证。

总之，对戏曲进行简单的改编转换在清代已成为快速制造章回小说的一种方式，这类小说的突出特点是对话多而描写少，常留有戏曲人物道白的痕迹，语句粗糙而不流畅，明显是书坊为射利而为。此种小说虽然价值一般不高，但对于以戏曲结构和模式来构造小说的创作思路亦当有推波助澜的作用。

选自徐龙飞《晚明清初才子佳人文学类型研究》
文化艺术出版社2010年版

后记

按照本套丛书的整体部署，本册为中国叙事文化学第二时段的年代跟踪报告。

第二册跟踪报告的时间节点是 2005—2011 年。选择这个时间范围的理由是，在此之前，中国叙事文化学经过十一年的开创性探索，已经基本完成大致成形的理论框架和操作程序。在此基础上，叙事文化学有待于继续完善和深化。本册所反映的就是该时段中国叙事文化学研究夯实基础、完善提高的过程。

借助以往基础和在第二时段中，中国叙事文化学研究有几个比较突出的亮点成绩：

一是叙事文化学的整体理论框架和操作程序得到进一步强化和完善，其主要表现是在第一时段操作程序基本成形的基础上，加强了学理性和科学性的表述和总结。从而使叙事文化学的学术价值和科学属性更加彰显。

二是教学生源变化为叙事文化学理论体系和操作程序深入完善创造了有利条件，利用这个机会，我们坚持以科研为龙头，以教学为人才培养途径，以学业指导和学位论文为实验基地，以科研立项和发表成果，以及推广宣传为检验验收目标，开始打造"四位一体"的人才培养和成果完成立体式科研队伍建设。所谓生源变化，是指从 2004 年起，"中国叙事文化学"授课对象由此前的硕士研究生增补到博士研究生。从课程性质上说，博士课程有更深入系统的需要；从叙事文化学本身的理论发展来看，也需要进一步提升和完善。为此，叙事文化学的教学内容发生明显提升和系统强化。

三是随着叙事文化学理论和教学的长期探索和日益发展，从这个时段开始，中国叙事文化学开始走出去，向社会和学界汇报和展示成果，宣示这一中国古代叙事文学研究新方法的问世和样貌。

按照本套丛书的统一结构部署，除全书总论外，本册报告依然分为"学术背景""课堂教学""学位论文""理论建设"四个部分。每一部分中包括专题报告为该部分在该时段发展运行情况的总结分析，和与该时段该主题相关的原始文献目录和部分成果节选内容。

参加本报告编写人员全部为叙事文化学研究团队成员，具体成员和分工情况如下：

宁稼雨：主编，撰写前言、后记，提供最初讲稿教案，负责本册全书的设计，分工协调和统稿；

梁晓萍：副主编，撰写主体报告第二部分（课堂教学），提供原始课堂笔记（1998年版），部分编务工作；

赵红：副主编，撰写主体报告第一部分（学术背景），部分编务工作；

李春燕：副主编，撰写主体报告第三部分（学位论文），部分编务工作，提供原始课堂笔记；

孙国江：副主编，撰写主体报告第四部分（理论建设），部分编务工作，提供原始课堂笔记；

韩林：提供原始课堂笔记；

李彦敏：成员，提供叙事文化学研究相关学术信息（学位论文、学术论文）；

张慧：成员，负责本书资料查找搜集、录入和整理工作；

张莹莹：成员，负责本书资料查找搜集、录入和整理工作；

任卫洁：成员，负责本书资料查找搜集、录入和整理工作；

陆倩：成员，负责本书资料查找搜集、录入和整理工作；

徐竹雅筠：成员，负责本书资料查找搜集、录入和整理工作；

杨沫南：成员，负责本书资料查找搜集、录入和整理工作；

祖琦：成员，负责本书资料查找搜集、录入和整理工作；

蔺坤：成员，负责本书全书的资料核查和格式调整工作。

第二时段是中国叙事文化学发展的重要时段，它重要作用在于像是在第一时段叙事文化学结构框架已经搭建形成的基础上，逐渐将各个部位添

430

砖加瓦，充实到位。经过这七年的努力经营，叙事文化学又能更上一层楼，从整体结构和具体细部都得到充实和加强。尽管如此，它还有相当程度的提升空间，期待在第三时段将其进一步完善和提升。

主编：宁稼雨

2022 年 12 月 14 日于津门雅雨书屋